青少年外国文学阅读丛书

飘(上)

PIAO

(美)米切尔◎著

外国文学编译组◎编译

中国财政经济出版社

图书在版编目（CIP）数据

飘．上／（美）米切尔（Mitchell，M.）著；外国文学编译组编译．—北京：中国财政经济出版社，2012．4

（青少年外国文学阅读丛书）

ISBN 978－7－5095－3561－5

Ⅰ．①飘…　Ⅱ．①米…　②外…　Ⅲ．①长篇小说—美国—现代　Ⅳ．①I712．45

中国版本图书馆 CIP 数据核字（2012）第 058074 号

中国财政经济出版社出版

URL：http：//www. cfeph. cn

E－mail：cfeph@ cfeph. cn

社址：北京市海滨区阜成路甲 28 号　邮政编码：100036

发行处电话：88190406　财经书店电话：64033436

北京富生印刷厂印刷　各地新华书店经销

700×1000 毫米　16 开　16 印张　245 千字

2016 年 6 月第 2 版　2016 年 6 月第 1 次印刷

定价：27. 50 元

ISBN 978－7－5095－3561－5

（图书出现印装问题，本社负责调换）

1

思嘉·奥哈拉长得并不漂亮，但是男人们像塔尔顿家那对孪生兄弟被她的魅力所迷住时，就不会这样想了。她脸上有着两种特征，一种是她母亲的娇柔，来自法兰西血统的海滨贵族；一种是她父亲的粗犷，来自浮华俗气的爱尔兰人，这两种特征混在一起显得不太协调，但这张脸上尖尖的下巴和四方的牙床骨，是很引人注意的，她那双淡绿色的眼睛纯净得没有一丝褐色，配上乌黑的睫毛和翘起的眼角，显得韵味十足，上面斜着两条墨黑的浓眉，给她木兰花般白皙的肌肤划上十分分明的斜线，这样白皙的皮肤对南方妇女是极其珍贵的。她们常常用帽子、面纱和手套把皮肤保护起来，以防受到佐治亚炎热太阳的曝晒。

1861 年 4 月一个晴朗的下午，思嘉同塔尔顿家的孪生兄弟斯图尔特和布伦特坐在她父亲的塔拉农场阴凉的走廊里，她的美貌显得更明媚如画了。她穿一件新的绿花布衣裳，长长的裙子在裙箍上舒展着，配上她父亲从亚特兰大给她带来的新绿羊皮便鞋，显得很相称。她的腰围不过 17 英寸，是附近三个县里最细小的了，而这身衣裳把腰肢衬托得更完美，加上里面那件绷得紧紧的小马甲，使她的只有 16 岁但已发育得很好的乳房便跃然显露了。不过，无论她散开的长裙显得多么老实，发髻梳在后面显得多么端庄，那双交叠在膝头上的小手显得多么文静，但她的本来面目终归是藏不住的。那双绿色的眼睛镶嵌在一张甜美的脸上，却仍然是那么任性而充满活力，与她的装束仪表很不相称。她的举止是由她母亲和嬷嬷的严厉管教强加给她的，但她的眼睛属于她自己。

她的两旁，孪生兄弟懒懒地斜靠在椅子上，斜望着从新装的玻璃窗透过来的阳光谈笑着，四条穿着高统靴和因经常骑马而鼓胀的长腿交叠在那里。他们 19 岁了，身高 6 英尺 2 英寸，长长的骨骼，坚实的肌肉，晒得黑黑的脸膛，深褐色的头发，眼睛里闪着快乐的神色。他们穿着同样的蓝上衣和深黄色裤子，长相也像两个棉桃似的。

外面，阳光斜照到场地上，映照着一簇簇的白色花朵在绿色的背景中显得分外鲜艳。孪生兄弟骑来的马就拴在车道上，那是两匹高头大马，毛色红得像主人的头发，马腿旁边有一群吵吵嚷嚷一直跟随着主人的猎犬。稍稍远一点的地方躺着一条白色带有黑花斑的随车大狗，它把鼻子贴在前爪上，耐心等待着两个小伙子回家去吃晚饭。

在这些猎犬、马匹和两个孪生兄弟之间，有着一种比通常更亲密的关系。他们都是年轻、健康而毫无思想的动物，也同样圆滑、优雅，两个小伙子和他们所骑的马一样精神，但都带有危险性，可同时对于那些知道怎样驾驭他们的人来说又是可爱的。

虽然坐在走廊里的人，都同生在优裕的庄园主家庭，从小由仆人细心服侍着，但他们的脸显得并不懒散。他们像一辈子生活在野外、很少读书的乡巴佬一样，显得强壮而有活力。生活在北佐治亚的克莱顿县，与奥古斯塔、萨凡纳和查尔斯顿比较起来还有一点粗犷的味道。南部开化得较早的文静居民不逊内地佐治亚人，可在北佐治亚这儿，人们并不以缺乏高雅的传统文化教育为耻，只要在那些他们认为重要的事情上学得精明就行了。他们心目中所关注的事，就是种好棉花，骑马骑得快，打枪打得准，跳舞跳得好，善于体面地追逐女人，像个温文尔雅的绅士那样喝酒。

这对孪生兄弟在这些方面都很精通，但他们学习书本知识的无能也是出众的。他们家拥有比全县其他人家更多的钱、更多的马和更多的奴隶，可是两兄弟同他们的大多数穷邻居比起来，胸中的文墨也更少得多。

正是这个缘故，斯图尔特和布伦特在塔拉农场走廊里聊天，消磨这4月傍晚的大好时光。他们刚被佐治亚大学开除，而这是过去两年中把他们撵走的第四所大学了。于是他们的两个哥哥——汤姆和博伊德，也同他们一起回到了家里，因为在这所学校既然不欢迎他们的孪生兄弟，两位做哥哥的也就不高兴在那里待下去了。斯图尔特和布伦特把他们最近一次的除名当成一个有趣的玩笑；而思嘉呢，她自从去年离开费耶特维尔女子学校以后就一直懒得去摸书本，所以也像他们那样觉得这是令人高兴的事。

“我认为你们俩一点也不在乎被学校除名，汤姆也是这样，”她说。“可是博伊德怎么办？他一心想受教育，而你们俩接连把他从弗吉尼亚大学、亚拉巴马大学、南卡罗来纳大学拖了出来，如今又从佐治亚大学回来了。这样下去，他永远也完不成他的学业！”

“唔，他可以到费耶特维尔那边的帕马利法官事务所去学法律嘛，”布伦特漫不经心地答道。“并且，这没有什么关系。反正在学习结束之前我们不得不回家的。”

“为什么？”

“战争嘛！傻瓜！战争随时可能开始，战争打响之后难道你认为我们还会留在学校里吗？”

“你明明知道不会有什么战争的。”思嘉生气地说。“那只是嘴上谈谈罢了。就在上个星期，艾希礼·威尔克斯和他父亲还对我爸说，咱们派驻华盛顿的专员将要同林肯先生达成……达成一个关于南部联盟的协议呢。况且不管怎样，北方佬从小就害怕我们，根本不会有什么战争，谈它干什么，我讨厌听到关于战争的事情。”

“不会有什么战争?!”孪生兄弟如同他们被欺负了似的喊起来。

“亲爱的，战争当然会打起来的啊！”斯图尔特说。

“北方佬可能害怕咱们，可是自从前天波尔格将军把他们赶出萨姆特要塞以后，他们只好打起来了，要不就会作为胆小鬼在全世界面前丢脸。什么，南部联盟……”听到这里，思嘉很不耐烦地嘟起嘴来。

“只要你再说一声‘战争’，我就进屋去，把门关上，我这辈子还从来没有像对‘战争’这个词这样感到讨厌，除非那个词意味着‘脱离联邦’。爸爸总是从早到晚谈论战争、战争，所有来看他的绅士们也叫嚷着什么萨姆特要塞、州权、亚伯·林肯，简直烦得我要大喊大叫！而且所有的男孩子也都在谈这些，还有他们的军队。今年春天，任何晚会上也没有听到什么快乐的事情，因为男孩子再不谈别的了。我最高兴的是佐治亚要等到过了圣诞节以后才宣布脱离联邦，要不然会把圣诞晚会也糟蹋了。要是你再谈‘战争’我就马上进屋去了。”她说到做到，因为她从来就忍受不了不以她为主题的谈话。不过她说话时总是面带微笑，刻意加深脸上的酒窝，同时把像蝴蝶翅膀似的两圈又硬又黑的睫毛迅速地扇动起来。小伙子们给迷住了，这正是她想要的。于是他们向她道歉，他们并不因为她对战争不感兴趣而丝毫轻视她。相反，他们更敬重她了。战争原本是男人的事，与女人无关，因此他们便把她的态度当成是女人味十足的表现。

把他们从讨厌战争的话题支使开以后，她便饶有兴趣地回到他们当前的处境上来。

“对于你俩再一次被开除的事，你母亲说了些什么呀?”

小伙子显得有点不自在，想起三个月前他们从弗吉尼亚大学被请回家时母亲的那番表现。

“唔，她还没有机会说呢，”斯图尔特答道。“今天一清早她还没起床，汤姆和我俩便出门了。汤姆半路上去方丹家了，我们便径直到这儿来了。”

“昨天晚上你们到家时难道她什么话也没说吗?”

“昨晚我们很幸运，在我们快要到家的时候，上个月我妈在肯塔基买下的那匹公马给送来了，家里正热闹着呢。原来那畜生……它长得可真威武，思嘉，你一定得告诉你爸，叫他赶快去看看，那畜生一路上已经把马夫咬了两大口，而且踏坏了我妈的两个黑小子，他们是在琼斯博罗遇上的。而且，就在我们刚要到家的时候，它差点儿把我们的马棚给踢倒了，还捎带把我妈的那匹老公马草莓也踢了个半死。我们到家时，妈正在马棚里拿着一口袋糖哄它，让它慢慢平静下来，还真起作用了。黑奴们躲得远远的，瞪着眼睛简直给吓坏了，可妈还在跟那畜生亲切说话，仿佛跟它是一家人似的，它正在吃她手里的东西呢。世界上谁也比不上我妈那样会跟马打交道，那时她看见了我们，便说：‘天哪，你们四个又回来干什么呀？你们简直比埃及的瘟疫还让人讨厌！’这时那匹公马开始喷鼻子直立起来，她赶紧说：‘从这里滚开吧，难道你们没看见这个大宝贝在生气了吗？等明天早晨我再来收拾你们四个！’于是，我们便上床睡觉了。今天一早，趁她还来不及抓住我们，我们便溜了出来，只留下博伊德一个人去对付她。”

“你们认为她会打博伊德吗？”

思嘉知道，瘦小的塔尔顿太太对她那几个已长大成人的儿子还是很粗暴的，她认为必要的时候还会用鞭子抽他们的脊背，对于这种情形，思嘉和县里的其他人都有点不大习惯。

比阿特里斯·塔尔顿是个忙人，她经营一大片棉花地，有100个黑奴和8个孩子，而且还有个养马场，她生性暴躁，动不动就因4个儿子经常吵架而大发雷霆。她一方面不许任何人打她的马或黑奴，另一方面却认为偶尔打打她的孩子们，对他们并没有什么坏处。

“她从来没有打过博伊德。这不仅因为他年龄最大，还是因为他是个矮子，”斯图尔特这样说，对自己那6英尺的个头儿自豪。

“这是我们为什么把他留在家里去向妈交代一切的原因。老天爷明白，我们都19了，汤姆21了，可她还把我们当6岁孩子看待。妈不应该再打我们！”“你母亲明天会骑那匹新买来的马去参加威尔克斯家的野宴？”

“她想骑的，但是爸说骑那匹马太危险了。而且，无论如何，姑娘不会同意她骑。她们说，要让她至少像个贵妇人那样乘坐马车去参加宴会。”

“希望明天别下雨，”思嘉说。“一星期几乎天天下雨。要是把野宴改成家餐，那才是扫兴不过的事呢。”

“唔，明天准晴，还会像6月天那样炎热。”斯图尔特说。

“你看那落日，我还从没见过比这更红的太阳呢。用落日来判断天气，往往是不会错的。”他们都朝远方望去，越过奥哈拉家无边无际的新翻耕的棉花地，直到红红的地平线上。弗林特河对岸的群山后面，太阳正在一片汹涌的红霞中缓缓降落，4月白天的温暖也渐渐消退，隐隐透出丝丝的凉意。

春天来得很早，伴随来的是几场温暖的春雨，这时粉红的桃花突然纷纷绽放，山茱萸雪白的繁花将河边湿地和山岗装点起来。春耕已快要结束，湿润的土地饥饿似的等待着人们把它翻开并撒上棉籽，它在犁沟的顶上显出淡红色，在沟道两旁的地方则呈现出猩红和栗色来。农场那座粉刷白了的砖房如同落在茫茫红海中的一个岛屿，那是一片由新月形巨浪组成的大海，但是当那些带粉红尖顶的水波分裂为浪花时，它立即僵化了。因为这里没有像佐治亚中部的黄土地或海滨种植场滋润的黑土地那样的长长的笔直的犁沟。北佐治亚连绵起伏的山麓地带被犁成了无数弯弯曲曲的垅沟，这样是为了使自己那肥沃的土壤不致被冲洗到河床里去。

这一片土地红得耀眼，雨后更红得像鲜血一般，干旱时便成了满地的红砖粉，这是世界上最好的产棉地。这里有洁白的房屋、翻耕过的田地、缓缓流过的黄泥河水，但同时也是一个由阳光灿烂和阴翳深浓形成对比的地方。尚待种植的空地和绵延数英里的棉花田微笑着袒露在阳光之中。在这些田地的边缘上有着一片处女林，即使在最炎热的中午它们也是幽暗而清凉的，而且显得有点神秘，有点不那么和善。其中那些飕飕作响的松树好像怀着老年人的耐心在等待并轻轻地叹息："当心呀！你们原先是我们的。我们能够把你们要回来。"坐在走廊里的三个年轻人听到得得的马蹄声、马具链环的叮当声和黑奴们的欢笑声——那些干农活的人和骡马从地里回来了。这时从屋子里传来思嘉的母亲爱伦·奥哈拉温和的声音，她在呼唤提着钥匙、篮子的黑女孩，后者用尖脆的声调回答："太太，来啦！"于是便传来从后面过道里走向薰腊室的脚步声，爱伦要到那里去给回家的田间劳动者分配食物。接着便听到瓷器当当和银餐具叮叮的响声，这时管衣着和膳事的男仆波克已经在摆桌子开晚饭了。

听到这些声响，这对孪生兄弟知道他们该动身回家了。但是他们不想回去见母亲，便在塔拉农场的走廊里徘徊，盼望着思嘉邀请他们留下来吃晚饭。

"思嘉，我们谈谈明天的事吧，"布伦特说。"不能因为我们不在，不了解野宴和舞会的事，就凭这理由不让咱们明儿晚上多跳几支舞。你没有答应他们大家吧，是不是？"

"唔，我答应了！我怎么知道你们都会回来呢？我哪能冒险在一边等着，等着专门伺候你们两位呀？"

"你在一边等着？"两个小伙子放声大笑。

"亲爱的，你得跟我跳第一个华尔兹，末了跟斯图跳最后一个，然后我们一起吃晚饭。像上次舞会那样坐在楼梯平台上，让金西嬷嬷再来给咱们算命。"

"我可不喜欢听金西嬷嬷算命。你知道她说过我会嫁给一个头发乌亮、黑胡子很长的男人，但我是不喜欢黑头发男人的。"

"亲爱的，你喜欢红头发的吗？"布伦特傻笑着说。"现在，快说吧，答应跟我们跳所有的华尔兹，跟我们一道吃晚饭。"

"你要是肯答应，我们便告诉你一个秘密。"斯图尔特说。

"什么？"思嘉叫着，一听到"秘密"这个词便像个孩子似地活跃起来。

"斯图，是不是我们昨天在亚特兰大听到的那个消息？如果是，那你知道，我们答应过不告诉别人的。"

“嗯，那是皮蒂小姐告诉我们的。”

“什么小姐?”

“就是艾希礼·威尔克斯的表姐。你知道，皮蒂帕特·波密尔顿小姐，查尔斯和媚兰的姑妈，她住在亚特兰大。”

“这我知道，一个傻老太婆，我一辈子也没见过比她更傻的了。”

“对，我们昨天在亚特兰大等着搭火车回家时，她的马车正好从车站经过，她停下来跟我们说话，告诉我们明天晚上的威尔克斯家的舞会上要宣布一门亲事。”

“唔，我也听说过，”思嘉失望地说，“她的那位傻侄子查理斯·汉密尔顿和霍妮·威尔克斯。这几年谁都在说他们快要结婚了，虽然他本人对这件事似乎有点不冷不热似的。”

“你认为他傻吗?”布伦特问。“去年圣诞节你可让他在你身边转了个够呢。”

“我没法不让他转呀，”思嘉毫不在意地耸了耸肩膀。“我觉得他这个人太娘娘腔了。”

“但是，明晚要宣布的并不是他的亲事，”斯图尔特得意地说。“那是艾希礼和查理的妹妹媚兰小姐订婚的事哩!”

虽然她脸色没有变，可是嘴唇发白了，就像冷不防受到当头一击。思嘉在震动的最初几秒钟还不明白那是怎么回事。

注视斯图尔特时思嘉的脸色还那么平静，以致这位毫无分析头脑的人还以为她仅仅感到惊讶和很有兴趣。

“皮蒂小姐告诉我们，他们原准备明年才宣布订婚，因为媚兰小姐近来身体不怎么好。可周围都在谈论战争，两家人都觉得不如赶快成婚的好，所以决定明天晚上在宴会上宣布。我们把秘密告诉你了，你看，思嘉，你也得答应跟我们一起吃晚饭呀。”

“当然，我会的。”思嘉下意识地说。

“并且跳所有的华尔兹吗?”

“所有的。”

“你真好！我敢打赌，别的小伙子们准要疯了。”

“让他们去发疯好了，”布伦特说。“我们俩能对付他们的。等着瞧吧，思嘉。明天上午的野宴也跟我们坐在一起好吗?”

“什么?”

斯图尔特将请求重复了一遍。

“当然。”

哥儿俩心里美滋滋的但也有些惊异。尽管他们把自己看做思嘉所嘉许的追求者，但以前他们从没这么轻易得到过这一嘉许的表示。她经常只让他们倾诉、乞求，敷衍他们，不明确表示可否，他们烦恼时便报以笑颜，他们发怒时则略显冷淡。但现在她实际上已经把明天全部的活动都许给了他们——答应野宴时跟他们坐在一起，跟他们跳所有的华尔兹（而且他们决意要使每一个舞都是华尔兹!），并且一道吃晚饭。就为这些，被大学开除也是值得的。

成功给他们带来了满腔热情，使他们愈加留连忘返，谈论着明天的野宴、舞会和艾希礼·威克斯与汉·媚兰，抢着说话，开着玩笑，然后大笑不止。看来是在多方暗示要人家挽留他们吃晚饭。他们闹了好一会儿，才发现思嘉已没有什么要说的，这时气氛有点变了。哥儿俩并不知道是怎么变的，只觉得那番高兴的光景已经在眼前消失。思嘉好像并不注意他们在说些什么，尽管她的一些回答也还得体。他们意识到某种难以理解的事，为此感到沮丧和不安，末了又赖着待了一会儿才看看手表，勉强站起身来。

在新翻耕过的田地那边，太阳已经西下，河对岸高高的树林已经在幽暗的暮色中渐渐模糊。家燕轻快地在院场上空飞来飞去，小鸡、鸭子和火鸡都纷纷从田地里回家来了。

斯图尔特大喊一声："吉姆斯!"不一会一个和他们年龄相仿的高个儿黑孩子气喘吁吁地从房子附近跑出来，向两匹拴着的马走去。吉姆斯是贴身佣人，像那些狗一样到哪里都伴随着主人。他曾是他们儿时的玩伴，在他们十岁生日那一天便归他们自己所有了。塔尔顿家的猎犬一见到他便从红灰土中跳起来，站在那里恭敬主子们驾到。两个小伙子同思嘉握手告别，告诉她明早他们将赶到威尔克斯家去等候她。然后他们走下人行道，骑上马，由吉姆斯跟随着一口气跑上柏树夹道，一面回过头来，挥着帽子向思嘉高声叫喊。

他们在尘土飞扬的大道上拐过那个看不见塔拉农场的弯以后，布伦特勒住马，在一丛山茱萸下站住了。斯图尔特跟着停下来，黑小子也紧跑几步跟上了他们。两匹马觉得缰绳松了，便伸长脖子去啃柔嫩的春草；猎犬们重新在灰土中躺下，贪馋地仰望着在愈来愈浓的暮色中回旋飞舞的燕子。布伦特那张老实巴交的宽脸上呈现迷惑神情。

"听我说，"他说，"你不觉得她好像要请我们留下吃饭吗?"

"我本来以为她会的，"斯图尔特答道。"我一直等着她说出来，但是她没有说。你想这是为什么?"

"我一点也不明白。不过据我看，她应当留我们的。毕竟这是我们回家后的第一天，她跟我们又好久没见面了。何况我们还有许许多多的事情没跟她说呢。"

"据我看，我们刚来时她好像很高兴见到我们。"

"本来我也这样想。"

“可后来，大约半个钟头以前吧，她就不怎么说话了，好像有点头痛。”

“我看到这一点了，可我当时并不在意。你想她是哪儿不舒服了呢？”

“我不知道。你认为我们说了什么让她生气的话吗？”他们两人思量了一会儿。

“我什么也想不起来。况且，思嘉一生气，谁都看得出来。她可不是那种一声不响的女孩子。”

“对，这就是我喜欢她的地方。她生气时不会冷冷的抑制着性子走来走去，她会痛痛快快告诉你。不过，一定是我们说了或做了什么事，使得她默不作声，并装出不舒服的样子。我敢担保，我们刚来时她是很高兴并且有意要留我们吃晚饭的。”

“你不认为那是因为我们被开除了吗？”

“绝不会的！见鬼，别那么傻。我们告诉她这消息时，她还若无其事地笑呢。再说，思嘉对读书的事也不比我们重视呀。”布伦特在马鞍上转过头唤那个黑人马夫：“吉姆斯！”

“唔。”

“你听见我们和思嘉小姐的谈话了吗？”

“没有呀，布伦特先生！您怎么怀疑我偷听白人老爷的话呢？”

“我的上帝！偷听，你们这些小黑鬼什么事都知道。怎么，你这不是撒谎吗？我亲眼看见你偷偷走过走廊的拐角，蹲在墙边茉莉花底下呢。好，你听见我们说什么惹思嘉小姐生气或者叫她伤心的话了吗？”他这一说，吉姆斯打消了假装不曾偷听的主意，皱着眉头回想起来。

“没什么，我没听见您说什么惹她生气的话。我看她挺高兴见到你们，还叽叽喳喳像只小鸟儿乐个不停呢。后来你们谈论艾希礼先生和媚兰小姐结亲的事，她才不作声了，像只雀儿看见老鹰打头上飞过一般。”

哥儿俩面面相觑，同时点了点头，可是并不了解其中的奥妙。

“吉姆说得对，但我不明白那究竟是为什么，”斯图尔特说。“我的上帝！艾希礼对她有什么意义？只不过是个朋友罢了。她感兴趣的只是我们，她对他不怎么感兴趣。”布伦特点点示同意。

“可是，你想过没有，”他说，“也许艾希礼没告诉她明天晚上要宣布那件事，而她觉得不先告诉老朋友便对别的人都说了，因此生气了呢？姑娘们总是非常看重首先听到这种事情的。”

“唔，可能，就算没有告诉她又怎样呢？本来就是要保密，叫人大吃一惊的嘛，一个男人就没有权利对自己订婚的计划秘而不宣吗？要不是媚兰小姐的姑妈泄漏出来，我们也不会知道呀。而且思嘉一定早已知道他总是要娶媚兰的。你想，我们知道也有好几年了，威尔克斯家和汉密尔顿家向来是姑表联姻。他总有一天要娶她的，这谁都知道，就像霍妮·威尔克斯要同媚兰小姐的兄弟查尔斯结婚一样。”

“好了，我不想谈下去了。不过，我对于她不留我们吃晚饭这一点，总是感到遗憾。老实说，我不想回家听妈妈对我们被学校开除的事大发雷霆，不能当作第一次那样看待了。”

“说不定博伊德已经把她的火气平息下来了。你应该知道那个讨厌的矮鬼是多么伶牙俐齿，他每次都能把她说得心平气和的。”

“是呀，他办得到，不过那要花博伊德许多时间。他要拐弯抹角走来走去，直到妈妈给弄得实在糊涂了，情愿让步，才肯放他省下点嗓子去干律师的事。可是眼下，他恐怕还没来得及准备好开场白呢。我敢跟你打赌，你看，妈妈一定还在为那匹新来的马感到兴奋呢，说不定要到坐下来吃晚饭和看到博伊德的时候才会想起我们又回家了。只要不吃完晚饭，她的怒火就会愈来愈旺。因此要到10点左右博伊德才有机会去告诉她，既然咱们校长采取了那样态度斥责我们两个，我们中间谁要是还留在学校也就太不光彩了。而要他把她扭过来转而对校长大发雷霆，责问博伊德干吗不开枪把他打死，那就非到半夜不行。因为，我们要半夜过后才能回家。”哥儿俩你瞧着我，我瞧着你，不知说什么是好。他们对于烈性的野马，对于行凶斗殴，以及邻里的公愤，都毫不畏惧，唯独那位红头发母亲的痛责和有时不惜抽打在他们屁股上的马鞭，才让他们感到不寒而栗。

“那就这样吧，”布伦特说。“我们到威尔克斯家去，艾希礼和姑娘们会乐意让我们在那里吃饭的。”斯图尔特显得有些不舒服的样子。

“不，别到那里去。他们一定在忙着准备明天的野宴呢，而且……”

“唔，我忘记了，”布伦特连忙解释说。“对，我们不能到那里去。”

他们对自己的马吆喝了两声，然后默默地骑着向前跑了一阵，这时斯图尔特褐色的脸膛上泛起了一抹红晕。

到去年夏天为止，斯图尔特曾经在双方家庭和全县的赞许下追求过英迪亚·威尔克斯。县里的人觉得也许那位冷静含蓄的英迪亚会对他起一种镇定作用。无论如何，他们热切地希望这样。斯图尔特本来是可以匹配的，但布伦特不满意。布伦特也喜欢英迪亚，可是觉得她太平淡也太过分柔顺，他简直无法对她产生爱情，因此在这一点上就无法与斯图尔特作伴了。这是哥儿俩头一次在兴趣上发生分歧，而且布伦特对于他兄弟居然会看上一个他认为毫不出色的姑娘，觉得很恼火。

后来，在去年夏天琼斯博罗橡树林里一个政治讲演会上，他们两人突然发现了思嘉。他们认识她已多年了，并且从童年时代起，她就是一个讨人喜欢的游伴，她会骑马，会爬树，几乎比男孩子毫不逊色。可现在他们惊奇地发现她已经是个成年姑娘，而且可以称得上是全世界最迷人的一个呢。

他们第一次注意到她那双绿眼睛在怎样跳舞，她笑起来两个酒窝有多么深，她的手和脚是那么娇小，而那腰肢又是那么纤细呀！他们对她的巧妙赞扬使她乐得放声大笑，同时，一想到她已把他们当成一对出众的小伙子，他们自己也不禁有点飘飘然了。

那是哥儿俩一生中值得纪念的一天。自那以后，每当他们谈起这件事来都觉得奇怪，为什么从前就没有注意到思嘉的美。他们至今没有找到确切的答案，来解释为什么思嘉决定要在那一天引起他们的注意。原来思嘉不能容忍任何男人同别的女人恋爱，因此她一见到英迪亚和斯图尔特在一起说话便觉得受不了，便会产生掠夺之心。她并不满足于单单占有斯图尔特，还要把布伦特也夺过来，并且用一种十分巧妙的手腕把他们两个控制住，现在他们两人双双坠入情网，而英迪亚·威尔克斯和布伦特曾经不冷不热地追求过的那个来自洛夫乔伊的莱蒂·芒罗，都被他们远远地抛在脑后了。至于如果思嘉选择他们中的一个时，落选的那个该怎么办，这个问题哥儿俩并不考虑。到了河边再过桥吧。眼下他们对一位姑娘取得了一致的看法，这就相当满意了，因为他们中间并没有什么嫉妒之心。这种情形引起了左邻右舍的注意，并叫他们的母亲苦恼不堪——她是不怎么喜欢思嘉的。

“如果那个鬼丫头相中了你们中的哪一个，那就够他受的了，”她说。“万一她把你俩都挑上呢，那时你们就得到犹他州去做摩门教徒——我怀疑人家会不会要你们——我唯一担心的是过不了几天，你们俩就会被这个虚情假意的绿眼小妖精给弄得迷迷糊糊，互相嫉妒甚至用枪自相残杀起来。然而，要真是弄到那步田地倒也不是坏事。”

从演讲会那天开始，斯图尔特每次见到英迪亚便觉得不是滋味。这不是因为英迪亚责怪了他，或者在脸色姿态之间暗示过她已经发觉他突然改变了原来的忠诚，她这个地道的正派姑娘绝不会这样做。可是跟她在一起时斯图尔特总感到内心有愧，很不自在。他明白是自己设法让英迪亚爱上了他，也知道她现在仍然爱他，所以内心深处隐隐觉得自己的行为不像堂堂男子汉。他仍然十分爱她，对她的那种文静贤淑的仪态、她的学识和她所有的种种高尚品质，他都十分尊敬。

但是，糟糕的是，一跟思嘉的光彩照人和娇媚比起来。她就显得那么暗淡无味和平庸呆板了。他跟英迪亚在一起时永远头脑清醒，而跟思嘉在一起就迥然不同了。光凭这一点就足以叫一个男人心烦意乱了，可这种烦乱还真有魅力呢。

“那么，咱们到凯德·卡尔弗特家去吃晚饭。思嘉说过凯瑟琳已经从查尔斯顿回来了。也许她那儿有什么我们还没听到的关于萨姆特要塞的消息呢。”

“凯瑟琳不会有的。我敢和你打赌，她甚至连要塞在海港里都不清楚，哪里还知道那儿本来挤满了北方佬，后来被咱们全部轰走了。她唯一知道的就是舞会和她招来的那些情人。”

“那么，去听听她的那套胡扯也挺有趣呀。况且那也是个藏身之地，可以让我们等妈妈上床睡了再回家去。”

“唔，好极了！我喜欢凯瑟琳，她很好玩，我也想打听打听卡罗·莱特和其他查尔斯顿的人的消息。可是要再去跟她的北方佬继母坐在一起吃顿饭，那才真要我的命呢！”

“别对她太苛求了，斯图。她也是一片好意。”

“我并不是苛求她。倒是为她难过，可是我不喜欢那种让我为她难过的人。她在你周围转来转去，总想叫你感到舒适自在，可是她所做的和说的使你反感。简直让我坐立不安！她还把南方人当做蛮子，她甚至跟妈妈说她害怕南方人。每次我们在她家，她都像吓得要死似的。她让我想起一只蹲在椅子上的瘦母鸡，瞪着两只又亮又呆板的怯生生的眼睛，仿佛一听到有什么动静就要扇着翅膀咯咯地叫起来。”

“这个你也不能怪她。你曾经开枪打伤过凯德的腿哩。”

“对，但那次是我喝醉了，否则也不会干出那样的事来，”斯图尔特为自己辩护，“而且凯德自己从不怀恨。凯瑟琳和雷福德或者卡尔弗特先生也没有什么恶感。就是那个北方佬继母，她却大声嚷嚷，说我是个蛮子，说文明人跟粗野的南方人在一起很不安全。”

“不过，你不能怪她。她是个北方佬，不很懂礼貌，而且你毕竟打伤了她的继子呀。”

“可是，呸！那也不能作为侮辱我的理由啊！你是妈妈的亲生儿子，但那次托尼·方丹打伤了你的腿，她发过火吗？没有，她只请老方丹大夫来给你包扎了一下，还问他托尼的枪怎么会找不准哪。你还记得那句话使托尼多么难过的吧？”哥儿俩都大笑起来。

“妈妈可真有办法！”布伦特衷心赞赏地说。“你可以永远指望她处事得当，不让你在众人面前感到难堪。”

“对，但是今晚我们回家时，她很可能要当着父亲和姑娘们的面让我们丢脸呢，”斯图尔特闷闷不乐地说。“听我说，布伦特，我看这意味着咱们不能到欧洲去了。记得妈妈说过，要是咱们再被学校开除，便休想参加大旅游了。”

“这个嘛，咱们不管它，让它见鬼去吧！是不是？欧洲有什么好玩的？我敢打赌，那些外国人拿不出一样在咱们佐治亚还没有的东西来。我敢打赌，他们的马不如咱们的跑得快，他们的姑娘不如咱们的漂亮，并且我十分清楚，他们的哪一种威士忌都不能跟咱爸的酒相比。”

“但艾希礼·威尔克斯说过，他们那里有非常丰富的自然风景和音乐。艾希礼喜欢欧洲，他经常谈起欧洲。”

“唔，你应该知道威尔克斯家的人什么样，他们对音乐、书籍和风景都喜爱得出奇。妈妈说那是因为他们的祖母是弗吉尼亚人。她说弗吉尼亚人是十分重视这类东西的。”

“让他们重视去吧。我只要有好马匹，有好酒喝，有好的姑娘追求，还有个坏姑娘开玩笑，就任凭别人赏玩他们的欧洲好了……咱们干吗要惋惜什么大旅游呢？就算我们如今是在欧洲，可战争发生了怎么办？要回家也来不及呀。我宁愿去打仗也不想到欧洲去。”

“我也是这样，随时都可以……喏，布伦特，我想起可以到哪儿去吃晚饭了。咱们骑马越过沼泽地，到艾布尔·温德那里去，告诉他我们四人又都回到了家里，准备去参加操练。”

“这个主意好！”布伦特兴奋得叫起来。“而且咱们能听听军营里所有的消息，弄清楚他们最后决定采用哪种颜色做制服。”

“要是采用法国步兵服呢，那我再去参军就活该了。穿上那种口袋似的红裤子，我会觉得自己像个娘儿们了。我看那跟女人穿的红法兰绒衬裤一模一样。”

“少爷们想到温德先生家去吗？”吉姆斯问。“要是您想去，您就吃不上好晚饭了。他们的厨子死啦，还没找到新的呢。他们随便找了个女人在做吃的，那些黑小子告诉我她做得再糟不过了。”

“他们干吗不买个新厨子呀！我的上帝！”

“这帮下流坯穷白人，还买得起黑人？他们家历来最多也只有 4 个。”吉姆斯的口气中充满公然的蔑视。他自己的社会地位是坚牢的，因为塔尔顿家拥有上百个黑奴，而且像所有大农场的奴隶那样，他瞧不起那些只有少数几个奴隶的小农场主。

“你说这话，看我剥你的皮！”斯图尔特厉声喊道：“你怎么能叫艾布尔·温德‘穷白人’呢。他虽然穷，可并不是什么下流坯。任何人，无论黑人白人，谁要是瞧不起他，我可绝不答应。全县没有比他更好的人了，要不军营里怎么会推举他当尉官呢？”

“我可弄不懂这个道理，”吉姆不顾主人的斥责硬是顶嘴回答说。“我看他们的军官全是从有钱人里边挑的，谁也不会挑肮脏的下流货。”“他不是下流货呀！你是要拿他跟真正的白人下流坯像斯莱特里那种人相比吗？艾布尔只不过没有钱罢了。他不是大农场主，但毕竟是个小农场主。既然那些新入伍的小伙子认为可以选举他当尉官，那么哪个黑小子也不能肆意讲他的坏话。营里自有公论嘛。”

骑兵营是三个月前佐治亚州脱离联邦那天成立起来的，从那以后那些入伍的新兵便一直在盼望打仗。至今这个组织还没有命名，尽管已经有了种种方案。对于这个问题，正像对于军服的颜色和式样什么的，每个人都有自己的主张，并且都不愿意放弃。什么“克莱顿野猫”啦，“暴躁人”啦，“北佐治亚轻骑兵”啦，“义勇军”，“内地步枪兵”啦（尽管这个营将是用手枪、军刀和单刃猎刀而不是用步枪来装备），“克莱顿灰衣人”啦，“血与怒吼者”啦，“莽汉和应声出击者”啦，所有这些名称都不乏附和者。在问题没有解决之前，大家都称呼这个组织为“营”，而且，不管最终采用的名称多么响亮，他们始终用的是简简单单的一个“营”字。

军官由大家选举，因为全县除了参加过墨西哥战争和塞米诺尔战争的少数几个老兵外，谁也没有军事经验。而且，如果大家并不喜欢和不信任他，要让一个老兵当头领也只会引起全营的蔑视。大家全都喜欢塔尔顿家四个小伙子和方丹家三兄弟，不过令人遗憾的是都不愿意选举他们，因为塔尔顿家的人太容易喝醉酒和喜欢玩乐，而方丹兄弟又非常性急和暴躁，结果选了艾希礼·威尔克斯做队长，因为他是县里最出色的骑手，而且头脑冷静，大伙相信他还能维持某种表面的秩序。雷弗德·卡尔弗特是人人都喜爱的，被任命为上尉，而艾布尔·温德，那个沼泽地捕猎手的儿子（他本人是小农），则被选做中尉了。

艾布尔是个精明沉着的大个儿，不识字，心地和善，比别的小伙子年龄大些，在妇女面前也表现得较有礼貌。“营”里很少有骄下媚上的现象。他们的父亲和祖父大多是以小农致富的，不会有那种势利眼。而且艾布尔是“营”里最好的射击手，一杆真正的“神枪”，他能够在75码外瞄准一只松鼠的眼睛，也熟悉野外生活，会在雨地里生火，会捕捉野兽，会寻找水源。“营”里很尊重有本事的人，而且由于大伙喜欢他，所以让他当了军官。他严肃对待这种荣誉，不骄傲自大，好像这不过是他的本分。可是那些农场主太太们和他们的农奴们却不能宽恕他并非生来就是上等人这一事实，尽管她们都做到了。

开始，这个“营”只从农场主的子弟中招募营丁，因而可以说是个上层的组织；他们每人自备马匹、武器、装备、制服和随身仆人。但是有钱的农场主在克莱顿这个新辟的县毕竟很少，同时为了建立一支充实的武装力量，便必须从小农户和森林地带的猎户、沼泽地捕兽者、山地居民，有时甚至穷白人（只要他们在本阶级的一般水平之上）的子弟中招募更多的新兵。

后一部分青年人也和他们的富裕邻居一样，渴望着战争一爆发便去找北方佬，但金钱这个微妙的问题却随之产生了。

小农中很少有人是有马的。他们是使用骡子耕作，也没有富余的，最多不过四头骡子。这些骡子即使营里同意接受，也不能从田里拉到战场呀，何况营里还口口声声说不要呢。至于那些穷白人，他们只要有一头骡子便自以为蛮不错了。边远林区的人和沼泽地带的居民既无马也没有骡子。他们完全靠林地里的出产和沼泽中的猎物过活，做生意也是以物换物，一年看不见5元现金，要自备马匹、制服是办不到的。可是这些人身处贫困仍非常骄傲，就像那些拥有财富的农场主一样，他们绝不接受来自富裕邻居的任何带施舍意味的东西。在这种局面下，为了保持大家的感情和把军营建成一个充实的组织，思嘉的父亲、约翰·威尔克斯、巴克·芒罗、吉姆·塔尔顿、休·卡尔弗特，实际除宁格斯·麦金托什以外，全县每个大农场主，都捐钱把军营全面装点起来，马匹和人员也一样。这件事是由每个农场主同意出钱装备自己的儿子和别的若干人开始的，但经过适当的安排以后，营里那些不怎么富裕的成员也就能够坦然接受他们的马匹和制服而不觉得有失体面了。

营队每周在琼斯博罗集合两次，进行操练和祈祷战争早日发生。马匹还没有备齐，但那些有马的人已经在县府背后的田野里搞起了他们想象中的骑兵演习，搅起满天灰尘，扯着嘶哑的嗓子叫喊着，挥舞着从客厅墙上取下来的革命战争时代的军刀。那些还没有马匹的人只好坐在布拉德仓库前面的镶边石上一边观看，一边嚼着烟草闲聊。要不他们就比赛打靶。谁也用不着你去教他打枪，因为大多数南方人生来就是玩枪的，他们终日把时间消磨在打猎中，以至他们全都练成了好射手。

从农场主家里和沼泽地的棚屋里，一队一队的年轻人携带着武器奔向每个集合点。其中有初次越过阿勒格尼山脉时还很新的用来打松鼠的长杆枪，有佐治亚新开辟时打死过许多印地安人的老式毛瑟枪，有在1812年以及墨西哥和塞米诺尔战争中服过役的马上用的手枪，还有决斗用的镶银手枪、短筒袖珍手枪、双筒猎枪、漂亮的带有硬木枪托的英制新式来福枪，等等。

结束操练时，常常要在琼斯博罗一些酒馆里演出最后的一幕。到了傍晚，争斗纷纷发生，使得军官们十分棘手，不得不在北方佬打来之前便忙着处理伤亡事件了。就是在这样一场斗殴中，斯图尔特·塔尔顿开枪伤了凯德·卡尔弗特，托尼·方丹打伤了布伦特。那时这对孪生兄弟刚刚被弗吉尼亚大学开除回到家里，同时营队成立的时候，他们热情地参加了。可是枪伤事件发生以后，也就是说两个月前，他们的母亲打发他们进了州立大学，命令他们留在那里不要回来。他们痛苦地怀念着操练时那股兴奋劲儿，觉得只要能够和伙伴们一起骑着马、嘶喊、射击，哪怕牺牲上学的机会也值得。

“这样，咱们就直接过去找艾布尔吧，”布伦特提议说。“咱们可以穿过奥哈拉先生家的河床和方丹家的草地，很快就能赶到那里。”

“到那里我什么好的也吃不着，只有吃老鼠和青菜了。”吉姆斯不服气地说。

“你什么也别想吃，”斯图尔特奸笑道。“因为你得回家去，告诉妈妈我们不回去吃晚饭了。”“不，我不回去！”吉姆斯惊慌地嚷道。“不，我不回去！回去给比阿特里斯小姐打个半死可不是好玩的。首先她会问你们怎么又给开除了？然后又会问，我为什么今晚没带你们回家，好让她好好揍你们一顿？末了，她还会突然向我扑过来，像鸭子扑一只无花果一般。我很清楚，她会把这件事通通怪在我头上。要是你们带我到温德先生家去，我就整夜蹲在外边林子里，没准儿巡逻队会逮住我的，因为我宁愿给巡逻队带走，也不要在太太生气时落到她的手中。”哥儿俩瞧着这个倔犟的黑孩子，感到又困惑又烦恼。

“这傻小子可是做得出来，会叫巡逻队给带走。果真这样，便又给妈妈添了个话柄，好唠叨几个星期了。我说这些黑小子们是最麻烦的。有时我甚至想，那帮废奴主义者的主意倒不错呢。”“不过嘛，总不能让吉姆斯去应付咱们自己不敢应付的场面吧。看来咱们只好带着他。可是，当心，不要脸的黑傻瓜，要是敢在温德家的黑人面前摆架子，敢夸口说咱们常常吃烤鸡和火腿，而他们除了兔子和老鼠什么也吃不上，那我……我就要告诉妈妈去。而且，也不让你跟我们一起去打仗喽。”“摆架子？我在那些不值钱的黑小子跟前摆架子？不，先生们，我还讲点礼貌呢。比阿特里斯小姐不是像教育你们那样也教育我要有礼貌吗？”“可她在咱们三人身上都没有做得很好呀，”斯图尔特说。

“来吧，咱们继续赶路。”

他使自己的大红马向后退几步，然后用马刺在它腰上狠狠踢下，叫它跳起来轻易越过篱栏，跨入杰拉尔德·奥哈拉农场那片松软的田地。随后布伦特的马跟着跳过，接着是吉姆斯的，他跳时紧紧抓住鞍头和马鬃。吉姆斯不喜欢跳篱栏，然而他为了赶上自己的两位主人，还跳过比这更高的地方。

他们在越来越浓的暮色中横过那些红土垅沟，跑下山麓向河床走去。这时布伦特向他兄弟喊道：“我说，斯图！你觉得思嘉本来想留咱们吃晚饭吗？”“我始终认为她会的，”斯图尔特高声答道。“你说呢……”

2

思嘉站在塔拉农场的走廊上目送那对孪生兄弟离开，直到飞跑的马蹄声已隐隐消失，她才如梦游人似地回到椅子上去。她觉得脸颊发僵仿佛有什么痛处，但嘴巴却真的酸痛了，因为是刚才很长一段时间她在咧着嘴假装微笑，为了不让那对孪生兄弟发觉她内心的秘密。她疲惫地坐下，将一条腿盘起来，这时心脏难受得发胀，好像快要从胸膛里爆出来似的，它古怪地轻轻跳着。她的两手冰凉，一种大祸临头的感觉沉重地压迫着她。她脸上流露出痛苦和惶惑的神情，这种惶惑说明，她这个娇宠惯了、经常有求必应的孩子如今可碰到生活中不愉快的事了。

艾希礼要和媚兰·汉密尔顿结婚了！

唔，这不可能是真的！那对孪生兄弟准搞错了，他们又在找她开玩笑呢。艾希礼不会爱上她，谁也不会的，同媚兰这样一个耗子似的小个儿。思嘉怀着轻蔑的情绪想起媚兰瘦小得像孩子的身材，她那张严肃而平淡得几乎有点丑的鸡心形的脸，而且可能艾希礼是好几个月没见到她了。自从去年“十二橡树”村举行家中大宴会以来，她顶多只到过亚特兰大两次。不，艾希礼不可能同媚兰恋爱，因为……唔，她绝不会错的……因为他在爱她呀！她思嘉才是他所爱的那个人呢……她知道！

思嘉听见嬷嬷的脚步笨重地在堂屋里把地板踩得嘎嘎响，便迅速将盘着的那条腿伸下来，并设法放松脸部的表情，尽量显得平静一些。万万不能让嬷嬷怀疑到出了什么事呀！

嬷嬷总觉得奥哈拉家的人连身子带灵魂都是她的，他们的秘密就是她的秘密。只要有一丝神秘的味道，她就会像条警犬似的无情地追踪嗅迹。根据已往的经验，思嘉知道如果嬷嬷的好奇心不能立即满足，她就会去跟妈妈一起嘀咕，那时便只好向母亲交代一切，要不就得编出一个像样的谎话来。

嬷嬷从堂屋里走出来，她是个大块头老婆子，但眼睛细小而精明，活像一头大象。她长得黑不溜秋，是纯粹的非洲人，把整个身心毫无保留地献给了奥哈拉一家，成了爱伦的左右手、三个女孩子的煞星和其他家人的阎罗王。虽然嬷嬷是个黑人，但她的行为规范和自豪感却与她主人一样高或者还要高些。她是在爱伦·奥哈拉的母亲索兰吉·罗毕拉德的卧室里养育大的，那位老太太是个文雅的高鼻子法兰西人，无论对自己的儿女或者仆人只要触犯法规便不惜给以应得的惩罚。她曾经做过爱伦的嬷嬷，后来爱伦结婚时跟着她从萨凡纳来到了内地。嬷嬷要是宠爱谁，就会严加管教。正因为她是那样宠爱思嘉并为思嘉感到骄傲，所以她对思嘉的管教也就没完没了。

“那两位少爷走了吗？你怎么没留他们吃晚饭呀，思嘉小姐？我告诉了波克叫他添两份饭啦。你的礼貌到哪里去了呢？”“唔，他们尽谈论战争，我都听得烦了，再也忍受不了同他们一起吃晚饭，尤其怕爸爸也参加进来大叫大嚷，议论林肯先生。”“你可像个女孩一般不知礼了，亏你妈妈和我还辛辛苦苦教你呢。还有，你怎么没披上你的披肩呀？夜风快吹起来了！我一次又一次告诉你，光着肩膀坐在夜风里要感冒发烧的。思嘉小姐快进屋里来。”思嘉故意装出一副冷淡的样子掉过头去，幸亏嬷嬷正一个劲儿唠叨披肩的事，没有看见她的脸色。

“不，我想坐在这里看落日，它多美呀！你去给我把披肩拿来，劳驾了，嬷嬷！让我坐在这里，等爸爸回家来我再进屋去。”“我听你这声音像是着凉了。”嬷嬷怀疑地说。

“唔，没有，”思嘉不耐烦地说。“你去把我的披肩拿来吧。”嬷嬷蹒跚地走回堂屋，这时思嘉听到她在楼梯脚下低声叫着楼上的女佣人。

“罗莎！听着，把思嘉小姐的披肩扔给我。”接着，她的声音更响了，“不中用的黑鬼！她总是什么忙也帮不上的。又得我亲自爬上楼去取了。”

听到楼梯咯咯作响，思嘉便轻轻站起身来。嬷嬷一回来又要重复那番责备她不懂礼貌的话了，可思嘉觉得正当自己心酸的时候，实在无法忍受叨叨这种鸡毛蒜皮的小事。她就犹豫不定地站着，不知该躲到哪里去让痛苦的心情略略平息。这时她忽然起了一个念头，这给她带来了一线微弱的希望。原来那天下午她父亲骑马到威尔克斯家的农场“十二橡树”村去了，是为了商量购买他那位管家波克的妻子迪尔茜。迪尔茜是“十二橡树”村的女领班，自从六个月前与波克结婚以来，波克就没日没夜地缠着要主人把她买过来，好让他们两口子住在一起。那天下午杰拉尔德实在禁不住他纠缠，只得动身到那边去商量购买迪尔茜的事。

当然，思嘉想，爸爸会知道这个可怕的传闻不是真的。就算今天下午他的确没有听到什么消息，他也可能注意到了某些迹象，感觉到威尔克斯家有什么叫人兴奋的事情吧。要是我能在吃晚饭前一个人看见他，说不定就能弄个明白——原来不过是那哥儿俩的一个缺德的玩笑罢了。

杰拉尔德该回来了。如果她想单独见他，她也无需麻烦，只要在车道进入大路的口子上迎接他就行了。她悄悄地走下屋前的台阶，又回过头来仔细看看，要弄清楚嬷嬷的确没有在楼上窗口观望。她没有看见那张围着雪白头巾的黑色阔脸在晃动的窗帘间不满地窥探，便大胆地撩起那件绿花布裙，沿着石径向车道飞奔，只要那双镶有锻带的小便鞋允许，她是能跑多快就跑多快的。

沿着碎石的车道两边，茂密的柏树枝叶交错，形成天然的拱顶，使那长长的林荫路变成了一条阴暗的甬道。一跑进这甬道里，她便觉得自己已经安全了，家里的人望不见了，这才放慢脚步。她气喘吁吁，因为她的胸衣箍得太紧，不容许她这样飞跑，不过她还是尽可能迅速走去。她很快便到了车道尽头，走上了大路，可是她并不停步，直到拐了个弯，那里有一大丛树遮掩着她，使家里人再也不能看见了。

她两颊发红，呼吸急促，坐在一个树桩上等待父亲。往常这时候，他已经回来了，不过她高兴今天他晚一些，这样她才有时间喘过气来，使脸色恢复平静，不致引起父亲的猜疑。她分分秒秒地期待着听到马蹄声，看到父亲用他那吓死人的速度驰上山冈。可是一分钟又一分钟过去了，杰拉尔德还是不见回来。顺着大路望去，想找到他的影子，这时心里的痛楚又膨胀起来了。

"唔，那不可能是真的！"她心想。"他为什么不来呢？"她的眼光沿着那条因早晨下过雨而变得血红的大路沉思着，在心里跟踪着这段路程奔下山冈，到那懒洋洋的弗林特河畔，越过荆榛杂乱的沼泽谷底，再爬上下一个山冈到达"十二橡树"村。艾希礼就住在那里。此时，这条路的全部意义就在这里——它是通向艾希礼和那幢美丽得像希腊神殿般高踞于山冈上的白圆柱房子的路。

"啊，艾希礼！艾希礼！"她心里喊着，心脏跳得更快了。

自从塔尔顿家那对孪生兄弟把他们的闲话告诉她以后，一种惶惑和灾祸的冷酷感一直沉重地压抑着她，可如今这种意识已被推到她心灵的后壁去，取而代之的是两年以来始终支配着她的那股狂热之情。

现在看来很有些奇怪，当她还没有长大成人的时候，为什么从不觉得艾希礼有什么动人之处呢？童年时，她看见他走来走去，可一次也不曾想过他。直到两年前那一天，当时艾希礼为期三年的欧洲大陆旅游刚回来，到她家来拜望，她才爱上了他。事情就这么简单。

她那时正在屋前走廊上，他骑着马从林荫道上远远而来，身穿灰色细棉布上衣，领口打着个宽大的黑蝴蝶结，与那件皱领衬衫很相配。直到今天，她还记得他那穿着上的每一个细节，那双马靴多亮啊，还有蝴蝶结别针上那个浮雕宝石的蛇发女妖的头，那顶宽边巴拿马帽子……他一看见她就立即把帽子拿在手里了。他跳下马，把缰绳扔给一个黑孩子，站在那里朝她望着，那双朦胧的灰色眼睛瞪得大大的，流露着微笑；他的金黄色头发在阳光下闪烁，像一顶灿烂的王冠。那时他温和地说："思嘉，你都长大了。"然后轻轻地走上台阶，吻了吻她的手。还有他的声音啊！她永远也忘不了她听到时那怦然心动的感觉，仿佛她是第一次听到这样慢吞吞的、响亮的、音乐般的声音！

就在这最初一刹那，她觉得她需要他，像要东西吃、买马匹、要温软的床睡觉那样简单，那样说不出原因地需要他。

两年以来，都是他陪着她在县里各处走动，参加舞会、炸鱼宴、野餐，甚至法庭开庭日的听审，等等，虽然从来不像塔尔顿兄弟那样纷繁，也不像方丹家的年轻小伙儿那样纠缠不休，可每星期都要到塔拉农场来拜访，从未间断过。

确实，他从来没有向她求过爱，他那清澈的眼睛也从来没有流露过像思嘉在其他男人身上熟悉的那种炽热的光芒。

可是仍然……仍然……思嘉知道他在爱她。在这点上她是不会错的。直觉比理智更可信赖，而从经验中产生的认识也告诉她他爱她。她几乎常常让他吃惊，那时他的眼睛显得既不朦胧也不疏远，带着热切而凄楚的神情望着她，使她不知所措。她知道他在爱她。他为什么不对她说明呢？这一点她无法理解，而实际上她无法理解他的地方还多着呢。

他常常很客气，但又那么冷淡、疏远。谁也不明白他在想些什么，而思嘉是最不明白的。在那一带，人人都是一想到什么就说什么，因此艾希礼的谨慎性格便更加使人看不惯了。他对县里的种种娱乐，如打猎、赌博、跳舞和议论政治等方面，都跟任何别的青年人一样精通。可是，他跟大家有不同之处，那就是这些愉快的活动对于他来说，都不是人生的目标。他仅仅对书本和音乐感兴趣，而且很爱写诗。

啊，为什么他要长得这么漂亮，可又这么客气而不好亲近呢？而且一谈起欧洲、书本、音乐、诗歌以及那些她根本不感兴趣的东西来，他总是津津乐道，叫她听得烦死，却又叫她那么想要一听听呢？一个晚上又一个晚上，当思嘉同他坐在前门半明半暗的走廊上闲谈过以后，每次上床睡觉时，总要翻来覆去好几个钟头，最后只得自我安慰地设想下次他再来看她时一定会向她求婚，这才慢慢地睡着。可是，下次来了又走了，结果还是一场空——只是那股令她着迷的狂热劲却升得更高更热了。

她爱他，她需要他，但是她不了解他。她是那么直率、简单，就像吹过塔拉上空的风和从塔拉身边流过的河流一样，而且即使活到老，她也不可能理解一件错综复杂的事。如今，她生气第一次碰上了一个性格复杂的人。

因为艾希礼天生属于那种类型，一有闲暇不是用来做事，而是用来思想，用来编织色彩斑斓而毫无现实内容的幻梦。他生活在一个比佐治亚美好得多的内心世界里留连忘返。他对人冷眼旁观，既不喜欢也不厌恶。他对生活漠然视之，无所动心，也无所忧虑。他对“十二橡树”以及他在其中的地位，无论适合与否都坦然接受，有时耸耸肩，回到他的音乐、书本和那个更好的世界里去。

思嘉弄不明白，既然他的心对她的心是那样陌生，那么为什么他竟会迷住她呢？就是他的这个秘密像一扇既没有锁也没有钥匙的门引起了她的好奇心。他身上那些她所无法理解的东西只有使她更加爱他，他那种克制的求爱态度只能鼓励她下更大的决心去把他占为己有。她从未怀疑他有一天会向她求婚，因为她实在太年轻太娇惯了，从来不懂得失去是怎么回事。现在，好比晴天霹雳，这个可怕的消息突然降临。这不可能是真的呀！艾希礼要娶媚兰了！

为什么，就在上周一个傍晚他们骑马从费尔黑尔回家时，他还对她说过："思嘉，我有件十分重要的事要告诉你，但是不知怎么说好。"她那时假装正经地低下头来，可高兴得心怦怦直跳，觉得那个愉快的时刻来了。接着他又说："可现在不行啊！没有时间了。咱们快到家了，唔，思嘉，你看我多么胆怯呀！"他随即用靴刺在马肋上踢了几下，赶快送思嘉越过山冈回塔拉来了。

思嘉坐在树桩上，回想着那几句曾叫她十分高兴的话，可这时它们突然有另一种意思，一种可怕的意思。也许他打算告诉她的就是他要订婚的消息呢！

啊，只要爸爸回来就好了！这个疑团她实在再也忍受不了啦。她又一次焦急地沿着大路向前望去，又一次大失所望。

这时太阳已经沉到地平线以下，大地边沿那片红霞已褪成了淡粉色的暮霭。天空渐渐由浅蓝变为知更鸟蛋般淡淡的青绿，田园薄暮中那超尘绝俗的宁静也悄悄在她周围降落。朦胧夜色把村庄笼罩起来了。那些红土垅沟和那条仿佛刚被节开的红色大路，也失掉了神奇的血色而变成平凡的褐色土地了。大路对面的牧场上，牛、马和骡子静静地站在那里，把头颈从篱栏上伸出去，等待着被赶回棚里去享受晚餐。它们不喜欢那些灌木丛的黑影把牧地小溪遮蔽，同时抽动双耳望着思嘉，仿佛很欣赏人类的陪伴似的。

河边湿地上那些在阳光下郁郁葱葱的高大松树，在奇异的朦胧暮色中，如今已变得黑糊糊的，与暗淡的天色两相映衬，好像一排黑色巨人站在那里，把脚下缓缓流过的黄泥河水给遮住了。河对面的山冈上，威尔克斯家的白色烟囱在周围茂密的橡树林中渐渐隐去，只有远处点点的晚餐灯火还能照见那所房子依稀犹在。暖和且柔润的春天气息，带着新翻的泥土和蓬勃生长的草木的潮湿香味温馨地包围着她。

对于思嘉来说，落日、春天和新生的草木花卉，都没有什么奇异之处。她对它们的美都毫不在意，犹如呼吸空气和饮用泉水一样，因为除了女人的相貌、马、丝绸衣服和诸如此类的具体东西以外，她从来也不曾有意识地在任何事物身上看到过美。不过，塔拉农场照料得很好的田地上空这一静穆的暮景却给她那纷乱的心情带来了一定程度的安宁。她是如此热爱这片土地，以至好像并没发觉自己在爱它，就像爱母亲在灯光下祈祷时的面容一般。

蜿蜒的大路上仍然没有杰拉尔德的影子。如果她还要等候很久，嬷嬷就一定会来寻找她，并把她赶回家去。可是就在她眯着眼睛向那愈来愈黑暗的大路前头细看时，她听到了山脚下得得的马蹄声，同时看见牛马正慌张地散开。杰拉尔德

·奥哈拉向家飞奔而来。

他骑着那匹腰壮腿长的烈马驰上山冈，远远看去就像个孩子骑在一匹过于高大的马上。长长的头发在他脑后飞扬着，他举着鞭子，吆喝着加速前进。

尽管思嘉心中充满了焦急不安的情绪，但她仍然怀着无比的自豪感观望父亲，因为杰拉尔德是个真正出色的猎手。

“我不明白他为什么一旦喝了点酒便要跳篱笆，”思嘉心想。“而且去年他就是在这里把膝头摔坏的呀。你以为他会记住这教训吧，尤其是他还对母亲发过誓，答应再不跳了。”思嘉不怕父亲，并且觉得他比他的姐妹们更像是一个同辈，因为跳篱笆和向他妻子保密这件事使他感到一种孩子气的骄傲和略带内疚的愉悦，而这是可以和思嘉干了坏事瞒过嬷嬷时的高兴心情相比的。现在她从树桩上站起身来看他。

那匹大马跑到篱笆边，弯着前腿纵身一跃，像飞一样轻而易举地跨了过去，它的骑手也高兴地叫喊着，将鞭子在空中抽得噼啪响，长长的白发在脑后飞扬。杰拉尔德并没有看见在树木黑影中的女儿，他在大路上勒住缰绳，赞赏地轻拍着马的颈项。

“在咱们县里没有谁比得上你，就是州里也没有，”他得意洋洋地对自己的马说。他那爱尔兰米思地方的口音依然很重，尽管到美国39年了。接着他赶快理了理头发，把揉皱的衬衫和扭到耳背后的领结也整理好。思嘉知道这些修整工夫是为了让自己像个讲究的上等人模样去见母亲，假装是拜访邻居以后安安稳稳骑马回来的。她知道自己的机会到了，她可以开始同他谈话而不必担心泄露真实的用意了。

她这时大声笑起来。不出所料，杰拉尔德听见笑声大吃一惊，但随即便认出了她，红润的脸上堆满了边讨好边挑战的神情。他艰难地跳下马来，因为双膝已经麻木了，然后把缰绳搭在胳臂上，蹒跚地向她走来。

“小姐，好啊，”他说着，拧了一下她的面颊，“那么，你是在偷看我了，而且像你的苏伦妹妹上星期干过的那样，准备到你母亲面前去告我的状了吧？”他那沙哑低沉的声音里含有怒意，同时也带有讨好的意味，这时思嘉便挑剔而又嗲声嗲气地伸出手来将他领结拉正了。他扑面而来的的呼吸让她嗅到了一股强烈的混和薄荷香味的波旁威士忌酒味，他身上还散发着咀嚼烟草和擦过油的皮革以及马汗的气味……这是一股各种味道的混杂，她经常把它同父亲联系起来，以至在别人身上闻到时也本能地喜欢。

“爸，不会的，我不是苏伦那种搬弄是非的人。”她请他放心，一面略略向后退了一下，带着嬷嬷的神气端详他的服饰。

杰拉尔德身高只有5英尺多，是个矮个儿，但腰身很壮，脖子很粗，坐着时那模样叫陌生人看了还以为他是个比较高大的人。他那十分笨重的躯干由经常裹在头等皮靴里的短粗的双腿支撑着，而且经常大大分开站着，像个摇摇摆摆的孩子。凡是自己以为了不起的矮人，那模样大都是有点可笑的。可是一只矮脚的公鸡在场地上却备受尊敬，杰拉尔德也就是这样。谁也没有胆量把杰拉尔德当作可笑的矮个儿看待。

他 60 岁了，一头波浪式的鬈发已经白如银丝，但是他那精明的脸上还没有一丝皱纹，两只蓝眼睛也焕发着青年人无忧无虑的神采，这说明他从来不为什么抽象的问题伤脑筋，只想些简单实际的事，如打扑克时要抓几张牌，等等。他那张纯粹爱尔兰型的脸，同他已离别多年的故乡的那些脸一模一样，是圆圆的、深色的，短鼻子、宽嘴巴，满脸好战的神情。

虽然杰拉尔德·奥哈拉外表粗暴，但心地却十分善良。他不忍心看到奴隶们受惩罚时的可怜相，即使是应该如此的；也不喜欢听到猫叫或小孩啼哭。不过他很害怕别人发现他的这个弱点。他还不知道人家遇到他不过五分钟就明白他是好心肠的人了。可是如果他觉察到这一点，他的虚荣心就要大受伤害，因为他喜欢设想，只要自己大喊大叫地发号施令，谁都会战战兢兢地服从呢。他从来不曾想到过，在这个农场里人人都服从的只有一个声音，那就是太太爱伦的柔和的声音。

他永远也不会知道这个秘密，因为自爱伦以下直到最粗笨的大田劳工，都在暗中串通一起，让他始终相信自己的话便是圣旨。

思嘉比谁都更不在乎他的嬷嬷和吼叫。她是他的头生孩子，而且杰拉尔德也清楚，在三个儿子相继进了家庭墓地之后，他不会再有儿子了，因此他已逐渐养成习惯，以男人对男人的态度来对待她，而这是她最乐意接受的。她比几个妹妹更像父亲，因为卡琳生来体格纤弱，多愁善感，而苏伦又自命不凡，总觉得自己文雅，有贵妇人派头。

另外，还有一个相互制约的协议把思嘉和父亲彼此联系在一起。要是杰拉尔德看见女儿爬篱笆而不愿走道到大门口去，他便当面责备她，但事后并不向爱伦或嬷嬷提出。而思嘉要是发现他在向太太郑重保证之后还照样骑着马跳篱笆，或者从县里人的闲谈中听说他打扑克时输了多少钱，她也不会像苏伦那样在晚饭时向爸爸告状。思嘉和她父亲认真地彼此交代过：谁要是把这种事搬到母亲耳边，那只会使她伤心，而无论如何他们也是犯不着这样做的。

如今在擦黑的微光中思嘉望着父亲，也不知为什么她觉得一到他面前心里就舒服了。他身上有一种生气勃勃的粗俗味儿吸引着她。她作为一个最没有分析头脑的人，并不明白这是由于她自己身上也或多或少有着同样禀性的缘故，尽管爱伦和嬷嬷花了 16 年的心血想把它抹掉，也终归徒然。

“好了，现在你完全可以出台了，”她说，“我想除非你自己吹牛，谁也不会怀疑你玩过这种花招的。不过我觉得，你去年已经摔坏了膝盖，现在又跳这同一道篱笆……”“唔，如果我还得靠自己的女儿来告诉我什么地方该跳或不该跳，那可太糟糕了。”他叫嚷着，又在她脸颊上拧了一把。

“脖子是我自己的，就是这样。另外，姑娘，你光着肩膀在这儿干什么？”她看到父亲在玩弄他惯用的手法来回避眼前一次不愉快的谈话，便轻轻挽住他的胳臂，一边说：“我在等你呢！没想到你会这么晚才回来。我还以为你把迪尔茜买下来了。”“买是买下来了，可价钱真要了我的命。买了她和她的小女儿百里茜。约翰·威尔克斯几乎想把她们送掉，可我绝不让人家说杰拉尔德·奥哈拉在买卖中凭友情占了便宜。我叫他把两人共卖了3000元。”“爸爸，我的天，3000哪！再说，你也用不着买百里茜呀！”“难道该让我自己的女儿公然来评判我？”杰拉尔德用幽默的口吻喊道：“百里茜是个蛮可爱的小女孩，所以……”“我知道。她是个又鬼又笨的小家伙，”思嘉不顾父亲的吼叫，只平静地接下去说。“而且，你买下她的主要理由是，迪尔茜央求你买她。”杰拉尔德似乎威风扫地，显得很尴尬，就像他平常做好事时给抓住了那样，这时思嘉便乐呵呵地笑话起他那伪装的坦率来了。

“不过，就算我这样做了又怎么样？只买来迪尔茜，要是她整天惦记孩子，又有什么用呢？好了，从此我再也不让这里的黑小子跟别处的女人结婚了。那太费钱。来吧，淘气包，咱们进屋去吃晚饭。”周围的黑影越来越浓，最后一丝绿意也从天空中消失了，春天的温馨已被微微的寒意所取代。可是思嘉还在踌躇，不知怎样才能把话题转到艾希礼身上而又不让杰拉尔德怀疑她的用意。这是困难的，因为从思嘉身上找不出一根随机应变的筋来；她父亲跟她十分相像，她经常看破他的诡计，他对她那些拙劣的诡计也总是一眼就看破了。何况他这样做时是很少拐弯抹角的。

“‘十二橡树’村那边的人都怎样了？”

“大体和往常一样。凯德·卡尔弗特也在那里。我办完迪尔茜的事以后，大家在走廊上喝了几盅棕榈酒。凯德刚刚从亚特兰大来，他们正兴致勃勃，在那里谈论战争，以及……”思嘉叹了一口气。只要杰拉尔德一谈起战争和脱离联邦这个话题，他不扯上几个小时是不会停下的。她连忙拿另一个话题来岔开。

“他们有没有谈起明天的全牛野宴？”

“我记得是谈起过的。那位小姐……她叫什么名字来着？……就是去年到这里来过的那个小妮子，你知道，艾希礼的表妹……啊，对了，媚兰·汉密尔顿小姐，就叫这个名字……她和她哥哥查尔斯已经从亚特兰大来了，并且……”“唔，她果真来了？”“真是个可爱的文静姑娘，她来了，总是不声不响，女人家就该这样嘛。走吧，女儿，别磨蹭了，你妈会到处找咱们的。”思嘉一听到这消息心就沉了。她曾经不顾事实地一味希望会有什么事情把媚兰·汉密尔顿留在亚特兰大，因为她就是那里的人呀；而且听到连父亲也完全跟她的看法相反，满口赞赏媚兰那文静的禀性，这就促使她不得不摊开来谈了。

“艾希礼也在那里吗?”

“他在那里。”杰拉尔德松开女儿的胳膊，转过身来，用犀利的眼光凝视着她的脸。“如果你就是为了这个才出来等我的，那你为什么不直截了当地说，却要兜这么大个圈子呢?”思嘉不知说什么好，只觉得心中一阵纷乱，脸都涨得通红了。

“好，说下去。”

她仍是什么也不说，真希望在这种局面下能使劲摇晃自己的父亲叫他闭嘴算了。

“他在，并且像他的几个妹妹那样十分亲切地问候了你，还说希望不会有什么事拖住你不去参加明天的大野宴呢。我当然向他们保证绝不会的，”他机灵地说。“现在你说，女儿，关于你和艾希礼，这到底是怎么回事呀?”“没什么，”她简单地答道，一面拉着他的胳臂。“爸，我们进去吧。”“现在你倒是要进去了，”他说。“可是我还是要站在这里，直到我明白你是怎么回事。唔，我想起来了，你最近显得有点奇怪，难道他跟你胡闹来着？他向你求婚了吗?”“没有。”她简单地回答。

“他是不会的。”杰拉尔德说。

她心中顿时火气，可是杰拉尔德摆了摆手，叫她平静些。

“姑娘！别说了，今天下午我从约翰·威尔克斯那里听说，艾希礼千真万确要跟媚兰小姐结婚。明天晚上就要宣布。”思嘉的手从他的胳臂上滑下来。果然是真的呀！

她的心头一阵剧痛，仿佛一只野兽用尖牙在咬着她。就在这当儿，她父亲的眼睛死死盯住她，由于面对一个他不知该怎样回答的问题而觉得有点可怜，又颇为烦恼。他爱思嘉，可是现在她竟把她那些孩子般的问题向他提出来，强求他解决，这就使他很不舒服。爱伦懂得怎样回答这些问题。思嘉本来应当到她那里去诉苦的。

“你这不是在出自己的洋相、出咱们大家的洋相吗?”他厉声说，声音高得像昨日对嬷嬷时一样了。“县里哪一个花花公子你都能搞到手，你 倒偏偏去追求一个不爱你的男人！”愤怒和受伤的自尊感反而把思嘉心中的痛苦驱走了一部分。

“我并没有追他。只不过感到吃惊而已。”“你这是在撒谎！”杰拉尔德大声说，接着，他凝视着她的脸，又突然显得十分慈祥地补充道：“我很难过，女儿。但毕竟你还是个孩子，而且别的小伙子还多着呢。”“妈妈嫁给你时才15岁呀，现在我都16了。”思嘉嘟嘟囔囔地说。

“你妈妈可不一样，”杰拉尔德说。“她从来不像你这样胡思乱想。好了，女儿，高兴一点，下星期我带你到查尔斯顿去看尤拉莉姨。看看他们那里怎样闹腾萨姆特要塞的事，包你不到一星期就把艾希礼忘了。”“他还把我当孩子看，”思嘉心里想，悲伤和愤怒憋得她说不出话来，“以为只要拿着新玩具在我面前晃两下，我就会把伤痛全忘了呢。”“好，别跟我作对了，”杰拉尔德警告说。“你要是懂点事，早就该同斯图尔特或者布伦特结婚了。考虑考虑吧，女儿，同这对双胞胎中无论哪一个结婚，两家的农场便可以连成一片，吉姆·塔尔顿和我便会给你们盖一幢漂亮房子，就在两家农场连接的地方，那一大片松林里，而且……”“别把我当小孩看待了，好吗?”思嘉嚷道。“我不去查尔斯顿，也不要什么房子，或同双胞胎结婚。我只要……”说到这里，她停顿了，但已经为时过晚。

杰拉尔德的声音出奇地平静，他慢吞吞地说着，仿佛是从一个很少使用的思想匣子里把话一字一句地抽出来似的。

“你唯一要的是艾希礼，可是却得不到他。而且即使他要和你结婚，我也未必就乐意应许，无论我同约翰·威尔克斯有多好的交情。”这时他看到她惊惶的神色，便接着说：“我要让我的女儿幸福，可你同他在一起是不会幸福的。”“啊，我会的，我会的!”“女儿，你不会的。只有同一类型的人两相匹配，才有幸福可言。”思嘉忽然心里起了种恶意，想大声喊出来：“可你不是一直很幸福吗，尽管你和妈并不是同类的人!”不过她把这念头压下去了，生怕他容忍不了这种鲁莽行为，给她一耳光。

“咱们家的人跟威尔克斯家的人不一样，”他字斟句酌地慢慢说。“威尔克斯家跟咱们所有的邻居——跟我所认识的每家邻居都不一样。他们是些古古怪怪的人，最好是和他们的表姐妹去结婚，让他们一起保持自己的古怪去吧。”“怎么，爸爸，艾希礼可不是……”“丫头！别急呀，我并没说这个年轻人的坏话嘛，因为我喜欢他。我说的古怪，并不就是疯狂的意思。他的古怪并不像卡尔弗特家的人那样，把所有的一切都押在一匹马身上，也不像塔尔顿家的孩子那样每次都喝得烂醉如泥，而且跟方丹家那些狂热的小畜牲也不一样，他们动不动就行凶杀人。那种古怪是容易理解的，而且，老实说吧，要不是上帝保佑，杰拉尔德·奥哈拉很可能样样俱全呢。我也不是说，你如果做了他的妻子，艾希礼会跟别的女人私奔，或者揍你。要是那样，你反而会幸福些，因为你至少懂得那是怎么回事。但他的古怪归于另一种方式，它使你对艾希礼根本无理解可言。我喜欢他，可是对于他所说的那些东西，我几乎全都摸不着头脑。好了，丫头，老实告诉我，你理解他关于书本、诗歌、音乐、油画以及诸如此类的傻事所说的那些废话吗?”“啊，爸爸，”思嘉不耐烦地说，“如果我跟他结了婚，我会把这一切都改变过来的!”“唔，你会，你现在就会?”杰拉尔德暴躁地说，狠狠地瞪了她一眼。“这说明你对世界上任何一个男人都知道得还很少，更何况对艾希礼呢。你可千万别忘了哪个妻子也不曾把丈夫改变一丁点儿啊，至于说改变威尔克斯家的某个人，那简直是笑话，女儿。他们全家都那样，且历来如此。并且大概会永远这样下去了。我告诉你，他们生来就那么古怪。瞧他们今天跑纽约，明天跑波士顿，去听什么歌剧，看什么油画，那个忙乎劲儿！还要从北方佬那儿一大箱一大箱地订购法文和德文书呢！然后他们就坐下来读，坐下来想入非非，这样的大好时光要是像正常人那样用来打猎和玩扑克，该多好呀！”“可是县里没有骑马骑得比艾希礼更好的呢，”思嘉对这些尽是诬蔑艾希礼的话十分恼火，便开始辩护起来。“除了他父亲没人比得上他。至于打扑克，艾希礼不是上星期在琼博罗还赢走了你 200 美元吗?”“卡尔弗特家的小子们又在胡扯了，”杰拉尔德不加辩解地说，“要不然你怎会知道这个数目。艾希礼能够跟最出色的骑手骑马，也能跟最出色的牌友玩扑克……我就是最出色的，姑娘！而且我不否认，他喝起酒来能使甚至塔尔顿家的人也醉倒在桌子底下。所有这些他都行，可是他的心不在这上面。这就是我说他为人古怪的原因。”

思嘉默不作声，她的心在往下沉。对于这最后一点，她想不出辩护的话来了，因为她知道杰拉尔德是对的。艾希礼的心不在所有这些他玩得最好的娱乐上。对于大家所最感兴趣的任何事物，他最多只不过出于礼貌，表示爱好而已。

杰拉尔德明白她这沉默的意思，便拍拍她的臂膀得意地说：“思嘉！好啦！你承认我这话说对了。你要艾希礼这样一个丈夫干什么呢？所有威尔克斯家的人全都是疯疯癫癫的。”接着，他又用讨好的口气说：“刚才我提到塔尔顿家的小伙子们，那可不是挤兑他们呀。他们是些好小子，不过，如果你在设法猎取的是凯德·卡尔弗特，那么，这对我也完全一样。卡尔弗特家的人是好样的，他们都是这样，尽管那老头娶了北方佬。等到我过世的时候……嘘，亲爱的，听我说嘛！我要把塔拉农场留给你和凯德……”“把凯德用银盘托着送给我，我也不会要，”思嘉气愤地喊道。“我求求你不要硬把他推给我吧！我不要塔拉或别的什么农场，它一钱不值，要是……”她正要说“要是你得不到你所想要的人。”可这时杰拉尔德被她那种傲慢的态度激怒了——她居然那样对待他送给他的礼品，那是除爱伦以外他在世界上最宠爱的东西呢，于是他大吼了一声。

“思嘉，你真敢公然对我说，塔拉……这块土地……一钱不值吗?”思嘉固执地点点头。已经顾不上考虑这是否会惹她父亲大发雷霆。因为她内心太痛苦了。

“土地是世界上唯一最值钱的东西啊！”他一面嚷，一面伸开两只又粗又短的胳臂做了非常气愤的姿势，“因为它是世界上唯一持久的东西，而且你千万别忘了，它是唯一值得你付出劳动、进行战斗，甚至牺牲性命的东西啊！”“啊，爸，”

她厌恶地说，“你说这话真像个爱尔兰人哪！”“我难道为这感到羞耻过吗？不，我感到自豪呢！姑娘，可别忘了你是半个爱尔兰人，对于每一个身上有一滴爱尔兰血液的人来说，他们居住的土地就像他们的母亲一样。此刻我是在为你感到羞耻，我把世界上——咱们祖国的米思除外——最美好的土地给你，可你怎么样呢？你却嗤之以鼻！”杰拉尔德正准备痛痛快快发泄一下心中的怒气。这时他看见思嘉满脸悲伤的神色，便止住了。

“不过，你还年轻。将来你会懂得爱这块土地的。只要你做了爱尔兰人，你是没法摆脱它的。现在你还是个孩子，还只为自己的意中人操心哪。等到你年纪大一些，你就会懂得……现在你要下定决心，究竟是挑选凯德还是那对双胞胎，或者伊凡·芒罗家的一个小伙子，无论谁，到时候看我让你们过得舒舒服服的。”“啊，爸！”杰拉尔德这时觉得这番谈话实在厌烦透了，而且一想到这个问题还得由他来解决，便十分恼火。另外，由于思嘉对他所提供的最佳对象和塔拉农场居然无动于衷，还是那么郁郁不乐，也感到委屈得很。他多么希望这些礼物被女儿用兴奋、亲吻来接受啊！

“好，别噘着嘴生气了。姑娘，无论你嫁给谁，这都没有关系，只要他跟你情投意合，是上等人，又是个有自尊心的南方人就行。女人嘛，结了婚便会产生爱情的。”“啊，爸！你看你这观念有多旧多土啊！”“这才是个好观念啊！那种美国式的做法，到处跑呀找呀，要为爱情结婚呀，像些佣人似的，像北方佬似的，有什么意思呢。最好的婚姻是靠父母给女儿选择对象。不然，像你这样的傻丫头，怎能分清楚好人和坏蛋呢。好吧，你看看威尔克斯家。他们凭什么世世代代保持了自己的尊严和兴旺呢？不就凭的是跟自己的同类人结婚、跟他们家庭所希望的那些表亲结婚嘛！”“啊！”思嘉叫起来，由于杰拉尔德的话把事实的不可避免性说到家了，她心中产生了新的痛苦。杰拉尔德看看她低下的头，很不自在地把两只脚反复挪动着。

“你不是在哭吧？”他问她，笨拙地摸摸她的下巴，想叫她仰起脸来，这时他自己的脸由于怜悯而露出深深的皱纹来了。

“没有！”她猛地把头扭开，激怒地大叫道。

“你是在撒谎，但我很喜欢这样。我巴不得你为此骄傲一些，姑娘。但愿在明天的大野宴上也看到你的骄傲。我不要全县的人都谈论你和笑话你，说你成天痴心想着一个男人，而那个人却根本无意于你，只维持一般的友谊罢了。”“他对我是有意的呀，”思嘉想，心里十分难过。“啊，情意深着呢！我知道他真的是这样。我敢断定，只要再有一点点时间，我相信便能叫他亲自说出来……啊，要不是威尔克斯家的人总觉得他们只能同表亲结婚，那就好了！”杰拉尔德把她的臂膀挽起来。

“咱们要进去吃晚饭了，这件事不要声张，只咱们知道就行了。我不会拿它去打扰你妈妈……你也不能跟他说。擤擤鼻涕吧，女儿。”思嘉用她的手绢擤了擤鼻涕，然后他们彼此挽着胳臂走上黑暗的车道，那匹马在后面缓缓地跟着。走近屋子时，思嘉正要开口说什么，忽然看见走廊暗影中的母亲。她戴着帽子、披肩和手套，嬷嬷跟在后面，脸色像乌云那样阴沉，手里拿着一个黑皮袋，那是爱伦出去给农奴们看病时经常带着装药品和绷带用的。嬷嬷那片又宽又厚的嘴唇向下耷拉着，她生起气来会把下嘴唇拉得有平时两倍那么大。这张嘴现在正噘着，所以思嘉明白嬷嬷正在为什么不称心的事生气呢。

“奥哈拉先生，”爱伦一见父女俩在车道上走来便叫了一声——爱伦是地道的老一辈人，她尽管结婚17年了，生育了6个孩子，可仍然讲究礼节——她说：“奥哈拉先生，斯莱特里那边有人病了。埃米的新生婴儿快要死了，可是还得为他施洗礼。我和嬷嬷去看看还有没有什么办法。”她的声音带有明显的询问口气，仿佛在征求杰拉尔德的同意，这无非是一种礼节上的表示，但从杰拉尔德看来却是非常珍贵的。

“真的天知道！”杰拉尔德一听便嚷嚷开了，“为什么这些下流白人在嬷嬷吃晚饭的时候把你叫走呢？而且我正要告诉你亚特兰大那边人们在怎样谈论战争呀！去吧，奥拉太太。我知道，只要外边出了点什么事，你不去帮忙是整夜也睡不好觉的。”“她总是一点也不休息，深更半夜为黑人和穷白人下流坯子看病，好像他们就照顾不了自己。”嬷嬷自言自语嘟囔着下了台阶，向等在道旁的马车走去。

“你就替我照管晚饭吧，亲爱的。”爱伦说，一面用戴手套的手轻轻摸了摸思嘉的脸颊。

不管思嘉怎样强忍着眼中的泪水，她一接触母亲的爱抚，从她绸衣上隐隐闻到那个柠檬色草编香囊中的芳馨，便被那永不失效的魅力感动得震颤起来。对于思嘉来说，爱伦·奥哈拉周围有一种令人吃惊的东西，房子里有一种不可思议的东西同她在一起，使她敬畏、着迷，也使她平静。

杰拉尔德扶他的太太上了马车，吩咐车夫一路小心。车夫托比驾驭杰拉尔德的马已经20年了，他噘着嘴对这种吩咐表示抗议——还用得着你来提醒我这个老把式吗！马车上路了，嬷嬷坐在他身旁，刚好构成一副非洲人噘嘴使气的绝妙图画。

“要是我不给斯莱特里那些下流坯帮那么大的忙……换了别人本来是要报酬的。”杰拉尔德气愤地说，“他们就会愿意把沼泽边上那几英亩赖地卖给我，县里也就会把他们摆脱了。”随后，他面露喜色，想起一个有益的玩笑来：“女儿，来吧，咱们去告诉波克，说我没有买下迪尔茜，而是把他卖给约翰·威尔克斯了。”

他把缰绳扔给站在旁边的一个黑小子，然后大步走上台阶，他已经忘记了思嘉的伤心事，一心想去捉弄他的管家。思嘉跟在他后面，慢腾腾地爬上台阶，两只脚沉重得像铅一般。

她想，无论如何，要是她自己和艾希礼结为夫妻，至少不会比她父亲这一对显得更不相称的。如往常那样，她觉得奇怪，怎么这位大喊大叫、没心计的父亲会设法娶上了像她母亲那样的一个女人呢？因为从出身、教养和性格来说，世界上再没有比他们彼此距离更远的两个人了。

3

爱伦·奥哈拉现年32岁，依当时的标准已是个中年妇人，她生有6个孩子，但其中3个已经夭折。她高高的，比那位火爆性子的矮个儿丈夫高出一头，不过她的举止是那么文雅，走起路来只见那条长裙子轻盈地摇摆，这样也就不显得怎么高了。她那奶酪色的脖颈圆圆的，细细的，从紧身上衣的黑绸圆领中端端正正地伸出来，但由于脑后那把戴着网套的丰盈秀发颇为浓重，便常常显得略向后仰。她母亲是法国人，是一对从1791年革命中逃亡到海地来的夫妇所生，她给爱伦遗传了这双在墨黑睫毛下略略倾斜的黑眼睛和这一头黑发。她父亲是拿破仑军队中的一名士兵，传给她一个长长的、笔直的鼻子和一个有棱有角的方颚，只不过后者在她两颊的柔美曲线的调和下显得不那么惹眼了。同时爱伦的脸也仅仅通过生活才养成了现在这副庄严而并不觉得傲慢的模样，这种优雅，这种忧郁而毫无幽默感的神态。

如果她的眼神中有一点焕发的光采，她的笑容中带有一点殷勤的温煦，她那使儿女和仆人听来感到轻柔的声音中有一点自然的韵味，那她便是一个非常漂亮的女人了。她说话用的是海滨佐治亚人那种柔和而有点含糊的口音，元音是流音，子音咬得不怎么准，略略带法语腔调。这是一种即使命令仆人或斥责儿女时也从不提高的声音，但也是在塔拉农场人人都随时服从的声音，而她的丈夫的大喊大叫在那里却经常被悄悄地忽略了。

从思嘉记得的最早时候起，她母亲便一直是这个样子，她的声音，无论在称赞或者责备别人时，总是那么柔和而甜蜜；她的态度，尽管杰拉尔德在纷纷扰扰的家事中经常要出点乱子，却始终是那么沉着、应付自如；她的精神总是平静的，脊背总是挺直的，甚至在她的3个幼儿夭折时也是这样。思嘉从没见过母亲坐着时将背靠在椅子背上，也从没见过她手里不拿点针线活儿便坐下来（除了吃饭），即使是陪伴病人或审核农场账目的时候。在有客人在场时，她手里是精巧的刺绣，别的时候则是缝制杰拉尔德的衬衫、女孩子的衣裳或农奴们的衣服。思嘉很难想象母亲手上不戴那个金顶针，绸裙窸窣的身影旁没有那小黑女孩跟着是什么情景。这黑女孩一生中唯一的任务是给她拆绷线，以及当爱伦为了检查烹饪、洗涤和大批的缝纫活儿而在满屋子四处乱跑时，捧着那个红木针线篮儿从一个房间走到另一个房间。

思嘉从未见过母亲庄重安谦的神态被打扰的时候，她个人的衣着也总是那么整整齐齐，无论白天黑夜都毫无二致。每当爱伦为了参加舞会，接待客人或者到琼斯博罗去旁听法庭审判而梳妆时，那就得花上两个钟头的时间，让两位女仆和嬷嬷帮着打扮，直到自己满意为止；不过到了紧急时刻，她的梳妆功夫便惊人地加快了。

思嘉的房间在她母亲房间的对面，中间隔着个穿堂。她从小就熟悉了——在天亮前什么时候一个光着脚的黑人急促地在硬木地板上轻轻走过，接着是母亲房门上匆忙的叩击声，然后是黑人那低沉而带惊慌的耳语，报告本地区那长排白棚屋里有人生病了、死了，或者生了孩子。那时她还很小，常常爬到门口去，从狭窄的门缝里窥望，看到爱伦从黑暗的房间里出来，同时听到里面杰拉尔德平静而有节奏的鼾声。母亲让黑人手中的蜡烛照着，臂下挟着药品箱，头发已梳得熨熨贴贴，紧身上衣的钮扣也全扣好了。

思嘉听到母亲踮着脚尖轻轻走过厅堂，并坚定而怜悯地低声说："嘘，别这么大声说话。会吵醒奥哈拉先生的。他们还不至于病得要死吧。"此时，她总有一种安慰的感觉。

是的，她知道爱伦已经摸黑外出，一切正常，便爬回去重新躺到床上睡了。

早晨，经过抢救产妇和婴儿的通宵忙乱——那时老方丹大夫和年轻的方丹大夫都已外出应诊，没法来帮她的忙——然后，爱伦又像通常那样作为主妇在餐桌旁出现了，她那黝黑的眼睛略有倦色，可是声音和神态都没有流露丝毫的紧张感。她那庄重的温柔下面有一种钢铁般的品性，它使包括杰拉尔德和姑娘们在内的全家无不感到敬畏，虽然杰拉尔德宁死也不愿承认这一点。

思嘉有时夜里轻轻走去亲吻母亲的面颊，她仰望着那张上唇显得太短太柔嫩的嘴，那张太容易为世人所伤害的嘴，她不禁暗想它是否也曾像娇憨的姑娘那样咯咯地笑过，或者同知心的女友通宵达旦喁喁私语。可是，不，这是不可能的。母亲从来就是现在这个模样，是一根力量的支柱，一个智慧的源泉，一位对任何问题都能够解答的人。

但是思嘉错了，因为多年以前，萨凡纳州的爱伦·罗毕拉德也曾像那个迷人的海滨城市里的每一位 15 岁的姑娘那样咯咯地笑过，也曾同朋友们通宵达旦喁喁私语，互谈理想，倾诉衷肠，只有一个秘密除外。就是在那一年，比她大 28 岁的杰拉尔德·奥哈拉闯进了她的生活……也是那一年，青春和她那黑眼睛表兄菲利普·罗毕拉德从她的生活中消退了。

因为，当菲利普连同他那双闪闪发光的眼睛和那种放荡不羁的习性永远离开萨凡纳时，他把爱伦心中的光辉也带走了，只给后来娶她的这位罗圈腿矮个儿爱尔兰人留下了一个温驯的躯壳。

不过对杰拉尔德这也就够了，他还因为真正娶上了她这一难以相信的幸运而吓坏了呢。而且，如果她身上失掉了什么，他也从不觉得可惜。他是个精明人，懂得像他这样一个既无门第又无财产但好吹嘘的爱尔兰人，居然娶到海滨各州中最富有最荣耀人家的女儿，也算得上是一个奇迹了。要知道，杰拉尔德是个白手起家的人。

21 岁那年杰拉尔德来到美国。他是匆匆而来像以前或以后许多好好坏坏的爱尔兰人那样，因为他只带着身上穿的衣服和买船票剩下的 2 个先令，以及悬赏捉拿他的那个身价，而且他觉得这个身价比他的罪行所应得的还高了一些。世界上还没有一个奥兰治派分子值得英国政府或魔鬼本身出 100 镑的。但是，如果政府对死了一个在外地主的收租人态度如此坚决，那么杰拉尔德·奥哈拉的突然出走便是适时的了。的确，他曾经称呼过地租代理人为“奥兰治派野崽子。”不过，按照杰拉尔德对此事的看法，这并不能使那个人就有权哼着《博因河之歌》那开头几句来侮辱他。

博因河战役是一百多年以前的事了，但是在奥哈拉家族和他们的邻里看来，就像昨天发生的事，那使他们的希望和梦想、他们的土地和钱财，都在那团卷着一位惊惶逃路的斯图尔特王子的魔雾中消失了，只留下奥兰治王室的威廉和他那带着奥兰治帽徽的军队来屠杀斯图尔特王朝的爱尔兰依附者了。

由于这个以及别的原因，杰拉尔德的家庭并不想把这场争吵的毁灭结果看得十分严重，只把它看做是一桩有严重影响的事而已。多年来，奥哈拉家与英国警察部门的关系很不好，原因是被怀疑参与了反政府活动，而杰拉尔德并不是奥哈拉家族中头一个暗中离开爱尔兰的人。他几乎想不起他的两个哥哥詹姆斯和安德鲁，只记得两个闷声不响的年轻人，他们时常在深夜来来去去，干一些神秘的勾当，或者一走就是好几个星期，使母亲焦急万分。许多年前，人们在奥哈拉家猪圈里发现了一批埋藏的来福枪，他们就去了美国。现在他们已在萨凡纳做生意发了家，“虽然只有上帝才知道那地方究竟在哪里”——他们母亲提起这两个大儿子时老是这样说，年轻的杰拉尔德就是给送到两位哥哥这里来的。

离家出走时，母亲在他脸上匆匆吻了一下，并贴着耳朵说了一声天主教的祝福，父亲则给了临别赠言，“要记住自己是谁，不要学别人的样。”他的五位高个子兄弟羡慕而略带关注地微笑着向他道了声再见，因为杰拉尔德在强壮的一家人中是最小和最矮的一个。

他父亲和五个哥哥都身高 6 英尺以上，其粗壮的程度也很相称，可是 21 岁的小个子杰拉尔德懂得，5 英尺 4 英寸半便是上帝所能赐给他的最大高度了。对杰拉尔德来说，他从不以自己身材矮小而自怨自艾，也从不认为这会阻碍他去获得自己所需要的一切。更确切些不如说，正是杰拉尔德的矮小精干使他成为现在这样，因为他早就明白矮小的人必须在高大者中间顽强地活下去。而杰拉尔德是顽强的。

他那些高个儿哥哥是些冷酷寡言的人，在他们身上，历史光荣的传统已经永远消失，沦落为默默的仇恨，爆裂出痛苦的幽默来了。要是杰拉尔德也生来强壮，他就会走上向奥哈拉家族中其他人的道路，在反政府的行列中悄悄地、神秘地干起来。杰拉尔德的母亲爱怜地形容他是个“高嗓门，笨脑袋”，脾气暴躁，动辄使拳头，并且盛气凌人，人见人怕。他在那些高大的奥哈拉家族的人中间，就像一只神气十足的矮脚鸡在满院子大个儿雄鸡中间那样，故意昂首阔步，而他们都爱护他，亲切地怂恿地高声喊叫，必要时也只伸出他们的大拳头敲他几下，让这位小弟弟不要太得意忘形了。

到美国来之前，杰拉尔德没有受过多少教育，可是他对此并不怎么有自知之明。其实，即使别人给他指出，他也不会在意。他母亲教过他读书写字。他很擅长做算术题。他的书本知识就只这些。他唯一懂得的拉丁文是做弥撒时应答牧师的用语，唯一的历史知识则是爱尔兰的种种冤屈。他在诗歌方面，只知道穆尔的作品，音乐则限于历代流传下来的爱尔兰歌曲。他尽管对那些比他较有学问的人怀有敬意，可是从来也不感觉到自己的缺陷。而且，在一个新的国家，在一个连那些最愚昧的爱尔兰人也在此发了大财的国家，在一个只要求你强壮不怕干活的国家，他需要这些东西干什么呢？

詹姆斯和安德鲁并不认为自己很少受教育是一桩憾事。

他们收留杰拉尔德进了他们的萨凡纳的商店。他的字迹清楚，算数算得准确，与顾客谈起生意来也很精明，因此赢得了两位哥哥的器重；至于文学知识和欣赏音乐的修养，年轻的杰拉尔德即使具有，也只会引起他们的嗤笑。在本世纪初，美国对爱尔兰人还很和气，詹姆斯和安德鲁开始时用帆布篷车从萨凡纳往佐治亚的内地城镇运送货物，后来赚了钱便自己开店，杰拉尔德也就跟着他们发迹了。

他喜欢南方，并且自己以为很快就成了南方人。的确，关于南方和南方人，有许多东西是他永远也不会理解的，不过，南方人的有些思想习惯，如玩扑克、赛马、争论政治和举行决斗、争取州权和咒骂北方佬、维护奴隶制和棉花至上主义、轻视下流白人和过分讨好妇女，等等，他一旦理解便全心全意地接受，并成为他自己的了。他甚至学会了咀嚼烟叶。至于喝威士忌的本领，他生来就已经具备，那是不用学的。

然而，杰拉尔德还是杰拉尔德。他的生活习惯和思想变了，但他不愿改变自己的态度，即使他能够改变。他羡慕那种稻米、棉花的富裕地主，羡慕他们慢条斯理、温文尔雅地骑着纯种马，后面是载着他们文质彬彬的太太们的马车和奴隶们的大车，从他们的古旧王国向萨凡纳迤逦而来。可是杰拉尔德永远也学不会文雅。他们那种懒洋洋的含糊不清的声音，他觉得特别悦耳，但他们自己那轻快的土腔却总是吊在舌头上摆脱不了。他们处理重大事务时，在一张牌上赌押一笔财产、一个农场或一个奴隶时，以及像向黑人孩子撒钱币似的将他们的损失惬意地轻轻勾销时，那种满不在乎的神气是他十分喜爱的。然而杰拉尔德已经懂得什么叫贫穷，因此永远学不会惬意而体面地输钱。他们是个快乐的民族，这些海滨佐治亚人声音柔和，容易生气，有时前后矛盾得十分可爱，所以杰拉尔德喜欢他们。不过，这位年轻的爱尔兰人身上充满了活泼好动的生机，他是刚刚从一个风冷雾湿但多雾的沼泽不产生热病的国家出来的，这便把他同这些出生亚热带气候和瘴气湿地中的懒惰绅士们截然分开了。

凡是他认为有用的东西他就向人家学，其余的一概不予考虑。他发现玩扑克牌是所有的南方习俗中最有用的，只要会打扑克，加上一个喝威士忌的海量，就行了。他三件宝中有两件正是靠了他打牌和喝酒的天赋本事赢来的，即他的管家和他的农场，另一样便是他的妻子，他只能把她看作是上帝的神奇赐予了。

他的管家叫波克，举止庄严，黑得又光又亮，且有全副出色的裁缝手艺，是他打了个通宵的扑克牌从一位圣·西蒙斯岛的地主手中赢来的。那个地主在敢于虚张声势方面与杰拉尔德不相上下，可是喝起新奥尔良朗姆酒来就不行了。尽管波克原先的主人后来要求以双倍的价钱把他买回去，杰拉尔德却断然地拒绝了，因为他有了第一个奴隶正是他实现心愿的第一步，而且绝对是“海滨最好的管家”，怎么可能放弃呢？杰拉尔德一心一意要当奴隶主和拥有土地的上等人呢。

他已下定决心，不要像詹姆斯和安德鲁那样把所有的白天都花费在讨价还价上，或者把所有的夜晚都用来对着灯光检查账目。跟两个哥哥不同，他已深深感到社会上最被人瞧不起的是那些“生意人”。杰拉尔德要当一个地主。他像一个曾经在别人所拥有和猎取的土地上干活的爱尔兰佃农那样，满怀希望看到自己的田地绿油油地从眼前舒展开去。他无情地、一心一意地追求一个目标，就是要拥有自己的住宅、自己的农场、自己的马匹、自己的奴隶。而在这个新国家里，既然已不像在他所离开的那个国家要冒双重危险，即全部的收获都被租税吞掉和随时有可能被突然没收，他就很想得到这些东西了。但是，一个时期以来，他已渐渐发现，怀抱这个雄心和实现这个雄心毕竟是两回事。滨海的佐治亚州是那样牢牢地掌握在一些顽强的贵族阶级手中，在这里，他休想有一天会赢得他所刻意追求的地位。

过了一些时候，幸运之神和一手扑克牌两相结合，给了他一个他后来取名为塔拉的农场，同时让他从海滨迁移到北佐治亚的丘陵地区来了。

那是一个很暖的春天夜晚，在萨凡纳的一家酒店，邻座的一位生客的偶尔谈话引起杰拉尔德的侧耳细听。那位生客是萨凡纳本地人，在内地居住了12年之后刚刚回来。他是从一位在州里举办的抽彩分配土地时的一个获奖者。原来杰拉尔德来到美洲前一年，印第安人放弃了佐治亚中部广大的一片土地，佐治亚州当局便以这种方式进行分配。他迁徙到了那里，并建立了一个农场，但是现在他的房子因失火被烧掉了，他对那个可诅咒的“地方”，已感到厌烦，因此很乐意将它脱手。

杰拉尔德心里一直没有放弃那个念头，想拥有一个自己的农场，于是经过介绍，他同那个陌生人谈起来，而当对方告诉他，那个州的北部已经从卡罗来纳的弗吉尼亚涌进了大批大批的新人时，他的兴趣就更大了。杰拉尔德在萨凡纳已住了很久，了解了海滨人的观点，即认为这个州的其余部分都是森林地带，每个灌木丛中都潜伏着印第安人。他在处理“奥哈拉兄弟公司”业务时访问过在萨凡纳河上游一百英里的奥古斯塔，他还深入内地到过那儿以西的一些古镇。他知道，那个地区也像海滨那样拥有不少居民，但是从陌生人的描绘来看，他的农场是在萨凡纳西比 250 英里以外的内地，在查塔忽奇河以南不远的地方。他知道，河那边往北一带仍控制在柴罗基人手里，所以他听到陌生人嘲笑他提起与印第安人的纠纷，并叙述那个新地区有多少新兴的城镇正在成长起来、多少农场经营得很好时，便不由得大吃一惊了。

一小时后，谈话慢慢少了，于是杰拉尔德想出一个诡计，那双碧蓝的眼睛也不由得流露出真情来——他提议玩牌。

夜渐渐深了，酒斟了一巡又一巡，这时其他几个牌友都歇手了，只剩下杰拉尔德和陌生人在继续对赌。陌生人把所有的筹码全部押上，外加那个农场的文契。杰拉尔德也推出他的那堆筹码，并把钱袋放在上面。如果钱袋里装的恰好是“奥哈拉兄弟公司”的款子，杰拉尔德第二天早晨作弥撒时也不会觉得良心不安而表示忏悔了。他懂得自己所要的是什么，而当他需要时便断然采取最直截了当的手段来攫取它。况且，他是那样相信自己的命运和手中的那几张牌，所以从来就不考虑：要是桌子对面放的是一手更高的牌呢，那他将怎样偿还这笔钱呀？

“你这不是靠买卖赚来的，而我呢，也乐得不用再给那地方纳税了，”陌生人叹了口气说，一面叫拿笔墨来，“那所大房子是一年前烧掉的，田地呢，已长满了灌木林和小松树。然而，这些都是你的了。”

“千万不要把玩牌和威士忌混为一谈，除非你早就戒酒了。”当天晚上波克服侍杰拉尔德上床睡觉时，杰拉尔德严肃地对他这样说，这位管家由于崇拜主人正开始在学习一种土腔，便用一种基希和米思郡的混合腔调作了必要的回答，当然这种腔调只有他们两个人理解，别人听来是莫名其妙的。

浑浊的弗林特河在一排排松树和爬满藤萝的水橡树中间悄悄地流着，像一条弯曲的胳臂走过杰拉尔德的那片新地，从两侧环抱着它。杰拉尔德站在那个原来有的房子的小小圆丘上，对他来说，这道高高的绿色屏障既是他的所有权的一个看得见的可喜的证明，又好像是他亲手建造用来作为私有标志的一道篱笆。站在那座已烧掉了房子的焦黑基石上，他俯视着那条伸向大路的林荫小道，一面快活地咒骂着，因为这种喜悦之情是那么深厚，已无法用感谢上天的祈祷来表达了。这两排阴森的树木，那片荒芜的草地，连同草地上那些缀满白花的木兰树底下齐腰深的野草，是他的；那些尚未开垦的、长满了小松树和矮树丛的田地，那些连绵不断向周围远远伸展开去的红土地面也属于杰拉尔德·奥哈拉所有了……这一切都成了他的，因为他有一个从不糊涂的爱尔兰人的头脑和将全部家当都押在一手牌上的胆量。

面对这片寂静的荒地，杰拉尔德闭上了眼睛，他觉得自己仿佛回到了家里。在这儿，在他脚下，一幢刷白的砖房将拔地而起。大路对面将有一道新的栅栏把肥壮的牲口和纯种马圈起来，而那片从山腰伸到肥沃的河床的红土地，将像鸭绒被似的在阳光下闪耀银光……棉花，大片大片的棉花啊！奥哈拉家的产业从此便要复兴了。

用自己一小笔赌本，杰拉尔德从两位不很热心的哥哥那里借到的一点钱，以及典地得到的一笔现金，买了头一批种大田的黑奴，然后来到塔拉，在那四间房间的监工屋里，像单身汉似地孤独地住下来，直到有一天塔拉农场的白色墙壁拔地而起为止。

他平整田地，种植棉花，并从詹姆斯和安德鲁那里又借了些钱买来一批奴隶。奥哈拉一家是家族观念很强的人，无论在兴旺或不走好运的时候他们都同样抱在一起，但这并不是出于过分的手足之情，而是因为从严峻的岁月里懂得了，一个家族要生存下去就必须形成一条一致对外的坚固战线。他们把钱借给杰拉尔德，有朝一日钱还会连本带利回到他们手中。这样杰拉尔德不断买进毗连的土地，农场也不断扩大，终于那幢白房子已是现实而不再是梦想。

房子是奴隶造的，显得有点笨拙的、好像趴在地上似的，它坐落在一块平地上，俯瞰着那片向河边伸延下去的碧绿的牧场。它使杰拉尔德非常得意，因为它尽管是新建的却已经有点古色古香的模样了。那些曾经见过印第安人在树桠下往来的老橡树，现在用它们的巨大躯干紧紧围住这所房子，同时用枝叶在屋顶上空撑起一片浓荫。那片从乱草中复原过来的草地，现在已长满了苜蓿和百慕大牧草，杰拉尔德决计要把它管理得好好的。从林荫道的柏树到奴隶区那排白色木屋，到处都能使人看到塔拉农场的坚实、稳固、耐久的风采。每当杰拉尔德骑马驰过大路上那个拐弯，并看见自己的房子从绿树丛中耸出的屋顶时，他就兴奋得连同心都膨胀起来，仿佛每一个景观都是头一次看到似的。

这位矮小的、精明的、盛气凌人的杰拉尔德已经完成这一切。

杰拉尔德同县里所有的邻居都相处得很好，但有两家除外，一是麦金托什家，他们的土地和他的在左侧毗连；二是斯莱特里家，他们那三英亩瘠地，沿着河流和约翰·威尔克斯家农场之间的湿地低处，伸展到了他的田地的右边。

麦金托什家是苏格兰和爱尔兰的混血，也是奥兰治派分子，况且，如果他们具有天主教历史中的全部圣洁品质，在杰拉尔德眼中，他们的祖先便会永远诅咒他们了。的确，他们已经在佐治亚生活了七年，而且那以前有一代人是在卡罗来纳度过的，但这个家族中第一个踏上美洲大陆的人是从阿尔斯特来的，这对于杰拉尔德来说就足够了。他们是一个缄默寡言、性格倔强的家族，与外人绝少往来，也只同卡罗来纳的亲戚通婚。杰拉尔德并不是唯一不喜欢他们的人，因为县里各家都相处融洽，乐于交往，谁也忍受不了像他们这种性格的人家。还有谣传说他们同情废奴主义者，但这并没有提高麦金托什家的声誉。老安格斯从来没有解放过一个奴隶，而且由于把一些黑人卖给一个到路易斯安那蔗田去的过路的奴隶贩子而不可饶恕地违背了社会公德，但谣言照样流传。

“他是个废奴主义者，毫无疑问。”杰拉尔德对约翰·威尔克斯说。“不过，在一个奥兰治党人身上，当一种主义跟苏格兰人的悭吝相抵触时，那个主义也就完了。

至于斯莱特里家，那又是另一回事了。他们是穷白人，甚至还不如安格斯·麦金托什，因为后者总算还能以倔强的独立性争取到邻居们勉强的尊敬。老斯莱特里死死抱住他那几英亩土地，任凭杰拉尔德和约翰·威尔克斯一再出价购买也不放手，他就是这么个刻板而又爱发牢骚的人。他的老婆是个蓬头散发的女人，体弱多病，面容憔悴，却养了一窝家兔般的儿女……他们很有规律地逐年增大。汤姆·斯莱特里没有奴隶。他和两个大儿子断断续续地种着那几英亩棉花，老子和几个儿子则照管那块号称菜园的土地。可是，不知怎的，棉花总是长不好；菜园呢，也由于斯莱特里太太不断生孩子，种出的蔬菜很少够那一家子吃的。

汤姆·斯莱特里在邻居家的走廊上赖着不走，向人家讨棉花籽儿下种，或者要一块腌肉去“对付一顿”，他使出自己的一点点力气来憎恨邻居们，感到他们在客气底下暗藏着轻蔑；他尤其憎恨“阔人家的势利眼黑鬼”。县里那些干家务活的黑人总以为自己比下流坯白人还高一等，他们的公然蔑视刺痛了他，而他们比较稳定的生活更引起他嫉恨。以他自己的穷困生涯作对比，他们确实是吃得好，穿得好，并且病了有人照看，老了有人供养。他们为自己主人的好名声感到骄傲，并且大多以自己归上等人所有而觉得光荣，而他，却是人人都瞧不起的。

斯莱特里大可以把自己的农场以高出 3 倍的价钱卖给县里任何一个大地主。他们会觉得，为了不跟一个碍眼的人居住在同一地方，花这笔钱还是值得的，可是他却很乐意留着不走，靠那每年一包棉花的收入和邻居们的施舍艰难地生活下去。

杰拉尔德同县里所有其他人都相处得很好，愉快且亲近。

威尔克斯家、卡尔弗特家、塔尔顿家、方丹家，他们一看见这位骑着大白马的矮个儿驰上他们的车道便含笑相迎，微笑着招呼仆人拿高脚杯来，杯子里放一茶匙糖和少许薄荷叶，然后斟上威士忌酒。杰拉尔德是可爱的，邻居们很快便知道，连他们的孩子、黑奴和狗都一眼就看出，这个人尽管大喊大叫，举止粗野，但实际上是个好心肠的人，慷慨大方，乐意倾听别人的话。

每次来时，总要引起一群乱吠乱跳的猎狗和叫喊着的黑孩子跑去迎接他，吵吵嚷嚷抢着牵他的马，当他和蔼地训斥他们时显得有点尴尬地傻笑起来。那些白人孩子也吵着坐到他的膝头上，可他正忙于向他们的长辈指责北方佬政客的丑行呢。他那些朋友的女儿都把他当作知心人，向他吐露自己的恋爱故事。至于邻居的小伙子们，他们是怕在父亲面前承认自己的不体面行为的，可是却把他当作患难知交。

“这么说，你这小鬼头！你这钱欠了一个月啦。”他会大声嚷嚷。“那么，我的上帝，你干嘛不早点来跟我要呢？”他那粗鲁的口气是大家都熟悉的，谁也不会反感，所以这只会使那些年轻人腼腆地傻笑两声然后答道：“是呀，大叔，可我害怕麻烦您呢，而且我父亲……”“得承认，你父亲是个好人，不过严格了一点。那么，把这个拿去，以后谁也别提起就是了。”最后才表示降服的是地主太太们。不过，当威尔克斯太太——像杰拉尔德形容的“一位了不起的具有沉默天才的女士”——有天晚上杰拉尔德的马已经跑上车道之后对他的丈夫说，“这人尽讲粗话，可毕竟是个上等人。”这时杰拉尔德才算明确地达到目的。

他不甚明白他花了差不多10年的功夫才达到这个境地，因为他从来没有意识到他初来时邻居是用怀疑的眼光看他的。按他自己的想法，他一踏上塔拉这块土地便毫无疑问很适合呆在这里了。

他43岁那年，杰拉尔德的腰身已那么粗壮，脸色那么红润，活像一个从体育画报上剪下来的打猎的乡绅，那时他想起塔拉虽然很可贵，可只有它和县里那些心地坦荡、殷勤好客的人，还是不够的。他缺少一位妻子。

塔拉农场迫切需要一位女主人。现在的这位胖厨子本来是管庭院的黑人杂工，因为迫切需要才提升到厨房工作的，可他从来没有按时开过一顿饭；而那位内室女仆原先也是在田里干活的，她任凭屋子里到处都是尘土，好像手头永远也不会有一块干净的桌布或餐布似的，因此一有客人到来，便要手忙脚乱一番。波克是唯一受过训练和胜任的黑人管家，他现在负责管理所有的奴仆，但是几年来，在杰拉尔德遇事乐呵呵的生活作风影响下，也变得怠惰和漫不经心了。作为贴身佣人，他负责整理杰拉尔德的卧室，作为膳事总管，他要让饭菜安排得像个样子，不过在别的方面他就有点听之任之了。

那些具有非洲人精确本能的黑奴，都发现杰拉尔德尽管大喊大叫，但并不怎么厉害，所以他们便肆无忌惮地利用这一点，表面上经常存在这样的威胁，说是要把奴隶卖到南方去，或者要狠狠地鞭打他们，但实际上塔拉农场从来没有卖过一个奴隶，鞭打的事也只发生过一次，那是因为没有把杰拉尔德狩猎了一整天的爱马认真地刷洗一下。

杰拉尔德那双锐利的天蓝色眼睛意识到左邻右舍的房子收拾得那么整洁，那些头发梳得溜光、裙子窸窸窣窣响的主妇们那么从容地管理着他们的仆人。他不熟悉这些女人从天亮到深夜忙个不停地监督仆人烧菜做饭、哺育婴儿、缝纫浆洗的劳碌情形，他只看到表面的成绩，而这些成绩给他留下了深刻的印象。

一天早晨他准备进城去听法院开审，波克把他心爱的皱领衬衫取来，可他一看便发觉它已被那个内室女仆弄得不成样子，只能给他的管家穿了。这时他感到多么迫切需要一个老婆啊！

"杰拉尔德先生，"波克眼看杰拉尔德生气了，便讨好地对他说，一面将那件衬衫卷起来，"你现在缺少的是一位太太，一位能带来许多家仆的太太。"杰拉尔德责骂波克的无礼，但他知道他是对的。他需要一个妻子，他也需要儿女，并且，如果不很快得到他们，那将为时太晚了。但是他不想随便娶个女人，像卡尔弗特那样，把那个照管他的没娘孩子的北方佬女家庭教师讨来当老婆。

他的妻子必须是一位夫人，一位出身名门的夫人，像威尔克斯太太那样端庄贤淑，能够像威尔克斯太太在整顿她自己的田地那样把塔拉农场管理好。

但是要同这个县的大户人家结亲却有两个难处。第一是这里结婚年龄的姑娘很少，另外，也是更不好办的一点，杰拉尔德是个"新人"（尽管他在这里已居住了将近十年），又是外国人，谁也不了解他的家庭情况。尽管佐治亚内地社会并不像海滨贵族社会那样难以接近，可是也没有哪个家庭愿意让自己的女儿嫁给一个来历不明的男人。

杰拉尔德知道，虽然那些同他一起打猎、喝酒和谈政治的本县男人多么喜欢他，他还是很难找到一个情愿把女儿许给他的人家。而且他不想让人们闲谈时说起某位某位做父亲的已经深表遗憾地拒绝杰拉尔德向他的女儿求婚了。但是，他的这种自知之明并没有使他觉得自己在邻居们面前低人一等。事实上无论如何他也不会感到自己在哪方面不如别人。那仅仅是县里的一种奇怪的习俗，认为姑娘们只能嫁到那些至少在南部已居住20年以上、已经拥有自己的田地和奴隶，并且已沾染了当时引为时髦的那些不良癖好的人家去。

"咱们要到萨凡纳去，收拾行李吧。"他告诉波克。"只要让我听到你说一声'嘘'或者'啐'，我就立即把你卖掉，因为这些话我自己都不大说。"对于他的婚姻詹姆斯和安德鲁可能会提出某种主意，而且他们的老朋友中可能有适合他的要求并愿意嫁给他的女儿吧。他们两个耐心地听完他的想法，可是谁也不表示赞成。他们在萨凡纳没有可以求助的亲戚，因为他们来美国时已经结婚。而他们的老朋友们的女儿也早已出嫁并都已生儿育女了。

“你不是什么有钱人，也不是什么望族。”詹姆斯说。

“我已经挣了不少钱，我也能成为一个大户人家。我当然不能马马虎虎讨个老婆了事。”“你太好高骛远了。”安德鲁干脆这样指出。

不过他们还是替杰拉尔德尽了最大的努力。詹姆斯和安德鲁是个上了年纪的人，在萨凡纳已颇有名望。他们的朋友可真不少，在一个月里带着他从这家跑到那家，吃饭啦，跳舞啦，参加野餐会啦，忙个不停。

最后杰拉尔德表示：“只有一个我看得上眼的，但是在我来到这里时她恐怕还没有出世呢。”“你看得上眼的究竟是谁呀?”“是爱伦·罗毕拉德小姐。”杰拉尔德答道，他故意装出漫不经心的样子，因为爱伦·罗毕拉德那双稍稍有些耷拉的黑眼睛实际上已远不只叫他看上眼了。她尽管外表上显得有点没精打采，令人捉摸不透，这在一个15岁的姑娘家身上尤其罕见，可是毕竟把他迷住了。另外，她身上还有一种令人倾倒的绝望的神态在深深摇撼他的心灵，叫他在她面前变得格外温柔，而这是他和世界上任何其他人在一起时从来没有过的。

“可是你的年龄完全可以当她的父亲了!”“可我正壮年呀!”杰拉尔德被刺得大叫起来。

詹姆斯冷静地谈了自己的意见。

“杰里，在萨凡纳你再也找不到一个比她更难以娶到的女人了。她父亲是罗毕拉德家族的人，而这些法国人非常骄傲。至于她母亲……愿她安息……那是非常了不起的太太。”“这些我不管，”杰拉尔德愤愤地说，“何况她母亲已经死了，而罗毕拉德那老头又喜欢我。”“作为一个普通人是这样，可作为女婿就未必了。”“无论如何那姑娘也不会要你的，”安德鲁插嘴说，“她爱上她的一个表兄，那个放荡的叫菲利普的花花公子，已经一年了，尽管她家里还在没完没了地叫她不要这样。”“他这个月到路易斯安那去了。”杰拉尔德说。

“你怎么知道?”

“我知道。”杰拉尔德回答，他不想说出是波克向他提供了这一宝贵的信息，也不告诉他们菲利普接到家里的快信赶回西部去了。“而且我并不认为她爱他已经到了摆脱不开的地步。15岁毕竟还太年轻，是不怎么懂得爱情的。”“她们宁愿要那个危险的表兄也不会挑上你的。”因此，当从内地传来消息说皮埃尔·罗毕拉德的女儿要嫁给这个矮小的爱尔兰人时，詹姆斯和安德鲁也和其他人一样不禁大吃一惊。整个萨凡纳都在暗中纷纷议论，并猜测如今到西部去了的菲利普·罗毕拉德是怎么回事，可是闲谈归闲谈，谁也没有找到答案。为什么罗毕拉德家族中最可爱的一个女儿会跟一个大喊大叫、面孔通红、身高不及她耳朵的矮小鬼结婚呢？这对所有的人都始终是个谜。

连杰拉尔德本人至今也不明白事情究竟是怎样弄成的。

他只知道出现了一个奇迹。而且，一辈子也就这么一次，当脸色苍白而又十分镇静的爱伦将一只轻柔的手放在他胳膊上并且说："奥哈拉先生，我愿意嫁给你"时，他简直谦卑到五体投地了。

对于这个神秘莫测的问题，连罗毕拉德家族中那惊惶失措的人也只能找到某些答案。只有爱伦和她的嬷嬷知道那天晚上发生的整个故事，那时这位姑娘像个伤心的孩子似地哭了个通宵，而第二天早晨起床时她已经是个下定决心的女人了。

嬷嬷有所预感地给她的小主妇拿来一个从新奥尔良寄来的小包裹，上面的通讯地址是个陌生人写的，里面装着爱伦的一张小照（爱伦一见便惊叫一声把它丢在地上），4 封爱伦写给菲利普·罗毕拉德的亲笔信以及一位新奥尔良牧师附上的短信，通知她的这位表哥已经在一次酒吧的斗殴中死了。

"他们把他赶走了，父亲、波琳和尤拉莉把他赶走了。我恨他们。我恨他们大家。我再也不要看见他们了。我要离开这里。我要到永远看不见他们的地方去，也永远不再见这个城市，或者任何一个使我想起……想起的人。"直到快天亮的时候，本来伏在床头陪着她一起啜泣的嬷嬷这才警告她："可是不行，小宝贝，你不能那样做呀！""我非这样不可，他是个好心人。我要这样办，或者到查尔斯顿的修道院里去当修女。"正是这个修道院的念头给皮埃尔·罗毕拉德带来了威胁，使他终于在困惑而悲痛的心情下同意了。他是个坚贞不渝的长老教友，尽管他的家族信奉天主教，因此心想与其让女儿当修女还不如把她嫁给杰拉尔德·奥哈拉好。最后，他对杰拉尔德这个人，除了门第欠缺之外，就不再抱什么反感了。

就这样，爱伦（已不再姓罗毕拉德）离开萨凡纳，她随同一位中年丈夫，带着嬷嬷和 20 个黑人家奴，动身到塔拉去了。

次年，他们生了第一个孩子，取名凯蒂·思嘉，是随杰拉尔德的母亲命名的。杰拉尔德感到有点失望，因为他想要一个儿子，不过他还是很喜欢这个黑头发的女儿，高高兴兴地请塔拉农场的每个农奴都喝了酒，自己也乐得喝了个酩酊大醉。

如果说爱伦对于自己那么仓促决定同杰拉尔德结婚曾经有所懊悔的话，那也没有人知道，杰拉尔德也如此。他每次瞧着她，心里总是得意洋洋。她一离开萨凡纳那个文雅的海滨城市，便把它和它所留下的记忆都抛到了脑后；同样，她一到达北佐治亚，这里便成为她的家了。

她父亲那所粉刷成浅红色的住宅，她的老家，原是那么幽雅舒适，有着美女般丰盈的体态和帆船乘风破浪的英姿；是法国殖民地式的建筑，以一种雅致的风格拔地而起，里面用的是螺旋形楼梯，旁边的铁制栏杆精美得像花边似的。那是一所富丽、优雅而平静的房子，是她温暖的家，但如今她永远离开了。

她不仅离开了那个优美的住处，而且离开了那建筑背后的一整套文明，如今发现自己置身于一个完全不同的陌生世界，仿佛到了一个新大陆似的。

北佐治亚是个草莽未改、民情粗犷的地区。她高高地站在蓝岭上麓的高原上，看见一望无际逶迤起伏的红色丘陵和底部突露的花岗岩，以及到处耸立的嶙峋苍松。这一切在她眼里都显得粗陋和野性未驯，因为她看惯了满缀着青苔苔蔓的海岛上那种幽静的林薮之美，亚热带阳光下远远延伸的白色海滩，以及长满了各种棕榈的沙地上平坦辽阔的远景。

在这个区，人们习惯了冬季的严寒和夏天的酷热，并且这些人身上有的是她从未见过的旺盛的生机和力量。他们为人诚恳、勇敢、大方，蕴藏着善良的天性，可是强壮、刚健，容易发火。她已离开的那些海滨人常常引为骄傲的是，他们对人对事，甚至对待决斗和争执，都采取一种满不在乎的态度；可是这些北佐治亚人身上却有一股子强暴劲儿。在海滨，生活已经熟透了……可在这里，生活还是稚嫩的、新的、生气勃勃的。

在爱伦看来她在萨凡纳认识的所有人好像都是从同一个模子出来的，他们的观点和传统都那样地相似，可在这里人们就多种多样了。这些到北佐治亚定居的人来自许多不同的地方，诸如佐治亚其他地区、卡罗来纳、弗吉尼亚、欧洲，以及北美，等等。有些人如杰拉尔德那样是到这里来碰运气的新人。还有些人像爱伦则是旧家族的成员，他们觉得原来的老家待不下去了，便到这遥远的地方来寻找避难所。也有不少人在无故迁徙，这就只能说是前辈拓荒者的好动的血液仍在他们的血脉中加速流动着。

这些来自四面八方和有着各种不同背景的人给这个县的全部生活带来了一种不拘礼俗的风习，而这是爱伦所不曾见过，也是她自己永远无法充分适应的。她本能地知道海滨人民在什么样的环境下应当如何行动。可是，谁也没有说过北佐治亚人该怎样做呀！

另外，还有一种势力推动着这个地区的一切，那就是席卷整个南部的发达高潮。全世界都迫切需要棉花，而这个县的新垦地还很肥沃，在大量生产这种东西。棉花便是本地区的脉搏，植棉和摘棉便是这红土心脏的舒张和收缩。从那些弧形的垄沟中财富源源涌来，同样源源而来的还有骄矜之气——建立在葱绿棉林和广袤的白絮田野上的骄矜。如果棉花能够使他们这一代人富裕起来，那么到下一代还不知有多么富裕呢！

对于未来的这种绝对把握使生活充满了激情和热望，而县里的人都在以一种爱伦所不了解的全心全意的态度享受着这种生活。他们有了足够的钱财和足够的奴隶，现在有时间玩乐一番了，何况他们本来就是爱玩的。他们永远也不会忙到不能放下工作来搞一次炸鱼野餐、一次狩猎或赛马，而且很少有一个星期不举行全牲大宴或舞会。

爱伦永远不想也不能完全成为他们中间的一员——她在萨凡纳时凡事都自作主张惯了——不过她尊重他们，而且渐渐学会了羡慕这些人的坦诚和直率，他们胸无城府，对一个人的评价也总是从实际出发。

她成了全县最受尊敬的一位邻居。她是个节俭而温厚的主妇，一个贤妻良母。她本来会奉献给教堂的那分悲痛和无私，如今都全部用来服务于自己的儿女和家庭以及那位带她离开萨凡纳的男人了——这个男人让她离开了萨凡纳和那里所有留下记忆的事物，可是从来也没有提过什么问题。

到思嘉年满周岁并且据嬷嬷看来比一般女婴长得更加健康活泼的时候，爱伦生了第二个孩子，取名苏珊·埃莉诺，人们常叫她苏伦；后来又生了卡琳，在家用《圣经》中登记为卡罗琳·艾琳。接下去是一连三个男孩子，但他们都在学会走路之前便夭折了。如今三个男孩躲在离住宅一百来码的坟地里，在那些蜷曲的松树底下，坟头都有一块刻着“小杰拉尔德·奥哈拉”字样的石碑。

爱伦来到塔拉农场的当天，这个地方就变了。她可是已经准备好担负起一个农场女主人的职责了。虽然刚刚 15 岁，年轻姑娘们在结婚之前首先必须温柔可爱，美丽得像个装饰品，可是结婚以后就理该料理家务，管好全家那上百个的白人黑人，而且她们从小就着眼于这一点而受到了训练。

爱伦早就接受过了每个有教养的年轻太太都必须接受的这种结婚前准备，而且她身边还有嬷嬷，能够叫一个最不中用的黑人也使出劲来。她很快就使杰拉尔德的家务中呈现出秩序、尊严和文雅，给塔拉农场带来了前所未有的美丽风貌。

农场住宅不是按照什么设计图样建筑的，有许多房子是根据需要和方便在不同地方、不同时间陆续增添的。不过，由于爱伦的关注和照管，它形成了自己的迷人之处，从而弥补了设计上的欠缺。一条两旁载着杉树的林荫道从大路一直延伸到住宅门前——这样一条杉树林荫道是一所农场主住宅所必不可少的——它不仅提供树荫，而且通过对比使其他苍翠树木显得更加明朗。走廊顶上交错的紫藤给粉白砖墙衬映得分外鲜艳，它同门口那几丛粉红的紫薇和庭院中开着的白花木兰连成一片，便把这所房子的笨拙外貌掩饰了不少。

在春夏两季，草地中的鸭茅和苜蓿长得翡翠般绿油油的，逗引着一群群本来只在屋后闲逛的土绶鸡和白鹅前来观赏。

这些家禽中的长辈们时常领着它们的后代偷偷进入前院，来探访这片绿茵，并在甘美茂盛的茉莉花蕾和百日草苗圃的诱惑下留连忘返。为了防备它们的掠夺，前院走廊上安置了一个小小的黑人哨兵。那是个黑人男孩坐在台阶上，手里拿着一条破毛巾当武器，构成了塔拉农场的一个风景——当然是不怎么愉快的部分，因为不准他用石子投掷这些家禽，只能挥舞毛巾吓唬吓唬罢了。

爱伦给好几十个黑人男孩分派了这个差事，这是一个男性奴隶在塔拉农场得到的第一个职位。他们满十岁以后，就给打发到农场修鞋匠老爷爷那里，或者到制车匠兼木工阿莫斯那里，或者到牧牛人菲利普那里，或者到养骡娃库菲那里专门学手艺。如果他们表现得不适合任何一行手艺，就得去当大田劳工，这么一来他们便觉得自己完全丧失取得一个社会地位的资格了。

爱伦的生活既不舒适也不愉快，然而她并不期待过舒服的日子，而且如果不愉快，那也是女人的命运。她承认“这个世界是男人的”这一事实。男人占有财产，然后由女人来管理。

管理得好时，男人享受名誉，女人还得称赞他能干。男人只要手上扎了根刺便会像公牛般大声吼叫，而女人连生孩子时的阵痛也得忍气吞声，生怕打搅了他。男人们出言粗鲁，经常酗酒，女人们却装作没有听见这种失言，并一声不响地服侍醉鬼上床睡觉。男人们粗暴而直率，可女人们总是那么和善、文雅，善于体谅别人。

她是在上等妇女的传统教养下长大的，这使她学会怎样承担自己的职责而不丧失其温柔可爱。她有意要把自己的三个女儿也教育成高尚的女性，然而只在那两个小的身上成功了，因为苏伦渴望当一名出色的闺秀，很用心听母亲的教诲，卡琳也是个腼腆听话的女孩。只有思嘉活像她父亲，到下一代还不知有多么富呢。

思嘉使嬷嬷生气的一个毛病是不爱跟那两个谨慎的妹妹或威尔克斯家很有教养的几位姑娘在一起玩耍，却乐意同农场上的黑孩子或领居家的男孩子们厮混，跟他们一起爬树，一样掷石子。嬷嬷感到十分难过，怎么爱伦的女儿会有这样的怪癖，并且经常劝诫她“要学得像个小姐那样”。但是爱伦对问题看得更宽容，更远。她懂得从青梅竹马中能产生未来的终身伴侣的道理，而一个姑娘的头等大事无非结婚成家。她暗自念叨着：这孩子只不过精力旺盛些罢了，至于教育她学会那些德貌兼备的优点，成为一个使男人倾心的可爱的姑娘，那还有的是时间呢。

抱着这个目的，爱伦和嬷嬷同心协力，所以到思嘉年龄大些时便在这方面学习得相当不错了。她甚至还学会了一些其他方面的东西。尽管接连请了几位家庭女教师，又在附近的费耶特维尔女子学校念了两年书，她受的教育仍是不怎么完全的，不过在跳舞这一门上却是全县最出色的一位姑娘，真是舞姿曼妙，美妙无比。她懂得怎样微笑才能使那两个酒窝轻轻抖动，怎样扭着走路才能让宽大的裙子迷人的摇摆，怎样首先仰视一个男人的面孔，然后垂下眼来，迅速地掀动眼帘，显出自己是在略带激情地颤抖似的。她最擅长的一手是在男人面前装出一副婴儿般天真烂漫的表情，借以掩饰自己心中一个精明的心计。

爱伦用细声细气的训诫，嬷嬷则用滔滔不绝的唠叨，都在尽力将那些作为淑女、贤妻必不可少的品质灌输到她身上去。

“你必须学会温柔一些、亲切一些、文静一些，”爱伦对女儿说，“男人们说话时千万别去插嘴，哪怕你真的认为自己比人家知道得多。男人总不喜欢快嘴快舌的姑娘。”“小姑娘家要是皱着眉头、嘟着嘴，说什么我要这样不要那样，她们就别想找到丈夫。”嬷嬷忧郁地告诫说。“小姑娘家应当低着头回答说：‘先生，好吧。我知道了。或者说：‘听您的吩咐，先生。’”虽然她们两人把凡是大家闺秀应该知道的东西都教给了她，但是她仅仅学到了表面的礼貌。至于这些皮毛所应当体现的内在文雅她却既不曾学到也不知道为什么要学。有了外表就行了，因为上等妇女身份的仪表会给她赢来好名声，而她所需要的也不过如此而已。杰拉尔德吹嘘说她是周围五个县的美女，这话有几分真实，因为邻近一带几乎所有的青年，以及远到亚特兰大和萨凡纳某些地方的许多人，都向她求过婚。

她到了16岁，就显得娇媚动人了，这应当归功于嬷嬷和爱伦的培养，不过她同时也变得任性、虚荣而固执起来。她和她的爱尔兰父亲一样容易感情冲动，可是像她母亲那样无私坚忍的天性却压根儿没有，只不过学到了一点点表面的虚饰。爱伦从来不曾充分认识到这只是一点虚饰，因为思嘉经常在她跟前显示自己最好的一面，而将她的大胆妄为掩藏起来，并且克制着自己的脾气，表现得如她母亲所要求的那样性情温婉，否则，母亲的责备会让她羞愧得掉泪。

但是嬷嬷对她并不存幻想，倒是经常警觉地观察着这种虚饰上的破绽。嬷嬷的眼睛比爱伦的锐利得多，思嘉实在想不起来这一辈子有哪件事是长期瞒过了她的。

这两位钟爱的良师并不替思嘉的快乐、活泼和娇媚担忧。

这些特征正是南方妇女引以自豪的地方。她们担心的是杰拉尔德的倔强而暴躁的天性在她身上的表现，有时还生怕她们无法将她身上这些破坏性的东西掩盖起来，直到她选中一个如意郎君为止。可是思嘉想要结婚——要同艾希礼结婚——并且乐意装出一副貌似庄重、温顺而没有主见的模样，如果这些品性真正能够吸引男人的话。至于男人们为什么喜欢这样，思嘉并不清楚。她只知道这样的方法能行得通。她从来没有多大兴趣去思考这件事的道理，因为她对人的内心活动，甚至她自己的内心活动，一无所知。她只明白，只要她如此这般地做了说了，男人们便会准确无误地用如此这般的恭维来回报她。这像一个数学公式似的一点也不困难，因为思嘉在学校念书时数学这门功课学得相当轻松。

如果说她不怎么懂得男人的心理，那么她对女人的心就知道得更少了，因为她对她们更加不感兴趣。她从来不曾有过一个女朋友，也从来不因此感到遗憾。对于她来说，所有的女人，包括她的两个妹妹在内，在追共同的猎物——男人时，都是天然的仇敌。

除她母亲以外，所有的女人都是如此。

爱伦·奥哈拉却不一样，思嘉把她看做一种有别于人类中其他人的神圣人物。她还是个小孩时，思嘉就把母亲和圣母马利亚混淆在一起了，如今她已长大成人，也看不出有什么理由要改变这种看法。对她来说，爱伦代表着只有上帝或一位母亲才能给予的那种安全可靠的保证。她认为她的母亲是正义、真理、慈爱和睿智的化身，是个伟大的女性。

思嘉非常希望做一个像母亲那样的人。唯一的困难是，要做一个公正、真诚、慈爱、无私的人，你就得牺牲许多人生乐趣，而且一定会换掉许多英俊的男人。可是人生太短促，要丧失这样可爱的事物就未免太可惜。等到有一天她嫁给了艾希礼，并且年纪老了，有了这样的机会时，她便会着意去模仿爱伦。可是，在那之前……

4

那天吃晚饭时，思嘉因母亲不在代为主持了全部的用餐程序，但是她心中一起纷扰，说什么也放不下她所听到的关于艾希礼和媚兰的那个可怕的消息。她焦急地盼望母亲从斯莱特里家回来，因为母亲一不在场，她便感到孤单和迷惘了。

斯莱特里家和他们闹个不停的病痛，有什么权利就在她思嘉正那么迫切需要母亲的时候把爱伦从家中拉走呢？

这顿不愉快的晚餐自始自终只听见杰拉尔德那低沉的声音在耳边回响，直到她发觉自己已实在无法忍受了为止。他已经完全忘记了那天下午同思嘉的谈话，一个劲儿地在唱独角戏，讲那个来自萨姆特要塞的最新消息，一面配合声调用拳头在餐桌上敲击，同时不停地挥舞臂膀。杰拉尔德已养成了餐桌上垄断谈话的习惯，但往往思嘉不去听他，只默默地琢磨自己的心事。谁知今天无论她怎么留神听着母亲回家来的车轮声，耳朵里还是免不了灌进他的说话声。

当然，她并不想将自己心头的沉重负担向母亲倾诉，因为爱伦如果知道了她的女儿想嫁给一个已经同别人订婚的男人，一定会大为震惊和十分痛苦的。不过，她此刻正沉浸在一个前所未有的悲剧中，她需要母亲在身边安慰她。每当母亲在身边时，思嘉总觉得安全可靠，因为只要爱伦在，什么糟糕的事都可以弄得好好的。

一听到车道上吱吱的车轮声她便忽地站起身来，接着又坐下，因为马车显然已走到屋后院子里去了。那不可能是爱伦，她是会在前面台阶旁下车的。这时，从黑暗的院子里传来了黑人们兴奋的谈话声和尖利的笑声，思嘉朝窗外望去，看见刚才从屋里出去的波克高擎着一个火光熊熊的松枝火把，照着几个模糊的人影从大车上下来了。笑声和谈话声在黑沉沉的夜雾中时高时低，显得愉快、亲切、随便，这些声音有的沙哑而缓和，有的如音乐般嘹亮。接着是后面走廊阶梯上嘈杂的脚步声，渐渐进入通向主楼的过道，直到餐厅外面的穿堂里才停止了。然后，经过片刻的耳语，波克进来了，他那严肃的神气已经消失，眼睛滴溜溜直转，一口雪白的牙齿闪闪发光。

“杰拉尔德先生，”他气喘吁吁地喊道，满脸焕发着新郎的喜气，“您新买的那个女人到了。”“新买的女人？我可不曾买过女人呀！”杰拉尔德声明，装出一副瞠目结舌的模样。

“是有，杰拉尔德先生！您买的，是的！她就在外面，要跟您说话呢。”波克回答说，激动得搓着两只手，吃吃地笑着。

“好，让新娘进来。”杰拉尔德说。于是波克转过身去，招呼他老婆走进饭厅，这就是刚刚从威尔克斯农场赶来，要在塔拉农场当一名家属的那个女人。她进来了，后面跟随着她那个12岁的女儿……她怯生生地紧挨着母亲的腿，几乎被那件肥大的印花布裙子给遮住了。

身材高大的迪尔茜腰背挺直。她的年纪从外表看不清楚，少到30，多到60，怎么都行。她那张呆板的紫铜色脸上看不到皱纹。她的面貌显然带有印第安人血统，这比非洲黑人的特征更为突出。她那红红的皮肤，窄而高的额头，高耸的颧骨，以及下端扁平的鹰钩鼻子，再下面是肥厚的黑人嘴唇，所有这些都说明她是两个种族的混种。她显得神态安祥，走路时的庄重气派甚至超过了嬷嬷，因为嬷嬷的气派是学来的，而迪尔茜却是天生的。

她说话的声音不像大多数黑人那样含糊不清，而且更注意选择字眼。

“小姐，您好。杰拉尔德先生，很抱歉打扰您了，不过我要来再次谢谢您把我和我的孩子一起给买过来。有许多先生要买我来着，可就不想把我的百里茜也买下，这会叫我伤心的。所以我要谢谢您。我要尽力给您干活儿，好让您知道我没有忘记您的大德。”“嗯……嗯，”杰拉尔德应着，不好意思地清了清嗓子，因为他做的这番好事被当众揭开了。

迪尔茜转向思嘉，眼角皱了皱，仿佛露出了一丝微笑。

“思嘉小姐，波克告诉了我，是您要求杰拉尔德先生把我买过来。今儿个我要把我的百里茜送给您，做您的贴身丫头。”她伸手往后把那个小女孩拉了出来。那是个棕褐色的小家伙，两条腿细得像鸡脚，头上矗立着无数条用细绳精心缠住的小辫儿。她有一双尖利而懂事的、不会漏掉任何东西的眼睛，脸上却故意装出一副傻相。

“迪尔茜，谢谢你！”思嘉答道，“不过我怕嬷嬷要说话的。我一生下来就由她一直在服侍着呢。”

“嬷嬷也老啦，”迪尔茜说，她那平静的语调要是嬷嬷听见了准会生气的。“她是个好嬷嬷，不过像您这样一位大小姐，如今应当有个使唤的丫头才是。我的百里茜倒是在英迪亚小姐跟前干过一年了。她会针线活，会梳头，能干得像个大人呢。”在母亲的怂恿下百里茜突然向思嘉行了个屈膝礼，然后咧着嘴朝她笑了笑，思嘉也只好回报她一丝笑容。

“好一个机灵的小丫头，”她想，于是便大声说：“迪尔茜，谢谢你了，等嬷嬷回来之后咱们再谈这事吧。”“小姐，谢谢您。这就请您晚安了。”迪尔茜说完便转过身去，带着她的孩子走了，波克蹦蹦跳跳地跟在后面。

晚餐桌上的东西已收拾完毕，杰拉尔德又开始他的讲演，但好像连自己也并不怎么满意，就更不用说听的人。他令人吃惊地预告战争即将爆发，同时巧妙地询问听众：南方是否还要忍受北方佬的侮辱呢？他所引起的只是些颇不耐烦的回答——“是的，爸爸”，或者“不，爸爸”，如此而已。这时卡琳坐在灯底下的矮凳上，深深沉浸于一个姑娘在情人死后当尼姑的爱情故事里，同时，眼中噙着欣赏的泪花在惬意地设想自己戴上护士帽的姿容。苏伦一面在她自己笑嘻嘻地称之为“嫁妆箱”的东西上刺绣，一面思忖着在明天的全牲大宴上她可不可能把斯图尔特·塔尔顿从她姐姐身边拉过来，并以她所特有而思嘉恰恰缺少的那种妩媚的女性美把他迷住，思嘉呢，她则早已被艾希礼的问题搅得六神无主了。

爸爸既然知道了她的伤心事，他怎么还能这样喋喋不休地尽谈萨姆特要塞和北方佬呢？像小时候惯常有过的那样，她奇怪人们居然会那样自私，毫不理睬她的痛苦，而且不管她多么伤心，地球仍照样安安稳稳地转动。

仿佛她心里刚刮过了一阵旋风，奇怪的是他们坐着的这个饭厅又显得那么平静，这么与平常一样毫无变化。那张笨重的红木餐桌和那些餐具柜，那块铺在光滑地板上的鲜艳的旧地毯，全都照常摆在原来的地方，就好像什么事也不曾发生似的。这是一间亲切而舒适的餐厅，平日思嘉很爱一家人晚餐后坐在这里时那番宁静的光景；可是今晚她恨它的这副模样，而且，要不是害怕父亲的厉声责问，她早就溜走，溜过黑暗的穿堂到爱伦的小小办事房去了，她在那里可以倒在旧沙发上痛哭一场啊！

整个住宅里那是思嘉最喜爱的一个房间。在那儿，爱伦每天早晨坐在高高的写字台前写着农场的账目，听着监工乔纳斯·威尔克森的报告。那儿也是全家休憩的地方，当爱伦忙着在账簿上刷刷写着时，杰拉尔德躺在那把旧摇椅里养神，姑娘们则坐在下陷的沙发垫子上……这些沙发已破旧得不好摆在前屋里了。此刻思嘉渴望到那里去，单独同爱伦在一起，好让她把头搁在母亲膝盖上，安安静静地哭一阵子，难道母亲就不回来了吗？

不久，传来车轮轧着石子道的嘎嘎响声，接着是爱伦打发车夫走的声音，她随即就进屋里来了。大家一起抬头望着她迅速走近的身影，她的裙箍左右摇摆，脸色显得疲倦而悲伤。她还带进来一股淡淡的柠檬香味，她的衣服上好像经常散发出这种香味，因此在思嘉心目中它便同母亲连在一起了。

嬷嬷相隔几步也进了饭厅，手里拿着皮包，有意把声音放低到不让人听懂，同时又保持一定的高度，好叫人家知道她反正是不满意。

“这么晚才回来，很抱歉。”爱伦说，一面将披巾从肩头取下来，递给思嘉，同时顺手在她面颊上摸了摸。

杰拉尔德一见她进来便容光焕发了，仿佛施了魔术似的。

“那娃娃给施了洗礼了？”

“可怜的小东西，施了，也死了。”爱伦回答说。“我本来担心埃米也会死，不过现在我想她会活下去的。”姑娘们都朝她望着，满脸流露出惊疑的神色，杰拉尔德却表示达观地摇了摇头。

“唔，对，还是孩子死了好，可怜的没爹娃……”“不早了，现在咱们做祈祷吧，”爱伦那么机灵地打断的杰拉尔德的话，要不是思嘉很了解母亲，谁也不会注意她这一招的用意呢。

究竟谁是埃米·斯莱特里的婴儿的父亲呢？这无疑是个很有趣的问题。但思嘉心里明白，要是等待母亲来说明，那是永远也不会弄清事实真相的。思嘉怀疑是乔纳斯·威尔克森，因为她常常在天快黑时看见他同埃米一起在大路上走。乔纳斯是北方佬，没有老婆，而他既当了监工，便一辈子也参加不了县里的社交活动。正经人家都不会招他做女婿，除了像斯莱特里的那一类的下等人之外，也没有什么人会愿意同他交往的。由于他在文化程度上比斯莱特里家的人高出一头，他自然不想娶埃米，尽管他也不妨常常在暮色苍茫中同她一起走走。

思嘉叹了口气，因为她的好奇心实太大了。事情常常在她母亲的眼皮底下发生，可是她从不注意，仿佛根本没有发生过似的。对于那些自认为不正当的事情爱伦总是不屑一顾，并且想教导思嘉也这样做，可是没有多大效果。

爱伦向壁炉走去，想从那个小小的嵌花匣子里把念珠取来，这时嬷嬷大声而坚决地说：“爱伦小姐，你还是先吃点东西再去做你的祷告吧！”“嬷嬷，谢谢你，可是我不饿。”“我这就给你弄晚饭，做好你就吃。”嬷嬷说，她烦恼地皱着眉头，走出饭厅要到厨房去，一路上喊道：“波克，叫厨娘把火捅一捅。爱伦小姐回来了。”地板在她脚下一路震动，她在前厅唠叨的声音也越来越高以至饭厅里全家人都清清楚楚听见了。

“给那些下流白人做事没啥意思。我说过多回了，他们全是懒虫，不识好歹。爱伦小姐犯不着辛辛苦苦去伺候这些人。他们果真值得人伺候，怎么没买几个黑人来使唤呢。我还说过……”她顺着到厨房去的那条只有顶篷的露天长过道走远了，声音也就听不见了。嬷嬷总有她自己的办法来让主子们知道她对种种事情究竟抱什么态度。就在她独自嘟囔时她也清楚，要叫上等白人来注意一个黑人的话是有失身份的，她知道，为了保持这种尊严，他们必须不理睬她所说的那些话，即使是站在隔壁房间里大声嚷嚷。如此既可以保证她不受责备，同时又能使任何人都心中明白她在每个问题上都有哪些想法。

波克手里拿着一个盘子、一副刀叉和一条餐巾进来了。他后面紧跟着杰克，一个十岁的黑人男孩，他一只手忙着扣白色的短衫上的钮扣，另一手拿了个拂尘，那是用细细的报纸条儿绑在一根比他还高的苇秆上做成的。爱伦有个只在特殊场合使用的精美的孔雀毛驱蝇帚，而且由于波克、厨娘和嬷嬷都坚信孔雀毛不吉利，给之派上用场是经过一番家庭斗争的。

爱伦在杰拉尔德递过来的那把椅子上坐下，这时四个声音一起向他发起了攻势。

“妈，我那件新跳舞衣的花边掉了，明天晚上上‘十二橡树’村我得穿呀。请给我钉钉好吗?”“妈，思嘉的新舞衣比我的漂亮。我穿那件粉红的太难看了。怎么她就不能穿我那件粉的，让我穿那件绿的呢？她穿粉的很好看嘛。”“妈，明天晚上我也等到散了舞会才走行吗，现在我都13了……”“你相信吗，奥哈拉太太……姑娘们，别吵了，我要去拿鞭子了！凯德·卡尔弗特今天上午在亚特兰大对我说……你们安静一点好吗？我连自己的声音都听不见了……他说他们那边简直闹翻了天，大家都在谈战争、民兵训练和组织军队一类的事。还说从查尔斯顿传来了消息，他们再也不会容忍北方佬的欺凌了。”爱伦对这场七嘴八舌的喧哗只微微一笑，不过作为妻子，她得首先跟丈夫说几句。

“要是查尔斯顿那边的先生们都这样想，那么我相信咱们大家也很快就会这样看的。”她说，因为她有个根深蒂固的信念，即除了萨凡纳以外，整个大陆的大多数上等人都能在那个小小的海港城市找到，而这个信念查尔斯顿人也大都有的。

“卡琳，不行，亲爱的，明年再说吧。明年你就可以留下来参加舞会，并且穿成人服装，那时我的小美人该多么光彩呀！别噘嘴了，亲爱的。你可以去参加全牲野宴，请记住这一点，并且一直待到晚餐结束；至于舞会满14岁才行。”“把你的衣服给我吧。思嘉，做完祷告我就替你把花边缝上。”“苏伦，我不喜欢你这种腔调，亲爱的。你那件粉红舞衣挺好看，同你的肤色也很相配，就像思嘉配她的那件一样。不过，明晚你可以戴上我的那条石榴红的项链。”苏伦在她母亲背后向思嘉得意地耸了耸鼻子，因为做姐姐的正打算恳求戴那条项链呢。思嘉也无可奈何地对她吐吐舌头，苏伦是个喜欢抱怨而自私得叫人厌烦的妹妹，要不是爱伦管得严，思嘉不知会打她多少次耳光了。

“奥哈拉先生，好了，现在再给我讲讲卡尔弗特先生关于查尔斯顿都谈了些什么吧，”爱伦说。

思嘉知道母亲根本不关心战争和政治，并且认为这是男人的事，哪个妇女都不乐意伤这个脑筋。不过杰拉尔德倒是乐得发表自己的高见，而爱伦对于丈夫的乐趣总是很认真的。

杰拉尔德正发布他的新闻时，嬷嬷把几个盘子推到女主人面前，里面有焦皮饼干、油炸鸡脯和切开了的热气腾腾的黄甘薯，上面还淌着融化了的黄油呢。嬷嬷拧了小杰克一下，他才赶紧走到爱伦背后，将那个纸条帚儿缓缓地前后摇拂着。

嬷嬷站在餐桌旁，观望着一叉叉食品从盘了里送到爱伦口中，仿佛只要她发现有点迟疑的迹象，便要强迫将这些吃的塞进爱伦的喉咙里。爱伦努力地吃着，但思嘉看得出她根本不知道自己在吃什么，她实在太疲乏了，只不过嬷嬷那毫不通融的脸色强迫她这样做罢了。

盘子空了，可杰拉尔德才讲了一半呢，他在批评那些要解放黑奴可又不支付出任何代价的北方佬做起事来那么偷偷摸摸时，爱伦站起身来了。

“咱们要做祷告了？”他很不情愿地问。

“是的。这么晚了……已经 10 点了，你看，”时钟恰好咳嗽似的闷声闷气地敲着钟点。“卡琳早就该睡了。请把灯放下来，波克，还有我的《祈祷书》，嬷嬷。”嬷嬷用沙哑的嗓音低声吩咐了一句，杰克便将驱蝇帚放在屋角里，动手收拾桌上的杯盘，嬷嬷也到碗柜抽屉里去摸爱伦那本破旧的《祈祷书》。波克踮着脚尖去开灯，他抓住链条上的铜环把灯慢慢放下，直到桌面上一起雪亮而天花板变得阴暗了为止。爱伦散开裙裾，在地板上屈膝跪下，然后把打开的《祈祷书》放在面前的桌上，再合着双手搁在上面。杰拉尔德跪在她旁边，思嘉和苏伦也在桌子对面各就各位地跪着，把宽大的衬裙折起来盘在膝头下面，免得与地板硬碰硬时更难受。卡琳年纪小，跪在桌旁不方便，因此就面对一把椅子跪下，两只臂肘搁在椅上。她喜欢这个位置，因为每逢做祈祷时她很少不打瞌睡的，而这样的姿势却不容易让母亲发现。

家仆们挨挨挤挤地拥进穿堂，跪在门道里。嬷嬷大声哼哼着倒伏在地上；波克的腰背挺直得像通条；罗莎和丁娜这两个女仆摆开漂亮的印花裙子，有很好看的跪姿；厨娘戴着雪白的头巾，更加显得面黄肌瘦了；杰克正瞌睡得发傻，可是为了躲避嬷嬷那经常拧他的手指，他没有忘记尽可能离她远些。他们的黑眼睛都发出期待的光芒，因为同白人主子们一起做祈祷是一天中的一桩大事呢。至于带有东方意象的祷文中那些古老而生动的语句，对他们并没有多大意义，但能够给予他们内心以各种满足。因此当他们念到“主啊，怜悯我们”，“基督啊，怜悯我们”时，也总浑身摇摆，仿佛极为感动。

爱伦闭上眼睛开始祷告，声音时高时低，像催眠又像抚慰。当她为自己的家庭成员和黑人们的健康与幸福而感谢上帝时，那昏黄灯光下的每一个人都把头低了下来。

接着她又为她的父母、姐妹，3 个夭折的婴儿以及“涤罪所里所有的灵魂”祈祷，然后用细长的手指握着念珠开始念《玫瑰经》。宛如清风流水，所有黑人和白人的喉咙里都唱出了应答的圣歌声：“圣母马利亚，上帝之母，为我们罪人祈祷吧，现在，以及我们死去的时候。”尽管这个时候思嘉正在伤心和噙着眼泪，她还是深深领略到了往常这个时刻所有的那种宁静的和平。白天经历的部分失望和对明天的恐惧立刻消失了，留下来的是一种希望的感觉。但这种安慰不是她那颗升腾到上帝身边的心带来的，因为对于她来说，宗教只不过停留在嘴皮子上而已。给她带来安慰的是母亲仰望上帝圣座和他的圣徒天使们、祈求赐福于她所爱的人时那张宁静的脸。当爱伦同上帝对话时，思嘉坚信上帝一定听见了。

爱伦祷告完，便轮到杰拉尔德。他经常在这种时候找不到念珠，只好偷偷沿着指头计算自己祷告的遍数。他正在嗡嗡地念着时，思嘉的思想便开了小差，自己怎么也控制不住了。她明白应当检查自己的良心。爱伦教育过她，每一天结束时都必须把自己的良心彻底检查一遍，承认自己所有的过失，祈求上帝宽恕并给予力量，做到永不重犯。但是思嘉只检查她的心事。

她把头搁在叠合着的双手上，使母亲无法看见她的脸，于是她的思想便伤心地跑回到艾希礼那儿去了。当他真正爱她的思嘉的时候，他又怎么打算娶媚兰呢？何况他也知道她多么爱他，他怎么能故意伤她的心啊？

接着，一个崭新的念头像颗彗星似的突然在她脑子里掠过。

“怎么，艾希礼并不知道我在爱他呀！”

这个突如起来的念头几乎把她震动得要大声喘息起来。

她的思想木然不动，默无声息，仿佛瘫痪了似的。好一会才继续向前奔跑。

“他怎么能知道呢？我在他面前经常装得那么拘谨，那么庄重，一副‘别碰我’的神气，所以他也许认为我一点不把他放在心上，只当作普通朋友而已。对，这就是他从不开口的原因了！他觉得他爱而无望，所以才会显得那样……”她的思路迅速回到了从前的好几次情景，那时她发现他在用一种奇怪的态度瞧着她，那双最善于掩藏思想的灰色眼睛睁得大大的，毫无掩饰，里面饱含着一种痛苦绝望的神情。

“他的心已经伤透了，因为他觉得我在跟布伦特或斯图尔特或凯德恋爱呢。也许他以为如果得不到我，便同媚兰结婚也一样可以叫他家里高兴的。可是，如果他也知道我在爱他……”她擅变的心情从沮丧的深渊飞升到快乐的云霄中去了。这就是对于艾希礼的沉默和古怪行为的解释。只因为他不明白呀！她的虚荣心赶来给她所渴望的信念帮忙了，使这一信念变成了千真万确的故事。如果他知道她爱他，他就会赶忙到她身边来。她只消……“啊！”她乐不可支地想，用手指拧着低垂的额头，“瞧我多傻，竟一直没有想到这一层！我得想个办法让他知道。他要是知道我爱他，便不会去娶媚兰了呀！他怎么会呢？”这时，她猛地发觉杰拉尔德的祷告完了，母亲的眼睛正盯着她呢。她赶快开始她那十遍的诵祷，机械地沿着手里的念珠，不过声音中带有深厚的激情，引得嬷嬷瞪着眼睛仔细地打量她。她念完祷告后，苏伦和卡琳相继照章办事，这时她的心仍在那条诱惑人的新思路上向前飞跑。

即使现在，也还不太晚哩！在这个县，那种所谓丢人的私奔事件太常见了，那时当事人的一方或另一方实际上已和一个第三者站到了婚礼台上。何况艾希礼的事连订婚还没有宣布呢？是的，还有的是时间！

假设艾希礼和媚兰之间没有爱情而只有很久以前许下的一个承诺，那他为什么不可能废除那个诺言来同她结婚呢？他准会这么办的，要是他知道思嘉爱他的话。她必须想法让他知道，她一定要想出个办法来！然后……思嘉忽然从欢乐梦中惊醒过来，她疏忽了没有接腔，她母亲正用责备的眼光瞧着她呢。她一面重新跟上仪式，一面睁开眼睛迅速环顾周围，那些跪着的身影，那柔和的灯光，黑人摇摆时那些阴暗的影子，甚至那些在一个钟头之前她看来还很讨厌的熟悉家具，一时之间都涂上了她自己的情绪的色彩，整个房间又显得很可爱了！她永远也不会忘记这个时刻和这番景象！

“最最忠贞的圣母，”母亲吟诵着。现在开始念圣母祈祷文了，爱伦用轻柔的低音赞颂圣母的美德，思嘉便随声应答：“为我们祈祷吧。”对思嘉而言，从小以来，这个时刻与其说是崇敬圣母还不如说是崇敬爱伦。尽管这有点亵渎神圣的味道，思嘉合着眼睛经常看见的还是爱伦那张仰着的脸，而不是古老颂词所反复提到的圣母面容。“病人的健康”、“智慧的中心”、“罪人的庇护”、“神奇的玫瑰”……这些词语之所以美好，就因为它们是爱伦的品性。然而今晚，由于她自己意气昂扬，思嘉发现整个仪式中这些低声说出的词语和含糊不清的答应声有一种她从未经历过的崇高的美。所以她的心升腾到了上帝的身边，并且真诚地感谢为她脚下开辟了一条道路——一条摆脱痛苦和径直走向艾希礼怀抱的道路。

说过最后一声“阿门”，大家有点僵痛地站起身来，嬷嬷还是由丁娜和罗莎合力拉起来的。波克从炉台上拿来一根长长的纸捻儿，在灯上点燃了，然后走入穿堂。那螺旋形楼梯的对面摆着个胡桃木碗柜，在饭厅里显得有点大而不当，宽阔的柜顶上放着几只灯盏和插在烛台上的长长一排蜡烛。波克点燃一盏灯和三支蜡烛，然后以一个皇帝寝宫中头等侍从照顾皇帝和皇后进卧室的庄严神情，高高举起灯盏领着这一群人上楼去。爱伦挎着杰拉尔德的臂膀跟在他后面，姑娘们也各自端着烛台陆续上楼了。

思嘉走进自己房里，把烛台放在高高的五斗柜上，然后在漆黑的壁橱里摸索那件需要修改的舞衣。她把衣服搭在胳臂上，悄悄走过穿堂。她父母卧室的门半开着，她正要去敲门，忽然听到爱伦很低，也很严肃的声音。

“杰拉尔德先生，你得把乔纳斯·威尔克森开除。”杰拉尔德一听便发作起来，“那叫我再到哪里去找个不再跟着我搞鬼的监工呢？”“必须立即开除他，明天早晨就开除。大个儿萨姆是个不错的工头，在找到新的监工以前，可以让他暂时顶替一下。”“啊哈！”杰拉尔德大声说，“我这才明白，原来是这位宝贝乔纳斯生下了……”“必须开除他。”“如此说来，他就是埃米·斯莱特里那个婴儿的父亲喽？”思嘉心想。“唔，好呀。一个北方佬跟一个下流白人的女孩，他们还能干出什么好事来呢？”稍稍停顿了一会，让杰拉尔德的唾沫星子消失之后，思嘉才敲门进去，把衣裳交给母亲。

到思嘉脱掉衣服、吹熄了蜡烛时，她明天准备实行的那个计划已经被安排得十分周密了。这个计划很简单，因为她怀有杰拉尔德那种刻意追求的精神，把注意力集中在那个目标上，只考虑达到这个目标所能采取的最直接的步骤。

第一，她要像杰拉尔德所吩咐的那样，装出一副“傲慢”的神气，从到达“十二橡树”村那一刻起，她就要摆出自己最快乐最豪爽的本性来。谁也不会想到她曾经由于艾希礼和媚兰的事而沮丧过。她还要跟那个县里的每一个男人调情。这会使得艾希礼无法忍受，但却越发爱慕她。她不会放过一个处于结婚年龄的男人，从苏伦的意中人黄胡子的老弗兰克·肯尼迪，一直到羞怯寡言、容易脸红的查尔斯·汉密尔顿，即媚兰的哥哥。他们会聚在她周围，像蜜蜂围着蜂房一样，而且艾希礼也一定会被吸引从媚兰那边跑过来，加入这个崇拜她的圈子。然后，她当然要耍点手腕，安排他离开那一伙，单独同她待几分钟。她希望一切都会进行得那样顺利，要不然就困难了。可是，如果艾希礼不首先行动起来呢，那她就只好干脆自己动手了。

待到他们终于单独在一起时，他对于别的男人挤在她周围那番情景当然记忆犹新，当然会深深感到他们每个人确实很想要她，于是他便会流露出那种悲伤绝望的神色。那时她要叫他发现，尽管受到那么多人爱慕，她在世界上却只喜欢他一个人，这样他便会重新愉快起来。她只要又娇媚又含蓄地承认了这一点，她便会显得身价百倍，更叫人看重了。当然，她要以一种很高尚的姿态来做这些。她连做梦也不会公然对他说她爱他——这是绝对不行的啊！不过，究竟用什么样的态度告诉他，这只是枝节问题，根本用不着太操心。她以前不知道处理过多少这样的场面，现在再来一次就是了。

躺在床上，她全身沐浴着朦胧的月光，心里揣摩着整个情景。她仿佛看见他明白真正爱他时脸上流露的那种又惊又喜的表情，还仿佛听见他向她求婚时要说的那番话。

自然，那时她就得说，既然一个男人已经跟别的姑娘订婚，她便根本谈不上同他结婚了，不过他会坚持不放，最后她只得让自己说服了。于是他们决定当天下午逃到琼斯博罗去，并且……瞧，明天晚上这时候她也许已经是艾希礼·威尔克斯夫人了！

她这时索性翻身坐起来，双手紧抱着膝盖，一味神往地想象着，有好一会俨然做起艾希礼·威尔克斯夫人——艾希礼的新娘来了！接着，一丝凉意掠过她的心头。假如事情不照这个样子发展呢？假如艾希礼并不恳求她一起逃走呢？她断然把这个想法从心里推出去了。

“现在我不去想它，”她坚定地说。“要是我现在就想到这一点，它便会推翻我的整套计划。没有任何理由不让事情按照我所要求的方式去发展——要是他爱我的话。而我知道他是爱我的！”她抬起下巴，月光下闪烁着那双暗淡而带黑圈的眼睛。爱伦从没告诉过她愿望和实现是两件不同的事；生活也没教育过她捷足者不一定先登。她躺在银白的月色中怀着高涨的勇气，设想自己的计划，这个计划出自一个16岁的姑娘，那时她已过惯了惬意的日子，认为根本不可能有什么失败，认为只要有一件新的衣裳和一张清新的面孔当武器，就能击溃命运！

5

他们过了河，马车向山上驶去。在“十二橡树”村还没进入眼帘之前，思嘉就已经看见一团烟雾在那些高高的树顶上悠闲地飘浮着，也闻到了那股混合着燃烧的山胡桃木和烤猪肉羊肉的香味。

那些从头天晚上便在缓缓燃着的烤全牲的火坑，估计现在已成为玫瑰红灰烬的长槽，兽肉在上面的叉子上转动着，肉汁缓缓地滴落在炭火中，发出嗞嗞的声音。思嘉知道微风吹送的那股香味是从那幢大房子背后的大橡树林里飘来的。约翰·威尔克斯常常是在那里，在那缓缓而下通向玫瑰园的斜坡上，举行他的全牲野宴。这个阴凉宜人的佳境要比别的例如卡尔弗特家使用的地方好得多。卡尔弗特太太不喜欢野宴上的食品，并且声称好几天之后房子里都还有那些气味，所以她的客人就常常被安排在一个离住宅1/4英里的平坦而没有遮荫的地点热汗淋漓地吃着。不过，也只有这位以好客闻名全州的约翰·威尔克斯才真正懂得怎样举行野宴。

那些带有支架的长长的野餐桌上铺着威尔克斯家最漂亮的亚麻布，这些餐桌常常摆在最阴凉的地方，两旁是没有靠背的条凳；空地上还放着一些椅子、矮脚凳和坐椅，是给那些不喜欢坐条凳的人准备的。在离宴席较远的地方才是那些长长的烤野兽肉的火坑和炖肉汁的大铁锅，这里散发的油烟和种种浓烈的香味是客人们闻不到的。威尔克斯先生经常养着至少十来个黑人，他们端着托盘来回跑动为客人提供食品。

那边仓房背后还设有另一个野宴火炕，专供家仆、来宾们的车夫、侍女等人使用，他们吃是的玉米饼、山薯和黑人最喜欢的牲畜内脏，时令碰巧时还有足够的西瓜让他们吃个饱。

当思嘉远远闻到新鲜猪肉的香味时，她欣赏地皱起鼻子，希望等烤好以后她的食欲会旺盛起来。此刻她的肚子里还是饱饱的，而且腰扎得很紧，生怕自己随时都会打出嗝来。

如果真要打嗝，那就要命了，因为只有老头儿和老太婆才不怕周围的人议论敢在宴席上打嗝呢。

他们驶上了山顶，这时那座白房子已整整齐齐的出现在她面前，你看那高高的圆柱，宽阔的游廊，平坦的屋顶，这美丽得像一个那么相信自己魅力的美人儿，她显得雍容大方，对谁都一样亲切可爱了。思嘉喜爱“十二橡树”村胜过喜欢塔拉农场，因为它有一种堂皇的美，一种柔和的庄严，而这是杰拉尔德的住宅所不具备的。

宽阔曲折的车道上到处是骑乘的马和马车，宾客们正纷纷下马下车，向朋友打招呼。咧着大嘴傻笑的黑人对宴会总是那么兴奋，他们正在把牲口牵到仓场上去卸鞍解辔，让它们好好休息一下。成群的孩子，有黑的，有白的，在新绿的草地上嚷着跑着，玩跳房子和捉人的游戏，并且竞相夸口要在野宴上吃多少多少东西。那间从前头一直延伸到屋后的宽敞的大厅里已经挤满了人，当奥哈拉的马车驶到前面台阶边停下时，思嘉看见那些像蝴蝶般漂亮的姑娘们摇摆着裙裾在二楼的楼梯上走上走下，有的彼此搂着腰肢倚在楼栏杆上，笑着招呼下面大厅里的年轻小伙子们。

从那敞开的法国式窗口，她看见那些年龄较大的妇女穿着深色绸衣摇着扇子端端正正坐在客厅里，谈论着婴儿、疾病和谁跟谁结婚，以及怎么结婚的，等等。威尔克斯的膳事总管汤姆在大厅和门厅里穿梭忙活着，他手里端着一只银托盘，不停地鞠躬微笑，向那些身穿淡米色或灰色裤子和皱边亚麻布衬衫的青年人奉上高脚酒杯。

阳光灿烂的前廊上也拥挤着宾客。是的，全县的人都在这里了，思嘉心想。塔尔顿家四个小伙子和他们的父亲倚着高高的圆柱，孪生兄弟斯图尔特和布伦特照例肩并肩站在那儿，博伊德和汤姆则同他们的父亲詹姆斯·塔尔顿在一起。卡尔弗特先生贴近他的北方佬老婆，后者虽然已在佐治亚生活了15年之久，可仍然显得有点像陌生人似的。每个人对她十分客气而亲切，都觉得她可怜，不过谁也不会忘记她由于做了卡尔弗特先生的孩子们的家庭教师而加重了她在出身上犯下的过失。那两个卡尔弗家的小伙子雷福德和凯德，同他们那个活跃的白白胖胖的妹妹凯瑟琳在一起，向黑脸乔·方丹和他的漂亮未婚妻萨莉·芒罗开玩笑。亚可克斯和托尼·方丹在向迪米蒂·芒罗耳语，惹得她一次又一次咯咯大笑。有些家庭是远道而来的，例如从十英里外的洛夫乔伊，从费耶特维尔，从琼斯博罗，少数几家甚至来自亚特兰大和梅肯。整个房子像要被客人挤垮了，而不停地高谈阔论和哗然大笑，以及妇女们咯咯的笑声，尖叫声和喧嚷声，更是此起彼落，热闹无比。

思嘉看见约翰·威尔克斯站在走廊台阶上，他一头银丝般的头发，腰背挺直，焕发着宁静和蔼的容光，像佐治亚夏天的太阳一般永不衰败。他旁边站着霍妮·威尔克斯（人们之所以这样称呼她，是因为她对于从父亲到大田劳工所有的人都用同样亲切的口气说话），她正在不停地欢笑着迎接每一位来宾。

霍妮那种显然渴望对谁都显得亲切动人的劲儿，同她父亲的姿态形成了鲜明的对比，这使思嘉想起也许塔尔顿太太刚才说的话毕竟是有些道理。威尔克斯家的男人们无疑有自己的家族特征。那种把约翰·威尔克斯和艾希礼的灰眼睛衬托得更显著的赤金色浓睫毛，在霍妮和她妹妹英迪亚的脸上便变得稀疏而没有什么光泽了。霍妮像只野兔似的睫毛很少，而英迪亚除了用“平淡”一词以外，再没有别的说法可以形容了。

英迪亚的踪影哪里也找不到，但思嘉知道她也许是在厨房里对仆人们作最后的指示。思嘉心想，可怜的英迪亚，自从她母亲去世以后，她得为家务操不少的心呢，因此除了斯图尔特·塔尔顿，便没有机会去交别的男朋友了。而且，如果他觉得我比她长得漂亮，那也不是我的过错呀。

约翰·威尔克斯走下台阶，伸出手臂去搀扶思嘉。她下马车时见苏伦在得意地傻笑，便知道她已经从人丛中找出弗兰克·肯尼迪来了。

我就不信找不到一个比这穿裤子的老处女更好的男人！

她心里轻蔑地嘀咕着，一面跳下地来微笑着向约翰·威尔克斯表示感谢。

弗兰克·肯尼迪赶忙走来搀扶苏伦，苏伦那个得意劲儿更叫思嘉恨不得抽她一鞭子。弗兰克·肯尼迪可能拥有比县里任何人都多的土地，而且可能心地很好，可这些在一个年满40的人身上是毫无吸引力的，何况他既瘦小又神经质，长着几根稀稀拉拉的黄胡子，是个婆婆妈妈、唯唯诺诺的人。

不过，思嘉记起了自己的计谋，便打消这种轻蔑心理，反向他飞了个欣然的微笑，这使他不由得一怔，一面向苏伦伸出手臂，一面高兴得不知所措地把两眼睛朝思嘉身上骨碌碌乱转。

思嘉即使在跟约翰·威尔克斯愉快地交谈时，两只眼睛也在人群里搜索艾希礼，可是他不在走廊上。周围是一起欢迎的招呼声，斯图尔特和布伦特·塔尔顿这对孪生兄弟一起向她走来。芒罗家的姑娘们也对她的衣服大声称赞，她很快便成了一个吵吵闹闹的圈子的中心，这些声音越来越高，把整个大厅里的喧哗都压倒了。可是艾希礼在哪里？还有媚兰和查尔斯呢？她装得若无其事地环顾四周，并一直朝大厅那里笑闹的人群中望着。她闲谈着，笑着，迅速向屋子里，庭院里搜索着，忽然发现一个陌生人独自站在大厅里用一种淡漠而不怎么礼貌的神情注视着她，这使她产生了一种复杂的感觉：一面由于自己吸引了一个男人而十分得意，一面又想到自己的衣服领口太低露出了胸脯而有点难为情了。他看来年纪不小，至少有35岁。他个子高高的，体格很强壮。思嘉心想，还没有见过这样腰圆膀阔、肌肉结实、几乎粗壮得有失体面的男人呢。当她的眼光和那人的眼光接触，他笑了，露出一口狰狞雪白的牙齿，在修剪短短的髭须底下闪闪发光。他的脸膛黑得像个海盗，一双又黑又狠的眼睛仿佛主张把一艘帆船凿沉或抢走一名处女似的。他的脸上表情冷漠而鲁莽，连对她微笑时嘴角上也流露出嘲讽的意味，使思嘉紧张得出不来气。她想人家这样无礼地瞧着她简直是一种侮辱，可懊恼自己竟没有受辱的感觉。她不知道这究竟是个什么人，但他黑黑的脸膛无可否认地有着上等人家的血统。两片饱满的红嘴唇上那深长的鹰钩鼻子、高高的前额和宽阔的天庭，都说明了这一点。

她毫无笑容地努力把自己的眼光挪开，同时他也回过头去，因为有人在叫他："瑞德，瑞德·巴特勒！到这里来！我要你见见佐治亚一个心肠最硬的姑娘。"瑞德·巴特勒？这名字有点耳熟，好像同某个不体面的趣闻有关似的，不过她正一心想着艾希礼，便不去细究了。

"我得上楼去理理头发，"她告诉斯图尔特和布伦特，他们正想把她从人群中带走。"你们俩可得等着我，别跟旁的女孩子跑掉，惹我生气啊！"她看得出来，要是她今天跟任何别的人调情，斯图尔特是不会善罢干休的。因为他刚刚喝了几杯，正摆出一副找人打架的神气，她凭经验知道这就要出事了。她在过厅里站下跟朋友们说话，又对英迪亚打招呼，后者正从后屋里出来，已忙得头发不整，两鬓流汗。可怜的英迪亚！一个姑娘长着不灰不白的头发和眼睫毛，以及一个显得性情固执的下巴，这就够糟的了，何况已经20岁了还没嫁人呢！她不知英迪亚是否怀恨她把斯图尔特从她身边夺走了。有不少的人还在说她仍然爱他，可是你怎么也琢磨不透一个威尔克斯的家人是如何想的。即使她怀恨这件事，也绝不会露出痕迹来，仍一如既往地用那种稍觉疏远又颇为亲切的态度对待思嘉。

思嘉愉快地跟她交谈了几句，便走上宽阔的楼梯。这时一个羞答答的声音在后面叫她的名字，她回过头来，看见了查尔斯·汉密尔顿。他是个俊俏的小伙子，满头柔软的褐色鬈发覆盖在白皙的前额上，眼睛也是深褐色的，明亮，温柔，像一只聪敏的长毛牧羊犬。他穿着很合身的裤子和黑色上衣，带皱褶的衬衫领口打着个很宽很时髦的黑领结。她转过身来时，他脸上泛起薄薄的红晕，因为他在女孩子面前总有点怯生生的。像大多数怕羞的男人那样，他非常爱慕像思嘉这样快活、开朗而落落大方的姑娘。她以前对他的态度从没有超出敷衍应酬的范围，因此现在她回报他的那灿然一笑和愉快地伸出的两只手，就使他惊喜得透不过起来的。

"怎么，查尔斯·汉密尔顿，你这漂亮的小家伙，是你呀！我敢说你是专门从亚特兰大老远赶来，这可叫我心疼得不行啊！"查尔斯激动的结结巴巴，几乎说不出话来了。他抓住她那双温暖的小手，痴痴地望着那双滴溜溜转的绿眼睛。姑娘们是惯用这种态度跟男孩子说话的，可对查尔斯却从来没有过。他可真不明白为什么她们老是把他当做小弟弟看待，又总是那么亲切，但从来不肯跟他开玩笑。他经常看见姑娘们跟那些比他难看得多和笨得多的男孩子在一起调情说笑，早就巴不得她们也这样跟他闹着玩儿。可是除了偶尔一两次外，他跟她们在一起时往往不知道说什么好，所以总是哑口无言，窘困得难受极了。事情过后，他夜里躺在床上睡不着觉时，倒想起许许多多本来可以说的俏皮逗人的话来，可是机会没有了，因为人家姑娘们经过这么一两回试验之后，便把他撂在一边了。

至于霍妮，他同她已经有了默契，准备来年秋天他继承了遗产的时候结婚，可是他跟她在一起时同样也很不自在，没有什么好说的。有时候他有一种不怎么爽快的感觉，觉得霍妮那种有点卖弄风情和自作主张的神气对他很不利，因为她对男孩子有股狂热劲儿，恐怕一有机会她就会随便给哪个男人玩这一套的。所以查尔斯对娶霍妮不怎么热心，因为她没有在他心中那种疯狂的浪漫激情，而那是他心爱的书本告诉他一个恋人所应当有的。他经常渴望着有个美丽、大胆、感情炽热、善于戏谑的女人来爱他。

可如今思嘉·奥哈拉用她所说的对他心疼的话，在跟他开玩笑呢！

他想找出几句话来说说，可是想不出来，接着他便默默祝福思嘉，因为她在一个劲儿地说下去，他也就用不着开口了。这真是做梦也想不到的。

“现在，你就站在这儿，等我回来，到时我跟你一起吃野宴，可不要走开去跟别的女孩子胡闹呀，那样我可要吃醋了！”这些话从那张两旁各有一个酒窝的樱桃小口里说出，同时乌黑的睫毛在碧绿的眼睛上方假装严肃地飞舞着。

“我不会的，”他终于使劲喘过气来，可是决没有想到她是在把他当做一只等待屠夫的小牛犊呢。

她拿那把合着的折扇在他臂膀上轻轻一敲，然后转身上楼，这时她的视线又落到那个名叫瑞德·巴特勒的人身上，他正孤零零地站在离查尔斯几步远的地方。他显然从旁听见了刚才的全部谈话，因为他仰头对思嘉咧嘴笑了笑，那模样邪恶得像只公猫似的，随即又将思嘉浑身上下打量着，眼光中全然没有思嘉所习惯的那种敬意。

“活见鬼！”思嘉用杰拉尔德惯用的那句粗话烦恼地暗自思忖道，“他看来好像……好像知道我没穿内衣是什么模样似的。”接着把头一甩，径自上楼去了。

在放包裹的那间卧室里，她发现凯瑟琳·卡尔弗特正站在镜前打扮，拼命咬着嘴唇，想叫它们显得更红一些。她的饰带上佩着新鲜的玫瑰花，这同她的两颊相互辉映，那双矢车菊般的蓝眼睛更是兴奋得神采飞扬了。

“凯瑟琳，”思嘉说，一面试着把她穿的那件紧身上衣拉高一点，“楼下那个姓巴特勒的讨厌家伙是谁？”“唔，亲爱的，你不知道吗？”凯瑟琳兴奋地低声说，留心不让在隔壁房间闲聊的迪尔茜和威尔克斯家姑娘们的嬷嬷听见。“我真想不到威尔克斯先生怎么会让他到这里来了，不过他本来就在琼斯博罗同肯尼迪先生商谈买棉花的事。当然了，肯尼迪先生要把他带在身边，就一起来了。他不能丢下他就走啊！”“他究竟是怎么回事呢？”“人家谁也没有招待过他呢！亲爱的。”“真的没有吗？”“没有。”思嘉默默地寻思这件事，因为她还从不曾跟一个不受招待的人在一起待过呢。这倒是一种很令人兴奋的局面。

“他干过什么事了？”

“唔，他的名声坏极了！思嘉，他叫瑞德·巴特勒，是查尔斯顿人，他的朋友本来都是那里最上等的人，可现在都不理他了。去年夏天卡罗·雷特跟我谈了他的情形。她跟他的家庭并没有亲属关系，可是她了解他的一切，而且谁都了解。他是从西点军校开除出来的。你想想吧！他那些事情实在太糟糕了，卡罗也不便知道。此外就是关于他没有娶那个姑娘的事……”“快告诉我！”“亲爱的，你真的什么也不知道？卡罗去年夏天全都告诉我了，可要是她妈听说她居然知道这种事，恐怕会气得要死呢。唔，这位巴特勒先生带着一个查尔斯顿姑娘坐马车出去玩。我从来不知道她究竟是谁，不过我能猜到一点。她一定不是什么好东西，否则便不会在下午那么晚的时候没个伴就跟他出去了。而且亲爱的，他们在外面几乎待了个通宵，最后才步行回家，据说是马跑了，车也给摔坏了，他们在树林里迷了路。后来你猜怎么样……”“你说吧，我猜不着。”思嘉很热心地说，巴不得发生最糟糕的事。

“第二天他居然拒绝同她结婚！”

“啊?!”思嘉的希望破灭了。

“他说他没……嗯……没跟她有过什么，也看不出为什么就该娶她。于是，当然喽，她哥哥把他叫出来，这时巴特勒先生称他宁愿给枪毙也不要娶一个蠢货。这样一来，他们就只有进行决斗，结果巴特勒先生击中了那姑娘的哥哥，他死了，同时巴特勒先生也只好离开查尔斯顿，如今人家都不欢迎他了。”凯瑟琳得意地结束了她的故事，而且很及时，因为这时迪尔茜回到房间照料思嘉梳妆来了。

“她怀孕了没有？”思嘉在凯瑟琳的耳边悄悄地问。

凯瑟琳拼命摇头。“不过她同样给毁了。”她有点厌恶地低声回答。

但愿艾希礼别毁了我才好，思嘉突然这样想。像他这样一个十十足足的正人君子，是绝不会不娶我的。可是，不知怎的，她情不自禁地对瑞德·巴特勒产生了一种敬意，因为他拒绝跟一个蠢女人结婚。

思嘉坐在屋后那株大橡树树荫下一张高高的木褥榻上，她衣裙上的荷叶边和皱襞向周围荡漾着，底下那双绿羊皮软鞋露出了大约两英寸的样子，这是大家闺秀坐着时双脚所能露出的最大部分。她手里捧着一个几乎没有动过的盘子。

野宴已达到高潮，暖融融的空气中洋溢着欢笑声、谈话声、餐具碰着杯盘的叮当声，以及烤肉和稠肉汤的浓烈香味。间或一阵清风吹过，从长长的烤牲火坑向宾客们飘来了股股轻烟，小姐太太们假装惊慌地尖叫起来，一面使劲挥舞手中棕榈叶扇子。

大多数年轻小姐同她们的男伴坐在餐桌两旁长长的条凳上，唯独思嘉，她明白在这种座席上只能两边各坐一个男人，便单单另外挑了个位置，这样她就可以引来尽可能多的男人聚在自己周围了。

已婚妇女，都坐在凉亭里，她们的深色衣裳在周围的欢快色彩中看来更加显眼。主妇们无论年龄大小，常常坐在一起，稍稍离开那些明眸皓齿的小姐、情郎和他们的喧笑声，因为在南方，妇女一结婚就不算美人了。从那位倚老卖老公然在打嗝儿的方丹老太太到初次怀孕正在极力忍住不呕吐出来的17岁的艾丽斯·芒罗，她们正交头接耳不停地讨论着家庭等方面的问题，这才使得这样的集会更加愉快而富于教育意义了。

思嘉朝她们轻蔑地看了一眼，觉得她们活像一群肥老鸦，已婚妇女从来都是没有什么趣味的。可她就不想想，要是她嫁给了艾希礼，也得自动地跟这些穿深色绸衣的主妇们一起，坐到凉亭下和前屋客厅里去，并且跟她们一样庄重，一样呆板，不再属于那有趣而快活的一群了。原来她像大多数女孩子那样，她的想象力只能把她带到结婚的礼坛上去，不近也不远，到此为止。此外，她现在正觉得十分不幸，没有心思去考虑这种抽象的事。

她垂下眼睛看看手里的盘子，灵巧地拿起一片薄薄的饼干送到嘴边，模样是那么文雅，只轻轻咬了一点，要是嬷嬷见了准会大加赞赏的。她尽管周围有了那么多向她献殷勤的小伙子，可是从没像现在这样难受过。她自己也不明白是怎么回事，昨天晚上她想好的那些计划至少在艾希礼身上已经彻底完了。她吸引来几十个旁的男人，偏偏艾希礼没有来。因此昨天下午她所感到的那些恐惧现在又都卷土重来，笼罩在她身上了，使她的心脏时紧时慢地跳得很不正常，脸色也红一阵白一阵，难看得很。

艾希礼不想加入她周围的那个圈子，实际上她来到以后还没有单独跟他说过一句话，甚至自从见面时打了个招呼便再没有机会对他说话了。当她走进后花园时，他上前来欢迎过她，但当时媚兰正挽着他的胳膊——她几乎还没有他的肩膀高呢。

媚兰是个娇小脆弱的姑娘，从外表看就像个躲在母亲裙子里玩耍的孩子，加上她那双褐色大眼睛流露的怕羞到几乎惊恐的神色，就更加给人以这样的印象了。她长着一头稠密乌黑的鬈发，上面严严地罩着发网，显得一丝不乱。这黑的一大堆前面挂着个长长的寡妇嘴刘海儿，使得她的脸蛋完全变成了鸡心形。由于两个颧骨隔得太远，下巴太尖，那张脸虽然娇怯可人，但仍显平淡。她长得像——而且就是——泥土一样简单，面包一样可贵，春水一样清澈。不过，无论她的相貌多么平淡，身材多么娇小，她的举止行动中仍包含着一种沉静而非常动人的庄重美，这使她看起来远不像一个17岁的大姑娘。

她穿一件灰色细棉布衣裳，上面配有樱桃色缎带，裙裾荡漾，皱襞粼粼，似在掩饰那个如孩子般尚未充分发育的身躯，而那顶垂着鲜红的细长饰带的黄帽子，则使她的奶油色皮肤更加光莹夺目了。她那对沉甸甸的耳坠子吊在长长的金链上，从整整齐齐网着的鬈发中垂下来，在褐色眼睛近旁摆荡着，这对眼睛像冬天树林中波光皎洁的湖水，两片褐色的叶子从宁静的湖水中闪映出来。

她用怯生生的喜悦心情微笑着欢迎思嘉，称赞她那件绿色衣裳多么漂亮，这时思嘉很不好意思，几乎装出一副礼貌的笑容来回答，因为她那么迫切地想同艾希礼单独谈话！从那以后，艾希礼就离开宾客坐在媚兰脚边一只小凳上，同她悄悄地谈着，悠闲而睡眼朦胧地微笑着，这样的微笑正是思嘉最心爱不过的。更糟糕的是在他的微笑下媚兰眼中焕发着一闪一闪的光辉，以至连思嘉也不得不承认她几乎是美丽的了。媚兰望着艾希礼时，内心的热情焕发，那张平庸的脸也发亮了，要是说脸上流露得出一颗爱心的话，这会儿媚兰的脸上就流露出来了。

思嘉想把目光从这两个人身上挪开，不再看他们，可就是办不到，而且每看一眼就得从她周围的人们身上找到加倍的欢乐，跟他们一起笑着，谈着冒失的事情，挑逗他们，对他们的奉承话拼命摇头，摇得那双耳坠狂跳不止。她说了好几遍“胡说八道”，声明真理不在他们任何一个人身上，并且发誓永远不相信他们任何人说的任何事情。可是艾希礼好像根本没有注意到她。他只一味地仰望着媚兰不停地说下去，同时媚兰俯视着他，她脸上的表情明明显示出她是属于他的。

这样，思嘉便觉得难堪极了。

在局外人看来，她是比谁也更没有理由觉得难堪的。她无疑是这次野宴上的美人，是大家注意的中心。她正在男人们中间激起的那阵狂热，加上其他姑娘们心中的妒火，在任何别的时候都会叫她心满意足了。

由于受到她的青睐，查尔斯·汉密尔顿仍牢牢地站在她右边，任凭塔尔顿家的孪生兄弟合力挤他也不挪动一步。他一只手拿着她的扇子，另一只手端着自己那盘连碰也没碰的烤肉，固执地不去跟霍妮的眼光接触，这叫霍妮伤心得快要哭了。她左边的凯德懒洋洋地待在那里，他不时拉拉她的衣角让她注意，同时用一双怒气冲冲的眼睛瞪着斯图尔特。他和这对孪生兄弟之间的敌对气氛已达到了一触即发的程度，并且已开始斗起嘴来。弗兰克·肯尼迪像只带小鸡的母鸡在瞎忙着，到橡树树荫下的餐桌旁来回奔跑，替思嘉挑拣好吃的东西，仿佛那儿的十几个仆人都不中用似的。最后，苏伦已实在按捺不住满腔愤怒，便冲出大家闺秀的忍让范围，公然向思嘉怒目而视。小卡琳也早就想哭的，因为尽管思嘉讲了不少鼓励的话，可布伦特只对她说了声“好啊，小妹”，同时拨了拨她头上的发带便转身去全心全意奉承思嘉了。他往常总是那么亲切，用一种出于自然的敬重态度对待她，让她感到自己已经是个大人，便暗暗梦想有一天她将绾起发髻，放下裙裾，把他当作一个真正的情人来接待。可现在看来，思嘉已经把他捞到手了！至于芒罗家的几位姑娘，她们眼看方丹家那些黑皮肤小伙子已公然背叛他们，可是仍极力掩饰着心头的懊恼，但是托尼和亚历克斯竟站在圈子旁边想挤掉别人，抢占一个靠近斯佳丽的位置，她们看到这副德行，不禁大为恼火。

她们用扬起眉头的方式将自己对思嘉行为的反感微妙地传递给赫蒂·塔尔顿。对于思嘉来说，唯一的要诀是“快”。

这时，那三个年轻姑娘不约而同地举起花边阳伞，说她们已经吃够了，谢谢，一面用手指轻轻扶着身边男人的胳膊，娇声笑嚷着到玫瑰园、清泉和夏季别墅参观去了。这种有秩序的战略性撤退对于一个在场的女人是不会不产生效果的，可男人就看不出来。

思嘉看见那三个男人被拉出了她的魅力圈，跟着女孩子们到她们从小便熟悉的名胜地观光去了，便咯咯地笑起来，同时狠狠盯住艾希礼，看他是否注意到这件事。可是他正在玩媚兰的那条缎带，一面微笑着望着她。思嘉感到揪心般一阵剧痛。她恨不得立刻跑过去将媚兰的乳白色皮肤狠狠地抓呀、挠呀，直到鲜血淋漓才痛快呢。

她的眼光从媚兰身上移开，便看见了瑞德·巴特勒，他已跟众人厮混在一起，可是仍站在一旁同约翰·威尔克斯交谈。他一直在观察她，但一旦接触到她的眼光便笑起来。思嘉感到很不自在，觉得这个不受招待的男人是在场唯一知道她那狂欢背后隐藏着什么心事的人，而且这只能给他以讥讽的乐趣。那么，她也可以抓他一起来取乐呀！

“只要我能够熬过这个野宴，一直坚持到午后，”她想，“所有的女孩子便会上楼去午睡，准备精神饱满地参加晚上的舞会，那时我要留在楼下找机会跟艾希礼说话。他一定已经注意到我是多么受人爱慕了。”接着，她又自我宽慰地作出了另一种推测：“当然喽，他必须照顾媚兰，因为她毕竟是他的表妹，而且又一点不引人注目，如果他不那么关照她，她简直就要做无人问津的‘墙花’了。”想到这里，她重新鼓起了勇起，并且对查尔斯加倍下功夫，这时他那双褐色眼睛正炽热地俯视着她。对于查尔斯来说，这真是绝妙的一天，美梦般的一天，他已经毫不费力同思嘉恋爱起来。由于这种新的感情的冲击，霍妮在他心中的形象便暗淡无光了。霍妮是一只尖叫的麻雀，而思嘉则是只闪烁的蜂鸟。她逗弄他，疼爱他，向他提问题，然后又自己回答，这样他毋需开口便显得非常聪明。别的小伙子显然被她对查尔斯的这种偏爱所激怒，而且给弄得糊里糊涂，因为他们知道查尔斯为人那么羞怯，一口气说不出两个字、一句话来，可是出于礼貌，他们不得不强压着心头的怒火。谁都敢怒而不敢言，这对思嘉是个很大的胜利，可在艾希礼身上却是例外。

最后一叉子猪肉、鸡肉、羊肉都吃完了，思嘉希望时机已经来到，英迪亚会起身建议小姐们进屋去休息。这时是下午两点，太阳直照头顶，有点炎热，可是英迪亚由于准备野宴接连忙了三天，实在太劳累了，便乐得留下来坐在凉亭里歇一会，一面朝那位来自费耶特维尔的聋老头儿高声说话。

一阵懒洋洋的睡意向人群袭来。黑人们慢悠悠地收拾长桌上的残羹剩菜。谈笑声渐渐低沉，这里、那里三五成群的人也开始静默。大家都在等待女主人来宣布结束当前的野宴活动。棕榈扇子摇得愈来愈慢，有些先生由于炎热和吃得过瘾，已经打起瞌睡来。大野宴已经结束，所有人都要趁太阳正旺的时刻休息一下了。

在午宴和晚会之间这段空隙中，人们都显得安静而平和，只有年轻小伙子们仍保持着不甘寂寞的精力，正是这种精力使刚才整个聚会充满了生机。他们从一群人到另一群人不断走动，慢吞吞地低声谈论着，就跟纯种马一样英姿飒爽，一样危险可怕。中午懒洋洋的气氛笼罩了整个聚会，可是在它下面潜伏着一些暴躁因素，它们可能突然爆发，上升到凶残的顶点，并且迅速蔓延，成为燎原之势。男人和女人，他们既是美丽的，又是放荡的，那可爱的外表下面都有一点火爆性，其中已经驯服了的只是很小一部分而已。

过了一会，太阳越发热了，思嘉和其他人又朝英迪亚看了看。谈话已渐渐沉寂，这时从林里所有的人都忽然听到了杰拉尔德的激昂的声调。原来他站在距离野宴席不远的地方，同约翰·威尔克斯争论得正起劲呢。

“真是活见鬼，你这人哪！祈求跟北方佬和平解决吗？咱们已经在萨姆特要塞向那些流氓开火了！还能和平？南方应当以武力表明它不能让人侮辱，并且它不是凭联邦的仁慈而是凭着自己的力量在脱离联邦！”“哦，这下让他搞糟了！我的上帝！”思嘉心想。“得，我们都得在这里坐到半夜去了。”顷刻之间，瞌睡从懒洋洋的人群中逃之夭夭，一种像电流般敏感的东西迅速掠过周围。男人从条凳和椅子上跳起来，挥动着两臂，拼命提高嗓门，同时一心想压倒别人的声音。本来整个上午都没有谈起政治和迫在眉睫的战争，因为威尔克斯先生要求大家不要去打扰那些太太小姐。如今杰拉尔德吼出“萨姆特要塞”这几个字来了，在场的每一个便都忘记了主人的告诫。

“咱们当然要打……”“北方佬是贼……”“咱们一个月就能把他们报销……”“是啊，一个南方人能打掉20个北方佬……”“给他们一次教训，叫他们不要很快就忘了……”“不，你看林肯先生怎么侮辱咱们的委员吧！”“是啊，跟他们敷衍几个礼拜……还发誓一定得撤出萨姆特呢！”“他们要战争，咱们就让他们厌恶战争……”在所有这些声音之上，杰拉尔德的嗓门在隆隆震响，但思嘉能够听到的全是“州权、州权”的反复叫喊。杰拉尔德真是得意极了，可他的女儿并不得意。

脱离联邦，战争……这些字眼由于长期以来不断重复，思嘉已觉得十分刺耳，不过现在她更恨这些声音，因为它们意味着那些男人将站在那里激烈地争论好几个小时，而她就没有机会去单独见艾希礼了。当然，大家心里都清楚，实际上不会发生战争，他们只不过喜欢谈论，而且喜欢听自己谈论。

查尔斯·汉密尔顿没有跟着别人站起来，而且发现思嘉身边人已经很少了，他便挨得更近一些，沿着那股从新爱情中产生的勇气，低声表白起来。

“奥哈拉小姐……我……我……已经决定，如果战争打起来，我要到南卡罗来纳去加入那边的军队。据说韦德·汉普顿先生正在那里组织一支骑兵，我当然愿意去跟他在一起。他为人很好，还是我父亲最要好的朋友呢。”思嘉想，“这叫我怎么办呢……给他喝三声彩吗?”因为查尔斯的自白表明他是在向她袒露内心的秘密。她想不出说什么话来好，只好默默地看了看他，觉得男人真笨，他们还以为女人对这种事感兴趣呢！他把她的这种表情看作是又惊慌又嘉许之意，于是索性大胆而迅速地说下去……“要是我走了，你会……你会感到难过吗，奥哈拉小姐?”“我会每天晚上偷偷哭泣的。”思嘉这样说，听那口气显然是在开玩笑，可是他只从字面上理解，便一阵脸红乐得不行了。她的一只手本来藏在衣服的皱褶里，这时他故意把自己的的轻轻探进去碰它，后来索性紧紧握住了，连他自己都不明白哪来这么大的勇气，也不知道她怎的就默许了，因此感到愕然。

“你会为我祈祷吗?”

“瞧你这个傻瓜！”思嘉刻薄地想道，一面偷偷向周围看了一眼，希望能找机会回避这种对话。

“你会吗?”

“唔……会，真的，汉密尔顿先生。每晚祈祷三轮念珠，至少！”查尔斯迅速看了看周围，憋着肚子，屏住气。实际上他们是单独在一起了，真是千载难逢的机会。而且，即使再一次遇到这样的天赐良机，他的勇气也许要不济事呢！

“奥哈拉小姐……我要告诉你一件事。我……我爱你！”“嗯?”思嘉心不在焉地说，一面将眼光穿过正辩论的人群朝艾希礼仍坐在媚兰脚边谈话的那个地方望去。

“真的！”查尔斯低声说，由于她既没有笑也没有惊叫或晕倒而高兴得不行了，因为按照他平时所想象的，年轻姑娘们在这种场合必然会那样的。“我爱你！你是世界上最……最……”这时他才有生以来头一次打到自己的舌头了，“我所认识的最美丽的姑娘和最可爱亲切的人，而且你有最高贵的气质，我以我的整个心灵爱着你。我不能指望你会爱一个像我这样的人，但是，我亲爱的奥哈拉小姐，只要你能给我一点点鼓励，我愿意做世界上任何事情来使你爱我。我愿意……”查尔斯停住了，因为他想不出一桩足以向思嘉证实自己爱情深度的困难行动来，于是他只好简单地说：“我要跟你结婚。”思嘉听到“结婚”这个字眼，便猛地从幻想中回到现实里来。她刚才正在梦想结婚，梦想着艾希礼呢，如今只好用一种很难掩盖得住的懊恼神色望着查尔斯发怔了。怎么恰好在今天，她苦恼得几乎要发狂的时候，这个像牛犊似的傻瓜偏偏要来把自己的感情强加于人呢？思嘉注视着那双祈求的褐色的眼睛，可是看不出一个羞怯男孩的初恋的美，看不出那种对于一个已经实现的理想的崇拜之情，或者像火焰般烧透他整个身心的那种狂喜和亲切的感觉。思嘉已经见惯了向她求婚的男子，一些比查尔斯·汉密尔顿诱人得多的男子，他们也比他灵巧得多，绝不会在一次野宴上当她心中考虑更重要的事情时提出这种问题的。她只看到一个20岁的、红得像胡萝卜、有点傻里傻气的男孩子。她但愿自己能够告诉他，说他显得多么傻气。不过，母亲教导她在这种场合应当说的那些话自然而然溜到了嘴边，于是她出于长期养成的习惯，把眼睛默默地向下望，然后低声说："汉密尔顿先生，我明白了你的好意，要我做你的妻子，这使我感到荣幸，不过这来得太突然了，我不知道说什么好呢。"这是一种干净利落手法，既可以安抚一个男人的虚荣心，又可以继续向他垂钓，所以查尔斯便高高兴兴地游上来了，他还以为这钓饵很新鲜，自己是第一个来咬的呢。

"我会永远等待！除非你完全拿定了主意，我是不会强求的。请你说我可以抱这种希望吧！奥哈拉小姐。""唔！"思嘉漫不经心地应着，那双尖利的眼睛继续盯住艾希礼，他仍在望着媚兰微笑。没有参加关于战争的议论。要是查尔斯这个在一味央求她的傻瓜能安静一会儿，说不定她能听清楚他们的话呢。她必须听清楚。究竟媚兰说了些什么，才使他眼睛里流露出那么趣味盎然的神色来呀？

查尔斯的话把她正在聚精会神地谛听着的声音搅和了。

"唔，别说话！"她轻轻说，连看也不看他，在他手下拧了一下。

查尔斯吓了一跳，先是觉得惭愧，因思嘉的斥责而满脸通红，接着看到思嘉的眼睛紧盯在他妹妹身上，便微笑了。思嘉恐怕别有人会听见他的话，她自然觉得不好意思，有点害羞，更担心的是可能有人在偷听。倒是查尔斯心中涌起了一种从未体验过的男性刚强感，因为这是他平生第一次让一个女孩感到难为情呢。这种激动的心情可真令人陶醉。他改变了自己的表情，显出一副自以为毫不介意的样子，同时故意在思嘉手上拧了一下作为回报，表示他是个堂堂的男子汉，懂得而且接受她的责备了。

她甚至没有发觉他在拧她，因为这时她能清楚地听见作为媚兰主要迷人之处的那个娇滴滴的声音了："我恐怕难以同意你对于萨克雷先生作品的意见。他是个愤世嫉俗的人。我想他不是狄更斯先生那样的绅士。"思嘉这样想，对一个男人说这种话有多傻呀！她心里顿感轻松，几乎要咯咯笑起来。原来，她不过是个女学生罢了，可谁都知道男人们是怎样看待女学生的……要使男人感兴趣并抓住他的兴趣，最好的办法是拿他做谈话的中心，然后渐渐把话题引到你身上来，并且保持下去。如果媚兰原来是这么说的："你多么了不起呀"或者"你怎么会想起这样的事情来呢？可是我只要一想到它，我的就小脑袋瓜都要炸了！"那么思嘉就会有理由感到恐惧。但是她呢，面对脚边的一个男人，自己却像在教堂里似的一本正经地谈起来了。这时思嘉的前景已显得更加明朗，事实上已明朗得叫她回过头来，用纯粹出于喜悦的心情向查尔斯嫣然一笑，查尔斯以为这是她的爱情明证，便乐得忘乎所已地将她的扇子夺过来使劲挥打，以至把她的头发都扇得凌乱不堪了。

"你可没有发表意见支持我们呀，艾希礼。"吉姆·塔尔顿从那群叫嚷的男人中回过头来说。这时艾希礼只得表示歉意，并且站起身来。再也找不到像他这样漂亮的人了！思嘉注意到他从容不迫的样子多么优雅，他那金色的头发和髭须阳光下多么辉丽，便在心中暗暗赞美。接着，甚至那些年长些的人也要安静下来听他的意见了。

"先生们，怎么，如果佐治亚要打，我就跟它一起去。不然的话，我为什么要进军营呢？"他说着，一双灰眼睛睁得大大的，平时含着几分朦胧欲睡的神色已经在思嘉从未见过的强烈表情中消失了。"但是，跟上帝一样，我希望北方佬将让我们获得和平，不至于发生战争……"这时从方丹家和塔尔顿家的小伙子们中爆发出一阵嘈杂的声音，他便微笑着举起手来继续说："是的，是的，我知道我们是被欺骗了，受侮辱了，但是如果我们处在北方佬的地位，是他们要脱离联邦，那我们会怎么办呢？大概也是一样吧。我们也是不会答应的。""他又来了，"思嘉想。"总是设身处地替人家说话。"据她看来，任何一次辩论中都只能有一方是对的。有时候艾希礼简直就不可理解。

"世界上的苦难大多是由战争引起的。我们还是不要头脑太热，还是不要打起来的好。等到战争一结束，谁也不知道那究竟是怎么回事了。"思嘉听了嗤之以鼻。艾希礼幸而在勇气这一点上没有什么可指责的，否则便麻烦了。她这样想过，艾希礼周围已爆发出一起表示强烈抗议和愤慨的大声叫嚷了。

这时在凉亭里，那位来自耶特维尔的聋老头儿也在大声向英迪亚发问。"这究竟是怎么回事呀？他们在说什么？"

"战争！"英迪亚用手拢住他的耳背大声喊道。

"战争，是吗？"他边嚷边摸索身边的手杖，同时从椅子里挺身站起来，显示出已多年没有过的那股劲头。"我要告诉他们战争是什么样的，我打过呢。"原来麦克雷先生家里的女眷管得严，不准他出声，所以他不大有 机会谈论战争。

他急忙踉跄着走向人群，一路上挥着手杖叫嚷着；因为他听不见周围的声音，便很快无可争辩地把讲坛占领了。

"听我说。你们这班火爆性子的哥儿们，你们别想打仗吧。我打过，也很清楚，我先是参加了塞米诺尔战争，后来又当大傻瓜参加墨西哥战争。你们全都不明白战争是怎么回事。你们以为那是骑着一匹漂亮的马驹子，让姑娘们向你抛掷鲜花，然后作为英雄凯旋回家吧？噢，不是这样。不，先生们，那是挨饿，是因为睡在湿地下而出疹子，得肺炎。要不是疹子和肺炎，就是拉痢疾。是的，先生们，这便是战争对待人类肠胃的办法……痢疾之类……”小姐太太们听得有点脸红了。麦克雷先生让人们记起一个更为粗野的时代，像方丹奶奶和她的令人难为情地大声打的嗝儿那样，而那个时代是人人都想忘掉了。

“快去把你爷爷拉过来，”这位老先生的一个闺女轻轻对站在旁边的小女孩说。接着她又向周围那些局促不安的夫妇们低声嘟囔：“我说呢，他就是一天比一天不行了。你们相信吗，今天早晨他还跟玛丽说——她才 16 岁呢——‘来吧，姑娘……’”这以后声音便成了耳语听不清了，这时那位小孙女正溜出去，想把麦克雷先生拉回到树荫下去坐下。

姑娘们兴奋地微笑着，男人们在热烈地争论，所有的人都在树下乱转，他们中间只有一个人显得很平静，那就是瑞德·巴特勒。思嘉的视线落到他身上，他靠着大树站在那儿，双手插在裤兜里。因为威尔克斯离开了他，他便独自站着，眼看大家谈得越来越热火，也不发一言。他那两片红红的嘴唇在修剪得很短的黑髭须底下往下弯着，一双黑溜溜的眼睛闪烁着取乐和轻蔑的光芒——这种轻蔑就像是在听小孩子争吵似的。多么令人不快的微笑呀，思嘉心想。他静静地听着，直到斯图尔特·塔尔顿抖着满头红发、瞪着一双火爆眼睛又一次重申：“怎么，我们只消一个月就能干掉他们！绅士们总是会战胜暴徒的。一个月……喏，一个战役……”“先生们，”瑞德·巴特勒用一种查尔斯顿人的死板而慢悠悠的声调说，仍然靠大树站在那儿，两手照旧插在裤兜里，“让我说一句好吗？”他的态度也像他的眼睛那样流露着轻蔑的神情，这种轻蔑带有过分客气的味道，这就使那些先生们自己的态度显得滑稽可笑了。

人群向他转过身来，并且给他以一个局外人总该受到的礼遇。

“你们有没有人想过，先生们，在梅森—狄克林线以南没有一家大炮工厂？有没有想过，在南方，铸铁厂那么少？或者木材厂、棉纺厂和制革厂？你们是否想过我们连一艘战舰也没有，而北方佬能够在一星期之内把我们的港口封锁起来，使我们无法把棉花远销到国外去？不过……当然啦……先生们是想到了这些情况的。”“怎么，他把这些小伙子们都看成傻瓜了！”思嘉厌恶地想道，气得脸都红了。

显然，当时产生这种想法的人并不只她一个，因为有好几个男孩子已翘起下巴，显得很不服气。约翰·威尔克斯看似无意但却迅速地回到了发言人旁边的位置上，仿佛是想向所有在场的人着重指出这个人是他的座上客，并且提醒他们这里还有女宾呢。

“我们大多数南方人的麻烦是，我们既没有多到外面去走走，也没有从旅行中汲取足够的知识。好在，当然喽，诸位先生都是惯于旅游的。不过，你们看到了些什么呢？欧洲、纽约和费城，当然女士们还到过萨拉托加。”（他向凉亭里的那一群微微鞠躬）“你们看见旅馆、博物馆、舞会和赌场，然后你们回来，相信世界上再没有像南部这样好地方了。”他露出一口白牙笑了笑，仿佛知道所有在场的人都明白他不再住在查尔斯顿的理由，但即使明白了他也毫不在乎，“我见过许多你们没有见过的东西。成千上万为了吃的和几个美元而乐意替北方佬打仗的外国移民、工人、铸铁厂、造船厂、铁矿和煤矿……一切我们所没有的东西。怎么，我们有的只是棉花、奴隶和傲慢。他们会在一个月内把我们干掉。”接着是一个紧张的片刻，全场沉默。瑞德·巴特勒从上衣口袋里掏出一块精美的亚麻布手绢，悠闲自在地掸了掸衣袖上的灰尘。这时人群中发出一阵不祥的低语声，同时从凉亭里传来了像刚刚被惊忧的一窝蜂发出的那种嗡嗡声。思嘉虽然感到那股愤怒的热血仍在自己脸上发胀，可是她心里却有某种无名的意识引起她思索，她觉得这个人所说的话毕竟是有道理，听起来就像是常识那样。不是吗，她还从来没见过一个工厂，也不曾认识一个见过工厂的人呢。然而，尽管这是事实，可他到底不是个宜于发表这种谈话的上等人，何况是在谁都高高兴兴的聚会上呢。

斯图尔特·塔尔顿蹙着眉头走上前来，后面紧跟着布伦特。当然，塔尔顿家这对孪生兄弟是颇有礼貌的，尽管自己实在被激怒了。他们也不想在一次大野宴上闹起来，女士们也全都一样，她们兴奋而愉快，因为很少看见这样争吵的场面。她们通常只能从一个三传手那里听到这种事呢。

“先生，”斯图尔特气冲冲地说，“你这是什么意思？”瑞德用客气而略带嘲笑的眼光瞧着他。

“我的意思是，”他答道，“像拿破仑——你大概听说过他的名字吧——像拿破仑有一次说的，‘上帝站在最强的军队一边！’”接着他向约翰·威尔克斯转过身去，用客气而真诚的态度说：“你答应过让我看看你的藏书室，先生。能不能允许我现在就去看看？我怕我必须在下午早一点的时候回琼斯博罗去，那边有点小事要办。”他又转过身来面对人群，咔嚓一声并拢脚跟，像个舞蹈师那样鞠了一躬，这一躬对于一个像他这样气宇轩昂的人来说显得很是得体，同时又相当鲁莽，像迎面抽了一鞭子似的。

然后他同约翰·威尔克斯横过草地，那黑发蓬松的头昂然高举，一路上发出的令人不舒服的笑声随风飘回来，落到餐桌周围的人群里。

人群像吓了一跳似的沉默了好一会，然后才再一次爆发出嗡嗡的议论声。凉亭里的英迪亚从座位上疲惫地站起身来，向怒气冲冲的斯图尔特走去。思嘉听不见她说些什么，但是从她仰望斯图尔特面孔的眼神中流露出一种像是良心谴责的意味。媚兰正是用这种表示自己属于对方的眼光看艾希礼的，只不过斯图尔特没有发觉就是了。所以说，英迪亚真的在爱他呢。思嘉这时想起，如果在去年那次政治讲演会上她没有跟斯图尔特那么露骨地调情，说不定他早已同英迪亚结婚了呢。不过这点内疚很快就同另一种欣慰的想法一起逝去了——要是一个姑娘们保不住她们的男人，那也不能怪她呀！

斯图尔特终于低头向英迪亚笑了笑，但这不是情愿的，接着又点了点头。英迪亚刚才也许是在求他不要去跟巴特勒先生找麻烦吧。这时客人们站起来，抖落衣襟上的碎屑，树下又是一阵愉快的骚动。太太们在呼唤保姆和孩子，把他们召集在一起，准备告辞了，同时一群群的姑娘陆续离开，一路谈笑着进屋去，到楼上卧室里去闲聊，并趁机午睡一会儿。

除了塔尔顿夫人，所有的太太小姐都出了后院，把橡树树荫和凉亭让给了男人。塔尔顿夫人是被杰拉尔德、卡尔弗特先生和其他有关的人留下来过夜，要求她在卖给军营马匹的问题上给一个明确的回答。

艾希礼漫步向思嘉和查尔斯坐的地方走过来，脸上挂着一缕沉思而快乐的微笑。

“这家伙也太狂妄了，不是吗？”他望着巴特勒的背影说。“他那神气活像个博尔乔家的人呢！”

思嘉连忙寻思，可是想不起这个县里，或者亚特兰大，或者萨凡纳有这样一个姓氏的家族。

“他是他们的本家吗？我不知道这家人呀。他们又是谁呢？”查尔斯脸上露出一种古怪的神色，一种怀疑与羞愧之心同爱情在激烈地斗争着。但是他一经明白，作为一位姑娘只要她可爱、温柔、美丽就够了，不需要有良好的教育牵制她的迷人之处，这时爱情便在他内心的斗争中占了上风，于是他迅速答道：“博尔乔家是意大利人呢。”“啊，原来是外国人。”思嘉显得有点扫兴了。

她给了艾希礼一个最美的微笑，可不知为什么他这时没有注意她。他正看着查尔斯，脸上流露出理解和一丝怜悯的神情。

思嘉站在楼梯顶上，倚着栏杆留心看着下面的穿堂。穿堂里已经没有人了。楼上卧室里传来无休止的低声细语，时起时落，中间插入一阵阵尖利的笑声，以及“唔，你没有，真的！”和“那么他怎么说呢？”这样简短的语句。在门间大卧室里的床上和睡椅上，姑娘们正休息，她们把衣裳脱掉了，胸衣解开了，头发披散在背上。午睡本是南方的一种习惯，在那种从清早开始到晚上舞会结束的全天性集会中，尤其是必不可少的。开头半小时姑娘们总是闲谈说笑，然后仆人进来把百叶窗关上，于是在温暖的半明半暗中谈话渐渐变为低语，最后归于沉寂，只剩下柔和而有规律的呼吸声了。

思嘉确信媚兰已经跟霍妮和赫蒂·塔尔顿上床躺下了，这才溜进楼上的穿堂，动身下楼去。她从楼梯拐角处的一个窗口看见那群男人坐在凉亭里端着高脚杯喝酒，知道他们是要一直坐到下午很晚时才散的。她的目光在人群中搜索，可是艾希礼不在里面。于是她侧耳细听，听到了他的声音。原来正如她所希望的，他还在前面车前上给好些离去的太太和孩子送别呢。

她兴奋得心都跳到喉咙里来了，便飞速跑下楼去。可是，假如她碰上威尔克斯先生呢？她怎样解释为什么别的姑娘都美美地午睡了，她却还在屋子里到处溜达呢？好吧，反正这个风险是非冒一下不可了。

她跑到楼下时，听见仆人们由膳事总管指挥着在饭厅里干活，主要是把餐桌和椅子搬出来，为晚上的舞会作准备。大厅对面藏书室的门敞着，她连忙悄悄溜了进去。她可以在那里等着，直到艾希礼把客人送走后进屋来，她就叫住他。

藏书室里半明半暗，因为要挡阳光，把窗帘放下来了。那间四壁高耸的阴暗房子里塞满了黑糊糊的图书，使她感到压抑。要是让她选择一个像现在这样进行约会的地点，她是绝不会选这房间的。书本多了只能给她一种压迫感，就像那些喜欢大量读书的人给她的感觉一样。那就是说……所有那样的人，只有艾希礼除外。在半明半暗中，那些笨重的家具兀立在那里，这些座位很深、扶手宽大的高背椅是专门给高大的威尔克斯家男人做的。给姑娘们用的是前面配有天鹅绒膝垫的柔软天鹅绒矮椅。这个长房间尽头的火炉前面摆着一只七条腿的沙发，那是艾希礼最喜欢的座位，它像一头巨兽耸着隆起的脊背在那儿睡着了。

她把门掩上，只留下一道缝，然后极力镇定自己，让心跳渐渐缓和。她要把头天晚上计划好准备对艾希礼说的那些话从头温习一遍，可是一点也想不起来了。究竟是她设想过一些什么，可现在忘记了，还是她本来就只准备听艾希礼说话呢？她记不清楚，于是突然一个寒噤，浑身恐惧不安。只要她这颗心别在耳边咚咚跳个不停，她也许还能想出要说的话来。可是她急促的心跳加快了，因为她已经听见他说完最后一声再见，走进前厅来了。

她唯一能想起来的是她爱他——爱他所有的一切，从高昂的金色头颅到那双细长的黑马靴；爱他的笑声，即使那笑声令人迷惑不解；爱他的沉思，尽管它难以捉摸。啊，只要他这时走进来把她一把抱在怀里，她就什么也不用说了。他一定是爱她的……“或许，我还是祷告……”她紧紧闭上眼睛，喃喃地念起“仁慈的圣母玛利亚……”来。

“思嘉！怎么，”艾希礼的声音突然冲破她耳朵的轰鸣，使她陷于狼狈不堪的境地。他站在大厅里，从虚掩着的门口注视着她，脸上流露出一丝疑惑的微笑。

“你这是在躲避谁呀……是查尔斯还是塔尔顿兄弟？”她哽塞着说不出话来。看来他已经注意到有那么多男人聚在她的周围了！他站在那儿，眼睛熠熠闪光，仿佛没有意识到她很激动，那神态是多么难以言喻的可爱呀！她不说话，只伸出一只手来拉他进屋去。他进去了，觉得又奇怪又有趣。

她浑身紧张，眼睛里闪烁着他从未见过的光辉，即使在阴暗中他也能看见她脸上泛着玫瑰似的红晕。他自动地把背后的门关上，然后把她的手拉过来。

“怎么回事呀？”他说，几乎是耳语。

一接触到他的手她便开始颤抖。事情就要像她所梦想的那样发生了。她脑海里有许许多多不连贯的思想掠过，可是她连一个也抓不住，所以也编不出一句话来。她只能浑身哆嗦，仰视着他的面孔。他怎么不说话呀？

“这是怎么回事？”他重复说，“是要告诉我一个秘密？”她突然能开口了，这几年母亲对她的教诲也同样突然地随之消失，而父亲爱尔兰血统的直率则从她嘴里说出来。

“是的……一个秘密。我爱你。”

霎时间，四下一片沉默，仿佛他们谁也不再呼吸了。然后，她的战栗渐渐消失，快乐和骄傲之情从她胸中涌起。她为什么不早就这样办呢。这比人们所教育她的全部闺门诀窍要简单多了！于是她的眼光径直向他搜索了。

他的目光里流露出狼狈的神色，那是怀疑和别的什么……别的什么？对了，杰拉尔德在他那匹珍爱的猎马摔断了腿，也不得不用枪把那骑马杀死的那一天，是有过这种表情的。可是，真是傻透了。她为什么现在要去想那件事呀？那么，艾希礼又究竟为什么显得这么古怪，一言不发呢？这时，他脸上仿佛罩上了一个很好的面具，他殷勤地笑了。

“难道你今天赢得了这里所有别的男人的心，还嫌不够吗？”他用往常那种戏谑而亲切的口气说。“你想来个全体一致？那好，你早已赢得了我的好感，这你知道。你从小就那样嘛。”看来有点不对头——完全不对头了！她计划中可不是这样的啊。她头脑里各种想法转来转去，疯狂奔突，其中有一个终于开始成形了。不知怎的……出于某种原因……艾希礼看来似乎认为她不过在跟他调情而已。可是他知道并非如此。她想他一定是知道的。

“艾希礼……艾希礼……告诉我……你必须……啊，别开玩笑嘛！我赢得你的心了吗？啊，亲爱的，我爱……”他连忙用手掩住她的嘴。假面具消失了。

“你不能这样说，思嘉！你绝不能。你不是这个意思。你会恨你自己说了这些话的，你也会恨我听了这些话的！”她把头扭开。一股滚热的激流流遍她的全身。

“我告诉你我是爱你的，我永远不会恨你。我也知道你一定对我有意，因为……”她停了停。她从来没有见过谁脸上有这么痛苦呢。“艾希礼，你是不是有意……你有的，难道不是吗？”“是的，”他阴郁地说。“我有意。”她吃惊了，即使他说的是讨厌，她也不至于这样吃惊啊！她拉住他的衣袖，哑口无言。

“思嘉，”最后还是他说，“我们不能彼此走开，从此忘记我们曾说过这些话吗？”“不，”她低声说。“我不能。你这是什么意思？难道你不要……不要跟我结婚吗？”他答道，“我快要跟媚兰结婚了。”不知怎的，她发现自己坐在一把天鹅绒矮椅上，而艾希礼坐在她脚边的膝垫上，把她的两只手拿在自己手里紧紧握着。他正在说话——说些毫无意义的话。她心里完全是一片空白，刚才还势如潮涌的那些思想此刻已无影无踪了，同时他所说的话也像玻璃上的雨水没有留下什么印象。那些急切、温柔而饱含怜悯的话，那些像父亲在对一个受伤的孩子说的话，都落在听不见的耳朵上了。

只有媚兰这个名字的声音使她恢复了意识，于是她注视着他那双水晶般的灰眼睛。她从中看到了那种常常使她迷惑不解的显得遥远的感觉——以及几分自恨的神情。

“我们很快就要结婚。父亲今晚要宣布我们的婚事。我本来应当早告诉你，可是我还以为你知道了……几年前就知道了呢。我可从没想到你……因为你的男朋友多着呢。我还以为斯图尔特……”生命和感觉以及理解力又开始涌回到她的身上。

“可是你刚才还说对我有意呢。”

他那温暖的双手把她的手握痛了。

“亲爱的，难道你一定要我说出那些叫你难过的话来吗？”她不作声，这逼得他继续说下去。

“亲爱的，我怎么才能让你明白这些事呢？你还这样年轻，又不怎么爱想问题，所以还不懂得结婚是什么意思呢。”“我知道我爱你。”“要结成一对美满夫妻，像我们这样不同的两个人，只有爱情是不够的。你需要的是一个男人的全部，包括他的躯体，他的感情，他的灵魂，他的思想。如果你没有得到这些，你是会痛苦的。可是我不能把整个的我给你，也不能把整个的我给予任何人。我也不会要你的整个思想和灵魂。因此你就会难过。然后就会恨我……会恨透了的！你会恨我所读的书和所喜爱的音乐，因为它们把我从你那儿抢走了，即使只抢走那么一会儿。所以我……也许我……”“你爱她吗?”“她是像我的，是我的血脉的一部分，而且我们互相了解，思嘉！思嘉！难道我就不能使你明白，除非两个人彼此相爱，否则结了婚也无法安稳过下去的。”别的什么人也说过：“结婚只能是同类配同类，不然就不会有幸福。”这话是谁说的呢？仿佛她听过已经上百万年了，可是它仍然显得毫无意义。

“但是你说过你有意呢。”

“我本不该说的。”

这时她脑子里什么地方有一把缓缓燃着的火升起来了，愤怒开始要扫除其余的一切。

“好吧，这样说反正是够混蛋的……”

他的脸发白了。

“因为我就要跟媚兰结婚了。我这样说是混蛋的，我本来就不该说的，既然我知道你不会理解。我怎能不关心你呢？……你对生活倾注着全部热情，而这种热情我却没有。你能够狠狠地爱和狠狠地恨，而我却不能这样。你就像火和风以及其他原始的东西那样单纯，而我……”思嘉想起了媚兰，突然看到她那双宁静的仿佛正在出神的褐色的眼睛，她那双戴着的黑色花边长手套的温和的小手和那种高雅文静的神态。于是她的怒火爆发了，这就是激起杰拉尔德去杀人和其他爱尔兰先辈去冒生命危险的那种怒火。此刻她身上已没有一点点母系罗比拉德家族富有教养和能够默默忍受世界上任何折磨的品性了。

“你这个懦夫！你为什么不说出来，你是害怕跟我结婚喽！你是宁愿同那个愚蠢的小傻瓜过日子，她开口闭口‘是的’、‘是的’，还会养出一群像她那样百依百顺的小崽子来呢！为什么……”“你不能把媚兰说成这样!”“什么‘你不能’，去你的吧！你算老几，要来教训我不能这样不能那样？你是个胆小鬼，你混蛋。你让我相信你准备娶我……”“你要公道些，”他用恳求的口气说。“我何尝……”她可不要什么公道，尽管知道他的话是一点不错的。他从来没有跨越过跟她的友谊关系的界限，可是她想到这一点，怒火就更旺了，因为这有伤她的自尊心和女性的虚荣。她一直在追求他，可他一点也不动心。他宁愿要媚兰这样脸色苍白的小傻瓜也不要她。啊，她要是遵照母亲和嬷嬷的教训，连一丝喜欢的意思也从不向他透露，那会好得多呢，比面对这种羞死人的场面更不知要好到哪里去了！

她一跃而起，两只手紧紧握拳，同时他也起身俯视着她，脸上充满着无言的痛苦，就像一个人在被迫面对现实而现实又十分惨痛似的。

“我要恨你一辈子，你这混蛋……你这下流……下流……”她想用一个最恶毒的字眼，可是怎么也想不出来。

“思嘉……请你……”

他向她伸出手来，可这时她使出全身力气狠狠地打了他一个耳光，那噼啪的响声在这静静的房间里就像抽了一鞭子似的。紧接着她的怒气突然消失，心中只剩下一阵凄凉。

她那红红的手掌印明显地留在他白皙的而疲倦的脸上。

他一句话也没说，只拿起她那只柔软的手放到自己的唇边吻了吻。接着，他没等她说出话来便走了出去，随手把门轻轻关上。

她很突然地又在椅子上坐下，因为怒气一过，两个膝头便酸软无力了。他走了，可是他那张被抽打的脸孔的印象将终生留在她的记忆中。

她听见他徐缓而低沉的脚步声在大厅尽头渐渐消失，这才觉得她这番举动的严重后果已全部由她来承担了。她已永远失去了他。从此还会恨她，每次看见她都会记起她曾在根本没得到他鼓励的情况下就要将自己委身于他了。

“我像霍妮·威尔克斯一样下贱了，”她突然这样想，并记起每个人，首先是她自己，曾怎样轻蔑地嘲笑霍妮的鲁莽行为。她仿佛看见霍妮吊在男人膀子上那种讨厌的扭捏作态，听见她那愚蠢的嗤笑声，这越发刺痛了她，于是又大为生气，生自己的气，生艾希礼的气，生人世间的气。因为她恨自己，恨这一切，这是出于一种因为自己16岁的爱情遭到挫折和屈辱而产生的怨愤。她的爱中只混进了一点点真正的柔情，大部分是虚荣心混杂着对自己魅力的迷信。现在她失败了，而比失败感更沉重的是她的恐惧，惧怕自己已沦为公众的笑柄。她已经像霍妮那样惹人注目了吗？会不会人人都耻笑她？想到这里她就浑身战栗起来。

她的手落在身旁一张小桌上，手指无意中触摸到一只小巧的玫瑰瓷碗，碗上那两个有翼的瓷天使在嘻着嘴傻笑。房间里静极了，为了打破这沉寂，她几乎想大叫一声。她必须做点什么，否则会发疯的。她拿起那只瓷碗，狠狠地向对面的壁炉掷去，可它只掠过了那张沙发的高靠背，砸到大理石炉台上，哗啦一声就摔碎了。

“这就太过分了。”沙发深处传来声音说。

她从来没有这样惊恐过，可她已经口干得发不出声来了。

她紧紧抓住椅背，觉得两腿发软，像站不稳了似的，这时瑞德·巴特勒从他一直躺着的那张沙发里站起来，用客气得过分的态度向她鞠了一躬。

“睡个午觉也要被打扰不休，被迫恭听那么一大段戏文，这已经够倒霉了，可为什么还要危及人家的生命呢?”他不是鬼，他是个实实在在的人。可是，神灵在保佑我们，他一切都听见了！她只得尽全力，装出一副端庄的模样。

“先生，你待在这里，应当让人家知道才好。”“是吗?”他露出一口雪白的牙齿，一对勇敢的黑眼睛在嘲笑她。“你才是不速之客呢。我是被迫在这里等候肯尼迪先生，因为觉得也许我在后院是个不受欢迎的人，几经考虑才识相地来到这里。我想这下大概可以不受干扰了吧。可是，真不幸!”他耸耸肩膀，温和地笑起来。

一想起这个粗鲁无礼的人已经听见一切，听见了那些她现在宁死也不愿意说出的话，她的脾气又开始发作了。

“窃听鬼!”她愤愤地说。

“窃听者常常听的是一些很动听有益的东西，”他故意傻笑着说。“从长期窃听的经验中，我……”“先生，你不是上等人!”“你的眼力很不错，”他轻松地说，“可你，小姐，也不是上等女人哟!”他似乎觉得她很有趣，因为他又温和地笑了。

“无论谁，只要她说了和做了我刚才听到的那些事情，她就不能再算个上等女人了。不过，上等女人对于我来说也很少有什么魅力。我明知她们在想什么，可她们根本没有勇气，也缺乏教养，不敢把心里想说的话说出来。而且，总有一天要变成个讨厌鬼。可是你，你是个精神很不平凡，很值得钦佩的姑娘，亲爱的奥哈拉小姐，因此我要向你脱帽致敬。我不明白，那位文绉绉的威尔克斯先生有什么美妙之处，能叫你这样一位性格如急风暴雨的姑娘着迷呢？他应当跪下来感谢上帝给了他一个有你这种……他是怎么说的？……对‘生活倾注着全部热情’的姑娘，谁知他竟是个畏畏缩缩的可怜虫……”“你还不配给他擦靴子呢!”她气愤地厉声说。

“可你是准备恨他一辈子啦!”说罢他又在沙发上坐下了，思嘉听见他还在笑。

假如她能够把他杀了，她是做得出来的。但事情没有那样发生，她尽力装出庄重的样子走出藏书室，砰的一声把沉重的门关上。

她一口气跑上楼去，到达楼梯顶时她觉得简直要晕倒了。

她停下来，抓住栏杆，由于愤怒、羞辱和紧张，那颗急速蹦跳的心似乎要从胸口里跳出来了。她想深深吸几口气，可是嬷嬷把腰身扎得实在太紧了。要是她果真晕过去，人们便会在这楼梯顶上发现她，那他们会怎样想呢？哦，他们是什么都想得出来的，像艾希礼和那个可恶的巴特勒，以及所有那些专门妒忌别人的下流女孩子！有生以来第一次，她后悔自己没有像别的女孩子那样随身带着嗅盐，她甚至连嗅盐瓶也从来没有过呢。她一贯以从不头晕而骄傲。可此刻她千万不能让自己晕倒。

渐渐地，那种难受的感觉开始消失了。不久她觉得已完全正常，便悄悄溜进英迪亚房间隔壁的小梳妆室，松开胸衣，爬到别的正在睡觉的姑娘旁边的一张床上躺下了。她设法让自己的心跳缓和下来，并力图使脸然平静，显得泰然自若，因为她知道她此刻的模样必然像个疯女人一样了。要是有个女孩子正醒着呢，她就会发现周围有点不对劲。可是千万千万不能让任何人知道刚才发生的事。

从楼梯顶上的那个凸窗里，她能看见男人们还在树下和凉亭的椅子上斜躺着歇息。她真羡慕他们！作为一个男人，永远也不用经受她刚才所经历的那种痛苦，该多快活呀！

她站在那里看着他们，觉得有点眼酸头晕，这时忽然听见屋前车道上急速而沉重的马蹄声，石子飞溅声和一个大声询问黑人的激动的嗓音。石子又嘁嚓地飞溅起来，很快她就看见一个男子骑马驰过绿油油的草地，向那群在树下消闲的人飞奔而来。

大概是一位迟到的客人，可为什么竟骑着马穿过英迪亚最心爱的草地呢？她认不出他，但是当他从鞍上翻身下马，一手抓住约翰·威尔克斯的胳膊时，她看到了他浑身激动的模样。人群立即把他包围起来，把那些高脚玻璃杯和棕榈叶扇子丢在桌上和地上不管了。虽然距离较远，她还是听见人们询问和喊叫的嘈杂声，也感觉到他们沸腾到了顶点的紧张气氛。接着，在所有这些声音之上传来斯图亚特·塔尔顿的一声兴奋的喊叫：“咳……呀……咳！”仿佛他是在猎场上奔跑似的。同时她头一次听到了反叛的吼叫，尽管她并不懂得它的意义。

她正在看时，塔尔顿四兄弟由方丹家的小伙子们跟着从人群中挤出来，匆匆向马棚跑去，一路高喊：“吉姆斯，来，吉姆斯，赶快备马！”“一定是谁家着火了，”思嘉心想。但是不管有没有着火，她的头一桩事情是在自己被发现之前赶快回到卧室里去。

现在她心情平静些了，她踮着脚尖上楼梯，走进安静的厅堂。整个房子笼罩在一起浓重而温暖的朦胧状态中，仿佛它像姑娘们那样自由自在的睡着了，一直要睡到晚上，然后在音乐和烛光中焕然一新地显出自己优美的全貌。她小心翼翼地推开梳妆室的门，随即溜了进去。她的一只手还放在背后握着门把，这时霍妮低柔得像耳语的声音从通向卧室的对面门缝里传过来了。

“我看思嘉今天的行动那么迅速，怕是使出一个女孩子最大的劲儿来了！”思嘉觉得她的心又开始奔突起来，不由得用一只手紧紧抓住胸口，像要把它压服似的。“窃听的人常常听到一些很有益的东西。”她忽然想起这句带嘲讽的话。她要不要重新溜出来呢？或者索性闯进去，让霍妮活该下不了台？但接着传来第二个声音，这使她呆住不动了。这时即使有队骡子也休想把她拉动，因为她听见了媚兰的声音。

“啊，别太刻薄了，霍妮，别这样！她只不过兴致很高，很活泼。我认为她是十分可爱的。”“啊，”思嘉想，几乎把手指甲穿透了胸衣。“还用得着这油嘴滑舌的小妖精来袒护我！”媚兰这话比霍妮那种痛痛快快的挖苦还要难听。思嘉除了母亲以外，从来不相信任何女人，也不相信任何女人有什么动机不是自私自利的。媚兰以为她对艾希礼已经十拿九稳了，所以才乐得炫耀一下这种基督精神。思嘉觉得这正是媚兰在夸耀自己的胜利，同时想取得为人可爱的美名。思嘉自己在同男人们议论别的女孩子时也常常玩这种把戏，并且每次都叫那些蠢男人相信了她多么可爱和多么宽宏大量呢。

“唔，小姐，”霍妮尖酸地说，同时提高声音，“你准是瞎了眼啦！”“霍妮，小声点，”萨莉·芒罗的声音插进来，“满屋子的人都要听见你的话了。”霍妮放低声音但继续说下去。

“喏，你们都看见的，她跟每一个能抓到的人都搞得很欢，甚至那位肯尼迪先生……他还是她妹妹的男朋友呢。我可从没见过这号人哪！而且她一定是在追求查尔斯。”霍妮有点难为情地咯咯笑起来。“可你们知道，查尔斯和我……”“你这是当真吗？”几个声音兴奋地低声说。

“唔，别跟任何人说，姑娘们……还没有呢！”接着又是咯咯的笑声和弹簧床架嘎嘎的响声，因为有人在挤着霍妮了。媚兰嘟囔了几句什么，大致是说她多么高兴霍妮将成为她的嫂子。

“她是我见过的第一号浪荡货，嗯，我可不高兴让思嘉当我的嫂子。”这是赫蒂·塔尔顿气恼的声音。“但是她跟斯图尔特已经等于订婚了。布伦特说她对他一点也不在乎。当然，布伦特也是很喜欢她的。”“要是你问我，”霍妮用故作神秘的口气说，“我说只有一个人是她中意的，那就是艾希礼！”低声细语混作一团，有的在提问，有的在打岔。思嘉听着又害怕又羞愧，心都凉了。霍妮对男人是个傻瓜，一个可笑的笨蛋，可是她对别的女人有一种女性的直觉，而思嘉低估了这一点。思嘉在藏书室先后跟艾希礼和巴特勒一起时受到的那种痛苦和侮辱，跟这里的情况比起来只不过是小小的针刺罢了。男人毕竟是让你信得过，能给你保密的，即使像巴特勒那样的人也不例外。可是有了霍妮这张像野外猎犬般的快嘴，等不到六点钟事情便会传遍整个县里了。昨天晚上她父亲杰拉尔德还说过，他不愿意让人家笑话他的女儿呢。可现在他们全都要笑话她了！想到这里，她的腋窝下冒出冷汗，滴滴答答往两肋直流。

这时传来媚兰的声音，盖过了所有其他人的议论声，她的声音显得平和有分寸，略带责备的口气。

“霍妮，你知道事情并不是那样。这样说多不厚道呀！”“就是那样嘛，媚兰，只要你不总是把那些实在没有什么好的人当好人看，你就会明白了。至于我，我还巴不得就是那样呢。那会够她受的。思嘉·奥哈拉平时的一举一动都一直是在制造麻烦和争夺别人的情人。你很清楚她从英迪亚身边抢走了斯图亚特，可她自己并不要他。今天她又想抢肯尼迪和艾希礼，还有查尔斯……”“我一定得马上回家去！”思嘉想。“我得马上回家去！”她恨不得用一种魔法把自己立即送回塔拉，送到那个安全的地方。她恨不得跟母亲在一起，就那么瞧着她，拉着她的衣襟，倒在她怀里哭诉今天的全部经历，要是她不得不继续听下去，她就会冲到里面，将霍妮那一头蓬乱的浅色头发大把大把地扯下来，然后向媚兰啐几口唾沫，叫她知道她是怎样看待她那种假仁假义的。可是她今天已经够粗俗的了，已经跟那些下流白人差不离了……这就是她的麻烦所在啊！她双手使劲压住裙子，不让它发出窸窸窣窣的声音，同时像一只动物似的偷偷摸摸向后退了出来。“回家吧，”她一路念叨着，迅速跑过厅堂，经过那些关着的门和静悄悄的房间，“我必须回家去。”她已经跑到了前面的回廊里，一个新的念头使她突然停下来……她不能回家！她不能逃走！她有必要在这里坚持到底，忍受姑娘们所有的恶言恶语和她自己的羞愧与悲伤。逃走，只会给她们提供更多的口实用来攻击她。

她握着拳头捶打身边那根高高的白柱子，恨不得自己就是参孙，那样她便可以把“十二橡树”村摧垮，并毁灭其中的每一个人。她要叫他们后悔。她要做给她们看看。她并不明白究竟怎样做给他们看，不过她反正是要做的。她要伤害他们，比他们伤害她还厉害。

此刻，她暂时忘了阿希礼就是阿希礼，他已不再是她所钟爱的那个高高的睡眼朦胧的小伙子，而仅仅是威尔克斯家、“十二橡树”村和县里的一部分或比爱情更有力量，她愤怒的心中除了恨已经什么也容纳不下了。

“我不回去，”她想。“我要叫他们难堪。我要留在这里，我永远不告诉妈妈。不，我永远不告诉任何人。”她鼓起勇气回到屋里，爬上楼梯，走进另一间卧室。

她转过身，看见查尔斯正从穿堂的那一头走进屋来。他一看见她就匆忙走过来。他的头发已经凌乱不堪，那张脸也激动得像朵天竺葵。

“你知道发生了什么事吗？”他来不及到她跟前便大声嚷道：“你听说了没有？保罗·威尔逊刚刚从琼斯博罗赶来报信了！”他停了停，气喘吁吁地走近她。她只呆呆地凝视着他，一句话也没说。

“林肯先生已经招募，招募士兵……我的意思是志愿兵，听说有7.5万人了。”又是林肯先生！男人们究竟想过什么真正重要的事情没有？这不又来了一个傻瓜想叫她也对林肯先生的胡闹发火吗？

可她正在为自己伤心，她的名誉也等于扫地了呢！

查尔斯凝视着她。她的脸色惨淡得像张白纸，她那双略嫌狭窄的眼睛象绿宝石一样闪亮。他从没见过哪位姑娘脸上有这样的怒火，哪双眼睛有这样的光焰。

“我这人真笨，”他说。“我应当慢慢对你说才对。我忘记了姑娘们是多么娇嫩。很遗憾把你吓成了这个模样。你不是要晕倒吧，会吗，要不要我给你倒杯水来？”“不。”她说，设法挤出一丝微笑来。

“我们到那边条凳上去坐坐，好吗？”他挽住她的胳膊问。

她点点头，于是他小心地搀着她走下屋前的台阶，领她穿过草地到前院最大的一株橡树底下的铁条凳去。他心里想，女人是多么脆弱而娇嫩啊，你一提起战争和凶险的事她们就要晕倒了。这个想法使他觉得自己很有丈夫气概，当他扶着她坐下时又显得加倍地温柔。她此刻的表情那么奇怪，惨白的脸上有的是一种野性的美，这叫他心神不安起来。难道是她想到他可能要去打仗而发愁了？不，这未免有点太自负了，不可信，那她为什么这样古怪地瞧着他呢？为什么她的手指拨弄花边手绢时会颤抖呢？而且她那又浓又黑的眼睫正如他读过的爱情故事里的那些女孩子的眼睛那样，含着羞怯和爱情在忽闪呢？

他接连三遍清了清嗓子准备说话，可是每次都没说出来。

他垂下眼睛，因为它们跟思嘉那双锋利得像要穿透他又似乎没有看见他的绿色的眼睛恰好相遇了。

“他有很多钱，”她匆匆地想，一个念头和一个计谋接连在脑子里闪过。“他也没有父母来干涉我，而他又住在亚特兰大。如果我马上同他结婚，那会叫艾希礼明白我一点也不在乎——我本来就只是逗他玩玩罢了。这样也可以把霍妮活活气死。她永远永远也休想再弄到一个情人，而别人则会把她笑话死的。这还会叫媚兰痛心，因为她是最爱查尔斯的。同时斯图尔特和布伦特也会难过……”她不明白自己为什么要伤害这两个人，大概因为他们有几位阴险的姐妹吧。“这样，等到我坐着漂亮的马车，带着大批华丽的衣服，有了一幢自己的住宅，再回到这里来拜访时，他们就要感到不好受了。他们就会永远永远也不笑话我了。”“当然了，这意味着真要打起来了。”查尔斯经过好几次挣扎才说出这话。“思嘉小姐，不过你不用担忧，一个月便会完事的。我们要打得他们嚎着求饶。是呀，先生，嚎叫吧！我绝不错过这个机会。我怕的是今天晚上的舞会要开不成了，因为营里要在琼斯博罗集合呢。塔尔顿的哥儿们已经去通知大家了。我知道小姐太太们会感到遗憾的。”因为想不出更好的词来，她只“哦”了一声，不过这也就够了。

她已经开始恢复冷静，思想也在逐渐集中。她的满怀激情已被覆盖上一层霜雪，她认为永远也不会再有什么温暖的感觉了。干吗不拿下这个脸蛋儿红扑扑的漂亮小伙子呢？他和旁的小伙子一样，她也一样不感兴趣，不，她从此对任何事物也不会感兴趣了，哪怕活到90岁也罢。

“我现在还不能决定究竟是否参加韦德·汉普顿先生的南卡罗来纳兵团呢，还是加入亚大特兰大的城防警卫队。”她又“哦”了一声，两人的眼光碰在一起，她那颤动的眼睫毛立刻使他神魂颠倒了。

“思嘉小姐，你肯等我吗？只要……只要知道你在等我，直到我们干掉他们，那就简直像天堂一样幸福了！”他平心静气地等待她回答，他看着她嘴角上的动静，同时第一次注意到嘴角两边的酒窝，心想要是吻它一吻，那该多么美妙啊！这当儿，她那两只手心冒着热气已溜进他的手里了。

“我倒不想等呢。”她说着，眼睛朦胧地微闭起来。

他握住她的手坐在那里，嘴张得大大的。这时思嘉从眼睫毛觑着他。客观地认为他像一只被人叉起的蛤蟆，他结巴了好几次，那张嘴闭了又张开，同时满脸通红，像朵天竺葵。

“你可能爱我吗？”

她只低头望着自己的衣襟，一声不吭，这又把查斯弄得时而异想天开，时而困惑不解，也许一个男人不该向姑娘提出这样的问题吧，也许要回答这个问题，对她来说未免有失处女的体面吧，查尔斯由于以前从来不敢闯入这种局面，所以现在感到茫然不知所措。他想喊叫，想唱歌，想吻她，想在这块草地周围跳跃，然后跑去告诉所有的人，包括白人和黑人，说她爱他。可是他坐在那里一动不动，只紧紧握住她的手，把她的戒指快掐进肉里去了。

“思嘉小姐你愿意很快跟我结婚吗？”

“唔，”她哼着鼻子应了一声，继续用手指摆弄衣裳的皱褶。

“我们要不要同时举行婚礼，跟媚兰……”“不。”她连忙说，两只熠熠生光的眼睛似有愠色地仰望着他。查尔斯明白又是自己犯错误了。当然，一个女孩子要的是自己单独的婚礼……不能与别人共享荣耀。她能不介意他的这种鲁莽，倒是很难得的。他恨不得此刻早已天黑，让他敢于在夜色中拿起她的手来吻，并且把自己想说的话都说出来。

“我什么时候对你父亲说好呢？”

“越快越好。”她说，她希望他不再那样狠狠地紧握着她那些戴指环的手指，否则她就只好提出请求了。

他一听便跳起来，这时她还以为他已顾不得什么体面，要去欢蹦乱跳一番。可是他却笑容满面地俯视着她，他那颗纯朴的心在眼神里流露无遗。以前从没有人这样看过她，以后也再不会有别的人来这样看她了。可是此刻在他那古怪的超然心态下，她反而只想到他很像一只小牛犊。

“我现在就去找你父亲，”他喜气洋洋地说。“我不能等了。亲爱的，请原谅我好吗？”这一亲昵的称呼好不容易才说出来，可一经说出他便愉快地反复使用起来。

“好吧，”她说，“我在这里等你。这里很舒服、很凉快。”他走开了，穿过草地拐到屋后去了。她独自坐在瑟瑟有声的橡树下。从马棚那边，男人们正骑着马川流不息地出来，黑人奴仆紧跟在后，芒罗家的小伙子们一路挥着帽子飞奔而过，方丹家和卡弗特家的已经喊叫着沿大路跑去了。塔尔顿家四兄弟也冲过来，穿过思嘉身边的草地，布伦特喊道：“妈妈就要给咱们马啦！咳……呀……咳！”草皮纷纷飞扬，他们一溜烟走了，又剩下思嘉独自坐在那里。

现在它已永远不会属于她了。那幢白房子将它的高高圆柱竖立在她面前，似乎庄严而疏远地渐渐向后隐退。艾希礼永远不会带着她作为新娘跨过它的门槛了。啊，艾希礼，艾希礼！我究竟干了些什么啊？她内心深处，在受了伤害的骄矜和冷漠的实际覆盖下，有种东西在可怕地躁动。一种成年人的情感正在诞生，它比她的虚荣心或固执的自私心更为强大。她爱艾希礼，她也知道自己爱他，可是对于这一点，她还从来没有像看见查尔斯在那弯弯的碎石路上消失时那样耿耿于怀呢。

6

不过两星期工夫，思嘉便由一位小姐变成了人家的妻子，再过两个月又变成了寡妇，她很快便从她那么匆促而很少思索地给自己套上的羁绊中解脱出来，可是她再也过不到未婚时代那种无忧无虑的自由生活了。寡居生活紧随着新婚而来，更叫她惊慌的是很快便做了母亲。

在往后的岁月中，每当她想起1861年4月末的那些日子，思嘉总是记不清当时的细节了。时间和事件奔涌而来，又混杂在一起，像个没有什么真实和理性可言的噩梦。直到她死的那一天，关于这些日子的回忆中仍留下不少的空白点，尤其模糊不清的是从她接受查尔斯的求婚到举行婚礼的那段时间的记忆。两个星期啊！在太平年月这么短暂的订婚是不可能的。那时总得有一年或至少六个月的间隙才说得过去。可是南方已普遍热衷于战争，凡事都像风驰电掣般呼啸着滚滚向前，往昔那种慢条斯理的节奏已经一去不复返了。爱伦曾急得不住地搓手，想要缓一点办婚事，为的是让思嘉能比较从容地将事情考虑一下。可是思嘉对母亲的建议报以愠色，置若罔闻。她要结婚！而且马上就要。在两周之内。

听说艾希礼的婚期已经从秋天提前到5月1日，以便在营队应招服役时他能立即随同出发，思嘉这时便把自己的婚礼定在他的前一天。爱伦表示反对，但是查尔斯提出了新的理由来恳请同意，因为他急于要动身去南卡罗纳加入韦德·汉普顿的兵团，同时杰拉尔德也支持这两个年轻人。杰拉尔德已被战争激动得坐卧不宁，也很高兴思嘉选中了这么好的配偶，他怎么能在战机已发时给这对青年恋人挡路呢？爱伦心乱如麻，终于像整个南方的其他母亲那样只得让步。她们的悠闲生活已经天翻地覆，她们的开导、祈求和忠告已毫无用处，怎么也抵挡不住那股势如狂澜将她们席卷而去的巨大力量了。

南方沉醉在热情和激动之中。谁都知道只消一个战役便能结束战争，生怕战争很快结束了。每个青年人都急急忙忙去报名投军，他们同样急急忙忙跟自己的心上人结婚，好立即赶到弗吉尼亚去跟北方佬打仗。县里举行了好几十桩这样的战时婚礼，而且很少有时间来为送别伤心，因为谁都太忙、太激动，来不及认真考虑和相对流泪了。太太小姐们在缝制军服、编织袜子，卷绷带，男人们在操练和打靶。一列列满载军队的火车每天经过琼斯博罗往北向亚特兰大和弗吉尼亚驶去。有些分队穿着漂亮的深红色军服，有些是浅蓝色的，也有穿着民兵连绿色服装的；有些一小群一小群的穿着家织布军衣，戴着浣熊皮帽子；另一些则不穿制服，穿的是细毛织品和精美的亚麻布衣裳。他们全都是些操练未熟、武装不全的队伍，但同样粗野和激动，同样地高声喊叫，仿佛是到什么地方去赴野宴似的，这番情景使县里的小伙子们陷入恐慌，生怕在他们到达弗吉尼亚之前战争已经打完了，因此军营出发前的准备活动在加速进行。

在这起混乱中，思嘉的婚礼的准备工作也在进行，而且她几乎还没来得及弄清，母亲的结婚服和披纱已经穿戴在她身上，她已经从塔拉农场的宽阔楼梯上走下来，去面对那满屋的宾客了。事后她仿佛从梦中回忆起：墙壁上点着成百上千支辉煌的蜡烛，母亲的脸上充满怜爱而略显昏乱，她的嘴唇微微颤动，为女儿的幸福暗暗地祈祷；父亲因喝了白兰地，对于女儿嫁给一个有钱、有名望又有卓越门第的女婿感到骄傲，乐得满脸绯红了……还有艾希礼，他扶着媚兰站在楼梯口。

她看见他脸上的表情，心想："这不可能，这不可能是真的。这是一个噩梦。我会醒过来并发现这纯粹是一场噩梦。我现在绝不去想它，不然我就会在这些人面前喊叫起来。我现在不能想。等我受得了……等我看不见他的眼睛了再想吧！"一切都很像是在梦里，从那排微笑的人中一路穿过，查尔斯的绯红的脸和结结巴巴的声音，以及她自己的回答，那么惊人地清晰和那么冷漠的回答。然后是祝贺，是干杯，是亲吻，是跳舞……一切的一切都像是在梦中。甚至连艾希礼在她脸颊上的轻吻，连媚兰的低语……"你看，我们已经是真正的姑嫂了"……也不是真实的。甚至连查尔斯的矮胖姑妈因过度兴奋而晕过去时引起的那阵纷扰，也带有噩梦的色彩。

但是，到跳舞和祝酒都终于结束，黎明开始降临时，当所有那些塔拉农场尽可能挤得下的亚特兰大宾客都到床上、沙发上和地板草垫上去睡觉了，所有的邻居都回家休息了，为了准备参加第二天"十二橡树"村的婚礼时，那种梦一般的恍惚状态便在现实面前像玻璃似的粉碎了，现实是从她梳妆室里出来的穿着睡衣，满脸绯红的查尔斯，他看见思嘉从拉得很高的被单边缘上惊奇地望着他时还赶忙回避呢。

当然，她知道新婚夫妻是要在同一张床上睡觉的，可是以前她从未想到过这件事。就她母亲和父亲的情况来说，那是很自然的，不过她从来没有把它应用到自己身上。自从野宴过后，她才头一次明白她给自己招来了什么样的后果。一想到这个她并没真正想和他结婚的陌生的小伙子就要钻进她被窝里来，而这时候她自己的心还在为过去的鲁莽行为痛悔，为永远失掉艾希礼感到分外难过，这叫她如何承受得了啊？因此当他犹豫不决慢慢挨近床来时，她粗鲁地低声喝住了他。

"我就大声喊，你真要挨近，我会喊的！我要……放开喉咙喊！给我走开！看你敢碰我一下！"这样，查尔斯便坐在椅子上度过了这个新婚之夜，当然不怎么愉快，因为他了解，或者自以为了解，他的新娘是多么羞怯，多么娇嫩。他愿意等待，直到她的恐惧心理慢慢消失，只不过……只不过……他在圈椅里将身子扭过来扭过去总觉得不舒服，便不由得叹了口气，因为他很快就要出发上前线去了。

思嘉自己的婚礼已经是噩梦一般够受的了，可艾希礼的还要坏，思嘉穿着那件苹果绿的二朝服站在“十二橡树”村的大客厅里，周围是几百支明晃晃的蜡烛和头天晚上那同一群拥挤的人。她看见媚兰·汉密尔顿那张平淡而娇小的脸竟显得容光焕发，好像因做了威尔克斯家的媳妇而无比高兴。如今，艾希礼是永远不在了。她的艾希礼呀！不，现在可不是她的了。那么，他曾经是她的？这一切在她的心里已经是一团乱麻，而她的心情又那么厌烦，那么惶惑不安。他曾经说过他爱她，可又是什么把他们分开了呢？要是她能够记起来，那该多好啊！她由于跟查尔斯结婚而将县里闲言碎语压了下去，可现在看来那又有什么要紧呢？那在当时显得很重要，不过现在已无足轻重了。要紧的是艾希礼。可他已经不在了，而她呢，已经跟一个她不仅不爱而且委实有些轻视的男人结婚了。

她常常听说有人为了要害别人反而害了自己，从今以后这已经不仅仅是个比喻了。如今她已懂得了它的真正含意。啊，她对于这一切多么后悔！如今，当她迫切希望能摆脱查尔斯，自己一个人作为未婚闺女平平安安地回到塔拉去，这时才明白真的是自作自受，无话可说了。母亲曾设法阻止她，可她就是不听呢。

就这样，思嘉在艾希礼结婚的那天晚上迷迷糊糊地跳了一个通宵的舞，机械地说着，微笑着，同时好像与己无关似的感到奇怪，不知为什么人们会那样愚蠢，居然把她当作一个幸福的新娘而看不出她是多么伤心。好吧，感谢上帝，他们看不出来呢！

那天晚上，嬷嬷服侍她脱了衣裳之后自己走了，查尔斯又羞涩地从梳妆室出来了，心里正在纳闷要不要到那张马鬃椅子上去睡一夜，这时她哭起来了。她一言不发地哭着，一直哭到查尔斯钻进被窝，试着安慰她，在她身边躺下，同时她的眼泪也哭干了，她这才终于将头枕在查尔斯的肩头静静地抽泣。

要是没有战争，他们就会有一星期时间到县里各处转转，各地也将举会舞会和野宴来祝贺这对新婚夫妇，然后他们才动身到萨拉托加或者白萨尔弗去作蜜月旅行。要是没有战争，思嘉就会得到三套、四套、五套的衣服，穿着去出席方丹家、卡尔弗特家和塔尔顿家为她举办的晚会。可是现在没有晚会，也没有蜜月旅行了。结婚一星期后，查尔斯便动身去参加韦德·汉普顿上校的部队了。再过两星期，艾希礼和军营便出发开赴前线，使全县都陷入送别亲人的悲恸之中了。

在那两个星期里，思嘉从没有单独见过艾希礼，从未私下跟他说过一句话。甚至在可怕的告别时刻，那时他在去火车站的途中经过塔拉停留了片刻，她也没有私下跟他谈话的机会。媚兰戴着帽子，围着围巾，挽着他的肩膀，俨然一副新少奶奶端庄文静的模样。塔拉农场所有的人，无论白人黑人，全都来为艾希礼送行。

媚兰说："艾希礼你得亲亲思嘉。她现在已经是我的嫂子。"艾希礼弯下腰用冰冷的嘴唇在她脸上亲了亲，他的面孔是板着的，绷紧的。思嘉从这一吻中几乎没有感到什么喜悦，因为媚兰的怂恿反而使她郁郁不乐了。媚兰临别时给他的拥抱更叫她闷得透不过气来。

"你要到亚特兰大来看看我和皮蒂姑妈呀，好不好？啊，亲爱的，我们都很想念你！我们很想更多地了解查尔斯的太太呢。"五个星期过去了，这期间查尔斯从南卡罗来纳写了不少羞怯、狂喜和亲昵的信，倾诉他的爱情、他要为她而当英雄的渴望，他对战争结束后的计划，以及他对他的司令韦德·汉普顿的崇拜，等等。到第七个星期，汉普顿上校以他个人的名义发来一个电报，接着又寄来一封信，一封亲切、庄严的吊唁信。查尔斯死了。上校本来要早些来电报的，可是查尔斯觉得他的病不要紧，不愿意让家里担忧。这个不幸的小伙子，他不仅被剥夺了他自以为赢得的爱情，而且要在战场上获得荣誉的崇高理想也被夺走了。他先是患肺炎，接着是麻疹，连北方佬的影子也没看见就在南卡罗来纳边营里屈辱地死去了。

后来，查尔斯的儿子也在"适当的"时候诞生了，因为当时流行按孩子父亲的司令官命名，他取名为韦德·汉普顿·汉密尔顿。思嘉曾因发觉自己怀孕而绝望地哭泣，并宁愿自己死掉。可是她在整个妊娠期间很少有不舒服的感觉，分娩时也没有多大痛苦，而且产后那么快便恢复了，所以嬷嬷私下告诉她这是很平常的事——女人就该多受些磨难嘛。她对孩子不怎么钟爱，尽管嘴里不这样说。她本来是不想要他的，对他的出世感到懊恼，现在虽然孩子已在眼前，却好像这不可能是她的，不是她身上的一块肉似的。

尽管她生了韦德以后，在一个短得有点不怎么体面的时间内身体便复元了，但是心理上有些恍惚和病态。她精神萎靡，即使全农场的人都没法让她振作起来，爱伦整天蹙额皱眉地转来转去，杰拉尔德动辄骂人，同时从琼斯博罗给她带来些无用的礼物。连方丹大夫在给她服用一些含滋补品的糖浆、草药而没有见效之后，也承认他已束手无策了。他暗暗告诉爱伦，那是因为伤透了心才使思嘉这样时而性急暴怒，时而无精打采，反复无常。可是思嘉本人，要是她高兴说话，她会告诉他们，这个问题远非如此，要复杂得多呢。她没有告诉他们说，那是因为她对于做母亲一事感到非常厌烦和十分懊恼，最重要的是因为艾希礼走了，才使她显得这样愁苦不堪。

她的厌烦情绪是强烈而经常的。自从军营开赴前方以后，县里就没什么娱乐和社交生活了。所有有趣的年轻男子都走了——包括塔尔顿家四兄弟、卡尔弗特家哥儿俩、方丹家和芒罗家的小伙子们，以及从琼斯博罗、弗耶特维尔和洛夫乔伊来的每一个年轻而逗人喜爱的小伙子。只有那些年纪较大的男人、残疾人和妇女留了下来，他们整天编织缝纫，加紧种植棉花和玉米，为军队饲养更多的猪羊牛马。除了由苏伦的中年情人弗兰克·肯尼迪率领的那支补给队为了收集军品每月经过这里一次之外，就再也看不见一个真正的男子汉了。

补给队的那些男人也并不怎么令人兴奋，而弗兰克那种缩手缩脚的求爱方式，思嘉一见便恼火，直到她觉得已很难对他客气了。她恨不得叫苏伦和他了结他们的事算了。

即使补给队更加有趣些，也不会给她的处境带来任何变化。她是一个寡妇，她的心已经进入坟墓。至少别人认为她的心已经在坟墓里，并期望她就这样处世行事。这使她很恼火，因为她虽然尽了自己的力量也记不起查尔斯的什么来，只记得当她答应可以同他结婚时他脸上那种死牛犊的表情。现在连这个印象也愈来愈模糊了。不过她毕竟是个寡妇，不得不遵守寡妇的规矩，她已不能参加未婚姑娘的那些娱乐了。

她必须严肃而冷漠。爱伦自从看见弗兰克的一个副官在花园里推她荡秋千并荡得尖声大笑起来以后，便长篇大论地向她说明了这一点多么重要。爱伦对此深感痛苦。曾经告诉她做寡妇最容易遭人非议，所以她的行为举止必须比一个少奶奶更加倍小心才好。

“只有天晓得，”思嘉想，一面顺从地听着母亲的谆谆教诲，“做了少奶奶便已经毫无乐趣了，那么寡妇就简直像死人哪。”一个寡妇必须穿难看的黑色衣服，上面连一点点装饰也不能有，不能有花、丝带或镶边，乃至珠宝，只能有条纹玛瑙的丧服胸针或用死者头发做的项链。而她帽子上缀着的那幅黑纱必须到垂到膝盖，要到守寡满三年之后才能缩短到肩头的部位。寡妇绝不能开怀畅谈和放声大笑，连微笑也只能是愁苦的、悲戚的。还有，最可怕的是，她们不能露出一点乐意跟先生们在一起的样子。要是有位先生缺乏教养，竟至于表示对她感兴趣，她就得措辞适当地严肃谈起她的亡夫，使对方听了肃然恭敬，并从此死了这条心。啊，是的，思嘉纳闷地想，有些寡妇到年老色衰时还是再嫁了，虽然谁也不知道在周围邻居的监视下她们是怎么谈成的。而且通常都是嫁给一些拥有大农场和大群孩子的老鳏夫呢。

结婚就够倒霉的了，可是当寡妇……哦，那就一切都完了！人们谈到，查尔斯死了以后韦德·汉普顿对她是一个多好的安慰，这话多么愚蠢！他们还愚蠢地说什么现在她活着有了指望呢！谁都说她这个已故爱情的象征多么幸福，她自然也不去纠正他们的看法。可是这种思想距离她自己的心境实在太远了！其实她对韦德几乎毫无兴趣，有时甚至要记起他确实是她的孩子也不容易哩。

每天早晨醒来后，有那么一个朦胧的片刻她又成了思嘉·奥哈拉，那时太阳灿烂地照着窗外的山茱萸，模仿鸟在愉快地歌唱，炒腌猪肉的香味轻轻扑入她的鼻孔里。她又是个无忧无虑的少女了。接着她听见焦急的饥饿的哭叫声，并且常常……常常还要经过片刻的惊讶，这才想起："怎么，屋里有个小毛头呢！"于是她记起这是她的婴儿。这一切都令人迷惑不解，不知究竟是怎么回事。

然后就是艾希礼！啊，最难忘的是艾希礼，有生以来第一次，她恨起塔拉农场来了，恨那条长长的通向山冈、通向河边的红土大道，恨那些密植着棉苗的红色田地。每英尺土地，每一颗树和每一道小溪，每一条小径和驰马的大路，都使她想起艾希礼来。他已经打仗去了，他属于另一个女人，但是他的幽灵还时常在暮色中的这些道路上出没逡巡，还在走廊上的阴影里眯着一双睡意朦胧的灰眼睛对她微笑。她只要听见马蹄声在那条从"十二橡树"村过来的河边大道上一路得得而至，便没有一次不想起艾希礼的！

"十二橡树"村这个她曾经爱过的地方，如今她也恨起它来了。她恨它，但是她的心给拴在那里，所以她听得见约翰·威尔克斯和姑娘们谈起他——听得见他们在读他从佛吉尼亚寄来的信。这些使她伤心，但是非听不可。她不喜欢挺着脖子的英迪亚和蠢话连篇的霍妮，并且知道她们也同样不喜欢她，可是她离不开她们。而且她每次从"十二橡树"村回到家里，都要闷闷不乐地躺在床上，不肯起来吃晚饭。

就是这种拒不吃饭的态度使母亲和嬷嬷急得不行。嬷嬷端来了盛着美味的托盘，哄着她说，如今她已是寡妇，可以凭自已兴趣尽量吃了，可是思嘉一点食欲也没有。

方丹大夫严肃地告诉爱伦，伤心忧郁症往往导致身心衰退，女人便会渐渐消耗而死。爱伦听得脸都白了，因为这正是她早已在担心的事。

"难道就没有办法了吗，大夫?"

"最好的办法是让她换一下环境。"大夫说，他巴不得把一个棘手的病人赶快摆脱掉。

这样，思嘉便勉强带着孩子离开了塔拉，先是去走访在萨凡纳的奥哈拉和罗毕拉德两家的亲戚，然后去看在查尔斯顿的爱伦的两个姐妹——波琳和尤拉莉。不过她比爱伦的安排提早一个月便回来了，也没有说明原因。萨凡纳的两位伯伯还是很殷勤，只是詹姆斯和安德鲁以及他们的夫人都上了年纪，喜欢静静地坐着谈过去的事，而思嘉对此不感兴趣。罗毕拉德家也是这样。至于查尔斯顿，思嘉觉得那个地方实在太可怕了。

波琳姨妈和她丈夫住在河边一个农场里，那里比塔拉要平静得多。姨父是个小老头儿，表面上还算客气，可是也有了老年人那种漠不关心的神态。他们的最近一家邻居也在20英里以外，中间隔着满是柏树和橡树的茂密丛林，只有阴暗的道路可以来往。那些活橡树身上挂着像迎风摇摆的帘帷般的灰色苔藓，思嘉看了觉得很不舒服，仿佛浑身有虫子在爬似的。它们往往使她想起杰拉尔德给她讲过的那些在茫茫灰雾中漫游的爱尔兰鬼怪的故事。在波琳姨妈家，除了白天编织，晚上听凯里姨父朗读布尔瓦·李顿的作品之外，就没有什么事好做了。

尤拉莉姨妈家的住宅是坐落在查尔斯顿“炮台”上的一所大房子，前面有个墙壁高耸的园子荫蔽着，可是也并不怎么好玩。思嘉习惯于连绵起伏的红土丘陵地带那样开阔的视野，因此在这里觉得被禁锢起来了。这儿尽管比波琳姨妈家有较多的交往，但思嘉不喜欢那些来访的人，不喜欢他们的传统风俗和装模作样，讲究门第的心气。她很清楚，他们知道她是一个不门当户对的人家的孩子，并且诧异为什么一位罗毕拉德家的小姐会嫁给一个新来的爱尔兰人。思嘉感觉到尤拉莉姨妈还在背地里替她辩护呢。这种情况把她惹火了，因为她和父亲一样是不怎么重视门第的。他为杰拉尔德和他单凭自己作为一个爱尔兰人的精明头脑而白手起家的成就感到骄傲。

那些查尔斯顿人太看重他们自己在萨姆特要塞事件中所起的作用了！难道他们就不明白，要是他们不那么傻，不打响开战的第一枪，别的某些傻瓜也会打的呀！思嘉听惯了佐治亚高地人的脆亮声音，觉得沿海地区的语音有点假里假气，她甚至想只要她再听到这种声音，她就会被刺激得尖叫起来了。她有时实在忍不住了，以至在一次正式拜会中她故意模仿杰拉尔德的土腔，叫她姨妈感到十分尴尬，不久她就回到了塔拉。与其整天去听查尔斯顿的口音，还不如在这里为回忆艾希礼而痛苦呢。

爱伦在昼夜忙碌，要加倍提高塔拉农场的生产力来支援南部联盟。她看见她的长女从查尔斯顿回来显得这样消瘦、苍白而又语言尖利时，不禁吓坏了。她自己也尝到过伤心的滋味，便夜夜躺在鼾声如雷的杰拉尔德的身旁思量，要想出个办法来减轻思嘉的愁苦。查尔斯的姑妈皮蒂帕特·汉密尔顿小姐已经来过好几次信，要求她让思嘉到亚特兰大去住一个较长的时间，现在爱伦第一次在认真考虑了。

皮蒂帕特小姐在信中说，她同媚兰住在一所大宅子里，“没有一个可以保护的男人，”所以觉得很孤单。“如今亲爱的查理已经去世。当然，我哥哥亨利还在，不过他和我们不在一起住，也许思嘉跟你们谈到过有关亨利的事了，我这里不便多写。要是思嘉跟我们住在一起，媚兰和我都会觉得方便得多，安全得多。三个单身女人毕竟比两个强一些。而且亲爱的思嘉也许在这里能找到某种消愁解忧的办法。比如，看护这边医院的勇敢的小伙子们，就像媚兰那样……并且，当然喽，媚兰和我都急于想看看那个亲爱的小乖乖……”

这样，思嘉又把她居丧用的那些衣服重新装进箱子里，然后带着韦德·汉普顿和他的小保姆百里茜，还有满脑子母亲和嬷嬷给她的嘱咐以及杰拉尔德给的一百元联盟纸币，动身到亚特兰大去了。她认为皮蒂姑妈是世界上最愚蠢的老太太，而且一想到要跟艾希礼的老婆同室而居，她就觉得不舒服。

所以她不怎么愿意到那里去。不过，目前她已不能再住在县里想起那些伤心事，所以换换环境总是好的。

7

1862年5月的一个早晨，火车载着思嘉北上了，她想亚特兰大不可能像查尔斯顿和萨凡纳那样讨厌的，而且，尽管她对皮蒂帕特小姐和媚兰很不喜欢，她还是怀着好奇心想看看，从前年冬天战争爆发前她最后一次拜访这里以来，这个城市有些什么变化。

思嘉一直喜欢亚特兰大，她的理由恰恰就是萨凡纳、奥古斯塔和梅肯诋毁它的那些理由。这个市镇像她自己一样是佐治亚州新旧两种成分的混物，其中旧的成分在跟那个执拗而有力的新成分发生冲突时往往退居其次。而且，这里面还有一种对于这个市镇的个人情感上的因素……它是和她同一年诞生，至少是同一年命名的。

头天晚上是整夜的狂风暴雨，但是到思嘉抵达亚特兰大时太阳已经开始露出热情的脸来，准备一定要把那些到处淌着河流般的红泥汤的街道晒干。车站旁边空地上的泥土，由于车辆行人来来往往，不断塌陷搅拌，快要成一个给母猪打滚的大泥塘了，也时常有些车轮陷在车撤中的烂草里动弹不得。军用大车和救护车川流不息，忙着装卸由火车运来的军需品和伤员，有的拼命开进来，有的挣扎着要出去，车夫大声咒骂，骡马跳着叫着，泥浆飞溅到好几丈远，这就使那一片泥泞加一团混乱的局面变得更糟了。

思嘉站在车厢门口下面的那个梯级上，她穿着黑色丧服，绉纱披巾几乎下垂到了脚跟，那纤弱的身材还是相当漂亮的。

她犹豫着不敢走下地来，生怕泥水弄脏了鞋子和衣裙，便向周围那些扰攘拥挤乱成一片的大车、短途运输车和马车匆匆看了一眼，寻找皮蒂帕特小姐，可是那位胖乎乎红脸蛋的太太连个影儿也没有，思嘉感到焦急万分，这时一个瘦瘦的花白胡子的黑人老头，手里拿着帽子，显出一种庄重不凡的气度，踩着泥泞向她走过来。

“这位是思嘉小姐吗？我叫彼得，皮蒂小姐的马车夫，你别踩在这烂泥地里。”他厉声命令着。因为思嘉正提起裙子准备跳下来。“让我来驮你吧，你跟皮蒂小姐同一个毛病，像小孩似的不怕弄湿了脚。”他尽管看来年老体弱，却轻松地把思嘉背了起来，这时，瞧见百里茜怀里抱着婴儿站在车厢梯台上，他又停下来说：“那孩子是你带来的小保姆吗，思嘉小姐？她太年轻了，带不好查尔斯先生的独生婴儿呢！不过咱们以后再说吧。你这丫头，跟着我，可别把娃娃掉下来。”思嘉乖乖地让他驮着向马车走去。一面不声不响地听他用命令的口吻批评她和百里茜。他们在烂泥地里穿行，百里茜嘟着嘴一脚泥一脚水地跟在后面，这时思嘉回想起查尔斯说过的有关彼得大叔的话来。

“他跟着父亲经历了墨西哥的全部战役，父亲受了伤他就当看护……事实上是他救了父亲的命。彼得大叔实际上抚养了我和媚兰，因为父母去世时我们还小呢。大概就是那个时候。皮蒂姑妈同她哥哥亨利叔叔发生了一次争吵，所以她就过来同我们住在一起，并关照我们了。皮蒂姑妈是个最没能耐的人——活像个可爱的大孩子，彼得大叔也就是这样对待她。为了明哲保身，她事事都不作主，要由彼得大叔来替她决定。我 15 岁开始拿较多的零用钱，那就是他决定的；当亨利叔叔主张我拿大学的学位时，也是他坚持要我到哈佛去念四年级的。他还决定媚兰到一定年龄就盘头发并开始参加舞会。他告诉皮蒂姑妈什么时候太冷或下雨时不宜出门，什么时候该戴披巾……他是我所见过的最能干的黑人老头，也可以说是最忠心耿耿的一位，唯一不幸的是他把我们三个连精神带肉体，都当作他个人所有的了，这一点他自己也是清楚的。”查尔斯的这番话，等到彼得大叔爬上马车驾驶坐位并拿起鞭子时，思嘉便认定是确确实实的了。

“皮蒂小姐因为没有来接你而不大高兴。她怕你见怪，但是我告诉她，她和媚兰小姐要来，只会溅一身泥水，糟践了新衣裳，而且我会向你解释的。你最好自己抱着孩子，思嘉小姐，瞧那黑小鬼快把他给摔了。”思嘉瞧着百里茜叹了口气。百里茜不是个很能干的保姆。她刚刚从一个穿短裙子、翘着小辫儿、瘦得皮包骨头的黑小鬼，一跃而成为身穿印花布长裙、头戴浆过的白头巾的保姆，正洋洋得意，忘乎所以呢。要不是在战争时期，在供应部门对塔拉的要求下，爱伦不得不让出了嬷嬷或迪尔茜乃至罗莎或丁娜，她是绝不会在这么小小年纪就上升到这样高的位置的。百里茜还从没有到过离“十二橡树”村或塔拉 1 英里以外的地方，因此这次乘火车旅行，加上晋升为保姆，便使她那小小黑脑瓜里的智力越发吃不住了。从琼斯博罗到亚特兰大这 20 英里的旅程使她太兴奋了，以致思嘉一路上被迫自己来抱孩子。此刻，这么多的建筑物和人进一步把她迷惑住了。她扭着头左顾右盼，指东指西，又蹦又跳，却把孩子颠得嚎啕大哭起来。

思嘉渴望着嬷嬷那双肥大又老练的臂膀。嬷嬷的手只消往孩子身上一搁，孩子马上就不哭了。可如今嬷嬷在塔拉，思嘉已毫无办法。她即使把小韦德从百里茜手里抱过来，也没有用。她抱着同百里茜抱着一样，他还是那么大声嚎哭。此外，他还拉扯她帽子上的饰带，当然也会弄皱她的衣裙。所以她便索性装作没有听见彼得大叔的话了。

“过些时候也许我会摸准小毛头的脾气，”她烦燥地想着，同时马车已颠簸摇晃着驶出了车站周围的烂泥地，“不过，我永远也不会喜欢逗他们玩。”这时韦德已哭叫得脸都发紫了，她这才怒气冲冲地喝斥了一声："我知道他是饿了，把你的兜里的糖奶头给他，百里茜。无论什么都行，只要叫他别哭就行。可现在我一点办法也没有。"百里茜把早晨嬷嬷给她的那个糖奶头拿出来塞进婴儿嘴里，哭叫声果然停息了。由于耳边恢复了清静，眼前又不断出现新景象，思嘉的情绪开始好转。到彼得大叔终于把马车赶出水坑泥洼驶上了桃树街时，她觉得几个月来头一次有点兴致勃勃地感觉了。这城市竟发展到这个地步啦！距她上次拜访这里才一年多一点，她熟悉的那个小小的亚特兰大怎么会发生这许多变化呢？

"啊，多么富于生气，富于刺激性啊！我会高兴在这里住下去了！"思嘉这样想。自从大野宴以来，她还是头一次真正感到乐趣呢。

这座城市实际上比她所发现的还要富有生气。这里有好几天前新开的酒吧，有随着军队蜂拥而来的妓女，有令教会人士大为惊恐的春色满院的娼寮。每一家旅店、公寓和私人住宅都挤满了客人，他们是来探望住在亚特兰大各个医院的受伤亲属的。每星期都有宴会、舞会、义卖会和无数的战时婚礼。婚礼上的新郎总是正在休假的人，穿着漂亮的灰制服，佩着金丝穗带；新娘穿戴的是越过封锁线走私来的精美服饰，礼堂上挂的是十字交叉的军刀，祝酒用的是被封锁的香槟，接着便是黯然泪下的话别。每天夜里，两旁种着树的阴暗大街上都回响着舞步声，同时客厅里的钢琴在叮当作响，那里女高音和军人来宾的声音混杂在一起，唱着悲喜交集的《吹起停战号》和《你的信来了，可是来得太晚了》。这些凄楚的民歌使那些从来没有悲伤过的人听了也要潸然泪下。

马车在大街上碾着泥泞一路驶去，思嘉不停地问这问那，彼得大叔很高兴显示一下自己的见识，用鞭子指点着一一回答："那边是兵工厂。是的，小姐，他们在那里造枪炮什么的。

不，小姐，那不是商店，是实施封锁办事处。喏，小姐，外国人来买咱们南部联盟的棉花，把它运到查尔斯顿和威尔明顿去，然后给咱们运回火药。不，小姐，我答应皮蒂小姐一直把你送到家的，我说不准他们是哪国人。皮蒂小姐说他们是英国人，可谁也听不懂他们说的话。是的，小姐，煤烟多得很呢，把皮蒂小姐的绸窗帘都弄坏了。这是从铸铁厂和碾压厂来的。它们晚上那个响声呀，谁也睡不着的！不，小姐，我不能停下来让你看。我答应皮蒂小姐一直把你送到家的。

……思嘉小姐，行礼呀，梅里韦瑟太太和埃尔辛太太给你鞠躬呢。"思嘉隐约记得这两位太太的名字，她们从亚特兰大到塔拉去参加过她的婚礼。她还记得她们是皮蒂小姐最要好的朋友。于是她赶快朝彼得大叔指的方向鞠了一躬。她们俩坐在一家绸布店门前的马车里。店主和两个伙计站在走道上，抱着一捆捆棉布给她们看。梅里韦瑟太太是个结实的高个儿女人，她的紧身褡束得很紧，挺出来的胸脯像个船头。她那铁灰色的头发中掺进了一抹惹眼的褐色假发，显得很不调和。她的脸圆圆的，面色较深，流露出和善精明而习惯于指挥别人的神情。埃尔辛太太年轻些，身材纤细瘦弱，她曾经是个美人儿，至今风韵犹存，也仍显得有点骄矜。

这两位太太再加上另一位，即惠廷太太，是亚特兰大的三根台柱子。她们管理着自己所属的那三家教堂、牧师、唱诗班和教区居民。她们组织义卖和缝纫会，她们陪伴姑娘们参加舞会和野餐，她们知道谁找的对象好，谁的不好，谁常常偷着喝酒，谁要生孩子了和什么时候生，等等。她们是家系学权威，了解佐治亚州、南卡罗来纳和弗吉尼亚任何一个人的家世，对于别的州就懒得去管了，因为她们相信凡是有点身份的人没有一个是从这个州以外的地方来的。她们懂得哪些行为是端庄的，哪些不是，并且总能叫别人知道自己的看法——梅里韦瑟太太是用大声疾呼，埃尔辛太太是用一种优雅而伤感的缓慢腔调，惠廷太太则以痛苦的低语，表示她多么厌恶这样的事情。这三位太太像罗马的第一任三头政治那样互相猜忌，也许正因为这样她们才结成了紧密的联盟。

“我对皮蒂说了要你加入我的医院，”梅里韦瑟太太态度微笑着高声说。“你可别答应米德太太或惠廷太太啊！”“我不会的。”思嘉说，也不明白梅里韦瑟太太说的什么，只觉得人家竟这样欢迎和需要自己，心中有点热乎乎的。“我希望很快就能去看你。”马车行驶了一程之后停了片刻，让两位挎着绷带篮子的妇女战战兢兢踏着垫脚石横过溜滑的街道。就在这时思嘉偶尔看见人行道上一个人影，她穿着颜色鲜艳——这在大街上显得太鲜艳了——的衣裳，披着垂到脚跟的佩斯利须边披巾。思嘉转过身来，发现那是一个漂亮的高个女子，一头浓密的头发红得令人难以置信，脸上的表情也俗不可耐。她这是生来第一次看见这种显然“在头发上下了不少功夫”的妇女，因此仔细打量着她，有点迷了。“那人是谁呀，彼得大叔？”她低声问。

“我不知道。”

“我敢说。你知道的，究竟是谁嘛？”

“她叫贝尔·沃特琳，”彼得大叔答道。思嘉立即抓住了他没有称人家“小姐”或“太太”这一事实。

“她是谁？”“思嘉小姐。”彼得脸色阴沉地说，一面往马背上抽了一鞭子，“皮蒂小姐不会乐意让你打听那些和你无关的事情。谈起来没什么意思。她们是这个城里一些不值钱的人。”“哎呀！我的天！”思嘉心想，被顶得不再作声了。“那一定是个坏女人！”她以前从没见过一个坏女人，便好奇地回过头去盯她的背影看，直到她在人群中消失为止。

现在，商店和战时盖起来的建筑物彼此相隔得远一些了，它们形成一组一组的，中间都是空地。最后他们驶离了市区，住宅区迎面出现了。思嘉把那些住宅像老朋友似的挨个辨认，那里是莱登家的房子，庄严而堂皇；那是邦内尔家的，有白色的小圆柱和绿色百叶窗；那是麦克卢尔家的佐治亚式红砖住宅，前面围着一道方形的灌木篱，显得格外局促。现在他们走得慢些了，因为从走廊里、园子里和走道上都有小姐、太太在招呼思嘉。其中有的她不怎么熟悉，有的能够依稀记起来，但大多数是她根本不认识的人。皮蒂帕特小姐准是把她到来的消息早已传开了。小韦德不得不被一次又一次抱着举起来，让那些穿过门前湿地一直跑到马车道口的人惊叹地看个清楚。她们全都向思嘉大声叫喊，要她一定参加她们的缝纫会或她们的看护会，而不要参加别的什么组织，她当然左顾右盼应接不暇地随口答应着。

他们经过一幢盖得凌乱不堪但装有绿色护墙板的房子时，一个站在门前台阶上的小黑女孩喊道："她来了！"米德大夫和他太太以及那个13岁的小费尔随即走了出来，一起嚷着表示问候。思嘉记得他们也参加过她的婚礼。米德太太跑到马车道上伸长脖子看了看小毛头，可大夫不顾泥泞一直走到马车旁边。他个子高高的，骨瘦如柴，蓄着一把尖尖的铁灰色胡子，衣服穿在那瘦长的身躯上像是被大风刮到上面似的。亚特兰大人把他看作力量和智慧的源泉，当然他也从他们的信念中有所收获，更不是他喜欢发表神谕式的讲话和态度有点傲慢，他可以说是本城最厚道的人了。

大夫同她拉拉手，在韦德的肚子上拍了拍并称赞了几句，便宣布皮蒂帕特姑妈已经应允发誓，让思嘉除了米德大夫那里外不要到任何别的医院和看护会去了。

"啊，亲爱的！可是我已答应了上千位太太呢！"思嘉说。

"我敢说一定是梅里韦瑟太太！"米德太太气愤地大声嚷道："这个讨厌的女人！我想她是每一趟火车都去接的！""我答应了，因为我不明白那都是干什么的。"思嘉承认。

"看护会是怎么回事呀？"

大夫和他的太太都对她的无知感到有点惊讶。

"唔，当然了，你一直给关在乡下，所以不懂。"米德太太为她辩解，"我们给不同的医院分别组织了看护会，分班轮流每天去进行护理。我们看护伤病员，帮助大夫，做绷带和衣服，等到他们可以出院时便把他们带到家里来调养，直到他们能返回部队去为止。同时我们照顾伤员家属中那些穷困户，有的还不光是穷困而已。米德大夫是在公立医院工作，我的看护会也在那里，人人都夸他了不起，而且……"

"行了，行了，米德太太，"大夫得意地说，"别在人跟前给我吹嘘了。我做的事还很不够呢，你又不让我上军队里去。""不让！"她愤怒地嚷道："我？你很清楚，明明是市里不让你去。怎么，思嘉，人们听说他想到弗吉尼亚去当军医时，全城的太太们都签上名上书请求他留在这里呢。当然，这个城市没有你是不行的。”

“行了，行了，米德太太，”大夫再次说，分明是给夸得乐滋滋的了。“也许，有一个孩子在前线，暂时也就够了吧。”“而且我明年也要去了！”小弗尔兴奋地嚷着、跳着，“去当鼓手。我正在学打鼓呢。你们要不要听听？我现在就去把鼓拿来。”“不，现在不要。”米德太太说，一面把他拉得更靠近一些，脸色顿时显得很紧张。“明年还不行，乖乖，也许后年吧。”“可那时战争就结束了！”他急躁地嚷道，一面要挣脱母亲的手。“而且你答应了的！”老两口的眼光在孩子头上相遇，被思嘉看见了。原来大儿子达西·米德已经在弗吉尼亚前线，他们要把留下的这个小的抓得更紧些呢。

彼得大叔清了清嗓子。

“我出门时皮蒂小姐正在生气，要是我不早些回到家里，她会晕过去的。”“再见。我今天下午就过去看你。”米德太太大声说。“你替我告诉皮蒂，要是你不上我的看护会来，那就更够她受的了！”马车在那泥泞的道路上连溜带滑地向前驶去，思嘉往后靠在褥垫上微笑着。此刻她觉得几个月来从没有这样舒服过。

亚特兰大，它那么匆忙，生活中激荡着一股振奋的激流，是非常惬意、非常愉快的，比起查尔斯顿城外那个只有鳄鱼在静夜吼叫的孤独的农场来，比起在高墙后面花园里作梦的查尔斯顿本身来，比起那宽阔的街道两旁栽着棕榈和到处流淌着泥水河的萨凡纳来，都不知好多少呢。是的，它暂时甚至比塔拉还好，尽管塔拉是那么可爱的地方。

这座街道狭窄而泥泞的城市坐落在连绵起伏的红色丘陵中，它有某种令人兴奋之处，某种生涩而粗糙的东西，这与思嘉身上她母亲和嬷嬷所赋予的优美外表底下那种生涩而粗糙的本质恰好彼此呼应，气味相投。她顿时觉得这才是她所适合的地方了，而那些躺在黄水旁边的古老幽静的城市却是她生来就不习惯的。

房子愈来愈稀疏，思嘉探身向外看，她看见了皮蒂帕特小姐的红砖石瓦的住宅。这几乎是城市西边最末的一所房子。再过去便是桃树街，它越来越窄地在大树底下蜿蜒向前，渐渐消失在寂静的密林之中。皮蒂小姐住宅门前那道干净的木板围墙新近漆成了白色，它围着的那个小院子里星星点点闪烁着花时末了残余的黄水仙。门前台阶上站着两位穿黑色衣裳的妇女。后面是一个肥胖的黄皮肤女人，她的两只手笼在围裙底下，一口雪白的牙齿因咧嘴微笑而露在外面。矮胖的皮蒂帕特姑妈兴奋地不断挪动着那双小巧的脚，一只手压在丰满的胸脯上，想使一颗微跳的心平静下来。思嘉看见媚兰站在他身旁，便顿生反感，她明白了，如果亚特兰大美中不足，像油膏叮着苍蝇，那准是这个身穿丧服的瘦小人物造成的。她满头乌黑鬈发压得服服贴贴，很适合一个少奶奶的身份，一张鸡心脸上流露着表示欢迎和愉快的可爱的微笑。如果一个南方人竟愿意收拾行装旅行20英里去作一次客，那么他至少会在那里呆上一个月，往往还要长得多。南方人很热心招待客人，也很乐意到别人家去作客，例如在别人家里过圣诞假日，一直住到第二年7月，这是亲戚之间常有的事。新婚夫妇常作环游式的蜜月旅行，有时留在一个合意的人家住下，直到第二个孩子出世为止。一些比较年长的姑妈、叔叔星期天到侄儿侄女家来吃午饭，有时便留下不走了，乃至若干年以后去世也就葬在那里。客人来了，不会添什么麻烦，因为有的是房子和仆人，而且几个月膳食的额外开支在这个富裕地区也是小事一桩，算不了什么。不分年龄性别，人人都出外作客，度蜜月的新婚夫妇啦，丧失了亲人的老少男女啦，由父母安排离家以避免不理想婚配的女孩子啦，以及到了危险年龄而没有订婚对象，因此想换个地方在亲戚们的指引下选择佳偶的姑娘啦，等等。客人来访给单调死板的南方生活增加了兴奋剂和多样化，所以总是受欢迎的。

因此思嘉这次到亚特兰大来，也没有事先想过要在这里住多久。如果她觉得在这里像在萨凡纳和查尔顿斯那样沉闷无聊，那她一个月后就回家去。如果住得开心，她就无限期地住下去。但是她一到这里，皮蒂姑妈和媚兰就开始行动起来，劝说她跟她们永久住在一起。她们拿出一切可以找到的理由来说服她。她们挽留她，首先是为了她自己，因为她们是爱她的。她们住在这幢大房子里感到孤单，晚上更是害怕，而她很勇敢，能壮她们的胆量。她又那么可爱，能使她们在愁闷时受到鼓舞，既然查尔斯已经死了，她和她的儿子就理应跟他老家的人住在一起。还有，按照查尔斯的遗嘱，这房子的一半是属于她的。最后，南部联盟正需要每一个人都来参加缝纫、编织、卷绷带和护理伤兵的工作呢。

查尔斯的叔叔亨利·汉密尔顿独身住在车站附近的亚特兰大旅馆，他也认真地跟她谈了这个问题。亨利叔叔是个性情暴戾的老绅士，矮个儿，大肚子，脸孔红红的，一头蓬乱的银白长发，他非常看不惯那种女性的怯弱和爱说大话的习惯。

就是由于这个缘故，他和自己妹妹皮蒂帕特小姐没有多少话好说。他们从小在性格上就是水火不相容的，后来又因为他反对皮蒂小姐教育查尔斯的那种方式而更加不和……他说皮蒂帕特简直是把查尔斯“从一个军人的儿子改造成一个娘娘腔的小白脸！”几年前有一次他狠狠地抢白了她一顿，从那以后皮蒂小姐再也不提他，要谈也只悄悄地小心嘟囔几句，她那种出奇的沉默态度会使局外人以为这个诚实的老律师起码是个杀人犯呢。那次叫她伤心的事件是这样发生的：有一天皮蒂姑妈想从自己交由亨利管的不动产中提取五百美元来投资一家并不存在的金矿。亨利叔叔不同意她这样做，狠狠批评她糊涂得像只六月的臭虫，并且显得很烦燥不安，在她身边待不到五分钟就走了。从那以后，她只在正式场合同他见面，那就是每月一次让彼得大叔驾车送她到亨利的办公室去领取家用开支。而且她每次从那里回来，都要躺在床上暗暗流泪和服用镇静剂，甚至闹个通宵。媚兰和查尔斯跟叔叔相处很好，常常想办法来解除她的这种痛苦，可是皮蒂常常耍孩子脾气，噘着嘴不说话，拒绝他们的调解。她说亨利就是她的十字架，她得一辈子忍受下去了。从这里，查尔斯和媚兰只能得出一个结论，即她从这种偶然的刺激——对她平静生活的唯一刺激中，能享受到极大的乐趣。

亨利叔叔一见思嘉就喜欢她了，因为他说思嘉总算有点头脑。尽管有那么一股傻劲，他不仅是皮蒂和媚兰的不动产保管人，也是查尔斯遗留给思嘉的不动产的保管人。思嘉又惊又喜地发现她如今是个不大不小的年轻女财主了，因为查尔斯不但留下了皮蒂那所房子一半给她，而且留下了农田和市镇上的财产。同时车站附近沿铁路的一些店铺和栈房也是给她的一部分遗产，自从战争爆发以来它们的价格已上涨了两倍。亨利叔叔就是在向她提供财产清单时建议她在这里永久定居的。

"等韦德·汉普顿长大以后，他将成为一个年轻财主，"他说。"照亚特兰大目前发展的形势看，再过 20 年他的财产会增加 10 倍，而唯一正确的办法是让孩子在自己产业所在的地方居住，这样他才能学会照管它……是的，还要照管皮蒂和媚兰的财产。因为我是不会永远待在这里的。他不久就将是汉密尔顿家族留下的唯一男丁了。"至于彼得大叔，他以为思嘉已经要在这里住下去了。他很难设想查尔斯的独生子会到一个他无法加以监督的地方去抚育成人。对所有这些主张，思嘉只报以微笑，不表示意见，因为她目前还不很清楚自己究竟喜欢不喜欢亚特兰大，愿不愿意跟夫家的人长久相处，不好贸然承诺。她也明白，还必须争取到杰拉尔德和爱伦的支持。此外，她离开塔拉还没几天就想念得不行了，非常想念那红土田地和正在猛长的绿色棉苗，以及傍晚时可爱的幽静。她想起杰拉尔德说过她的血液中有着对土地的爱，这句话的意思她现在才开始模糊地意识到了。

所以她暂时巧妙地回避着，不明确答复她将在这里住多久，同时很容易便投身到桃树街平静的尽头这幢红砖房子里的生活中去了。

在这一个家庭里，思嘉恢复了原来的常态，而且几乎不知不觉地情绪也正常了。她还不过 17 岁，身体挺好，精力充沛，查尔斯家的人又在千方百计让她快活。如果他们有一点点没有做到，那也不能怪他们，因为她每次一听见谈起艾希礼的名字就要心悸，而这种痛苦是谁也无法帮她去掉的。何况媚兰又总是经常提到他！不过媚兰和皮蒂还是不断在设法宽慰她们认为她目前所经受的悲伤。她们把自己的忧愁搁在一边，集中心思来转移她的注意力。她们忙着给她准备吃，安排她的午睡，让她坐马车到外消遣。她们不仅非常羡慕她，羡慕她的勇敢性格，她的美丽身段，小巧的手脚，白皙皮肤，而且经常这样说，同时还用爱抚她、拥抱她和吻她的方式来加强口头上的亲切安慰。

思嘉并不怎么重视这样的亲昵，不过她受到恭维时也觉得暖乎乎的，在塔拉，谁也没有对她说过这么多好听的话。实际上，嬷嬷把时间都用来给她的骄傲自负泼冷水。如今小韦德已不再是个累赘了，因为全家的人，无论白人黑人，以及左邻右舍，都把他奉为神圣，并且总是盼着争着要抱他。媚兰尤其疼爱他，即使在大哭大叫闹得最凶的时候，媚兰也觉得他是可爱的。她这样说了以后还要补充一句："啊，你这疼煞人的小心肝，我巴不得你就是我自己的呢！"有时候思嘉发现很难掩饰自己的情感，她仍然觉得皮蒂姑妈是最愚蠢的一位老太太，她那种含糊不清和爱说大话的毛病简直叫人难以忍受。她怀着一种日益增长的妒忌心理厌恶媚兰。有时媚兰正眉色舞地谈论艾希礼或者朗读他的来信，她会不由自主地突然站起来走开了。但是，总的说来，在这样的环境下生活算是过得够愉快的了。亚特兰大比萨凡纳或查尔斯顿或塔拉都要有趣得多，它提供给了你这么许多新奇的战时消遣，以至她很少有工夫去思索去发闷了。不过有时候她吹灭蜡烛，把头埋到枕头里准备入睡时，会不由得叹息一声思忖起来："要是艾希礼没有结婚，那才好呢！要是我用不着到那遭瘟的医院里去护理，那才好呢！啊，要是我能找到个情人，那才好呢！"她很快就厌恶护理工作了，可是她逃不掉这项义务，因为她同时参加了米德太太和梅里韦瑟太太看护会。这意味着每星期有四个上午，她要头上扎着毛巾，从脖子到脚跟裹着热围裙，在那热得发昏的医院里干活。在亚特兰大，每一位或老或少的已婚妇女都在护理伤员，据思嘉看来几乎要发疯了。她们那么热情地履行自己的义务，她们总以为思嘉也像她们自己那样沉浸在炽热的爱国情绪之中，如果发现她竟对战争没有什么兴趣，准会大吃一惊的。除了每时每刻都在担心艾希礼的生命安全外，她对战争采取了毫不关心的态度；她之所以参加护理工作，只不过因为无法摆脱而已。

的确，护理工作是没有什么浪漫色彩的。对她来说，这意味着呻吟、眩晕、死亡和恶臭。医院里到处都是肮脏的、长着胡子的、满身虱子的男人，身上的创伤难看得会叫一个基督徒也作呕。他们臭气熏天，医院里充满了坏疽的臭味，她还没有进门就感到一股恶臭扑鼻而来，同时还有一种令人头晕的香气粘留在她的手上和头发上，连夜里做梦时也常常出现。大群大群的苍蝇、蚊子和白蛉子在病房里嗡嗡着、歌唱着，将病人折磨得大声诅咒或无力地哭泣。思嘉呢，她搔着自己身上的被蚊子咬成的肿块，挥着棕榈叶扇，直到肩膀酸痛起来，这时她恨不得让那些伤兵都干脆死掉算了。

媚兰却好像对那些臭气、伤口乃至赤身露体的情景都不在乎，这叫思嘉觉得奇怪——她不是最胆小怕羞的女人吗？有时媚兰端着盘子和手术器械站在那里，看米德大夫给伤兵剜烂肉，她的脸色也显得苍白极了。有一回，作完这样一次手术之后，思嘉还发现她在卫生间里悄悄用毛巾捂着嘴呕吐呢。

不过她总显得那么温和，只要是在伤兵看得见的地方，那么富于同情心，那么笑容满面，以至医院里的人都叫她仁慈天使。

思嘉也很喜欢这个称号，可这意味着要接触那些满身虱子的人，要将手指伸进昏迷病人的咽喉去检查他们是否吞烟草块时窒息了，要给断肢残臂裹绷带，要从化脓的伤口中挑蛆虫，等等，不，她不喜欢这样的护理工作！

如果她被允许去向那些正在康复的病人施展自己的女性魅力，那倒是可以干下去的，因为他们中有许多长相很好，出身也不错，可惜她是寡妇，不能这样做。城里的年轻小姐，由于不便看那些有碍未婚女性身份的情景，是不许参加护理的，因此她们负责康复院的工作。她们既未结婚又非守寡，便乐得向那些康复者大举进攻，就连那些很不好看的姑娘，也是不难找到订婚对象的了。

除了那些病情险恶和伤势很重的男人之外，思嘉接触到的，完全是个女性世界，这一点叫她非常苦恼，因为她既不喜欢也不信任与自己同性别的人，甚至还厌恶她们。可是每星期有三个下午她必须出席由媚兰的朋友们组织的缝纫会和卷绷带委员会。这两个组织中那些认识查尔斯的姑娘们，尤其是本城两位富翁的女儿范妮·埃尔辛和梅贝尔·梅里韦瑟，对她都很亲近，也十分照顾。不过她们总有点尊敬她的意思，仿佛她已经老了，没事了，而她们经常谈跳舞，谈情人，这使她既妒忌又恼恨，妒忌姑娘们的快乐自由，恼恨自己的寡妇身份把参加这些活动的门堵死了！怎么，她比范妮和梅贝尔漂亮三倍呢！啊，生活多么不公平呀！当她的心还在活蹦乱跳，还跟艾希礼一起在弗吉尼亚时，人们就认为它已经进了坟墓，这是多么不公平的事啊！

不过，尽管有这些不称心的事，亚特兰大仍使她感到非常满意，于是，她在那里便一个星期又一个星期地继续住下去了。

8

那年夏天的一个早晨，思嘉坐在卧室的窗前，满肚子不高兴地观看好些大车和马车载着姑娘们、大兵和他们的陪伴人，兴高采烈地驶离桃树街，到林地去采集松柏之类的装饰物，准备给当天晚上要为医院福利举办的义卖会使用。阳光在枝柯如拱的大树下闪烁，那条红土大道在树荫中光影斑驳，纷纷而过的马蹄扬起一阵阵云雾般的红色尘土。有辆大车走在最前面，载着四个粗壮的黑人，他们携着斧子准备去砍常青树和把上面的藤蔓扯下来；大车背上高高地堆放着一些盖着餐巾的大篮子，橡树条编成的午餐盒和十几只西瓜。黑人中有两个带着班卓琴和口琴，他们正在热情奔放地演奏《骑士詹恩，如果你想过得快乐》。他们后面滚滚而来的是大队人马，女孩子们穿着薄薄的花布衣裳，披着轻纱，戴着帽子和保护皮肤的长手套，头顶上还撑着小小的阳伞，年纪大一些的太太们夹杂在那些笑声和马车与马车间的呼唤戏谑之中，显得心平气和，笑容满面。从医院来的康复病人挤在壮实的陪伴人和苗条的姑娘们中间，听凭姑娘们放肆的挑剔和嘲笑。军官们骑着马懒洋洋地在马车旁边慢慢移动……轮声辚辚，马刺叮当，金色的穗带闪闪发光，小阳伞前后碰撞，扇子纷纷挥舞，黑人们放声歌唱。人人都离开桃树街去采集青枝绿叶，举行野宴和吃西瓜去了。思嘉郁郁不乐地想。除了我，人人都去了。

他们经过时都向她挥手致意，她也尽量装出高兴的样子来回答，但那是很困难的。她心里开始隐隐作痛，这疼痛慢慢向喉咙，并在那里结成一块，随即化为眼泪。除她以外，人人都去野餐了；除她以外，人人都要参加今晚的义卖和舞会。

这就是说，除了她和皮蒂帕特和媚兰以及城里其他正在服丧的不幸者之外，所有的人都去了啊！可是媚兰和皮蒂好像并不在意。她们甚至并不想参加，只有思嘉才想呢。她可真的非常想去呀。

这简直太不公平了。她比城里的任何一个姑娘都加倍努力，为义卖做好了筹备工作。她编织了袜子、婴儿帽、毯子、围巾、织了不少的花边，画了许多瓷发缸和须杯，她还做了好几个上面绣有美国国旗的沙发枕套。（上面的星星确实偏了一点，有些几乎成了圆的，其余的有六个甚至七个尖头，但效果还是很好。）昨天她在到处是灰尘的旧军械库里，给排列在墙边的展品摊悬挂黄红绿三色帷布，直累得精疲力尽，这是医院妇女委员会监督下的一桩乏味而艰苦的工作，绝不是好玩的。要知道，在梅里韦里瑟太太、埃尔辛太太和惠廷太太左右，由她们这样的人主管，你简直就成了黑人劳工队中的一员，一点也马虎不得。你还得听她们吹嘘自己的女儿有多少人在爱慕。而且，最糟糕的是，思嘉在帮皮蒂帕特和厨娘烙千层饼准备抽签售卖时，她的手指烫起了两个水泡呢。

现在，她已经像个大田劳工那样苦干了许久，好玩的时候眼看就要开始了，可是她却不得不乖乖地退下来。啊，这世界多不公平！就因为她死了丈夫，一个婴儿在隔壁房间里哇哇大哭，所以被排除在一切娱乐之外。刚刚一年多一点以前她还在跳舞，还在穿鲜艳的衣裳（而不是这件黑色丧服），并且实际上同三个小伙子有恋爱关系。现在她才 17 岁，还有许多的舞好跳呢。啊，这是不公平的！生活在她面前走过，沿着一条夏季的林荫大道；生活中有的是穿灰服制的人和叮当响的马刺，薄薄的花布衣裳和声调悠扬的五弦琴。她想不要对自己最熟悉的那些男人，那些她在医院里护理过的男人微笑挥手，可是又很难制止脸上的酒窝，很难装出自己的心已进入坟墓的样子——因为它并没有进去呀！

她突然停止点头和挥手了，因为皮蒂帕特已走进屋来她像平常那样因爬楼梯而气喘吁吁，并且很不礼貌地把她从窗口拉开。

“居然向你卧室窗外的男人挥起手了？难道你发疯了，宝贝，我说，思嘉，我简直给吓坏了！要是你母亲知道了会怎么说呢？”“唔，他们不知道这是我的卧室呀。”“可是他们会猜想这是你的卧室，那不一样糟糕吗？宝贝，你千万不能做这种事。人人都会议论你，说你不规矩……而且梅里韦瑟太太知道这是你的卧室！”“而且我想她会告诉所有的小伙子，这只老猫！”“宝贝，别说了！多丽·梅里韦瑟可是我最要好的朋友啊！”“唔，老猫总归是老猫……啊，对不起，你不要哭！姑妈，我忘了这是我卧室的窗口了。我再也不这样了……我……我是想看看他们从这儿走过。我也想去呢。”“宝贝！”“唔，我真的想呀，我非常厌烦老坐在家里。”“思嘉，请答应我以后不说这样的话了。人们会议论的，他们会说你对查理缺乏应有的尊重……”“啊，姑妈，你别哭了！”“啊，我惹得你也哭起来了。”皮蒂帕特抽噎着说，稍稍有点高兴似的，一面伸手到裙兜里去掏手绢。

思嘉心中那点隐隐的刺痛终于到了喉咙里，她放声痛哭起来……不，皮蒂帕特心想，这不是为可怜的查尔斯，而是因为那些车轮声和笑声最后渐渐消失了。这时媚兰从自己的房间里地走进来，她懊恼地蹙着眉头，手里拿着一把刷子，通常很整齐的那头黑发现在解开了发网，成了一大把波浪式的小小发卷披散在脸侧。

“亲爱的，怎么回事呀？”

“查理！”皮蒂帕特哽咽说着，好像乐于痛痛快快地悲伤一番似的，一面把头紧伏在媚兰的肩窝里。

“唔，勇敢些，亲爱的！”媚兰一听到她哥哥的名字便嘴唇哆嗦起来，“别哭了。唔，思嘉！”思嘉倒在床上扯开最大的嗓门哭着，哭的是她丧失了的青春和被剥夺了青春的欢乐，像一个孩子，她曾经一哭就能得到自己所要的东西，而如今知道哭已经不管用了，因此感到非常气愤和绝望。她把头埋在枕头里，一面哭一面用双脚乱踢着被子。

“我还不如死了好！”她伤心地哭着说。面对这样悲痛的情景，皮蒂姑妈那想流即流的眼泪也不流了，这时媚兰赶紧跑到床边去安慰她的嫂子。

“别哭了，亲爱的，只要想查理多么爱你，你也就会感到安慰了。还要想想你有那么个宝贝儿子呢。”思嘉既因为自己被误解而感到愤慨，又因失去了一切而觉得孤单，这两种情绪混在一起，她便开不得口了。这真不幸，因为如果她能够开口，她就会用父亲那种爽直的口吻把一切隐蔽的真情都大声讲出来。媚兰拍着她的肩膀，皮蒂帕特踮着脚尖吃力地在房里走动，她想把窗帘放下来。

“别这样！”思嘉从枕头上抬起那张又红又肿的面孔喊道。

“我还没断气呢，用不着把帘子放下来……尽管这也快了。啊，请离开这里，让我一个人等着吧！”她又把脸埋在枕头里。媚兰和皮蒂帕低声商量了一番，俯身看了看她，然后悄悄出去了。接着，她听见她们在楼下时媚兰轻轻对皮蒂说：“皮蒂姑妈，我希望你不要再对她谈起查尔斯了，你知道这总是叫她伤心的。可怜的人儿，每次一谈起，她的模样就那么古怪，我看是拼命忍着不要哭出声来。我们可不能再加重她的痛苦呀。”思嘉气得一脚踢开被子，想找一句最难听的话来咒骂一声。

“真是见你妈的鬼！”她终于骂出这句话来，随即觉得舒服一点，媚兰才18岁，怎么就能安心待在家里，什么乐趣也没有，还为她哥哥佩戴黑纱呀？媚兰好像并不知道，或者不关心，生活正马刺叮当地一路驶过去了呢。

“她本来就像个木头人。”思嘉想，一面捶着枕头。

“她从来也不像我有这么多人在捧着追着，所以并不怀念我心中所怀念着的那些东西。并且……并且她已经有了艾希礼，而我呢……我可一个也没搞到呀！”想起这段伤心事，她又放声痛哭起来。

她闷闷不乐一个人关在房里，直到下午，看见那些出外野餐的人回来，大车上高高地堆放着松枝、藤萝和蕨类植物，她仍然不觉得高兴。人人都显得既疲乏又快活，再一次向她挥手致意，她只郁郁地回答。生活已经没有什么希望，而且肯定不值得过下去了。

在午睡时刻，梅里韦瑟太太和埃尔辛太太坐着马车登门拜访来了，她没有想到忧郁的心情竟这样得到了解脱。媚兰、思嘉和皮蒂帕特姑妈都对这种不适时的来访感到吃惊，于是赶快起来扣好胸衣，掠了掠头发，下楼迎接客人。“邦内尔太太的几个孩子出疹子了！”梅里韦瑟太太突如其来地说，明显地表示她觉得邦内尔太太本人对于发生这种事是有责任的。

“而且麦克卢尔家的姑娘又被叫到费吉尼亚去了，仿佛诸如此类的事情都没有什么要紧似的。”埃尔辛太太用慢条斯理的口气补充说，一面懒懒地摇着扇子，“达拉斯·麦危尔也受伤了。”“多可怕呀！”几位女主人异口同声：“难道可怜的达拉斯……”“没有。只打穿了肩胛。”梅里韦瑟太太轻松地说。“不过在那样的时候发生，可再坏不过了。如今姑娘们正到北边去接他。不过，天晓得，我们实在没有时间在这里闲聊了。我们得赶快回到军械库去，把全部的布置工作完成。皮蒂，我们要你和媚兰今晚去顶替邦内尔太太和麦克卢尔家几位姑娘呢。”“唔，不过，我们不能去，多丽。”“皮蒂帕特·汉密尔顿，别跟我说什么能不能，”梅里韦瑟太太认真地说，“我们要你去照管那些弄点心的黑人。这本是邦内尔太太的事，至于媚兰，你得把麦克卢尔家姑娘们的那个摊位接过来。”“唔，我们真的不能……可怜的查理去世还刚刚……”“我理解你的心情，不过，对我们的主义，无论作出什么样的牺牲都是应当的。”埃尔辛太太插嘴说，她那温和的声音仿佛就这样把事情定下来了。

“唔，我们是很乐意帮忙的，可是……你们怎么不找几个漂亮姑娘来管那个摊位呢？”梅里韦瑟太太像吹喇叭似的用鼻子嗤了一声。

“我真不明白这些日子年轻人都中了什么邪，他们根本没有责任感。所有那些还没负责管摊位的姑娘都有许多的借口推诿，你也不好说了。哦，可她们休想愚弄我！一句话，她们只不过不让你妨碍她们去跟军官们调情罢了。她们生怕站在柜台后面没法炫耀自已的漂亮衣裳。我真巴不得那个跑封锁线的……他叫什么来着？”“巴特勒船长，”埃尔辛太太补充道。

“我巴不得他多运进一些医疗用品，少来一些裙子和花边之类的东西。要是我今天不得不去检查一件衣裳，那我就得检查他走私进来的20件。巴特勒船长……这名字我一听就腻烦。现在，皮蒂，我没功夫谈这些了。你一定得来呀。人人都会理解的。谁也会瞧见，反正你是在后面屋里，就连媚兰也用不着抛头露面嘛。麦克卢尔家姑娘负责的摊位是在最远的那一头，摆的也不怎么好看，所以不会有人注意你。”“我想我们应当去，”思嘉说，一面努力克制自己的热情，尽量显得诚恳单纯一些。“这是我们能够替医院做的最微小的一点事。”两位来访的太太本对她连名字也没提一下，这时才转过身来严峻地瞧着她。她们尽管极为宽容，可是还没有考虑到叫一位居丧刚刚一年的寡妇到社交场合去服务呢。思嘉像个孩子，瞪着两只眼睛承受着她们犀利的目光。

“我想我们大家都应当去帮助把义卖会办好。我看最好我同媚兰一起去管那个摊位，因为……嗯，我觉得我们两个人去那里比一个人显得更好一些。你不这样看吗？媚兰？”“好吧。”媚兰无可奈何地说。这样的想法简直是前所未闻，还在服丧期间就公然到一个公众集会上露面，因此她不知该怎么办好。

“思嘉是对的。”梅里韦瑟太太说，她注意到媚兰有点软下来了。她站起身来，整了整裙腰。“你们俩……你们大家，都得去。好，皮蒂，不用再说了。你要想一想，医院多么需要钱来买床和药品。而且我觉得查理会高兴让你们为他所献身的主义出力的。”“好。”皮蒂帕特说，她像往常那样在一个比自己强硬的人面前毫无办法，“只要你觉得人们会理解，那就行了。”“太好了！太好了！好得叫人难以相信！”思嘉在心中欢乐地唱着，谨慎地钻进那个用黄红两色帷布围着的摊位，这本来应该归麦克卢尔家的姑娘们管理。现在她真的来到一个集会上了！经过一年的蛰居，经过身漆黑纱，缄默不语和几乎苦恼得要发疯的一年之后，她现在真的又来到了一个集会，一个亚特兰大前所未有的最大规模的集会上。她在这里能够听到音乐，能够看到许多人和无数的灯光，并且自在地观赏由那位著名的巴特勒船长最近跑封锁线带进来的美丽的花边、绉边等装饰品。

义卖委员会里几位全权负责的老太太拖着窸窸窣窣的衣裙，像几艘满帆的船威风凛凛地走了进来，她们催促那些晚到的少奶奶和吃吃笑着的姑娘们赶快进入自己的摊位，然后迅速穿过门道，走入正在那里安排点心的后屋。皮蒂姑妈喘着气跟在她们后面。

乐队穿一色的黑衣服，登上平台，咧着嘴，胖胖的脸颊上已经汗光闪闪了。他们开始调整丝弦，以预计成功的神气用乐弓拉着弹着。梅里韦瑟的马夫老利维，从亚特兰大还叫马撒维尔的时代起就一直领导着每次义卖会、跳舞会和结婚仪式上的管弦乐队，他现在用乐弓敲了敲，叫大家准备好。这时，除负责义卖会的那些老太太，到场的人还很少，可是大家的眼光都集中到他身上，接着便听见小提琴、大提琴、手风琴、班卓琴和骨片呱嗒板儿配合着奏起了一曲缓慢的《罗琳娜》——它慢到不能合着跳舞的程度，好在舞会要到所有摊位都卖掉了展品才开始。思嘉一听到那支忧郁而美妙的华尔兹舞曲，便觉得心脏已怦怦跳起来了：

岁月缓缓流逝，罗琳娜！
雪又落在草上。
太阳远在天边，罗琳娜。
……

一二三，一二三，低回旋……三，转身……二三。多么美妙的华尔兹！她微微伸出双手，闭上眼睛，身子随着那常常想起的悲伤的节奏而摇摆。哀婉的曲调和罗琳娜失落的爱情中，有一种东西同她自己情感上的骚动集合在一起，又结成一个硬块进入她的喉咙里了。

接着，似是由华尔兹乐调所引发的，从下面月光朦胧的大街上起来的一些声响，一些得得的马蹄声和辚辚的车轮声，暖风中荡漾着的笑声，以及黑人们关于把马匹拴在什么地方的激烈的争吵声。楼梯上一起嘈吵，轻松的欢笑，女孩子们的清新活泼的声音和她们的陪护人的低声吩咐混杂在一起，还有相见时故作惊喜之态的叫喊，以及姑娘们认出朋友时高兴的尖叫，尽管她们就是当天下午才分手的。

在人群里许许多多穿制服的人中，不少是思嘉认识的，是她在医院的帆布床上、在大街上或者在训练场上初次见到的。

他们如此华丽的制服，胸前缀着亮晶晶的扣子，袖口和衣领上盘着闪闪发光的金色穗带，裤子上钉着红黄蓝三色条纹，这些因所属部类不同而互有区别的徽饰将那单调的灰色衬托得完美极了。大红和金色的绶带前后摆动，亮闪闪的军刀碰撞着雪亮的长统靴，马刺叮叮当当地响着。

思嘉不禁暗暗赞叹，“多么漂亮的男人！”看着他们向朋友们挥手致意，躬身吻着老太太们的手。他们全都显得那么年轻，尽管大都蓄上了黄黄的一抹胡须或一把稠密的黑褐色胡，那么漂亮，洒脱，胳臂挂在吊带里，白得出奇的绷带裹着头部，把大半边晒得黑黑的脸遮住了。他们有的拄着拐杖，像单足跳行似地跟在姑娘们后面，这使得姑娘们引为自豪，并十分注意地放慢脚步，以适应这些陪护人的步调。这些穿制服的人中，他穿得特别鲜艳，像只热带鸟立在鸦群中，连姑娘们的华丽服饰也黯然失色了——他是个路易斯安那义勇兵，一个肤色微黑、满脸奸笑、三分像人七分像猴儿的小个子，穿着肥大的蓝白裤子、淡黄色长统靴和窄小的红色上衣，一只胳臂挂在黑绸吊带里，他是梅贝尔·梅里韦瑟的昵友，名叫雷内·皮卡德。整个医院的人，至少每个能行走的人，一定全都来了，还有全部休假和请病假的以及本市与梅肯之间所有的铁路、邮政、医疗、军需各个部门的职工也都来了。女士们会何等高兴啊！今晚医院要挖个银矿来了。

他们怎么全都到这个大厅里来了！几分钟以前这里还显得是那么宽敞的，可现在挤得满满的，弥漫着香水、香粉、头油和月桂树蜡烛燃烧的气味，还有花的芳香，以及由于脚步杂沓在原教练场地板上擦起的一点点尘土味儿。一片嘈杂，一片喧闹，几乎什么也听不见了，这时老利维仿佛受到了现场的喜悦和兴奋气氛的感染，便暂时中止了《罗琳娜》的演奏，重重地击乐弓，然后拼命一拉，乐队奏起《美丽的蓝旗》来了。

几百个声音一起跟上，高唱着，叫喊着，犹如狂欢。这时乡团的号手爬上乐台，在合唱开始时用喇叭加入了乐队，那高亢而清脆的音调撼人心弦地凌越于群众合唱之上，使大家听得浑身起了一层鸡皮疙瘩，一股凄凉的情绪顿时铭心彻骨：

Z

万岁！万岁！南部的权力万岁！
万岁！美丽的蓝族，
只有一颗星的蓝旗，万岁！

开始，思嘉观看这拥挤的人群时，由于自己参加了集会而感到的那种异常刺激，心脏禁不住怦怦直跳，不过当她似懂非懂地看见周围人们那兴高采烈的面容，她的喜悦便开始消失。在场的女人个个都焕发着一种她所没有的炽热激情。这使她感到迷茫和沮丧。不知怎的，大厅好像并不怎么漂亮，姑娘们也并不怎么时髦，而每个人脸上似乎仍然在闪耀着忠于主义的挚爱之情……哎，看来简直荒唐可笑！

当这种叛逆性的亵渎思想在她心中出现时，她偷偷地向周围观察，生怕有人从她脸上清楚地看出来。啊，她怎么就不能跟这些女人有同样的感受呢！她们对主义的忠诚是全心全意的，是真挚的。她们所说所做的一切的确出于至诚。而且，如果有人要疑心她……不，绝不能让人知道！她必须继续装出对主义热情和感到自豪的样子，假装在履行自己作为一个南部联盟军官的遗孀的义务，那就是勇敢地承受自己的悲哀，假装她的心已经进入坟墓，并认定她的丈夫既然为了主义的胜利而死，也就算不了什么似的。

自我辩解使她暂时受到了鼓舞，不过她仍在厌恶地环顾着大厅。麦克卢尔家姑娘们的那个摊位，正如梅里韦瑟夫人所说的，并不怎么显眼，有时许久没有一个顾客光顾，所以思嘉无所事事，只嫉妒地望着快乐的人群。媚兰意识到她的阴郁情绪，但以为她是在怀念查理，便不准备去同她交谈。她自己忙着整理摊位上的义卖品，让它们显得更引人注目些，而思嘉却仍坐在那里怏怏不乐地四处张望。甚至连戴维斯先生和斯蒂芬斯先生肖像下面堆放的那些鲜花，也只能使她感到讨厌而已。

“这简直像个祭坛了，”她鼻子里哼了一声。“看他们对待这两个人的态度，简直就是父亲和儿子的关系啦！”这时，她突然感到这种大不敬是如此可怕，便赶快在胸前画了个十字表示认罪，并且及时克制住自己。

“嗯，这是真的。”她向自己的良心辩解。“人人都在把他们当作神圣，可实际上他们只不过是凡人而已，而且还是很不好看的凡人呢。”当然，斯蒂芬斯先生由于终生残废，他对于自己的长相是没有办法的，可是戴维斯先生呢……思嘉抬起头来望着那张浮雕般光净而骄傲的脸孔。让思嘉感到最讨厌的就是他那把山羊胡子。男人要么把脸刮光，只蓄八字须，要么蓄上全副的胡须，怎能这样不伦不类呢。

“瞧那一小绺，好像还满得意哩！”她这样想，至于他脸上那种勇于挑起一个新国家的重任而冷静刚毅的表情，她却压根儿没有看见。

别的柜台前都有大群的人站在那里，姑娘们在叽哩呱啦地闲聊，男人们在买东西，但思嘉和媚兰的柜台前却非常冷清。

来到这里的很少几个人，也只谈谈他们怎样跟艾希礼一起上大学，说他是多好的一名士兵，或者以尊敬的口气谈到查尔斯，叹息他的死对亚特兰大是多么大的损失，等等。

随后，乐队忽然奏起《约翰尼·布克，帮助这个黑人》的纵情欢乐的曲调，思嘉一听几乎要惊叫起来。她想跳舞，她真的想跳舞啊！她看着眼前的地板，随着乐调用脚尖轻轻地拍打，同时她的绿眼睛焕发出炽热的光辉，仿佛正在哔哔剥剥地燃烧似的。这时有个新来的站在门道里的男人从对面看见了她们，并且突然认出来了，于是仔细观察着思嘉那张愠怒不平的脸孔和那双斜斜的眼睛起来。接着，他暗自咧嘴一笑，因为弄清了对方暗示欢迎的表情，这种表情当然是每个人都看得出来的。

他穿一套黑色毛葛衣服，高高的个子，凌驾于近旁那些军官之上，肩膀很宽，但往下便渐渐瘦削，形成一个细细的腰身和一双小得出奇的脚，脚上是油亮的皮靴。他那一身纯黑的衣服，一件带褶边的漂亮衬衫和一条笔挺的直罩脚背的裤子，显得有些同他的体态和面容很不相称，因为他修饰得像个花花公子，把一套纨绔子弟式的衣裳穿在一个强壮和隐隐流露危险性而斯文气很少的人身上了。他的头发乌溜溜的，两道小小的黑须修剪得十分精致，与身旁那些骑兵的时髦而张扬的髭髦比起来，显得像外国人的模样，看他那神气，他分明是个荒淫无耻的家伙。他显得非常自负，给人以讨厌的傲慢无礼的感觉，而且他凝望思嘉时那双放肆的眼睛有一种不怀好意的神色，直到思嘉终于感觉到了他的注视而向他望去为止。

她心中隐约接到了相识的信号，可一时想不起他究竟是谁。不过他是几个月来头一位显示了对她颇有兴趣的男人，于是她抛给他一个快乐的微笑。他向她鞠躬，她也轻轻回了一礼，接着他就挺直身子，以一种特别柔和的印第安人般的步态朝她走来，这可吓得她不觉用手去捂住自己的嘴，因为现在她知道他是谁了。

好像被雷电击中了似的，她站在那里木然发呆，他却穿过人群走了过来，这时她才盲目地转过身子，一心想赶快跑进后面卖点心的房间里去，但是她的裙子被摊位上的一只铁钉挂住了，她生气地拼命拔着、拉扯着，但顷刻之间他已经来到了她身旁。

"让我来吧，"他说着，便弯下腰来解裙子上的那条荷叶边。"奥哈拉小姐，真没想到你还记得我。"他那声音，她听来觉得分外愉快，是一个上等人的节奏抑扬的调子，响亮而带有查尔斯顿人的平稳、和缓、悠长的韵味。

她恳求地仰望着他，因为上次见面的情景而羞得满脸通红，迎面只见一双黑得前所未见的眼睛，幸灾乐祸地转动。这世界上有那么多人，怎么竟然是他来了呢！这个可怕的家伙曾经目睹过她与艾希礼演出那一幕，那至今仍使她作噩梦的一幕呀！这个糟践过女孩子的讨厌坏蛋，早已是正经人家不肯接待的人了，可他还好像蛮有理由地说过她不是个上等女人呢！

媚兰听了他的声音，便转过身来，这时思嘉才头一次谢天谢地庆幸自己在世界上还有这么一位小姑子。

“怎么……这是……是瑞德·巴特勒先生，不是吗？”媚兰微露笑容说，一面伸出手来。“我见过你……”“在宣布你们订婚的喜庆日。”他补充说，同时低下头来吻她的手。“谢谢你还记得我。”“巴特勒先生，你从查尔斯顿老远跑来有何贵干啊！”“为一桩生意上的麻烦事，威尔克斯太太。从今往后我就得在你们这个城市进进出出了，我发现我不仅得把货物运进来，而且得照料它们的处理情况。”“运进来……”媚兰开始时皱起眉头，但随即露出欢快的微笑。“怎么，你……你一定就是我们经常听到的那位大名鼎鼎的巴特勒船长……跑封锁线的人物了。这里每个女孩子都穿着你运进来的衣裳呢，思嘉，你不觉得激动吗？……怎么了，亲爱的？快坐下吧。你头晕了？”思嘉坐到小凳子上。她的呼吸变得如此急促，以至她担心胸衣上的纽带要绷断了。啊，这是多么可怕的事情！她也没想到还会碰见这个人呢。这时他从柜台上拿起她的那把黑扇子，开始关切地给她扇起来，也许太关切了，他的面容显得很严肃，但眼睛仍在跳动。

“这里可真热呢，”他说。“难怪奥哈拉小姐要发晕了。让我领你到窗口去好吗？”“不要。”思嘉说，口气那么粗鲁，使媚兰都愣了。

“她已经不是奥哈拉小姐了，”媚兰说。“她如今是汉密尔顿夫人，是我的嫂子。”同时媚兰递给她一个亲昵的眼角。看着巴特勒船长那张海盗般黝黑的脸上的表情，思嘉只觉得自己快要给闷死了。

“我深信不疑这对于两位迷人的太太是可喜可贺的事。”他说着，微微鞠了一躬。这样的恭维话每个男人都讲过，可是从他嘴里说出，思嘉便觉得完全是相反的意思了。

“你们两位的先生今晚都来了吧，我想，在这个愉快的盛会上？真想再一次见到他们呢。”“我丈夫在弗吉尼亚，”媚兰骄傲地昂了昂头，“只是查理……”她的声音突然中断了。

“他死在军营里了，”思嘉硬邦邦、怒冲冲地说。难道这家伙永远不走了？媚兰瞧着她，大为惊异，那位船长则打了一个自责的手势。

“我怎能这样！请务必宽恕，亲爱的太太们……不过，也请允许一个陌生人表示一点慰问，我是说，为了国家，虽死犹生嘛。”媚兰眨着泪眼对他笑了笑，然而思嘉只觉得一阵怒火和内在仇恨在狠咬她的肺腑。他是又一次说了句得体的恭维话，这是任何一位先生在这种情况下都会说出来的，不过他的意思则完全是另一回事。他是在嘲笑她呢。他明明知道她不爱查尔斯，而媚兰这个大傻瓜却看不明白他。啊，恳求上帝，千万别让人看透他呀！她又惊慌又恐惧地思忖着。他会说出他所知道的情况吗？他无疑不是个上等人，既然这样，就很难说他会怎样了。对这种人是没有什么标准好衡量的。她抬起头来望着他，只见他的两个嘴角朝下耷拉，装出一副假惺惺的同情的样子，同时他在继续替她打扇。他那表情中有某种东西在向她的精神挑战，这引起她心中一股憎恶之情，力量同时也恢复了。她突然从他手中把扇子夺了过来。

“我已经好好的了，”她用严厉的口气说，“用不着这样扇，把我的头发都扇乱了！”

“亲爱的！思嘉！巴特勒船长，请你务必原谅她。她……她一听到有人说可怜的查理的名字，就要失去理智……也许，说到底，我们今晚不该到这里来的，早晨我们还安安静静的，你瞧，可后来太紧张了……这音乐，这热闹劲儿，可怜的孩子！”“我很理解。”他努力装出严肃口吻说，可是当他回过头来仔细凝望媚兰，好像把媚兰那可爱而忧郁的眼睛看穿了似的，这时他的表情就变了，那黑黑的脸孔上流露着勉强尊敬而温和的神色。“我相信你是位勇敢的少奶奶，威尔克斯太太。”“对我一字不提呢！”思嘉生气地想。而媚兰只是惶惑地笑着，然后答道：“哎哟，巴特勒船长！别这样说。医院委员会只不过要我们照管一下这个摊位，因为临揭幕前一分钟……要一只枕头套？这个就很好，上面有旗帜的。”她回过头去招呼那三位出现在柜台边的骑兵。有一会儿，媚兰心想巴特勒船长为人真好。然后，她就希望自己的裙子和摊位外面那只痰盂之间能有比那块绵布更加结实的东西挡住，因为那几位骑兵要对着痰盂吐烟草涎水，但不像使用马枪那样准确，说不定会吐到她身上来呢。接着又有更多的顾客拥上前来，她便把船长、思嘉和那只痰盂都忘了。

思嘉一声不响地坐在小凳上挥着扇子，也不敢抬头，只愿巴特勒船长快些回到他所属的那艘船上去。

“你丈夫去世很久了？”

“嗯，是的，很久了，快一年了。”

“我相信，就像千秋万代似的。”

思嘉不大明白千秋万代的意义，但听那口气无疑是引诱的味道，所以她默不作声。

“那时你们结婚很久了吗？请原谅我提这样的问题，可是我离开这一带太久了。”“两个月。”思嘉不大情愿地说。

“一个不折不扣的悲剧。”他用轻松的口气继续说。

啊，该死的家伙，她愤愤地想。如果不是他而是任何别的人，我简直要气得发僵，并且命令他立即滚开，可是他知道艾希礼的事，而且还知道我并不爱查理。这样，我的手脚就给捆住了，她默不作声，仍旧低着头看她的扇子。

“那么，这是你头一次在公众场合露面了？”“我知道在这里很不合适。”她连忙解释说。“不过，负责这个摊位的麦克卢尔家的姑娘们临时有事到外地去了，又没有别的人，所以媚兰和我……”“为了主义，多大的牺牲也是应该的。”这不是埃尔辛太太说过的话吗？可是和她说的时候听起来不一样，她真想刺他几句，不过话到嘴边又收了回去。毕竟，她到这里来不是为了什么主义，而是因为在家里待腻了。

“我常常想，”他沉思道，“服丧制度，让女人披着黑纱关在屋子里度过她们剩下的一生，这简直就像印度寡妇自焚殉夫一样的野蛮。”“自焚殉夫？”他笑了笑，她因为自己的无知而脸红了，她恨那些说起话来叫她听不懂的人。

“在印度，一个男人死了就烧掉，而不是埋葬，同时他的妻子也总是爬到火葬堆上同他一起被烧死。”“她们为什么这样呢？多惨啊！难道警察也不管吗？”“当然不管，一个不自焚的老婆会成为被社会唾弃的人，所有高贵的印度太太都要因为她不像有教养的女人而纷纷议论呢，这好比那个角落里有身份的女士们会议论你似的，要是你今天晚上穿着红衣裳来领跳一场苏格兰舞的话……不过，据我个人看来，自焚殉夫比我们南方活埋寡妇的习俗还要人道许多。”“你怎么敢说我被活埋了呢！”“你看女人们把那根捆住她们的锁链抓得多紧！你觉得印度的习俗很野蛮……可是，如果不是南部联盟需要你们，你今天晚上会有勇气在这里露面吗？”这样的辩论总是叫思嘉感到迷惑不解。巴特勒现在说的更是加倍使她糊涂了。因为她有个模糊的观念，即觉得其中有些道理。不过，现在是压倒他的时候了。

“当然喽，我是不会来的。因为那样就会是……嗯，是不体面的……就会显得好像我并不爱……”他瞪着眼睛等她说下去，眼光里流露出冷嘲的乐趣，这叫她无法说下去了。他知道她没有爱过查理，而且不让她企图利用他的客气和好意来加以解释，同这样一个不是上等人的家伙打交道，是一件多么多么可怕的事啊！一个上等人，即使明明知道一位女士是在说谎，也往往显得是相信她的。

这才是南方骑士的风度。一个上等人总是正正当当，说起话来总是规规矩矩，总是设法使女人感到舒服，可是这个男人好像并不理睬什么规矩，并且显然很高兴谈一些谁也没有谈过的事情。

“我急着要听你说下去呢。”

“我想你这人真是讨厌透顶。”她眼睛向下无可奈何地说。

他从柜台上俯过身来，直到嘴巴靠近了她的耳朵，用一种与经常在雅典娜剧场出现的那个舞台丑角很相像的姿态轻轻地说："别害怕，我的好太太！你的秘密在我手里是绝对安全的！""哦，"她狂热地低语说，"你怎么能说出这种话！""我只是想让你放心嘛，你还要我说什么呢？'依了我吧，美人儿，要不我就给捅出来！'难道要我这样说吗？"她不大情愿地面对着他的目光，看见它就像个淘气孩子在捉弄人似的。她噗哧一声笑起来。毕竟这场面太可笑了。他也跟着笑，笑得那么响，以致角落里的几位陪护人都朝这边观看。她们一发现原来是查尔斯·汉密尔顿的遗孀在跟一位从不相识的陌生人亲热得不亦乐乎，便把脑袋凑在一起议论开了。

米德大夫登上乐台，摊开两只手臂叫大家安静，接着响起一阵咚咚的鼓声和一阵嘘声。

"今天，我们大家。"他开始讲演，"得衷心感谢这么多美丽的女士们，是她们以不知疲倦的爱国热情，不但把这个义卖会办得非常成功，而且把这个简陋的大厅变成了一座优美的庭园，一座与我周围的玫瑰花蕾相称的花园。"大家都拍手称赞。

"女士们付出的最大代价，不仅仅是她们的时间，还有她们双手的劳作；而且，这些摊位上的精良物品是加倍美丽的，因为它们出自我们迷人的南方妇女的灵巧的双手。"又是一阵热烈的欢呼声。这时，一直懒洋洋地斜靠在思嘉身旁那截柜台上的瑞德·巴特勒却低声说："你看他像一只神气活现的山羊吗？"思嘉首先大吃一惊，怎么对亚特兰大这位最受爱戴的公民如此大不敬呢？她用责备的眼光注视着他。不过，这位大夫下颌上那把不停地摇摆着的灰色胡子，也的确使他像只山羊，她瞧着瞧着便忍不住咯咯地笑了。

"但是，只有这些还不够。医院委员会里那些好心的女士们，她们用镇静的双手抚慰了许多苦难者的心，把那些为了我们最最英勇的主义而受伤的人从死神的牙关里抢救了出来，她们是最了解我们的迫切需要的。我不想在这里列举她们的名字。我们必须有更多的钱用来向英国购买药品，今天晚上还承蒙那位勇敢的船长来参加我们的盛会，他在封锁线上成功地跑了一年，而且还要继续跑下去，给我们带来所需的药品。瑞德·巴特勒船长！"虽然出其不意，那位专闯封锁线的人物还是很有礼貌地鞠了一躬——太彬彬有礼了，思嘉想，并开始琢磨其中的原因。看来仿佛是这样：他过份表示礼貌，恰恰是由于他对所有在场的人极为轻蔑的缘故。他鞠躬时全场发出热烈的喝彩声，连坐在角落里的太太们也伸长脖子在看他。这就是可怜的查尔斯·汉密尔顿的遗孀在勾搭的那个人呀！可查理死了还不到一年呀！

"我们需要更多的黄金，我此刻正在向你们提出请求，"大夫继续说，"我恳求你们作出牺牲，不过这种牺牲，跟我们那些穿灰军服的勇士们正在作出的牺牲比起来，便显得微不足道，甚至是可笑的了。女士们，我要你们的首饰——是我要你们的首饰吗？不，是联盟需要你们的首饰，联盟号召你们献出来，我相信没有哪个人会拒绝的。一颗亮晶晶的宝石戴在一只美丽的手腕上，多好看呀！金光闪闪的别针佩在我国爱国妇女的胸前，多美呀！但是，为主义作出的牺牲比所有这些金饰和宝石要美丽多少倍呢。金子要熔化，宝石要卖掉，把钱用来买药品和其他医药物资。女士们，现在有两位英勇的伤兵提着篮子来到你们面前……”他讲话的后一部分被暴风雨般的掌声和欢呼声淹没了。

思嘉首先是深深庆幸自己正在服丧，不允许她戴外祖母留下的那副珍贵的耳坠和那条沉甸甸的金链，以及那对镶黑宝石的金手镯和那个石榴石别针。她看见那个小个子义勇兵用那只未受伤的胳臂挽着一只橡木条篮子在她这边人群里转来转去，还看见老老少少的妇女热情地嬉笑着在使劲捋镯子，或者装出痛苦的样子把耳坠从耳朵上摘下来，或互相帮助把项圈上的钩子解开，把别针从胸前取下，周围是一片轻轻的金属碰撞的叮叮声和“等等，等等，我很快就解下来了”的喊声，梅贝尔·梅里韦瑟正在拧她胳臂上的一副鸳鸯手镯。范妮·埃尔辛一面叫嚷着“我可以捐吗，妈妈?”一面在拉扯髻发上那件世代相传的镶嵌珍珠的金头饰。每当一件捐物落入篮子，都要引起一阵喝彩和欢呼。

现在，那个咧嘴傻笑的义勇兵胳臂上挽着沉沉甸甸的篮子向她们的摊位走来。他从瑞德·巴特勒身边走过时，一只漂亮的金烟盒给随随便便地丢进了篮子。他一来到思嘉面前，把篮子放在柜台上，思嘉便摇摇头摊开两手，表示什么也不能给他。要作为在场的独一无二毫无捐献的人，真是太难堪了。这时她看见了自己手上那只金光闪烁的粗大的结婚戒指。

她惶惑地迟疑了一会儿，回想起查尔斯的面孔——他把戒指套在她手指时的那副表情。可是记忆已经模糊，被每次想起他都会立即产生的那种懊恼心情弄模糊了。查尔斯——那个断送她的一生，让她变成了一个老妇人的原因就在他身上呢。

她突然狠狠地掐住那只戒指想把它捋下来，可是它箍得很紧，动不了，这时义勇兵正要向媚兰走去。

“等等!”思嘉喊道。“我有点东西要捐给你呀!”戒指捋下来了，她准备把它丢进篮子里去，那儿已堆满金链、手表、指环、别针和镯子，可这时她看见了瑞德·巴特勒的眼睛。他那沿着的下唇露出一丝微笑，她好像反抗似的把戒指抛在那堆首饰上了。

“啊，亲爱的!”媚兰低声说，同时抓住她的胳膊，眼睛里闪耀着爱和骄傲的光辉。“你真勇敢，真是个勇敢的姑娘！等等……喂，请等等，皮卡德中尉！我也有东西给你呢!”她使劲捋自己的结婚戒指，思嘉知道，自从艾希礼给她戴上以后从没离开过那只手指。世界上也只有思嘉知道，它对媚兰有着多么重要的意义。它好不容易被取下来了，接着在媚兰的小小手心里紧紧握了一会儿，然后才轻轻地落到那首饰堆上，两位姑娘站在那里目送义勇兵向角落里那群年长的太太们走去。思嘉是一副倔强的神态，媚兰则显得比流泪还要凄楚。这两种表情都被站在她们身边的那个男人看得清清楚楚。

“如果不是你勇敢地那样做了，我是无论怎样也做不到的。”媚兰说着，伸出胳臂抱住思嘉的腰肢，并且温柔地紧搂了一下。有一会儿思嘉很想摆脱她的胳臂，并使劲放一嗓子大叫一声“天知道！”就像她父亲感到恼怒时那副神态，但是她瞧见了瑞德·巴特勒的眼光，才设法装出一个酸溜溜的微笑来。媚兰总是误解她的动机，这使她感到十分懊恼……不过这或许比猜出她的本意要可取得多。

“多么漂亮的一个举动，”瑞德·巴特勒温和地说。“就是你们所作出的这样的牺牲，鼓舞了我们军队中那些勇敢的小伙子们。”思嘉很想狠狠地回敬他几句，但还是努力克制住了。他的每一句话里都含有讽刺，她从心底里厌恶这个懒洋洋地斜靠在柜台边的家伙。可是他身上有某种刺激性的东西，某种热烈的、富有生命力的、像电流一般的东西。她自己心中全部的爱尔兰品质都被鼓动起来迎接他那双黑眼睛的挑战了。她下定决心要把这个男人的锐气打下去一截。他知道她的秘密，这使他处于对她的优势，而且是十分厉害的，因此她必须改变这种局面，要设法逼他退居下游。她把想要直截了当地说出自己对他看法的冲动使劲压了下去。嬷嬷经常说，若要多抓苍蝇，用醋不如用糖。而她是要抓住并且降服这只苍蝇，使得他再也休想来控制她了。

“谢谢你。”她温柔地说，故意装作不懂他的意思。“能得到赫赫有名巴特勒船长大人的夸奖，真是荣幸之至啊！”他掉过头来放声大笑——思嘉听来觉得很刺耳，就像鸦叫一般，她的脸又红了。

“怎么，难道你心里真是这样想的吗？”他好像逼着她回答，声音低得在周围一起喧嚷中只有她才能听见。“为什么你不说我不是什么上等人而是个该死的流氓？如果我不自己滚开你就要叫一个勇敢的大兵来把我赶出去吧？”她真想狠狠地回敬他几句，但话到嘴边又毅然打住，并换了个腔调说：“怎么，巴特勒船长！你说到哪里去了！仿佛没人知道你是多么有名、多么勇敢的一个……一个……”“我真对你感到失望了。”他说。

“失望？”

“是的。在第一次不平凡的见面时，我心想总算遇到了一个不但漂亮而且很有勇气的姑娘。可如今我发现你也只有漂亮罢了。”“你的意思是说我是个胆小鬼了？”“正是如此。你没有勇气说出你心里的话，我头一次见你时，我想：这是个万里挑一的女孩子。她不像旁的小笨蛋那样专门相信妈妈所说的一切，并且照着去做，也不管自己心里感觉如何。她们把自己的感情、希望和小小的伤心事用一大堆漂亮话掩藏起来。那时我想：奥哈拉小姐是个有独特精神的姑娘。她知道自己需要什么，她也不害怕说出自己的心事……或者摔花瓶。”“啊！那此刻我就要说出我的心事了！”她满腔的怒火冲口而出。“要是你还有一点点教养，你就再也不要到这里来，再也不要跟我说话了。你早就应当知道，我是绝不想再理睬你的！你可不是个上等人！你是个讨厌的没教养的东西！你满以为有那几条小小的破船可以逃过北方佬的封锁，你就有权利到这里来嘲弄那些正在为主义贡献一切的勇敢的男人和女人了……”“得了，得了……”他奸笑地央求她。“你开头讲得蛮不错，说出了心里的话，但是请不要跟我谈什么主义嘛。我不高兴听人家谈这些，而且我敢打赌，你也……”“怎么，你怎么会……”她一开始便发觉自己失去了控制，于是赶快打住，满肚子懊恼自己不小心掉进了人家的陷阱。

“你看到我之前，我就站在那边门道里，观望着你，”他说。“我同时观望别的女孩子。她们全都好像是从同一个模子里铸造出来的面孔。可你不一样，你脸上的表情是容易理解的。你没有把你的心思放在事业上，并且我敢打赌，你不是在思考我们的主义或医院。你满脸表现出来的是想要跳舞。要好好玩乐一番，但又办不到。所以你都要发狂了。讲老实话吧，难道我说得不对吗?”“巴特勒船长，我没有什么要跟你说的了。”她尽可能一本正经地对他说，努力想把已经丢掉了的面子挽回来一些。

“仅仅凭一个‘伟大的跑封锁线的冒险家’的身份，你是没有权利侮辱妇女的。”“伟大的跑封锁线的冒险家！这真是笑话，请你再给我一点点宝贵的时间，然后再叫我不明不白地走开吧。我不想让这么可爱的一个小小爱国者，对于我为联盟的主义所作出的贡献，仍处于茫然无所知的境地呢。”“我没有兴趣听你吹了！”“对我来说跑封锁线是一桩生意，我从中赚了不少钱，一旦我不再从中赚钱了，我便会撒手不干。你看这怎么样呢?”“我看你是个要钱不要脸的流氓……跟那些北方佬一样。”“一点不错，”他咧着嘴笑笑，“北方佬还帮我赚钱呢。可不，上个月我还把船径直开进纽约港，装了一船的货物呢。”“什么!”思嘉惊叫一声，不由得大感兴趣，十分激动。

“难道他们不轰你?”

“当然不啦。我可怜的天真娃娃！那边有的是联邦爱国者，他们并不反对卖东西给联盟来赚大钱呀。我把船开进纽约，向北方佬公司卖进货物，当然是十分秘密的。然后再开回来。等到这样做有点危险了，我就换个地方，到纳索去，那里同样是这些联邦爱国者给我准备好了火药、枪弹和漂亮的长裙。这比到英国去更方便一些。有时候，要把它运进查尔斯顿或者威尔明顿，倒稍稍有点困难……不过，你万万想不到一点点黄金能起多大的作用呀！”“唔，我知道北方佬很坏，可是不知道……”“北方佬靠同外面做买卖正正当当赚点钱，这有什么不好啊？再过一百年也没关系。结果反正都一样，他们知道联盟总是要被打垮的，那又为什么不尽早捞几个钱呢？”“给打垮……我们？”“当然喽。”“请你赶快走开好吗……难道我还得叫马车拉我回家去，这才能摆脱你吗？”“好一个火热的小叛徒！”他说，又咧嘴笑了笑，接着他鞠了一躬，便悠然自得地走开了，让她一个人气得胸脯一鼓一鼓地站在那里。一种连她自己也不理解的失望，好比一个孩子眼看自己的幻想破灭时的失望，像火焰般在她心里燃烧。

他怎么敢把那些跑封锁线的人说得那么迷人，他怎么竟敢说联盟会被打垮！光凭这一点就该枪毙他——作为叛徒枪毙。她环视大厅，望着所有熟悉的面孔，那么相信成功、那么勇敢、那么忠诚的面孔，可是不知怎的突然一丝冰冷的凉意向她心头袭来。给打垮吗？这些人……怎么，当然不会！连这个想法本身都是不可能的，不忠的。

“你们俩嘀咕什么了？”媚兰见顾客都走开了，便转过身来问思嘉。“我看见梅里韦瑟太太始终在盯着你，都觉得不好意思了。亲爱的，你知道她会怎么说吗！”“唔，刚才这个人太差劲……是个没教养的东西，”思嘉说。“至于梅里韦瑟那老太太，就让她说去吧。我可不耐烦就专门为她去做个傻子呢。”“怎么了，思嘉！”媚兰生气地喊道。

“嘘……嘘，”思嘉提醒她注意，“米德大夫又要讲话了。”听到大夫提高了声音，人群便再次安静下来，他首先感谢女士们踊跃捐出了她们的首饰。

“那么，女士们和先生们，现在我要提出一个惊人的建议——一个会使你们某些人感到震惊的新鲜玩意，不过我请你们记住，这纯粹是替医院、替我们的躺在医院里的小伙子来着想的。”人人都争着挤上前去，预先猜想这位不露声色的大夫所要提出的惊人建议究竟是什么。

“舞会就要开始了，第一个节目当然是弗吉尼亚双人舞，接着是一场华尔兹，然后是波尔卡舞、苏格兰轮舞、玛祖卡舞，这些都将用一个弗吉尼亚短舞打头。我知道，对于弗吉尼亚双人舞的领头是会有一番小小的竞争，所以……”大夫擦了擦他的额头，向角落里投去一个滑稽的眼色，他的太太就坐在那些陪护人中间。“先生们，如果你们想同你所挑选的一位女士领跳一场弗吉尼亚双人舞，你就得出钱去请她。我愿意当拍卖人，卖得的钱都归医院。”突然所有正在挥动的扇子都停止了，一起激动的嗡嗡声在整个大厅泛滥开来。陪护人所在的那个角落也是混乱一团，其中米德太太急于对丈夫的提议表示支持，可他的那种新花样又是她从心底里不赞成的。处于不利地位、埃尔辛太太、梅里韦瑟太太和惠廷太太脸都气红了。可是突然从乡团中爆发出一阵欢呼，并立即获得其他穿军服的人的附和。年轻姑娘们都热烈鼓掌，兴奋得跳起来。

“你不觉得这是……这简直是……简直有点像拍卖奴隶吗?”媚兰低声说，疑惑地凝视着那位早已设防的大夫，而他在她眼中一直是个完美无缺的人物。

思嘉什么也不说，然而她的眼睛在发光，她的心紧缩得有点疼痛。如果她不是寡妇就好了，如果她又是从前的思嘉·奥哈拉，穿着苹果绿衣裳，胸前戴着深绿色天鹅绒饰带，黑头发上簪着月下香，袅袅婷婷地走在外面舞场里，那她就会领那场弗吉尼亚双人舞。是的，一定会这样！那会引起十几位男子来争她，争着将自己所出的价钱交给大夫。啊，如今只能强制自己坐在这里当墙花，眼看范妮或梅贝尔作为亚特兰大的美人儿领跳第一场双人舞了！

忽然从那一起嘈杂中冒出了小个儿义勇兵的声音，他用十分明显的法兰西腔调说：“请允许我……用20美元请梅贝尔·梅里韦瑟小姐。”梅贝尔脸刷地一下红了，赶紧伏在范妮的肩上，两个人交缠着脖子把脸藏起来，吃吃地笑着，这时有许多别的声音在喊着别人的名字，提出不同的价额。米德大夫又是笑嘻嘻的了，他根本不肯理会坐在角落里的医院妇女委员会在怎样愤慨地纷纷议论。

开始，梅里韦瑟太太断然大声宣布，她的女儿梅贝尔绝对不参加这样一种活动。可是，等到梅贝尔的名字喊得更多、价额也提高到了75美元时，她的抗议声也随之降低了。思嘉撑着两只臂肘倚在柜台上，望见拥挤的人群在乐台周围兴奋的笑着喊着，挥舞着大把大把南部联盟的钞票，不由得眼红得要冒火了。现在，他们大家都要跳舞了——除了她和那些老太太们。

如今，人人都可以享乐一番了，只有她例外。她发现瑞德·巴特勒就站在大夫的下首时，还没来得及改变脸上的表情，他便看见了她。他的一个嘴角垂了下来，一道眉毛翘了上去。她翘着下巴扭过头不理他，这时忽然听见有人喊她的名字……用明显的查尔顿斯口音喊她的名字，声音凌驾于所有其他名字之上。

“查尔斯·汉密尔顿太太……150美元……金币。”人群一听到那个金额和那个名字顿时鸦雀无声了。思嘉更是惊骇得几乎不能动弹。她坐在那里，双手捧着下巴颏，眼睛瞪得大大的。人们一起转过身来瞧着她。她看见大夫从台上俯下身来在瑞德·巴特勒耳旁低语些什么，也许是说她还在服丧，不好出来跳舞吧，她看见瑞德懒洋洋地耸了耸肩膀。

“请你另挑一位美人，怎么样?”大夫问道。

“不，”瑞德明白地回答。他毫不在意地朝人群扫了一眼，“汉密尔顿太太。”

“那是不可能的，我告诉你，”大夫不耐烦地说。“汉密尔顿太太不会……”思嘉听到一个声音，但最初还没有认出来就是她自己的声音：“我愿意！行!”

她一跃而起，但心脏在猛烈地撞击着，她生怕站不稳，她那么激动，是因为自己又成了大家注目的中心，又成了全场最为人们所渴望的姑娘，而且，最妙的是，又可以跳舞了。

"哦，我不在乎他们说些什么！我不在乎！"她低声喃喃着，全身有一股美妙的狂热劲儿，她头一扬迅速走出了摊位，两只脚跟像响板一般敲打着，同时哗地一声把那把黑绸扇子全面甩开。霎时间，她看见了媚兰那张惊疑的脸孔，那陪护人脸上的表情，那些焦急的女孩子，以及士兵们热烈赞扬的神色。

接着她来到了舞场上，与此同时瑞德·巴特勒穿过人群向她走来，脸上挂着一丝嘲讽的微笑，但是她不在乎——哪怕他就是亚伯·林肯本人她也不在乎！她要重新跳起舞来了。

她要领跳那场弗吉尼亚双人舞呢。她轻捷地给他一个低低的屈膝礼和一丝娇媚的微笑。他将手放在他穿着皱边衬衣的胸口上鞠了一躬。本来吓呆了的乐队指挥利维这时立即想起要掩盖这个场面，便大叫一声："挑好你的舞伴，准备跳弗吉尼亚双人舞呀！"于是乐队哗地一声奏起了最美妙的舞曲《迪克西》。

"你怎么敢叫我出这样的风头呀？巴特勒船长。""可是，你是明明想出这个风头的嘛。汉密尔顿太太。""你怎么会在众人面前把我的名字喊出来的呀？""你本来也是可以拒绝的嘛。""不过……我这是为了主义呢。既然你出了这许多金元，我就不能只顾自己了。大家都在瞧着我们呢，请别笑。""他们反正是要看的。请不要拿出什么主义之类的废话来跟我胡聊了。你既然要跳舞，我才给了你这个机会，这是双人舞最末一种舞步的进行曲吧，是不是？""对……真的，我该停下来休息了。""为什么？是我踩了你的脚吗？""没有……不过他们会议论我的。""你当真顾忌这些……你心里是这样想的吗？""唔……""你又不是在犯什么罪，是吗？干吗不跟我跳华尔兹？""可是如果……我妈会……""原来还拴在妈妈的裙带上呢。""真讨厌死了，唔，你总是把品德说得那么一钱不值。""可品德本来就是一钱不值嘛，你怕人家议论吗？""不……但是……好，我们别谈这个了，谢天谢地，华尔兹开始了。双人舞总是叫我跳得喘不过起来。""不要回避我的问题，究竟你觉得旁人的议论要不要紧呢？""唔，如果你一定要我回答，我就说……不要紧！不过，一个女孩子通常是关心这种事的，只是今晚嘛，我不管了。""好样的！现在你总算开始自己拿主意，不是让人家替你拿主意了。总算开始放聪明了。"

"唔，可是……"

"一旦你像这样惹起了那么许多人议论，你就会明白这原来是没有什么关系的。想想看，在查尔斯顿就没有哪家人家愿意接待我。即使我对我们正义神圣的主义作出了贡献，也改变不了他们的禁忌。""多可怕呀！""唔，一点也不可怕，只要你还没有丢掉自己的名誉，你就永远也不会明白名誉这个东西是个多大的负担，也不会明白自由究竟意味着什么。""你这话说得太难听了！""难听可又真实，只要你经常有足够的勇气……或者金钱……你就用不着什么名誉了。""金钱并不能买到一切啊！”“也许有人对你说过这话了，你自己绝不会想出这种陈腔滥调来的。它买不到什么呀？”“唔，这我不明白……总之，幸福或爱情是买不到的。”“一般说来，它也能买到，万一不行时，它也可以买一种最出色的代用品。”“巴特勒船长，你真有那么多钱吗？”“汉密尔顿太太，这问题显得好没涵养啊！我简直有点吃惊了。不过嘛，是这样。作为一个从小就两手空空被剥夺了继承权的年轻人，混到如今总算很不错的了。我有把握在封锁线捞到一百万。”“唔，不可能吧！”“唔，会的，要知道，从一种文明的毁灭中也像从它的建设中那样，能捞到大量的金钱。可这个道理大多数人好像并不明白。”“你这是什么意思呢？”“你的家庭，我的家庭，以及今晚在场的每个家庭，都是把一片荒野改变为一片繁荣而致富的。这就是帝国建设时期。在帝国建设时期有许多钱好赚。但是，在帝国毁灭时期能赚的钱更多呢。”“你这谈的是什么帝国呀？”“就是我们生活的这个帝国……这个南方……这个南部联盟……这个棉花王国……它如今正在我们脚下崩溃。只不过大多数笨蛋看不到这一点，不能利用这崩溃所创造的大好形势罢了。我就是从这毁灭中发财致富的。”“那么你真的认为我们会被打垮了？”“是的。为什么要做鸵鸟呢？”“啊，我最不爱谈这样的事了。亲爱的。你能不能也说些有趣的话呢，巴特勒船长？”“要是我说你的眼睛像一只金鱼缸，它们满满地盛着最清澈的绿水，当金鱼就像现在这样游到水面上来时，你就美丽得要命了……这样说你会高兴吗？”“唔，我不高兴这样。……你听这音乐不是很美妙吗？唔，我可以跳一辈子华尔兹！可从前我并不觉得那么需要它呢。”“你是我搂抱过的最漂亮的舞伴了。”“你别把我搂得这么紧呀，巴特勒船长，大家都在看呢。”“要是没有人看着我们，你会高兴我这样搂着吧？”“巴特勒船长，你有点得意忘形了。”“一点儿也没有。我怎么会呢，有你搂在我怀里。……这是什么曲子，是新的吗？”“是的，这是我们从北方佬那里照搬的，这曲子不是很美吗？”“叫什么曲名？”“《到这场残酷战争结束时》。”“歌词是怎样的？唱给我听听。”

亲爱的人儿啊，
你可还记得我们上次相会的时刻？
那时你跪在我脚边，

对我说你是多么爱我。
啊，你穿着灰色的戎装
那么骄傲地在我面前站着，
你发誓无论命运怎样安排，
你永不背叛我和你的祖国。
我悲伤、孤独，我流泪叹息，
可音信杳然，毫无结果！
但愿这场残酷的战争结束，
我们能重新愉快地相会！

“当然，原来是‘蓝色的戎装’，我们把它改成了‘灰色’……唔，巴特勒船长，你的华尔兹跳得真棒。大多数高个子男人都不行，你知道的。真不敢去想我今后要过多少年才能再跳舞呢。”“几分钟就行了嘛。下一场双人舞我还要投你的标，还有再下一场，再下一场。”“唔，别，我不能再跳了！你可千万不要投了！我的名声眼看就毁了……”“本来就够坏的了，再跳一场又何妨呢？等我跳过五六场之后，兴许让给别的小伙子跳那么一场两场，不过最后一场还是归我。”“唔，好的，我知道自已是疯了，但不管它了，不管人家怎么说，我一点都不在乎了。我在家里已坐烦了，我就是要跳，要跳……”“也不再穿黑衣服了？我讨厌丧服。”“可是巴特勒船长，我总不能脱掉这丧服呀，你别把我搂得这么紧呀。你再这样，我可要生气了。”“你生气的模样才好看呢。我偏要搂得再紧一点……你瞧……我就想试试你会不会真的生气。你自已没有意识到，那天在‘十二橡树’村你气得摔家伙时，那模样有多迷人呀！”“啊，请你……你能不能忘掉那件事？”“不，那是我平生最珍贵的记忆之一……一位娇生惯养的带有爱尔兰人坦率个性的南方美人……你知道，你很有爱尔兰人品质。”“唔，音乐结束了，亲爱的，皮蒂帕特姑妈也从后面屋里出来了。我知道梅里韦瑟太太一定会告诉她。啊，千万千万，我们快到那边去，也好朝窗外看看。我不想让她现在看见我，她那眼睛睁得像碟子一样大哩。”

9

次日早晨吃鸡蛋饼时，皮蒂帕特姑妈在伤心落泪，媚兰一声不响，思嘉则是一副倔强不屈的神态。

“不管他们怎么议论，我不在乎，我敢打赌，我给医院挣的钱比哪个女孩子都多——比我们卖出那些旧玩意儿所有的收入还多。”“唔，钱有什么了不起呢?亲爱的?”皮蒂帕特一面哭泣，一面绞着两只手说。“我简直不相信自己的眼睛，可怜的查理死了还不到一年……这讨厌的巴特勒船长就使你那么抛头露面，而他又是个可怕的、可怕极了的家伙，思嘉。惠廷太太堂姐科尔曼太太，她丈夫刚从查尔斯顿来，她跟我谈了这个人的情况，他是个好人家的败类……啊，巴特勒家怎么会养出像他这样的不肖子来呀！他在查尔斯顿名声坏透了，没人接待，还牵涉到一个女孩子……那种坏事连科尔曼太太都不好意思去听呢……”“唔，我就不信他会坏到那种地步，”媚兰温和地说。“他看起来完全是个上等人嘛，而且，你只要想想他曾那么勇敢地跑封锁线……”“并不是他勇敢，”思嘉执拗地说，一面把半缸糖浆倒在鸡蛋饼上。“他是为了赚钱才去干的，他跟我这样说过，他对南部联盟毫无兴趣，他还说我们会被打垮呢。但是，他的舞跳得好极了。”她的这番话把听的人吓得目瞪口呆，不敢吭声了。

“老在家里呆着我已烦了，也不想再这样呆下去的。要是他们全都在议论我昨晚的事，那么反正我的名声已经完了，他们再说别的什么也就没有关系了。”她没有意识到这正是巴特勒的观点，居然跟她心里所想的正巧完全吻合。

“啊！如果你母亲听见了，她会怎么说呀？她又会怎样看我呢?”一想到母亲听到自己女儿的不体面行为时必然会出现的那种惊惶失措的神色，思嘉便觉得有股冰凉的罪恶感涌上心头。但亚特兰大和塔拉相距有25英里呢，想到这，她于是又鼓起勇气来了。皮蒂姑妈绝不会告诉爱伦，因为那样会使她这个监护人处于很不体面的地位，只要皮蒂不多嘴多舌，她就没事了。

“我看……”皮蒂说，“是的，我看我最好是给亨利写封信去谈谈……尽管我极不愿意这样做……可他是我们家唯一的男人，让他去对巴特勒船长表示责备的意思……啊，亲爱的，要是查理还活着多好……思嘉，你可千万千万不要再理睬那个人呀！”媚兰一声不响地坐在那儿，两只手搁在膝上，盘子里的鸡蛋饼早已凉了。她站起来，走到思嘉身后，伸出胳臂抱住她的脖了。

“你不要难过，”她说，“亲爱的。我知道，你昨晚做了件勇敢的事，这对医院有很大帮助。如果有人敢说你一句半句，我会起来对付他们的。……皮蒂姑妈，你不要哭了。思嘉也实在够苦的了，哪儿也不能去，她还是个孩子呢。”她用手指摆弄着思嘉的黑发。“要是我们偶尔出去参加一点社交活动，那兴许要好一些。也许我们太只顾自己了，总是闷闷不乐地呆在家里。战争时期跟平时不一样嘛。每当我想到城里那些士兵，他们远离家乡，晚上也没什么朋友好去拜访的……还有医院那些伤兵，他们已经可以起床，但是还不能回到部队里去……这样，我觉得我们真有点自私了。我们应当马上收三个正在康复的伤员到家里来，像别的人家那样，同时请几个士兵每逢礼拜天来这里吃饭。好了，思嘉，你不要着急了，人们一旦了解就不会说什么了。我们知道你是爱查理的。”本来思嘉根本不着急，倒是对于媚兰在她头发里摆弄的那两只手有点不耐烦了。她真想使劲将脑袋一摆，说一声：“简直是胡扯！”因为她还清楚地记得，昨晚那些乡团队员、民兵和住院的伤兵曾怎样急着要跟她跳舞。在这世界上谁都可以充当她的保护人，就是不要媚兰。她能保护自己的，谢谢你了。如果那不怀好意的老婆子硬要大喊大叫……好吧，没有她们，她也会照样活下去，世界上有那么多漂亮的军官，干吗她还要为这些老婆子的叫嚷发愁呢！

在媚兰的安慰下皮蒂帕特正轻轻地拭眼睛，这时百里茜拿着一封厚厚的信跑进来了。

“给你的，媚兰小姐，一个黑小子给你带来的。”“我的？”媚兰诧异地说，一面拆信封。

思嘉正在吃她的鸡蛋饼，因此不曾注意，直到发觉媚兰呜呜咽咽地哭了，才抬起头来，看见皮蒂帕特姑妈正把一只手放到胸口上去。

“艾希礼死了？”皮蒂帕特尖叫一声，头往后仰去，两只胳臂便瘫软地垂下去了。

“啊，我的上帝！”思嘉也叫了一声，感到血都要凝固了。

“不是的！不是的！”媚兰喊道：“思嘉！快！拿她的嗅盐来。闻吧，闻吧，亲爱的，你觉得好些了吗？使劲吸呀！不，不是艾希礼！我把你吓坏了，真抱歉，我哭了，是因为太高兴了。”她忽然把那只紧握的手松开，把手里的一件东西放到嘴唇上亲了亲。“我多么高兴！”说着，又是一阵抽泣。

思嘉匆匆瞧了一眼，看到那是一个又粗又重的金戒指。

“读吧。”媚兰指着地板上的信说：“啊，他多可爱，多好的心啊！”思嘉莫名其妙地把那张信笺捡起来，只见上面用粗黑的笔迹写道：“南部联盟也许需要它的男士们的鲜血，但是还不索要它的女士们的爱情的血液。亲爱的太太，请接受这个我对你的勇气表示敬意的标志，并请你不要以为你的牺牲没有意思了，因为这枚戒指是用十倍于它的价值赎回来的。瑞德·巴特勒船长。”媚兰把戒指套在手指上，然后珍惜地看着它。

“我告诉过你他是上等人，不是吗?”她回过头去对皮蒂帕特说，一丝明朗的微笑从她脸上的泪珠里透露出来。“只有一位崇高而用心的上等人才会想到那叫我多么伤心……我愿意拿出我的金链子来替代。皮蒂帕特姑妈，请你必须写个条子去，请他星期天来吃午饭，好让我当面谢谢他。”由于心情激动，别的人好像谁也不曾想起巴特勒船长没有把思嘉的戒指也退回来。但思嘉想到了，而且很恼火。她知道那不是由于巴特勒船长为人高尚而促使他做出这样一个豪侠的举动，而是因为他希望获得邀请到皮蒂帕特家里来，并且精确无误地算准了怎样才能得到这一邀请。

“我听说了你最近的行为，心中感到非常不安。”爱伦的来信中这样写道，思嘉坐在桌前阅读，不由得皱起了眉头。一定是那个讨厌的消息迅速传开了。思嘉在查尔斯顿和萨凡纳时，常听人说亚特兰大的人比南方任何其他地方的人都更喜欢议论和干预旁人的事，现在她终于相信了。义卖会是星期一晚上举行的，今天才星期四呢。是哪个缺德的老婆子自告奋勇给爱伦写了信呢？一时她怀疑到皮蒂帕特身上，可是立即便打消了这种想法。可怜的皮蒂帕特，由于害怕因思嘉举止不当而受到指责，一直心惊胆战，她是不大可能把自己作为监护人的失职行为告诉爱伦的。说不定是梅里韦瑟太太干的吧。

“我很难相信你会如此忘记自己的身份和教养。对于你在服丧期间到公众场合去露面这一过失，考虑到你是很想对医院有所贡献，我还可以原谅。但是你竟然去跳舞了，并且是同巴特勒船长这样一个人！我听到过许多他的事情（谁没有听到?）并且波琳上星期还写了信来，说他名声很坏，在查尔斯顿，连他自己家里也没有接待他，只是他那位伤透了心的母亲例外。他这样一个品性糟透了的人准会利用你的年幼无知，叫你出风头，好公开破坏你和你家庭的名誉，怎么皮蒂帕特小姐会这样玩忽职守，没有好好监护你呀?”思嘉看着桌子对面的姑妈，老太太认出了爱伦的手迹，她那张肥厚的小嘴胆怯地嘟着，像个害怕挨打想用眼泪来逃避的小孩子一般。

“一想起你这么快便忘记了自己的教养，我就伤心透了。我已经打算立即把你叫回家来，但这要由你父亲去考虑处理。他星期五到亚特兰大去跟巴特勒船长交涉，并把你接回家来。我担心他会不顾我的劝告对你发火。我期望这样的鲁莽行为只是由于年轻和欠考虑而引起的。没有人比我更希望为我们的主义服务了，我也希望我的几个女儿都像我这样，可不要辱没……”思嘉没有读完。信中还有更多这类的话，这一次她可彻底吓坏了。她现在已不再那样满不在乎和存心反抗了。她觉得自己是年幼胡来，就像十岁时在餐桌旁向爱伦摔了一块涂满黄油的饼干那样。她思量着，她那慈祥的母亲如今也在严厉地责备她，而她父亲就要到城里来跟巴特勒船长交涉了。

她越发感到问题的严重性。父亲会很凶的。她终于知道自己已不再是个可爱的淘气孩子，不能坐在他膝头上扭来扭去赖掉一场惩罚了。

“不是……不是坏消息吧?”皮蒂帕特向她问道，紧张得发抖。

“明天爸爸要来了，他会像只鸭子抓无花果虫那样扑向我来呢。”思嘉忧心忡忡地回答。

“把我的嗅盐拿来，百里茜。”皮蒂帕特烦燥地说，接着把椅子往后一推，丢下刚吃一半的饭不管了。“我……我觉得要晕了。”“嗅盐在你的裙兜里呢。”百里茜说，她在思嘉背后跳来跳去，欣赏着这感人的一幕。她知道，杰拉尔德先生发起脾气来常常是煞好看的，只要不发在她的头上就好了。皮蒂从裙腰上把药品摸了出来，赶快送到鼻子跟前。

“你们大家都得守在我身边，一刻也不要丢下我单独同他在一起，”思嘉喊道。“他非常喜欢你们两个，只要你们在场他就不敢跟我闹了。”“我可不行，”皮蒂帕特胆怯地说，一面站起身来。“我……我觉得不大舒服，我得躺下休息。明天我要躺一整天，你们一定要向他转达我的歉意。”“胆小鬼!”思嘉心想，忿忿地瞪了她一眼。

媚兰一想起要面对奥哈拉先生那大发雷霆的样子，也吓得脸发白了，可是她仍然鼓起勇气来保护思嘉。“我会……我会帮助说明你那样完全是为了医院，他一定会原谅你的。”“不，他不会，”思嘉说。“并且，唔，如果硬叫我这么丢脸地回塔拉去，我就要像母亲警告过的那样，死给他看!”“啊，你不能回去。”皮蒂帕特一声惊叫，又哭起来了。

“要是你回去，我就只好……是的，只好请亨利来跟我们在一起，可是你知道，我是怎么也不能跟他一起住的，我只跟媚兰两个人在屋里时，一到晚上就紧张得要命，因为有那么许多男人在城里呀。但是你这个人很勇敢，有你在，家里没有一个男子汉我也不怕了!”“唔，他不会把你带回塔拉!”媚兰说，看样子她也要哭了。“现在这就是你的家了。要是没有你，我们怎么办呢?”“你要是知道我对你真正的看法，就会巴不得让我走了。”思嘉满不高兴地想，但愿除媚兰之外还有别的人能帮助她躲过父亲的谴责。要由一个你最不喜欢的人来保护你，那才讨厌呢。

“也许我们应当取消对巴特勒船长的邀请……”皮蒂首先说。

“唔，那就显得太不礼貌了！那不行！”媚兰着急地嚷道。

“把我扶上床去吧，我眼看要犯病了。”皮蒂帕特哼哼着。

“啊，思嘉，你怎么让我受这个罪呀？”

第二天下午杰拉尔德到达时，皮蒂帕特已经病倒在床上了。她好几次从紧闭的卧室里传出道歉的口信，并吩咐让那两个惊惶失措的女孩子主持晚餐。杰拉尔德尽管也吻了思嘉，并在媚兰的脸颊上表示赞许地拧了一下，叫了声“媚兰姑娘”，可始终保持一种令人不安的沉默态度。思嘉心里很难受，觉得还不如让他大喊大叫地咒骂一通要痛快得多。媚兰坚守诺言，像个影子似的寸步不离地紧挨着思嘉，而杰拉尔德又是那么讲究的一个上等人，不好在她面前责备自己的女儿。思嘉不得不承认媚兰把事情做得很好，仿佛她压根儿不知道有什么差错似的，并且一开始吃晚饭就巧妙地让他忙于说话，不得空。

“我很想听听县里所有的情况，”她笑容满面地对他说，“英迪亚和霍妮太不喜欢写信了，可我知道你是了解那边一切动静的。给我说说乔·方丹的婚礼吧。”杰拉尔德被捧得高兴起来，他说那次婚礼不十分热闹，“不像当初你们几位姑娘办的那样，”由于乔只有很少几天的休假，芒罗家的小女儿萨莉长得很美，可惜他记不起她穿的什么衣服了，但是他听说她连件“隔朝”衣也没有呢！

“真的吗？”她们俩像受了侮辱似的惊叫起来。

“真的，因为她根本就不曾有过一个‘二朝’。”杰拉尔德解释说，接着便大笑起来，也来不及反省这种话可能是不适宜对女人说的。听到他的笑声思嘉便兴致勃勃了，并且庆幸媚兰有这样的本领。

“第二天乔便回弗吉尼亚去了。”杰拉尔德赶忙补充一句。

“以后也没有搞什么拜访和舞会。塔尔顿那对孪生兄弟现在也还呆在家里。”“我们听说了。他们复元了吗？”“他们的伤势不重。斯图尔特伤在膝头上，布伦特被一颗米尼式子弹打穿了肩胛。你们也听说过他们在表彰英勇事迹的快报上列名了吗？”“没有呀！快给我们讲讲吧！”“两个都是冒失鬼，我想他们身上一定有爱尔兰人血统，”杰拉尔德得意地说。“我忘记他们干了些什么，不过布伦特现在是个中尉了。”听了他们的功绩，思嘉感到很高兴，仿佛觉得这功绩自己也有份似的。一个男人只要曾经追求过她，她就永远忘不了他是属于她的，凡是他的功劳都为她增光。

“还有个消息是你们两人都喜欢听的，”杰拉尔德说。“听说斯图又在‘十二橡树’村求婚了。”“是霍妮还是英迪亚？”媚兰兴奋地问，而思嘉几乎是愤愤地瞪着眼珠子等待说下去。

“唔，当然了，是英迪亚小姐，她不是一直稳稳地抓住他，直到我们家这个小女儿去勾引他为止吗？”“唔。”媚兰对于杰拉尔德这股直率劲儿感到有点不好意思。

“还不只这样呢，现在小布伦特又喜欢到塔拉农场转圈了！”思嘉不好说什么。在她看来她的这位情人的变节行为几乎是一种侮辱。尤其是她还记得，当她告诉这对孪生兄弟她快要和查理结婚时，他们表现得那么粗野。斯图尔特甚至威胁要杀死查理或思嘉，或者他自己，或者所有这三个人，那一次闹得可真紧张呀！

“是苏伦吗？”媚兰问，脸上流露出高兴的微笑。“不过我想，肯尼迪先生……”“唔，他呀？”杰拉尔德说。“弗兰克·肯尼迪还是那样蹑手蹑脚的，连见了自己的影子都害怕。他要是再不说清楚，我就要问问他究竟安的什么心。不，布伦特是在打我那小女儿的主意。”“卡琳？”“她还是个孩子呢！”思嘉尖刻地说，终于又开口了。

“她比你结婚的时候只小一岁多一点呢，小姐。”杰拉尔德反驳道。“你是在抱怨你过去的情人看上了你的妹妹喽？”媚兰脸红了，她很不习惯这种坦率态度，于是示意彼得去把甘薯馅饼拿进来。她在心里拼命寻找别的话题，最好既不牵涉到某个具体的人而又能使奥哈拉先生不要谈及他此行的目的。她什么也想不出来，而杰拉尔德一打开话匣子就关不住 了，只要有个人听他说话就成。他谈到物资供销部的需求每月都在增加，谈到杰斐逊·戴维斯多么奸滑愚蠢，以及那些被北方佬以重金招募到军队的爱尔兰人怎样耍流氓，等等。

酒摆到桌上了，两位姑娘起来准备走开，这时杰拉尔德皱着眉头严峻地看了他女儿一眼，叫她单独留下来陪他一会。

思嘉无可奈何地瞧着媚兰，媚兰无计可施，绞着手里的手绢，悄悄走出去，把那两扇滑动的门轻轻拉上了。

“好啊，姑娘！”杰拉尔德大声说，一面给自己倒了一杯葡萄酒。“你干得不错嘛！刚当了几天寡妇，你就想再找一个丈夫啦。”“爸爸，别这么大声嚷嚷，佣人们……”“他们一定早知道了，大家都听说咱们家的丑事了，你那可怜的母亲给气得病倒了，我也抬不起头来。真丢人呀！不，小家伙，这一回你休想再用眼泪来对付我了，”他急速地说下去，口气中微微流露着惊恐，因为看见思嘉的眼睛已开始眨巴眨巴，嘴也一副哭样。“我了解你。你是丈夫一死马上就会跟别人调情的。不要哭嘛。我今天晚上也不想多说了，因为我要去看看这位漂亮的巴特勒船长，这位拿我女儿名誉当儿戏的船长，但是明天早晨……现在你别哭了。这对你毫无好处，毫无好处。我已经决定，你明天早晨就跟我回塔拉去，免得你再让我们大家丢脸。别哭了，好孩子，瞧我给你带来了什么！这不是很漂亮的礼物吗？瞧呀！你给我添这许多麻烦呢，叫我在忙得不可开交时老远跑到这里来？别哭了！”媚兰和皮蒂帕特他们睡着好几个小时了，可思嘉仍然醒着躺在闷热的黑暗中，她那颗憋在胸腔里畏缩着的心显得很沉重。要在生活刚刚重新开始的时候就离亚特兰大，回家去，见母亲，这多可怕呀！她宁死也不愿意去跟母亲见面。她但愿自己此刻就死了，到时大家都会后悔他们这样狠心。她的头在火热的枕头上转过来转过去，直到隐隐听见寂静的大街上有个声音远远传来。那是一个很熟悉的声音，虽然那样模糊，听不清楚，她从床上溜下来，走到窗口。在一片繁星密布的幽暗天空下，街道两旁那些交拱着的树木，显得柔和而黑黝黝的。声音愈来愈近，那是车轮的声响，马蹄的得得声和人声。她忽然咧嘴一笑，因为她听到一个带浓重爱尔兰土腔和威士忌酒味的声音在高唱《矮背马车上的佩格》，她明白了。这一回尽管不是在琼斯博罗旁听了法庭审判，但杰拉尔德这次回家的情景却是同上次的毫无二致。

思嘉隐约看见一辆马车在屋前停下来，几个模糊的人影下了车。有个什么人跟着他。那两个影子在门前站住，随即门闩一响，思嘉便清清楚楚地听到了杰拉尔德的声音。“现在我要给你唱《罗伯特·埃米特挽歌》，你是应该熟悉这支歌的，小伙子。让我教你唱吧。”“我很想学呢，”他的那位同伴答道，他那拖长的声调中好像抑制着笑声似的，“不过，奥哈拉先生，以后再说吧。”“啊，我的上帝，这就是那个姓巴特勒的家伙呀！”思嘉心里想，开始觉得懊恼，但随即高兴起来。至少他们没有搞决斗，而且他们一定很投机，才在这个时刻在这种情况下一道回家来。

“我要唱，你就得听，要不然我就宰了你，因为你是个奥兰治分子。”“是查尔斯顿人，不是奥兰治分子。”“那也好不到哪里去。而且更坏呢。我有两个姨妹就在查尔斯顿，我很清楚。”“难道他想让所有的邻居都听见吗？”思嘉惊恐地想道，一面伸手去找自己的披肩，可是她怎么办呢？她不能深更半夜下楼去把父亲从大街上拖进来呀！

倚在大门上的杰拉尔德这时二话不说，便昂着头用低音吼着唱起《挽歌》来，思嘉把两只臂肘搁在窗棂上听着，心里很不是滋味。这本来是支很美妙的歌，只可惜她父亲唱不成调儿。她自己也是喜欢这支歌的，还跟着歌词沉思了一会，那是这样开始的：她距离年轻英雄的长眠之地很远，她的情人们正围着她在这儿悲叹。

歌声在继续，她听见皮蒂帕特和媚兰的房间里有响声。可怜的人，她们都给吵醒了。她们不习惯像杰拉尔德这样充满血性的男人。歌唱完了，两个人影叠在一起从过道上走来，登上台阶。接着传来轻轻的叩门声。

“我看只好我下楼了，”思嘉想。“毕竟他是我父亲，而皮蒂是死也不会去的。”而且，她不想让佣人们看见杰拉尔德这副模样，要是彼得去扶他上床，他准会发神经的。只有波克才知道怎样对付他。

她用披肩紧紧围着脖子，点起床头的蜡烛，然后迅速从黑暗的楼梯上下去，走到前面穿堂里。她把蜡烛插在烛台上，开了门，在摇晃不定的烛光下看见瑞德·巴特勒衣着整齐地搀扶着她那位矮矮胖胖的父亲。那首《挽歌》显然已成了杰拉尔德的天鹅之歌，因为他已经老老实实地挂在这位同伴的臂膀上了，他帽子不见了，那头波浪式的长发乱成了一堆白马鬃似的，领结歪到了耳朵下面，衬衫胸口上满是污秽的酒渍。

“我想，他是你父亲吧?”巴特勒船长说，黝黑的脸膛上闪烁着两只乐呵呵的眼睛，他一眼便看遍了她那宽松的睡衣，仿佛把那条披肩都看穿了。

“把他带进来，”她毫不客气地说，对自己的装束感到很不好意思，同时恼恨父亲使她陷入了任凭此人嘲笑的尴尬境地。

巴特勒把杰拉尔德推上前来。“让我帮你送上楼去好吗？你是弄不动他的。他沉得很。”

听到这一大胆的提议，她便吓得张口结舌了。试想果真巴特勒船长上楼去了，此刻正畏缩着躲在被子里的皮蒂帕特和媚兰会怎样看呢！

“哎哟，不用了！就放到这里，放在客厅的长沙发上好了。”“你是说寡妇自焚?”“你要是留神把话说得文明一点，我就感激不尽了。这里，把他放下吧。”“要不要替他脱掉靴子?”“不要，他本来就是穿着靴子睡的。”她不小心说漏了嘴，恨不得咬断自己的舌头，因为他把杰拉尔德的两条腿交叉起来时轻轻地笑了。

“现在请你走吧。”

他走过黑暗的穿堂，拿起那顶掉在门槛上的帽子。

“星期天来吃午饭时再见吧。”他边说边走出门去，随后轻轻把门带上。

思嘉五点半钟起身，这时仆人们还没有从后院进来动手做早餐。她溜进静悄悄的楼下客厅里。杰拉尔德已经醒过来，坐在沙发上，双手捧着圆圆的脑袋，仿佛要把它捏碎似的。思嘉进去时他偷偷朝她看了看。他这样动动眼睛也觉得痛苦不堪，接着便呻吟起来。

“真要命，哎哟！”

“爸爸，你干的好事呀！”她忿忿地低声说。“那么晚回来，还唱歌把所有的邻居都吵醒了。”“我唱歌了？”“唱了！把《挽歌》唱得震天响！”“可我根本想不起来了。”“邻居们会到死还记得的。皮蒂帕特小姐和媚兰也是这样。”“真倒霉，”杰拉尔德呻吟着，动着长了厚厚一层苦苔的舌头，在焦干的嘴唇上舔了一圈。“一玩儿起来，以后的事我就什么都记不起来了。”“玩儿？”“巴特勒那小子吹牛说他玩扑克无人能敌……”“你输了多少？”“怎么，我赢了，当然，只消喝一两杯我就准赢。”“拿出你的荷包来我看看。”好像动弹一下都很痛苦似的，杰拉尔德好不容易才从上衣口袋里取出荷包，把它打开。他一看里面是空的，这才愣住了。

“五百美元，”他说，“准备给你妈妈向跑封锁线的商人买东西用的，如今连回塔拉的车钱也没了。”思嘉烦恼地瞧着那个空荷包，心中渐渐形成一个念头，而且很快就明确了。

“我在这里再也抬不起头来了，”她开始说，“你把我们的脸都丢尽了。”“孩子，闭住你的嘴，你没看见我的头都快炸了吗？”“喝得醉醺醺的，带着巴特勒船长这样一个男人回来，扯开嗓子唱歌给大家听，还把口袋里的钱输得精光。”“这个人太会玩牌了，简直不像个上等人。他……”“妈听到了会怎么说呢？”他忽然惊慌失措地抬起头来。

“你总不至于向你妈透露让她难过吧，会吗？”思嘉只嘟着嘴不说话。

“试想那会叫她多伤心，像她这样一个柔弱的人。”“爸，那么你也得想想，你昨晚还说我辱没了家庭呢！我，只不过可怜巴巴地跳了一会儿舞，给伤兵挣了点钱嘛。啊，我真想哭。”“好，别哭。”杰拉尔德用祈求的口气说。“我这可怜的脑袋还怎么受得了呀，它真的就要炸了！”“你还说我……”“小家伙，得了，得了，不要为你这可怜的老父亲说的什么话伤心了，他是完全无心的，并且什么事情也不懂！当然，你是个又乖又好心的姑娘，我很清楚。”“还要带我不光彩地回家去吗？”“噢，我不会这样做，亲爱的，那是逗你玩儿的。你也不要在你妈跟前提这钱的事，她已经在为家里的开支着急了，你说呢？”“不提。”思嘉爽快地说，“我不会提的，只要你让我还留在这里，并且告诉妈妈，那只不过是些刁老婆子的闲扯罢了。”杰拉尔德伤心地看着女儿。

“这等于是敲诈了嘛。”

“昨晚的事也很不体面呢。”

“好吧，”杰拉尔德只得哄着她说，“我要把那件事统统忘掉。现在我问你，像皮蒂帕特这样一位体面的女士，家里会藏得有白兰地吗？要是能喝一杯解解昨晚的酣醉……”思嘉转过身来，踮起脚尖经过穿堂，到饭厅里去拿白兰地酒，这是皮蒂帕特每当心跳发晕或者好像要晕时总得喝一口的，因此思嘉和媚兰私下称之为“治晕药水”，思嘉脸上一片得胜的神色，对于自己这样不孝地摆弄父亲一点不感到羞耻。如今，即便还有什么多嘴多舌的人再给爱伦写信，她也可以从谎言中得到宽慰了。现在她可以继续待在亚特兰大了。如今，她可以根据自己高兴做几乎任何想做的事了，因为皮蒂帕特本来就是个没主见的女人。她打开酒柜，拿出酒瓶和玻璃杯，把它们抱在胸前站了一会儿，想象着美妙的远景她好像看见在水声潺潺的桃树溪畔举行野餐和在石山举行大野宴的情景，还有招待会、舞会，坐马车兜风，以及星期日晚上在小店吃晚餐，等等。所有这些活动她都要在场，并且成为其中的核心，成为一群群男人围聚着的核心。男人们会很快坠入情网，只要你在医院里给他们稍稍做点事情就行。

现在他对医院不再那么反感了。男人生病时总是容易感动的。

他们很轻易就会落到一位机灵姑娘的手里，就像在塔拉农场，只要你把果树轻轻一摇，一个个熟透了的苹果就掉下来了。

她拿着那瓶能叫人重新振作的酒回到父亲那里，一路在心中感谢上帝，因为著名的奥哈拉家族的头脑毕竟没有抵挡住昨晚的那场搏斗；她并且突然想起：也许瑞德·巴特勒还和这件事有关呢。

10

那以后一个星期的某一个下午，思嘉从医院回来，感到又疲倦又气愤，之所以疲倦，是因为整个上午都站在那里，而气愤的是梅里韦瑟太太狠狠地斥责了她，因为替一个伤兵包扎胳臂时她坐在他的床上了。皮蒂姑妈和媚兰都戴好了帽子，带着韦德和百里茜站在走廊上，准备出外作每周一次的访问活动，思嘉请他们原谅不奉陪了，便径直上楼进入自己的房里。

直到听见马车轮的声响已远远消逝，知道现在家里已没有其他人了，思嘉便悄悄溜进媚兰的房里，用钥匙把门反锁好。

这是一间整洁的小小闺房，安静而温暖地沐浴在下午四点斜照的阳光里。除了很少几块地毯之外，光滑的地板上一无所有，雪白的墙壁只有一个角落被媚兰作为神龛装饰了起来。

这里悬挂着一面南部联盟的旗帜，下面是媚兰的父亲在墨西哥战争中用过的那把金柄的军刀，也是查尔斯出去打仗时佩带过的。还有查尔斯的肩带和插手枪的腰带，连同套子里的一只左轮手枪，也挂在这里，在军刀和手枪之间是查尔斯本人的一张照片，他身穿笔挺的灰色军装英武地站着，一双褐色的大眼睛神采奕奕，嘴唇上露着腼腆的微笑。

对那张照片思嘉瞧也没瞧，便毫不迟疑地向屋子里床旁边那张桌子走去，桌上摆着一个四方的木信匣。她从匣子里取出一束用篮带子扎着的信件，那是艾希礼亲手写给媚兰的。最上面的那封是那天上午才收到的，思嘉把它打开了。

思嘉第一次来偷看这些信时，还感到良心上很不安，也生怕被发觉，以至双手哆嗦得几乎取不出信来。可后来干的次数多了，那点从来就不怎么讲究的荣誉感以及怕人发现的顾虑也就渐渐消失了。偶尔她也会心一沉，想到“母亲要是知道了会怎么说呢?”她明白，母亲宁愿让她死也绝不容许她干出这种无耻的勾当来。所以思嘉起初很苦恼，因为她还想做一个在各方面都像母亲的人。可是想读这些信的诱惑力实在太强大，使得她把这样的考虑都渐渐置之度外了。现在她已经成了老手，善于把那些不愉快的思想从心里撂开。她学会了对自己说：“我现在不去想那些烦人的事了，等到明天再想吧。”往往到明天，那个思想压根儿已不再出现，或者由于一再推迟而淡漠起来，觉得并不怎么烦人了。如此，偷看艾希礼的信件这件事也就不再是她良心上的一个负担了。

对于艾希礼的信媚兰向来慷慨的，往往要给皮蒂姑妈和思嘉朗读几段，但那些没有读的段落呢，它们正是思嘉感到痛苦之处，并促使她去偷看这位大姑子的邮件。她必须弄清楚究竟艾希礼从结婚以来是否已经爱媚兰了。她必须弄清楚他是不是在假装爱她。在信里他给她写温柔亲昵的话吗？他表现了什么样的感情？又是用怎样热烈的口气表达的呢？

小心地，她把信笺摊开。

艾希礼的细小匀整的笔迹在她眼前跃然出现，她读起来，“我亲爱的妻”，这个称呼立即使她松了一口气，他毕竟还没有称呼媚兰为“宝贝”或“心肝”。

“我亲爱的妻：你来信说你深恐我在向你隐藏我的真实思想，问我近来在想些什么……”“哎哟，我的天！”思嘉深感歉疚的想道。“隐藏他的真实思想。媚兰了解他的心思吗？或者我的心思？她是不是在猜疑他和我……”她把信更凑近一些，紧张得双手发抖，但是读到下一段时又开始轻松了。

“亲爱的妻，如果说我向你隐藏了什么，那是因为我不想给你加重负担，使你在担心我的身体安全的同时还要为我心理上的困扰担忧。然而我什么也瞒不住你，因为你太了解我了。请不用害怕。我没有受伤，也没有生病，我有足够的东西吃，间或还有一张床睡觉。对一个士兵来说，不能有别的要求了。不过，媚兰，我心头压着许多沉重的想法，我愿意向你敞开我的心扉。”

“入夏以来，我晚上总睡不好，经常在营里熄灯后很久还没有入睡。只好一次又一次仰望星空，心里在想：‘你怎么到了这里，艾希礼·威尔克斯？你为了什么而打仗呢？’当然不是为名誉和光荣。战争是肮脏的事业，而我不喜欢肮脏。我不是个军人，也没有不惜从炮膛口里寻找虚名的志愿。不过，现在我已到这里打仗来了……我这个天生的地地道道的乡下书呆子！因为，媚兰，军号激不起我的热血，战鼓也催不动我的脚步，我已经清清楚楚看出我们是被出卖了，被我们南方人狂妄的私心所出卖了……我们相信我们一个人能够打垮十个北方佬，相信棉花大王能够统治世界呢！我们被那些高高在上、备受尊敬和崇拜的人出卖了，他们用空谈、花言巧语、偏见和仇恨，用什么‘棉花大王’、‘奴隶制’、‘州权’、‘该死的北方佬’把我们引入歧途。”

“所以，每当我躺在毯子上仰望着天空责问自己‘为了什么而打仗’时，我就想到州权、棉花、黑人和我们从小被教着憎恨的北方佬，可是我知道所有这些都不是我来参加战争的真正理由，另一方面，我却看见了‘十二橡树’村，回想月光怎样从那些白柱子中间斜照过来，山茱萸花在月色中开得那样美，茂密的蔷薇藤把走廊一侧荫蔽得使最热的中午也显得那样清凉。我还看见母亲在那里做针线活，就像我小时候那样。我听见黑人薄暮时疲倦地一路歌唱着从田里回来，准备吃晚餐，还听见吊桶下井打水时辘轳吱吱嘎嘎的响声。从大路到河边，中间是一片宽广的棉田，前面是辽阔的远景，黄昏时夜雾从低洼处升起，周围渐渐朦胧起来。所有这一切，正是为了这一切，我才到这里来，因为我既不爱死亡和痛苦，也不爱光荣，更不对任何人怀有仇恨。也许这就是所谓爱国之心，就是对家庭和乡土的爱。不过，媚兰，意义还更深一点。因为，媚兰，我上面列举的这些仅仅是我甘愿为之献出生命的那个东西的象征，即我所热爱的那种生活的象征而已，因为我是在为以往的日子，为我所最珍爱的旧的生活方式而战斗，无论命运的结局怎样，我担心这种生活方式已经一去不复返了，因为，无论胜败，我们都无法过上以前那种安静的生活了。。”

“如果我们打赢这场战争，建立我们梦想的棉花王国，我们仍是失败了，因为我们会变成一个不同的民族，旧的宁静的生活方式从此消失。世界会来到我们的门口吵着要买棉花，我们也可以规定自己的价格。那时，我担心我们会变得跟北方佬毫无两样，像他们那样专牟私利，贪得无厌，一切商品化，而这些都是我们现在所蔑视的。如果我们失败了，啊，媚兰，如果我们失败了呢？”

“我并不是怕危险，怕被俘，怕受伤，甚至死亡。如果死神一定要来临的话，我担心的是一旦战争结束，我们就永远也回不到原来的时代去了。而我是属于过去那个时代的，我不属于现在这个残杀的疯狂时代，我害怕即使我尽力去适应未来的世界也会跟它格格不入，亲爱的，你也不行，因为你和我属于同一个血统。我不知道未来会带来什么，不过可以肯定不是像过去那样美丽和令人满意的光景。”

“躺在那些酣睡的小伙子们附近，我瞧着他们，心中暗忖那对孪生兄弟，或者亚历克斯，或者凯德，是否也有这样的想法呢？我不知道他们是否明白自己是在为主义而战，而这个主义在第一声枪响时便立即消失了，因为我们的主义实际上就是我们的生活方式，现在它已不复存在。不过我想他们不会有这些想法，因此他们是幸运的。”

“在我向你求婚时，我不曾为我们设想到这一点，我只想到要在‘十二橡树’村像过去那样平和、舒适而安定地生活下去。媚兰，我们两人是一样的爱好宁静，因此我看见我们面前是一段长长的平安无事的岁月，让我们自由自在地读书、听音乐和做梦。可没有想到会像今天这样，从来也没有想到啊！没有想到我们竟会碰到这种局面，这种旧的生活方式的毁灭，这种血腥的屠杀和仇恨！媚兰，有什么值得我们这样做的呢……州权、奴隶、棉花，都不值得啊！没有任何东西值得我们去蒙受今天所遭遇或将来可能遭遇的灾难，因为如果北方佬打垮了我们，前景将是不堪设想。而且，亲爱的，他们还很可能把我们打垮呢！”

“我不应该给你写这些东西，我甚至不应该去想这些。可是你问我心里在想些什么，而且失败的恐惧确实存在。你还记得举行大野宴和宣布我们订婚那天的情况吗？那天有个名叫巴特勒、口音像来自查尔斯顿的人，由于他批判南方无知，几乎引起了一场争斗。你是否还记得，因为他说我们很少有铁厂和工厂，棉纺厂和船员，兵工厂和机器制造厂，那对孪生兄弟便要开枪打他？你是否还记得，他说过北方佬舰队能够把我们严密地封起来，让我们的棉花运不出去？他是对的，我们是在使用革命战争时代的毛瑟枪对付北方佬的新的来福枪，而封锁线已经愈来愈紧，很快连药品也要弄不进来了。本来我们应当重视像巴特勒这样的冷嘲派，他们了解情况，并且敢于说出来，而不像政治家那样只有笼统的感觉而已。实际上，他是说南方除了棉花和傲慢态度之外，是没有什么东西来打这场战争的。现在棉花已没有价值，唯一剩下的只有他所说的那种傲慢了。不过，我要把这种傲慢称为无比的勇气。如果……”

思嘉没有继续读下去，便小心地把信折起来，装进封套，因为实在读得有点厌烦了。而且，信中用的那种语调，那些谈论失败的蠢话，也叫她隐隐感到压抑。她毕竟不是要从媚兰的这些信件中了解艾希礼的令人费解而枯燥无味的思想呀。这些思想，他以前坐在塔拉农场的走廊上时，她已经听得够多的了。

她唯一想知道的是，艾希礼给不给妻子写那种感情热烈的信。看来至今还没写过。她读了读信匣里的每一封信，发现其中没有哪一封不是一个哥哥对妹妹所能写出来的。信写得很亲切，很幽默，很随便，却绝非情书。思嘉自己收到过热烈的情书太多了，只要一过目是绝不会看不出真正的感情特征。可这些信中没有那样的特征。像每回偷看之后那样，她浑身有一种称心如意的感觉，因为她确信艾希礼还在爱着她，她还常常满怀轻蔑地试想，怎么媚兰竟看不出艾希礼仅仅把她当作一个朋友在爱她呢？虽然媚兰没有从丈夫的信中发现什么缺陷，不过她从来不曾收到过别的男人的情书，因此也就没有什么好拿来跟艾希礼的信作比较了。

“他怎么会写出这样的怪信来，”思嘉想。“要是我有个丈夫给我写这种无聊的废话，看我怎样教训他！看来，连查理写的信也比这些强得多哩！”她把那些信的边缘揭开，看看上面的日期，记住它们的大概内容。其中没有什么生动的描写军营和冲锋的段落，像达西·米德给他父母或可怜的达拉斯·麦克卢给他的两位姐姐写的信那样。米德家和麦克卢尔家给他们的所有邻居骄傲地朗读那些信，而思嘉只好暗自感到羞耻，因为媚兰没有从艾希礼那里收到过这样的信来给缝纫会的人朗读。

似乎艾希礼给媚兰写信时压根儿故意不谈战争，并且设法在他们两人周围画一个没有时间性的魔幻圈子，把自从萨姆特要塞事件以来所发生的一切都通通排除在外。仿佛他甚至是在设想根本就没有战争这回事。他写到他跟媚兰曾经读过的书和唱过的歌，写到他们所熟悉的老朋友和他在大旅游中去过的地方。所有的信里都流露出一种想回到“十二橡树”村来的渴望心情，一页又一页地写狩猎，写寒秋，写星光下在幽静的林中小道上骑马漫游，写大野宴和炸鱼宴，写万籁无声的月夜和那幢古老住宅宁静的美。

她思考着刚刚读过的那封信中的话："没有想到会像今天这样，从来也没有想到啊！"它们好像是一个痛苦的灵魂面对着某种他所不能面对而又必须面对的东西在发出呼叫。这使她感到困惑，因为他既然不害怕受伤甚至死亡，还害怕什么呢？她生来不善于分析，现在只得同这种复杂的思想作斗争了。

"战争把他搅乱了……他不喜欢那些使他困扰的事情……就像我。……他爱我，可是他害怕跟我结婚，因为怕我打乱他的思想和生活方式。不，他不见得就是害怕，艾希礼并不是胆小鬼。他受到快报的表扬，斯隆上校在那封给媚兰的信中谈到他领头打冲锋的英勇事迹，这都说明他一点也不胆小，他一经决定要做什么事情，那就谁也比不上他勇敢或坚决了。不过……他这人是生活在自己的脑子里而不是在外界人世间，他极不愿意出来深入现实，并且……唔，我不明白那是怎么回事！要是我早几年就理解了他的这个特点，我想他一定跟我结婚了！"她把那束信贴在胸口上站了一会，恋恋不舍地想着艾希礼。自从她初次爱上他那天以来，她对他的感情从未改变过。

当时她才 14 岁，那一天她站在塔拉农场走廊上，看见艾希礼骑在马上微笑着缓缓走来，他的头发在早晨的阳光下发出闪闪银光，那时这种感情便突然袭上心头，使她激动得说不出话来了。她的爱情依然是一个年轻姑娘对一位她不能理解的男人的仰慕，这个男人的许多品质都是她自己所没有却十分敬佩的。他仍然是一个年轻姑娘梦想中的完美无缺的骑士，而她的梦想所要求的只不过是要他承认他爱她，所期待的只不过是一个吻而已。

读完那些信，她深信即使他已经跟媚兰结婚，但仍是爱她思嘉的；只要明确了这一点，她便几乎没有别的奢望了。她仍然是那个年轻的天真的姑娘，要是查理曾经用他那摸摸索索的笨拙劲和羞羞答答的亲昵举动轻轻挑动了她内心的情欲之弦，那么她对艾希礼的梦想就不会满足于一个吻了。可是她单独同查理在一起的那几个月光之夜并不曾触发她的情窦，也没有使她臻于成熟。查理没有唤醒她对于所谓情欲、温存、肉体与灵魂上的真正接触的观念，因此她才保持着这种天真未凿的状态。

对她而言，情欲不过是屈从那种不可理解的男性狂热而已，那是女性分享不到乐趣的一种痛苦而尴尬的举动，它将不可避免地导致更加痛苦的分娩程序。在她看来，结婚就是这样，没有什么好惊奇的。她举行婚礼之前，母亲曾含蓄地告诉她，结婚是女人必须庄严而坚决地忍受的某种事件，后来她当了寡妇，别的已婚妇女时常悄悄说的一些话更加证实了这一点，思嘉很高兴，自己在情欲和结婚方面总算已经过关了。

思嘉与结婚这件事已经不相干了，但与恋爱则并非如此，因为她对艾希礼的爱情是不一样的，那是与情欲或婚姻没有关系的，是一种神圣而十分惊人地美丽的东西，一种在长期被压迫默不作声，但时常靠回忆希望来维持着的过程中偷偷增长的激情。

叹息着边用带子把那一大束信小心地捆好，又一次（第1000次）暗想究竟艾希礼身上有什么东西在避开她的理解。她想对这个问题思考出一个满意的结论来，但是与往常一样，结论不听从她那简单头脑的指挥，拒不出现。她把那捆信放回到匣子里，并且盖好盖子，这时她皱起眉头，因为她回想刚才读过的那封信中，最末一段提到了巴特勒船长。真奇怪，怎么艾希礼对那个流氓一年前说过的话有那么深的印象呢？无可否认巴特勒船长是个流氓，不管他跳舞跳得多么美妙，只有一个流氓才能说出像他在义卖会上说出的那些有关南部联盟的话来。

她向对面的镜子走去，在那里得意洋洋地理了理头发。她又神气起来了，就像每次看见自己的白皙皮肤和斜斜的绿眼睛时似的，微笑着漾出那两个酒窝来。这时，她愉快地瞧着镜中的影像，记起艾希礼一直那么喜爱她的酒窝，便把巴特勒船长从心中打发走了。至于爱着另一个女人的丈夫，偷看那个女人的信件，这些并没有引起她良心的谴责，因而也就不会妨碍她欣赏自己的青春美貌和重新确信艾希礼对她的爱了。

她打开门，心情愉快地走下阴暗的螺旋形楼梯，走到一半便唱起《到这场残酷战争结束时》来了。

11

战争继续进行着，大部分是成功的，但是现在人们已不再说“再来一个胜仗就可以结束战争”这样的话了，也不再说北方佬是胆小鬼了。现在大家都明白，北方佬根本不是胆小鬼，而且绝不是再打一个胜仗就能把他们打垮的。不过在摩根将军和福雷斯将军指挥下，南部联盟军在田纳西州打的胜仗和第二次布尔溪战役的胜利，是可以作为击溃北军的战利品而加以吹嘘的。虽然，这些胜利都付出了重大的代价。亚特兰大各医院和一些居民家里，伤病员大量拥入，同时有愈来愈多的女人穿上了丧服，奥克兰公墓里那一排排的士兵坟墓也每天都在增加。

南部联盟政府的货币惊人地贬值，生活必需品价格随之急剧上涨。物资供销部门征收的食品税已高到使亚特兰大居民的饮食也开始蒙受损失了。白面极贵又很难买到，因此普遍以玉米面包代替饼干、面包卷和蛋糕。肉店里已几乎不卖牛肉，就连羊肉也很少，而羊肉的价钱又贵得只有阔绰人家才买得起。好在还有充足的猪肉，鸡和蔬菜也不少。

北方佬对南部联盟各州港口已加紧了封锁，因此茶叶、咖啡、丝绸、鲸须衣褡、香水、时装杂志和书籍等奢侈品，就既稀少又很贵了。甚至最便宜的棉织品的价格也在飞涨，以致于一般女人都在唉声叹气地改旧翻新，用以对付着换季的衣着，多年以来尘封不动的织布机现在从阁楼上取了下来，几乎家家的客厅里都能见到家织的布匹。几乎每个人，士兵、平民、妇女、小孩和黑人，都穿上了这种家织土布的衣裳，灰色，作为南部联盟军制服的颜色，如今在日常穿着中已经绝迹，而由一种白胡桃色的家织布所替代了。

各个医院已经在为缺乏奎宁、甘汞、鸦片、哥罗仿、碘酒等等而发愁。纱布和棉布绷带现在也很贵重，用后不能丢掉，所以凡是在医院服务的女人都带着一篮篮血污的布条回家，把它们洗净熨平，然后带回医院给别的伤员使用。

但是，刚刚从寡妇蛰居中跑出来的思嘉，对战争没有别的感受，只觉得这一阵子过得快活、兴奋。甚至节衣缩食她也一点不以为苦，只要重新回到这广阔的世界里便心满意足了。

她回想过去一年的沉闷的日子，一天又一天毫无变化地过着，便觉得眼前的生活节奏已大大加快，达到了令人难以置信的速度。每天早晨开始的都是一个新的激动人心的日子，她会遇到一些新的人，他们要求来拜访她，说她多么漂亮，说他们多么希望享有特权为她战斗甚至付出生命。她能够而且的确在爱着艾希礼直到自己生命中的最后一息，可是这并不妨碍她去引诱别的男人来向她求婚。

当前正在继续的战争给了后方人们一个不拘常规的进行社交活动的机会，这使老人们大为吃惊。作母亲的发现陌生男人来拜访女儿，他们既没有介绍信又家世来历不明，更可怕的是她们的女儿竟与这些人手拉手坐在一起！就说梅里韦瑟太太吧，她是直到结婚以后才吻她的丈夫的，现在看见梅贝尔竟在吻那小个子义勇兵雷内·皮卡德了，这叫她怎能相信自己的眼睛呢？特别是当梅贝尔公然表示不觉得羞耻时，她就更加惊恐万状了。即使雷内很快便向她求了婚，也没有缓和这一紧张局面。梅里韦瑟太太觉得南方正在道德上迅速全面地崩溃，并且经常提出这样的警告。其他作母亲的人也衷心赞同她的意见，并将问题归咎于战争。

可是那些说不定在一周或一个月内就会牺牲的男人，是不耐烦等待一年才去要求叫一位姑娘的小名的（当然还得冠以"小姐"的称号）。他们也不会履行战前规定的那种冗长的正式求婚礼节。他们总是在三四个月之内就提出订婚的要求。

至于女孩子们，她们本来很清楚上等人家的姑娘一般要拒绝男方三次，而如今却在头一次就急忙答应了。

这种不正常的状况使思嘉觉得战争还是相当有趣的。除了护理工作肮脏和卷绷带太麻烦以外，她不怕战争永远拖延下去。事实上，她现在对医院里的事情已能镇静地应付了，因为那里还是一个很好很愉快的狩猎场呢。那些无依无靠的伤兵会乖乖地屈服于她的魅力之下。只要给他们换换绷带，洗洗脸，拍打拍打他们的枕头，给他们打打扇子，他们很快就爱上你了。啊，经历了过去一年的暗淡日子，这里就是天堂了！

思嘉又回到了她跟查尔斯结婚以前所处的地位，还仿佛根本没有嫁给他，根本没有感受过他死亡的打击，根本没有生过韦德似的。战争、结婚和生孩子一点没有触动她内心深处的那根弦就从她身边过去了，她一点也没有改变。她有一个孩子，她简直可以把他忘了。那所红砖房子里其他的人在仔细照料着他，她在思想和感情上又成了原来的思嘉，原来县里的那个美女。她的思想和行为又恢复到往昔那个模样，可是活动的天地却大大扩展了。她不顾皮蒂姑妈和那些朋友们的非议，仍然像结婚以前那样为人行事，如参加宴会啦，跳舞啦，同士兵一起骑马外出啦，彼此调情啦，凡是她在姑娘时期做过的一切现在都做，只差没有脱掉丧服了。她知道脱丧服这件事虽然微不足道，但皮蒂帕特和媚兰是死活不会同意的。而且她当寡妇也像做姑娘时一样迷人，只要对她不加干涉，她就照样快乐；只要不使她为难，她就乐于助人，而且对自己的姿容和到处招人爱慕也是十分得意的。

在这个几周以前还令人痛苦的地方，如今她感到愉快起来了。

她高兴又有了一些情人，高兴听他们说她仍然这么美丽，这是在艾希礼已经跟媚兰结婚而且正面临危险的情况下她所能享受到的最大愉快。不过在目前，即使想起艾希礼已经属于别人也是比较容易忍受的，因为他毕竟远在他方呢。亚特兰大和弗吉尼亚相距数百英里之遥，他有时好像就是她的，犹如是媚兰的一个样。

1862 年秋天就这样在护理、跳舞、坐马车和卷绷带中飞快地过去了，连回塔拉小住几回也没有花多少日子。在塔拉的小住是令人失望的，因为很少有机会像在亚特兰大所希望的那样跟母亲清静地长谈，也没有时间陪着她做针线活儿，闻闻她走动时从马鞭草香囊中散发出的隐隐香味，或者让她的温柔的手在自己脸颊上轻轻抚摩一番。

好像有满腔的心事，母亲瘦了，而且从清早开始，一直要到全农场的人都入睡以后许久才得休息，南部联盟物资供销部的需求一月比一月高，她的任务便是设法让塔拉农场拼命生产。连杰拉尔德也不得闲，这是多年以来头一次，因为他找不到一个监工来代替乔纳斯·威尔克森的工作，每天都得亲自骑马到田里去来回巡视。既然母亲忙碌得每天只能道一声晚安，父亲又整天在大田里，思嘉便觉得塔拉这地方已无法待下去。甚至她的两个妹妹也各有心事，不得清闲。苏伦现在同弗兰克·肯尼迪达到了某种“默契”，并以一种思嘉觉得几乎难以忍受的寓意在唱起《到这场残酷战争结束时》来了。还有卡琳，她太迷恋布伦特·塔尔顿了，也不能陪伴思嘉或给她带来什么乐趣。

尽管思嘉每回都是怀着愉快的心情到塔拉老家去的，但她收到皮蒂和媚兰不可避免地催她回来的信时，也并不觉得难过。倒是母亲在这种时候，想到她的长女和唯一的外孙即将离开她，总要长吁短叹，默默地伤心一番。

“既然那边需要你在亚特兰大参加护理工作，我就不能只顾自己把你留在这里。”母亲说。“只是……只是，亲爱的，我总觉得还没有来得及跟你好好谈谈，没有好好地重新叙一叙母女之情，而你很快就要走了。”“我永远是你的小女孩，”思嘉总是这样说，一面把头紧靠在母亲胸口，内心深感歉疚。她没有告诉母亲，她急于回到亚特兰大去不是要为南部联盟服务，而是因为在那里可以跳舞，还有许多情人。近来她向母亲隐瞒了许多事情，其中最重要的是瑞德·巴特勒经常到皮蒂帕特姑妈家来这件事。

在义卖会之后几个月里，瑞德每次进城都要来拜访皮蒂帕特姑妈家，然后带着思嘉一起坐马车外出，陪她去参加跳舞会和义卖会，并在医院外面等着把她送回家去。她也不再担心他会泄露她的秘密了，不过在意识深处仍潜藏着一个不安的记忆，即他目睹过她那件最丢人的事，知道她和艾希礼之间的真正关系。正是由于这个缘故，他每次跟她过不去时，她都不说什么。可是他却时常跟她过不去。

他已经三十五六岁了，比她曾经有过的任何情人都大，所以她在他跟前简直是个毫无办法的孩子，不能像对待那些年龄与她相近的情人那样来对待和支配他。他总是显得若无其事，仿佛世界上没有什么令人惊奇之处反而十分好玩似的；因此她即使被气得闷声不响了，也觉得自己给他带来了莫大的乐趣。她在他的巧妙引逗下往往会勃然大怒，因为她兼有父亲的爱尔兰人品性和从母亲那里继承来的略带狡黠的面容。在这以前，她是从来不控制自己的感情的，除非在母亲跟前，可如今为了避免他那得意的咧嘴冷笑，便不得不忍痛把已到嘴边的话又憋了回去。她恨不得他也发起脾气来，那时她就不会有处于这种不利地位的感觉了。

她几乎每次跟他斗嘴都没有占到便宜，事后总是狠狠地说这个人不行，不是上等人，没有教养，她再也不同他交往了。可是或迟或早，他又回到了亚特兰大，又假装来拜访皮蒂姑妈，以过分的殷勤送给思嘉一盒从纳索带来的糖果，或是在社交性的音乐会上抢先占一个思嘉身旁的座位，或者在舞会上紧盯着她，而她对他这种殷勤的厚脸皮态度照样感到高兴，总是笑呵呵的，宽恕了他过去的冒失，直到下一次再发生为止。

尽管他的有些品性叫人很恼火，她还是更加盼望他来拜访了。他身上有一种她无法理解而令人兴奋的东西，一种与她所认识的每个人都不一样的东西。他那魁伟俊美的身躯不乏惊人之处，因此只要他走进屋来就让你觉得突然受到肉体的冲击，同时那双黑眼睛流露着鲁莽无礼和暗暗嘲笑的神色，这给思嘉以精神上的挑战，激起她下决心要把他降服。

“这几乎像是我已经爱上他了！”她心中暗想，有点莫名其妙。“不过，只是不明白究竟是怎么回事，我并没有……”可是那种兴奋的感觉依然存在，他每一次来看她们，他那全副的男性刚强之气总要使得皮蒂姑妈的这个富有教养的上等人家显得既狭小又暗淡，而且还有点迂腐味儿。思嘉并不是这个家庭中唯一对他产生奇异而非情愿反应的人，因为连皮蒂姑妈也被他逗得心慌意乱了。

皮蒂明明知道爱伦不会赞成巴特勒来看她的女儿，也知道查尔斯顿上流社会对他的排斥是一件不容忽视的事，可是她已抵制不住他那精心设计的恭维和殷勤，就像一只苍蝇经不起蜜糖缸的引诱那样。加之，他往往送给她一两件从纳索带来的小礼品，口称这是他冒着生命危险专门为她跑封锁线买来的……这些礼物无非是别针、织针、钮扣、丝线、发夹之类。不过，这种小小奢侈品现在也是很不容易得到手，以至妇女们只好戴手工做的木制卡，用布包橡子当钮扣，而皮蒂又缺乏道德上的毅力，只好接受巴特勒的馈赠了。此外，她还有一种孩子般的嗜好，喜欢新颖的包装，一看见这些礼品便忍不住要打开来看看，既然打开了又怎好再退还呢？于是，收下礼品之后，她就再也鼓不起勇气来说什么由于名声上的关系，他不适宜常来拜访这三位没有男性保护的单身妇女了。

的确这是不难想见的，只要瑞德·巴特勒在屋子里，皮蒂姑妈便觉得自己需要一位男性保护人。

“我不明白他究竟是怎么回事。”她时常无可奈何地叹息。

“可是……说真的，我觉得他很可能是个令人感到亲切的好人，如果只凭感觉来说的话……嗯，他在内心深处是尊重妇女的。”媚兰自从收到那只退回来的结婚戒指以后，便觉得瑞德·巴特勒是个难得那么文雅而精细的上等人，现在听皮蒂这样评论，还不免感到震惊呢。他一向对她很有礼貌，可是她在他面前总有点怯生生的，这主要是因为她跟每一个不是从小就认识的男人在一起时都会感到羞涩的缘故。她还暗暗地为他非常难过，这一点要是巴特勒知道了定会高兴的。她深信一定有某种罗曼蒂克的伤心事把他的生活给毁了，才使他变得这样强硬而苛刻，而他目前最需要的是一个好女人的爱。

她一向生活在深闺之中，生平没有见到过什么坏人坏事，也很难相信它们是存在的，因此当她听到人们悄悄议论瑞德和那个女孩子在查尔斯顿发生的事情时，便大为震惊和难以相信。

所以，她不仅没有对他产生厌恶感，反而更加暗暗地同情他，觉得他蒙受了重大的冤屈，为之愤愤不平。

思嘉默默地同意皮蒂姑妈的看法，她也觉得巴特勒不尊重女人，只有对媚兰或许是例外。每当他的眼光从上到下打量着她的身躯时，她总觉得自己像没穿衣服似的，这倒并不是他说了什么。她是可以狠狠地教训他几句的，如果他说出来。可恶的是他那双眼睛从一张黝黑的脸上讨厌和肆无忌惮地向你瞧着时那副模样，仿佛所有的女人都不过是他自己高兴时享用的财产罢了。这副模样只有跟媚兰在一起时才不会出现。他望着媚兰时脸上从没有过那种冷冷的神态，眼睛里也从没有嘲讽的意味；她对媚兰说话时，声音也显得特别客气，尊敬，好像很愿意为她效劳似的。

“我不明白你为什么对媚兰比对我好得多。”有天下午思嘉不耐烦地对他说，她单独跟他在一起，当时媚兰和皮蒂睡午觉去了。

原来刚才有一个小时之久，她一直望着他手里拿着媚兰正在绾卷准备编织的那团毛线，也一直在注意媚兰详细而自豪地谈起艾希礼和他的晋升时那副又呆板又叫人看不透的表情。思嘉知道瑞德对艾希礼没有什么太高的评价，而且毫不关心他最近当上了少校的这件事。可是他却很有礼貌地在应酬媚兰，并喃喃地说了一些赞许艾希礼英勇的应酬话。

思嘉烦恼地想：要是我，只要一提起艾希礼的名字，他就会竖起眉毛讨厌地笑起来了！

“我比她漂亮得多，”她继续说道：“就是不理解你为什么偏偏对她更好一些。”“我敢说你是在妒忌吧？”“啊，别胡猜！”“你又使我失望了，如果说我对威尔克斯太太好一些，那是因为她值得这样。她是我生平很少见过的一个温厚、亲切而不自私的人。不过你或许没有注意到她的这些品性。而且，尽管她还年轻，她却是我有幸结识过的很少几位伟大女性之一呢。”“那么你是说你不认为我也是一位伟大女性喽？”“在我们头一次遇见时，我想，我们就彼此同意你根本不是个上等女人了。”“啊，看你再敢那么可恨，那么放肆地提起这件事来！你怎能凭那点小孩子脾气就说我的坏话呢？而且那是许久以前的事了，如今我已经长大，要是你不经常提起来说个不休，我也许早把它忘了。”“我并不认为那是小孩子脾气，也不相信你已经改了。只要你一不如意，即使今天，你还会像当时那样摔花瓶的。不过你现在大体上是称心惬意的，所以用不着摔那些小古董了。”“啊，你这……我真恨不得自己是个男人！那样我就要把你叫出去，把你……”“把我宰了，以消你心头之恨。可是我能在五十码之外打中一个银币呢。最好还是抓住你自己的武器……酒杯呀、花瓶呀，等等。”“你简直是个流氓！”“你是想用这种辱骂来激怒我吗？我只能叫你失望。很遗憾，单凭一些符合实际的谩骂是不能让我生气的。我的确是个流氓，又怎能不是呢？在这个自由国家，只要自己高兴，人人都可以当流氓嘛。像你这样的人，亲爱的女士，明明心地是黑的却偏要掩盖它，而且一听到别人这样骂，你就大发雷霆，那才是伪君子呢。”在他冷静的微笑和慢条斯理的批评面前，她实在毫无办法，因为她以前从没碰到过这样难以对付的人，她的武器诸如蔑视、冷漠、谩骂，等等，现在都不好使了，因为无论她怎么说都不能让他感到羞耻，根据她的经验，君子最坚决要维护的是他的诚实，懦夫最坚决要维护的是他的勇敢，粗人是他的文雅，妻子是他的荣誉。可这条规律对于瑞德并不适用。他承认你所说的一切，并且笑嘻嘻地鼓励你再说下去。

在这几个月里，他经常来来去去，来时不预先通报，去时也不说再见。思嘉从来没发现他究竟到亚特兰大来干什么，因为别的跑封锁线的商人很少从海滨这么远跑来的。他们在威尔明顿或查尔斯顿卸了货物，同一群群从南方各地聚集到这里来购买封锁商品的商人接头，她要是想到，他居然这样不辞辛苦来看她，便应当觉得高兴，不过她即使虚荣得有点反常，也还不怎么相信这一点。如果他曾表示过爱她，妒忌那些成天围着她转的男人，甚至拉着她的手，向她讨一张照片或一条手绢来珍藏在身边，她就会得意地认为他已经被她的魅力迷住了，可是，他却仍然叫你心烦，不像个恋爱的样子，而最糟糕的是他似乎已经识破她引诱他上钩的手腕了。

每次进城来他都会在女性当中引起一阵骚动，这不仅仅由于他周围有股冒险的跑封锁线商人的罗曼蒂克气息，还因为这中间夹杂着一种危险和遭禁的刺激性成分。他的名声太坏了！因此亚特兰大的太太们每聚会闲谈一次，他的坏名声就增长一分，可这只能使他对年轻姑娘们具有更大的魅力。因为这些姑娘都很天真，她们只听说他“对女人很放荡”，至于一个男人究竟是怎么个“放荡”法，她们就不清楚了。她们还听见别人悄悄地说，女孩子跟他接近是危险的。可是，尽管名声这样坏，他却自从第一次在亚特兰大露面以来，连一个未婚姑娘的手也没有吻过，这不很奇怪吗？当然，这一点也只不过使他显得更神秘和更富于刺激性罢了。

除了军队的英雄，他是在亚特兰大被谈论最多的人物。人人都清楚，他是由于酗酒和“跟女人的某种瓜葛”而被西点军校开除的。那件关于他连累了一位查尔斯顿姑娘并杀了她兄弟的可怕丑闻，已经是家喻户晓的了。人们还从查尔斯顿朋友的信中进一步了解到，他的父亲是位意志刚强、性格耿直和令人敬爱的老绅士，他把20岁的瑞德分文不给地赶出了家门，甚至从家用《圣经》中划掉了他的名字。从那以后，瑞德加入1849年采金的人潮到过加利福尼亚，后来到了南美洲和古巴。他在那些地方的经历据说都不怎么光彩，比如，为女人闹纠纷啦，决斗啦，给中美洲的革命党人私运军火啦，等等，像亚特兰大人所听说的，其中最坏的是干上了赌博这个行当。

在佐治亚，几乎每个家庭都有男性成员或亲戚在参加赌博，输钱、甚至输掉房子、土地和奴隶，使得全家痛苦不堪。

不过，这与瑞德的情况不同，一个人可以赌得自己破产，但仍不失上等人身份，可是一旦成了职业赌徒就是被社会遗弃的了。

假如不是战争带来了动乱和他本人为南部联盟政府做事的缘故，瑞德·巴特勒是绝不会为亚特兰大所接受的。可是现在，甚至那些最讲究体面的太太们也觉得为了爱国心，有必要宽大为怀了。有些更重情感的人则倾向于认为巴特勒家这个不肖之子已经在悔改并企图弥补自己的罪过了。所以太太们感到理该通融一些，特别对这样勇敢的一位跑封锁线的商人，现在人人都知道，南部联盟的命运就像寄托在前线军人身上那样，也寄托在那些跑封锁线商船逃避北方佬舰队的技巧上了。

有谣传说，巴特勒船长是南方最出色的水手之一，又说他行动起来是不顾一切和泰然自若的。他生长在查尔斯顿，熟悉海港附近卡罗来纳海岸的每一个小港小湾、沙洲和岸礁，同时对威尔明顿周围的水域也了如指掌。他从没损失过一只小船或被迫抛弃一批货物。当战争爆发时，他从默默无闻中突然冒了出来，用手头的钱买了一条小小的快艇，而现在，封锁线货物的利润已增加到二十倍，他也拥有四条船了。他用高薪雇用了很好的驾驶员，他们在黑夜载着棉花偷偷离开查尔斯顿和威尔明顿，向纳索、英国和加拿大驶去。英国的棉纺厂正在那里停工待料，工人在挨饿，所以每个穿过了北方佬舰队封锁线的商人都可以随心所欲地要高价了。

瑞德的几条船在为南部联盟政府运出棉花和运进南方所迫切需要的战争物资

两方面都是特别幸运的。因此，那些太太们对于这样一位勇敢人物便很宽恕，并且把他的许多事情都不放在心上了。

他身材魁伟，在他面前走过的人都不觉回头看看。他随意花钱，骑一匹野性的黑公马，衣着也是很讲究入时的。这最后一点足以引人注目了，因为现在军人的制服已经又脏又破。老百姓即使穿上最好的衣裳也看得出是精心修补过的。思嘉觉得还从没见过像他身上穿的这么雅致的淡米色方格花呢的裤子呢。至于他的那些背心，则都是十分漂亮的货色，尤其那件白纹绸上面绣有小小粉红蔷薇花蕾的，更是精美无比。他穿着这样光彩夺目的衣服．神态之间却似乎丝毫也不以为意，所以那风度也就越发潇洒了。只要他着意显示自己的魅力，那是很少有女人能够抵挡得住的，结果连梅里韦瑟太太也不得不为之动容，并邀请他星期天到家里来吃午饭了。

梅贝尔·梅里韦瑟准备在那位小个儿义勇兵下次休假时同他结婚，她一想起这件事就哭鼻子，因为她下定决心要穿一件白缎子衣服结婚，可是在南部联盟境内找不到白缎子。连借也没处借，因为这些年来所有的缎子结婚礼服都拿去改作军品了。爱国心很强的梅里韦瑟太太想批评自己的女儿，并想指出对于一位拥护南部联盟的新娘来说，穿家织布的结婚礼服也很体面嘛，可就是没有用。梅贝尔非要穿缎子不行。为了主义，她宁愿、甚至自豪地不戴发夹，没有糖果和茶，或者没有钮扣和好的鞋子，但就是要穿一回缎子的结婚礼服。

从媚兰那里听到了这件事，瑞德便从英国带回来许多码闪亮的白缎子和一条精美的网状面纱，作为结婚礼品送给她。

他采取的手法很巧妙，以至你很难想象怎样才能向他提起付钱的事，而且梅贝尔高兴得几乎要吻他了。梅里韦瑟太太知道，送这么昂贵的礼品……而且是一件衣服料子……是极为不正常的，可是当瑞德以十分漂亮的措辞说，对于我们一位出色英雄的新娘来说，用无论多么美丽的衣饰来打扮她都不过分，这样她就无法拒绝了。于是梅里韦瑟太太便邀请他到家里来吃午饭，觉得这个面子比付钱还他的礼品还要有意思些。

他不仅给梅贝尔送来了缎子，而且能对这件礼服的式样提出宝贵的建议。在巴黎，这个季节的裙圈比较宽大，裙裾却短一些。它们已不用皱边，而是做成扇形的花边折叠在一起，把底下镶有带的衬裙露出来。他还说他在街上已看不到穿宽松长裤的人，因此设想那已经“过时”了。后来，梅里韦瑟太太跟埃尔辛太太说，要是她当时赞他两句的话，他准会把巴黎女人时下穿的什么样的内裤都如实地说出来了。

假如他不是那样很有大丈夫气概，他的这种善于描述衣服、帽子和头饰的本领会被当做最精明的女性特点让人记住的。太太们每回向他提出关于流行服装款式和发型的问题时，连她们自己也觉得有点古怪，不过她们仍然这样做。他们与时髦世界完全隔绝了，就像那些遇难后流落在荒岛上的水手，因为很难看到通过封锁线进来的时装杂志呢。她们不见得知道，法国的太太们可能在剃头发和戴浣熊皮帽子了，于是他的关于那些俗丽衣服的记忆便成了《格迭斯妇女手册》的代用品。他能留意妇女最敏感的那些细节，而且每次出国旅行之后都会为一群妇女所包围，告诉她们今年帽子时兴小了，戴得高了，几乎遮盖着最大部分头顶，不过已不用花朵而用羽毛作装饰；告诉她们法国皇后晚上已不梳发髻，而是把头发几乎全堆在头顶上，将耳朵全露出来，同时晚礼服的领口又惊人地低下了。

这几个月他成了本城最出名和最富浪漫色彩的人物，纵然他的名声不好，纵然外面谣传说他不仅跑封锁线而且做粮食投机生意。那些不喜欢他的人说，他每到亚特兰大来跑一趟，食品价格就要上涨五美元。不过，即使有这种闲言碎语在背后流传，如果他认为值得的话，他还是可以保持自己的声望的。可是不，在他设法同那样沉着的爱国公民相处并赢得他们的尊重和不无怨言的喜爱以后，他身上那种怪癖的东西又发作起来，使得他抛弃了原来的态度而公然与他们作对，并让他们知道他原来只不过戴上了假面具，可现在不高兴再戴下去了。

看来他好像对南方特别是南部联盟地区每个人每件事都怀有一种并非出于个人好恶的轻蔑，而且并不想隐瞒这一点。

正是他那些对于南部联盟的评论，引起了亚特兰大人先是对他瞠目而视，接着是冷淡，最后就大为光火了。等不到进入1863年，每当他在集会上出现，男人们便以敬而远之的态度去应付他，妇女们则立即把她们的女儿叫到自己身边来了。

他好像不仅很乐意跟亚特兰大人的诚恳而炽热的忠诚作对，而且高兴让自己以尽可能糟糕的形象出现。当人们善意地称赞他闯封锁线的勇敢行为时，他却漠然地回答说他每次遇到危险都像前线的士兵那样给吓坏了。可是人人都知道南部联盟军队中是没有胆小鬼的，因此觉得这种说法尤其可恶。

他经常把士兵称作“我们勇敢的小伙子”或“我们那些穿灰军服的英雄”，可说话时用的那种口气却流露出最大的侮辱。

有时，那些很想跟他调调情的年轻姑娘们向他表示感谢，说他是为她们而战的一位英雄，他便躬身回答说事情并非如此，只要能赚到同样多的钱他也愿意为北方佬妇女办事。

自从义卖会那天晚上思嘉头一次和他在亚特兰大相会之后，他一直是用这种态度跟她说话的，而现在他与每个人交谈时也隐隐约约带有嘲讽的意味了。凡是人家称赞他为南部联盟效劳时，他总忘不了回答说跑封锁线是他的一桩买卖。

他会用眼睛盯着那些与政府签有合同的人平静地说，要是能从政府合同中赚到同样多的钱，那么他肯定要放弃跑封锁线的危险，转而向南部联盟出售劣等的再生布、掺沙的白糖、发霉的面粉和腐烂的皮革了。

他的评论大多是无法争辩的，这就更叫人恼火了。本来就已经传出了一些关于政府合同的小小丑闻。来自前方的信件常常抱怨说，鞋穿不到一星期就坏了，弹药点不起火，缰绳一拉紧就断，肉是腐臭的，面粉里满是虫子，等等。亚特兰大人开始设想，那些向政府出售这种物资的人一定是亚拉巴马或弗吉尼亚或田纳西的合同商，而不可能是佐治亚人。因为佐治亚的合同商人中不是包括有最上等家庭的人吗？他们不是首先向医院捐献资金和帮抚阵亡士兵的孤儿了吗？他们不是最先起来响应、至少在口头上欢呼向北方佬开战，并且鼓励小伙子们去疯狂地厮杀吗？当时反对凭政府合同牟利的怒潮还没有兴起，所以瑞德的话也仅仅被当作他自己缺德的明证罢了。

他与亚特兰大人作对时，不仅暗示那些身居高位的人贪污受贿，在前方的人也胆小厌战，而且幸灾乐祸地施展手段，叫一般体面的市民也处于十分尴尬的境地。他禁不住要狠狠刺一下周围那些人的自负、伪善和神气十足的爱国心，就像一个孩子忍不住手痒要刺破一个气球似的。他巧妙地叫那些洋洋得意的人泄气，叫那些愚昧无知和满怀偏见的人出丑，而采用的手法又十分高明，仿佛十分客气而有趣的把这些人请了出来，叫他们一时还莫名其妙，直到给吹得高高而有点可笑的迎风出现在大庭广众之中，才知道是怎么回事了。

在亚特兰大城接待瑞德的那几个月中，思嘉对他没有存任何幻想。她知道，他那些假意的殷勤和花言巧语都是嘴皮子上的东西。她知道，他之所以扮演一个大胆而爱国的闯封锁线的角色，仅仅因为他自己觉得有趣而已。有时她觉得他就像县里那些跟她一起长大的小伙子那样，比如，塔尔顿家那对专门想开玩笑的孪生兄弟，方丹家那几个喜欢捉弄人的顽皮孩子，以及整晚坐在那里设计恶作剧的卡尔弗特兄弟。不过他跟他们有一点不同，那就是在瑞德看似轻松愉快的神态背后潜藏着某种恶意，它几乎阴险到了有点残忍的地步。

她尽管十分清楚他不是诚心的，但仍然非常喜欢他扮演的那个浪漫的封锁线冒险家。别的不说，单凭他这个身份，自己跟他交往就要少很多麻烦。所以，当他一旦取下那个假面具、公然摆出架势来跟亚特兰大人的善意作对时，她便大为恼火了。她感到恼火，是因为这种做法显得十分愚蠢，而且有些对他的严厉批评落到了她的身上。

那是在埃尔辛太太为康复伤兵举行的一次银元音乐会上，瑞德完成了自己与亚特兰大绝交的过程。那天下午埃尔辛家挤满了休假的士兵和来自医院的人，乡团和民兵队的队员，以及已婚妇女、寡妇和年轻姑娘。屋子里所有的椅子都坐满了，连长长的螺旋形楼梯上也站满了客人。埃尔辛家的膳食总管站在门口端着一只刻花玻璃缸接受客人捐赠，他已把里面的银币倒出过两次，这足以说明音乐会是成功的，因为现在每个银元值60元南部联盟纸币呢。

每个自命有一艺之长的姑娘，都唱的唱了，弹的弹了，特别是扮演活人画的受到了热烈的欢迎。思嘉十分满意，因为她不仅跟媚兰合唱了一曲感人的《花上露浓》，又在要求再唱时唱了一曲更加轻快的《女士们啊，请别管斯蒂芬!》，赞扬南部联盟的精神。

她表演得非常动人，穿一件缝得很朴素的白色稀松棉布的希腊式长袍，腰上束一条红蓝两色的带子，一只手里擎着星条旗，另一只手拿着查尔斯和他父亲用过的那把金柄军刀授予跪在面前位置的亚拉巴马人凯里·阿什伯恩队长。

演完活人画以后，她不由得要寻找瑞德的眼睛，看看他是否欣赏她所扮的这幅精美的图画。她烦恼地看见他正跟别人辩论，很可能压根儿没有注意她。思嘉从他周围那些人的脸色可以看出，他们被他所说的什么话大大激怒了。

她向他们走去，这时，像往往发生的那样，人群偶尔安静了一些，她听见民兵装束的威利·吉南清楚地说："先生，那么我想，你的意思是我们的英雄们为之牺牲的那个正义并不是神圣的啰?""假如你给火车轧死了，你的死不见得会使铁路公司神圣起来，是吗?"瑞德这样反问，那声音听起来好像他在虚心讨教似的。

"先生，"威利说，声音有点颤抖，"如果我们此刻不是在这所房子里……""我真不敢想象那会发生什么，"瑞德说。"当然喽，你的勇敢是十分有名的。"威利气得满脸通红，谈话到此中止。人人都觉得很尴尬。

威利是健康而强壮的，而且正当参军年龄，可是没有到前线去。的确，他是他母亲的独生子，而且毕竟还得有人参加民兵来保卫这个州嘛。不过，当瑞德说到勇敢时，在场那几位康复的军官中便有人在鄙夷地窃笑了。

"唔，他干吗不闭起他那张嘴呢!"思嘉生气地想。"他简直把整个集会弄得一团糟!"米德大夫的眉头皱得要发火了。

"年轻人，对你来说，世界上没有什么神圣的，"他以经常演讲时用的那种声调说。"不过，有许多事物对于南方爱国的先生太太们是神圣的呢。比如，我们的土地不受篡权者统治的自由，便是一种，还有一种是州权，以及……"瑞德好像懒得答理似的，声音中也带有一点腻味乃至厌烦的感觉。

"一切战争都是神圣的，"他说。"对于那些硬要打仗的人来说就是这样。如果发动战争的人不把战争奉为神圣，那谁还那么愚蠢要去打仗呢？但是，无论演说家们对那些打仗的白痴喊出什么样的口号，无论他们给战争订出什么样的崇高的目的，战争从来就只有一个原因——那就是钱，一切战争实际上都是关于钱的争吵。可是很少有人明白这一点。人们的耳朵被军号声和战鼓声以及呆在这儿的演说家们的漂亮言辞塞得太满了。有时喊的口号是‘把基督的坟墓从异教徒手中夺回来!’，有时是‘打倒教皇制度!’，有的是‘棉花，奴隶制和州权!’，有时是‘自由’。”“这和教皇制度有什么相干呢?”思嘉心里想。“还有基督的坟墓，又怎么啦?”可是当她急忙向那愤怒的一群走去时，她看见瑞德正穿过人群得意洋洋地走向门口。她跟在他后面，但埃尔辛太太一把抓住她的裙子，拦阻她。

“让他走吧，”她用清清楚楚的声音说，这使得屋子里突然沉默下来的人群都听见了。“让他走。他简直是个卖国贼、投机家！他是我们怀里养育过的一条毒蛇!”瑞德手里拿着帽子，站在门厅里，正如埃尔辛太太所希望的那样听见了她的话，然后转过身来，向屋里的人打量了一会。他锐利地逼视着埃尔辛太太平板的胸脯，突然咧嘴一笑，鞠了个躬，走出去了。

梅里韦瑟太太搭皮蒂姑妈的马车回家，四位女士几乎还没坐下，她便发作了。

“皮蒂帕特·汉密尔顿！你瞧，我想你该感到满意了吧!”“满意什么?”皮蒂惊恐地喊道。

“对那个你一直在庇护的卑鄙男人巴特勒的德行呀!”皮蒂帕特一听就急了，气得竟想不起梅里韦瑟太太也招待过巴特勒这回事。倒是思嘉和媚兰想了起来，可是按照尊敬长辈的规矩，她们只得忍着不去计较，都低下头来瞧着自己的手。“他不只侮辱了我们大家，还侮辱了整个南部联盟呢。”梅里韦瑟太太说。她那结实的前胸在发光的镶边衣饰下猛烈地起伏着。“说什么我们是在为金钱而战！说什么我们的领袖们欺骗了我们！是的，应该把他关进监狱，决不能饶了他！我要跟米德大夫谈谈这件事。要是梅里韦瑟先生还活着的话，他准备去收拾他的！现在，皮蒂·汉密尔顿，你听我说。你可绝不能让这个流氓再到你们家来了!”“嗯。”皮蒂没奈何地嘟囔着，仿佛她觉得无地自容，还不如死了的好。她祈求似的望着那两位低头不语的姑娘，然后又满怀希望地看看彼得大叔那挺直的脊背。她知道他正在仔细听着梅里韦瑟太太说的每一句话，巴不得他回过头来插上几句，像他经常做的那样。她希望他说：“多丽小姐，您就放过皮蒂小姐算了!”可是彼得一声不响。他从心底里不喜欢巴特勒，这是可怜的皮蒂也知道的。于是，她叹了口气，说：“多丽，好吧，如果你认为……”“我就这样认为，”梅里韦瑟太太坚决回答说。“首先，我不能想象你中的什么邪竟去接待起他来了。从今天下午起，城里没有哪个体面人家会欢迎他进家门了。你得鼓起勇气禁止他到你家来。”她向两位姑娘狠狠地瞪了一眼。“我希望你们俩也留心听我的话，”她继续说。“因为你们在这个错误中也有份儿，竟对他显得那样高兴！就是要客气而又毫不含糊地告诉他，他本人和他的那些混帐话在你们家里是绝对不受欢迎的。”像匹烈马受到一个陌生而粗笨的骑手摆弄似的，这时思嘉火了，眼看要暴跳起来了。可是她不敢开口。她不能冒这个风险让梅里韦瑟太太再给母亲写封信去。

“你这头老水牛！”她想，压在心头的怒火把脸憋得通红。

“要是我能说说我对你和你那套横行霸道的做法是多么恶心的话，那才是天大的快事呢！”“我没想到这辈子还能听到这种公然反叛我们主义的话，”梅里韦瑟太太继续说，但这次用的是一种激于义愤的口气“凡是认为我们的主义不公正不神圣的人，都应该绞死！从今以后，我再不愿听你们两个女孩子跟他说一句话了。”“怎么，媚兰，我的天，你这是怎么了？”媚兰脸色灰白，两只眼睛瞪得圆圆的。

“我还要跟他说话，”她低声说。“我绝不对他粗暴无礼。我绝不禁止他到家里来。”

梅里韦瑟太太气得仿佛给当胸刺了一锥子，噗的一声连肺都炸了。皮蒂姑妈那张肥厚的嘴巴吓得合不拢来，连彼得大叔都回过头瞪着眼发呆了。

“怎的，我为什么就没勇气说这话呢？”思嘉心里很不是滋味，又是妒忌又是佩服。“怎么这小兔子居然鼓足勇气站起来了，跟人家老太太抬杠了？”媚兰激动得两手发抖，但她赶紧继续说下去，好像生怕稍一迟缓勇气就会消失似的。

“我绝不因他说了那些话而对他无礼，因为……他那么当众嚷嚷，是有点粗鲁得……太欠考虑了……不过那也是……也是艾希礼的想法。我不能把一个跟艾希礼有同样看法的人拒之门外，那是不公道的。”梅里韦瑟太太已缓过气来，又要进攻了。

“我还从没听人说过这样的弥天大谎呢！媚兰·汉密尔顿，威尔克斯家可决没有这样的胆小鬼……”“我没说艾希礼是胆小鬼呀！”媚兰说，她那两只眼睛在开始闪烁。“我是说他也有巴特勒船长那样的想法，只是说得不一样罢了。而且我想，他也不会跑到一个音乐会上去说，不过他在信里是对我说过的。”思嘉听了觉得有点良心不安。她回想艾希礼在信中究竟写了些什么使得媚兰发表这样的看法呢？可是她读过的那些信都随看随忘，一点印象也没有留下。她只认定媚兰这样做简直是糊涂极了。

“艾希礼在信中说我们不该跟北方佬打仗。说我们被那些政治家和演说家的煽动人心的口号和意见所蒙骗了，”媚兰急急地说下去。“他说世界上没有任何东西值得我们在这场战争中付出如此大的代价。他说这里根本没有什么光荣可言……有的只是苦难和肮脏而已。”“啊！是那封信，”思嘉心想。“他是这样的意思吗？”“我不相信这些，”梅里韦瑟太太固执地说。“是你误解了他的意思。”“我永远不会误解艾希礼，”媚兰冷静地回答，尽管她的嘴唇在颤抖。“我完全了解他。他的意思恰恰就是巴特勒船长说的那个意思，只不过他没有说得那样粗鲁罢了。”“你应当为自己感到羞耻，居然把一个像艾希礼这样高尚的人去跟一个像巴特勒那样的流氓相比！我想，你大概也认为我们的主义一钱不值吧！”“我……我不明白自己是怎么想的，”媚兰犹疑不定地说，这时火气渐渐消了，而对于自己的直言不讳已开始感到惊慌。

“就像艾希礼那样，我……愿意为主义而死。不过……我的意思是……我的意思是，要让男人们去想这些事，因为他们毕竟精明得多。”“我还从没听说过这样的话呢。”梅里韦瑟太太用鼻子哼了一声，轻蔑地说。“彼得大叔，停车，你都过了我们家门口了。”彼得大叔一直在专心听着背后的谈话，因此忘记在梅里韦瑟家门前停车了。于是只得勒着马退回来。梅里韦瑟太太下了车，她的帽带像风暴中的船帆飘得高高的。

“你们是要后悔的。”她说。

彼得大叔抽一鞭子，马又向前跑了。

“让皮蒂小姐气成了这样，你们两位年轻小姐应当感到羞耻。”他责备说。

“我并不觉得难受呀，”皮蒂惊讶地回答，因为比这更轻的紧张情绪还常常使她发晕呢。“媚兰，亲爱的，我知道你这么着完全是为了帮我。因为说真的，我很高兴有人来把多丽压一下，她多么霸道呀！你怎么会有这股勇气的？可是你觉得你应当说关于艾希礼的那些话吗？”“可那是真的，”媚兰回答，同时开始轻轻地哭泣起来。

“而且我也并不觉得他那样想有什么可耻。他认为战争完全错了，可是他仍然愿意去打，去牺牲，这就比你认为正当而去打时需要更大的勇气。”“我的天，媚兰小姐，你别在这桃树街哭了，”彼得大叔嘟囔着，一面赶着马加快速度。“人家会说闲话的。回到家里再哭吧。”思嘉一声不响，这时媚兰将一只手塞进了她的手里，好像在寻求安慰似的，可是她连捏都没捏它一下。她偷看艾希礼的信时只有一个目的……要让自己相信他仍然爱她。现在媚兰对信中的一些段落作了新的解释，可这是思嘉阅读时压根儿没有看出来的。这使她大吃一惊地发现，原来一个像艾希礼这样绝对完美的人，也居然会跟一个像瑞德·巴特勒那样的无赖汉抱有共同的看法呢。她想：“他们两个都看清了这场战争的实质，但艾希礼愿意去为它牺牲，而瑞德不愿意。我觉得这表示瑞德的见识是高明的。”想到这里她停了一会，发觉自己居然对艾希礼有这样的看法而害怕起来。“他们两个看见了同一件不愉快的事实，但是瑞德·巴特勒喜欢正面逼视它，并且公然谈论它来激怒人们……而艾希礼呢，却几乎不敢正视。”这真是叫人迷惑不解啊！

12

所有在1862年秋天接待过巴特勒的人家中，几乎唯独皮蒂姑妈家到1863年还容许他进入。而且，如果没有媚兰，他很可能在那里也无人接待。只要他在城里，皮蒂姑妈就有晕倒的危险，如果她允许他来拜访，她很清楚，她的那些朋友会说出些什么话来。可是她没有勇气声明他在这里不受欢迎，每次他一到亚特兰大，她便下决心并对两位姑娘说，她在门外迎着他并禁止他进屋里来。可是每次他来时，手里总拿着小包，嘴里是一起称赞她又美丽又迷人的恭维话，这样一来，她的气就又全泄了。

“我就是不知道怎么办好，”她诉苦说。“只消他看着我，我就……我就吓得没命了，不知我一说了他会干出什么事来。他的名声已坏到了这个地步。你看，他会不会打我……或者……或者……啊，要是查理还活着就好了。思嘉，好声好气地告诉他，但一定得告诉他不要再来了。啊，我看你是在鼓励他，所以全城都在议论呢，而且要是你母亲发现了，她对我会怎么说呀？媚兰，你不要对他那么好了。要冷淡疏远一些，那样他就会明白的。哦，媚兰，你是不是觉得我最好给亨利写个条子去，让他跟巴特勒船长谈谈？”“不，我不觉得，”媚兰说。“而且我也绝不会对他无礼。我想人们对于巴特勒船长都像一群失了魂的小鸡似的瞎嚷嚷。他不会囤积粮食让人们挨饿，噢，我相信他不像米德大夫和梅里韦瑟太太说的那么坏。他还给了我一百美元的孤儿救济金呢。我相信他跟我们每个人一样是忠诚和爱国的，只不过他过于骄傲不屑出来为自己辩护罢了。你知道男人们一旦激怒了会变得多么固执的。”皮蒂姑妈对于男人啥也不懂，无论他们是发怒了还是怎么的，她只能摇着那双小小的胖手表示奈何不得。至于思嘉，她很久以来就对媚兰那种专门从好的方面看人的习惯不存希望了。媚兰是个傻瓜，在这一点上谁都对她没有办法。

思嘉知道瑞德并不爱国，而且，尽管她宁死也不承认，她对此毫不在乎。倒是他从纳索给她带来的那些小礼品，一个女人可以正正当当接受的小玩意，她却十分重视。在物价如此昂贵的情况下，如果还禁止他进门，她到哪里弄到针线、糖果和发夹呀？不，还是把责任推到皮蒂姑妈身上更顺当些，她毕竟是一家之主，是监护人和道德仲裁人嘛。思嘉知道全城都在议论巴特勒的来访，也在议论她；可是她还知道，在亚特兰大人眼中媚兰·威尔克斯断是不会干错事的，那么既然媚兰还在护着巴特勒，他的来访也就不至于太不体面了。

不过，如果瑞德放起他的那套异端邪说，生活就会惬意得多。那样，她同他在桃树街散步时就用不着因人们公然不理睬他而觉得尴尬了。

“你就是心里有这些想法，又何必说出来呢？”她这样责备他。“要是你单凭自己的高兴爱想什么就想什么，可就是闭着嘴毫不声张，那一切都会好得多了。”“我的绿眼睛伪君子，那是你的办法，是不是？思嘉，思嘉！我希望你拿出更多的勇气来。我认为爱尔兰人是想什么说什么的，只有魔鬼才躲躲闪闪，请老实告诉我，难道你闭着嘴不说话时不觉得心里憋得要爆炸吗？”“唔，是的，”思嘉不大情愿地承认。“当人们从早晨到中午直到晚上尽谈什么主义时，我就觉得厌烦死了。可是我的天，瑞德·巴特勒，如果我承认了这一点，就谁都不跟我说话，哪个男孩子也不会跟我跳舞了！”“噢，对了，哪怕要付出最大的代价，总得有人伴着跳舞。那么，我要佩服你这种自我克制的精神，不过我觉得我自己办不到。我不能披上罗曼蒂克的爱国的伪装，无论那样会多么方便。那种愚蠢的爱国者已经够多的了，他们把手里的每分钱都押在封锁线上，到头来，等到这场战争一结束，只落得一个穷光蛋。他们不需要我去加入他们的队伍，无论是为爱国主义史册添一分光彩还是给穷光蛋名单加上一个名字。

让他们去戴这些荣耀的光环吧。他们有资格戴的……这一次我总算诚恳了……此外，再过一年左右，那些要戴光环的人也全都会戴上的。”“我觉得你这人真是太卑鄙了，居然说出这样的话来，你明明知道英国和法国很快就会来帮助我们，而且……”“怎么，思嘉！你准是看过报纸了！我真替你吃惊。可再不要这样了，那会把女人的脑子弄坏的。不到一个月以前，我还在英国。关于你的消息，我要告诉你，英国绝不会帮助南部联盟。英国绝不会把赌注押在一条落水狗身上，这便是英国之所以成为英国。此外，目前坐在宝座上的那位荷兰胖女人是敬畏上帝的，她不赞成奴隶制。即使英国棉纺厂的工人由于得不到我们的棉花而饿肚子，它也绝不会为奴隶制而斗争的。至于法国，正在墨西哥忙于建设法国区，这个拿破仑的孱弱模仿者，根本不可能为我们操心了。事实上，因为这会牵制我们而不能去赶走在墨西哥的法国军队，他们欢迎这场战争……不，思嘉，国外援助这个概念只不过是报纸发明出来用以维持南方士气的一个法宝而已。南部联盟的命运已经注定了。它现在像一匹骆驼，靠它的驼峰维持生命，可是连最大的驼峰也有消耗干净的一天呢。我打算在封锁线再跑六个月，以后我就不干了，再下去就太冒风险了。那时我要把船只卖给一个自以为还能干下去的英国人。但是不管怎样，这不会叫我为难的。我已经赚了够多的钱，都存在英国的银行里，而且全是金币。这不值钱的纸币已与我毫不相干了。”他还是像往常那样，话说得似乎很有道理。别人可能说他的话是叛国言论，但思嘉听来却是真实的，合乎情理的。她知道这可能完全错了，她应当感到震惊和愤怒才是。实际上她既不震惊也不愤怒，不过她可以装成那样，那会使她显得可敬一些，更像个上等人家的闺秀。

“我认为米德大夫写的有关你的那些话都是对的，巴特勒船长。唯一挽救的办法是你把船卖掉之后立即去参军。你是西点军校出身的，而且……”“你这话很像是个牧师在发表招兵演说了。要是我不想挽救自己又怎么样？我要眼看着它被彻底粉碎才高兴呢。我干吗要去拼命维护那个把我抛弃了的制度呀？”“我可从来没听说过什么制度。”她很不以为然地说。

“没听说过？可你自己就是属于它的一分子，跟我一样，而且我敢肯定你也像我这样，并不喜欢它。再说，我为什么成了巴特勒家族中的不肖子呢？原因不是别的，就在这里……我跟查尔斯顿不一致，也没法跟它一致。而查尔斯顿可以代表南方，只不过更加厉害而已。我想你大概还不明白那是个多么讨厌的地方吧？有许多事情仅仅因为人们一直在做，你也就不得不做。另有许多事情是完全没有坏处的，可是为了同样的原因你就绝不能去做。还有许多事情是由于毫无意思而使我腻烦透了。就说我没有娶那位你大约听说过的年轻女人吧，那仅仅是问题爆发的最后一个方面罢了。我为什么要娶一个讨厌的傻瓜，仅仅因为受到某种意外事故的干扰未能把她在天黑之前送到家里吗？又为什么要让她那个凶暴的兄弟在我能够打得更准的情况下来开枪打死我呢？当然，假如我是个上等人，我就会让他把我打死，这样就可以洗刷巴特勒家教上的污点了。可是……我要活呀！我就是这样活了下来，并且活得很舒服呢。……每当我想起我的兄弟，他生活在查尔斯顿的神圣牛群里，对他们很尊敬；我记起他那个粗笨的老婆和他的圣塞西利亚舞会，以及他那些令人厌倦的稻田……想到这些，我就认识了与那个制度决裂所得到的报偿。

“思嘉，我们南方的生活方式是跟中世纪封建制度一样陈旧的。

“令人惊奇的是它居然持续了这么久。它早就该消失，并且正在消失。不过，你还希望我去听像米德大夫这样的演说家告诉我，说我们的主义是公正而神圣的吗？要我在隆隆的鼓声中变得那样激动，以至会抓起枪杆子冲到弗吉尼亚去为罗伯特老板流血吗？你认为我是一个什么样的傻瓜呢？给人家鞭打了一顿还去吻他的鞭子，这可不是属于我干的那个行业。如今南方和我是两清了，谁也不欠谁的了。南方曾经把我抛弃，让我饿死。我没有饿死，倒是从南方的濒死挣扎中捞到了足够的金钱来赔偿我所丧失的与生俱来的权力了。”“我看你这个人很卑鄙，唯利是图。”思嘉说，不过口气是机械的。他所说的话大多从她耳边滑过去了，就像每次与已无关的谈话一样。不过其中的一部分她能理解，她也觉得上等人的生活中的确有许多愚蠢的事情。比如说，不得不假装自己的心已进入坟墓，而实际上并没有。而且，她在那次义卖会上跳舞时人人都大为震惊呢。又比方，她每次做了或说了些什么稍稍与别的年轻女人所说所做不同的事，人家就会气得把眉毛都竖起来了。不过，她听到他攻击那个她自己也最厌恶的传统时，还是觉得刺耳的。她在讲究客气、惯会 作假的人们中间生活久了，如今听到有人一言道出了自己心中的想法，总不免感到有些不安。

“唯利是图？不，我只是有远见罢了。尽管这也许不过是唯利是图的一个同义词。至少，那些和我一样有远见的人会这样说。只要他1861年手头有一百美元的现金，任何一个忠于南部联盟的人，都会像我这样干的，可是，真正唯利是图能够利用他们的机会的人又多么少啊！举例说，在萨姆特要塞刚刚陷落而封锁线还没有建成的时候，我以滥贱的价格买进了几千包棉花，并把它们运往英国。它们至今还存放在利物浦货栈里，一直没有出售。我要保持到英国棉纺厂极需棉花并愿意按我的要价购买时才放手。到时候，即使卖1美元1磅，也是不足为奇的。”“等到大象在树林里做窝时，你就可以卖1美元1磅了！”“现在棉花已涨到72美分1磅。我相信会卖到这个价的。思嘉，这场战争结束时我会成为一个富翁，因为我有远见……唔，对不起，是唯利是图。我曾经告诉过你，有两个时期是可以赚大钱的，一是在建设一个国家的时候，一是在一个国家被毁坏的时候。建设时赚钱慢，崩溃时赚钱快，记住我的话吧。也许有一天你是用得上的。”“我非常欣赏好的忠告，”思嘉用尽可能强烈的讽刺口吻说。“不过我不需要你的忠告，你认为我爸是个穷光蛋吗？他可有足够的钱供我花呢，而且我还有查尔斯的财产。”“我能想象到，法国贵族直到爬进囚车那一刻，也一直是这样想的。”思嘉每次参加社会活动，瑞德总是指出这同她身穿黑色丧服是不协调的。他喜欢鲜艳的颜色，因此思嘉身上的丧服和那条从帽子一直拖到脚跟的绉纱头巾使他感到既好笑又不舒服，可是她坚持穿戴这些服丧的深色衣物，因为她知道如果不再等几年就改穿漂亮的颜色，全城的人就会比现在更加窃窃私语地议论起来。何况，她又怎样向母亲解释呢？

那条绉纱头巾使她活像只乌鸦，瑞德坦率地说，而那身黑衣服则使她显得老了10岁。这种不雅的说法逼得她赶快跑到镜子前去照照，究竟自己是不是像个28岁的人了。

“我觉得你应当把自己看重些，不要去学梅里韦瑟太太那样，”他揶揄地说。“趣味要高尚一点，不要用那条纱巾来表现自己实际上从来没有过的悲哀。我敢跟你打赌，这是假的。

我真希望在两个月内就叫你把这帽子和纱巾摘掉，戴上一顶巴黎式的。”“真的？不，请你不要再谈这件事了。”思嘉说，她不高兴瑞德老是叫她想起查尔斯。这时瑞德正准备动身到威尔明顿去，从那里再到国外去跑一趟，所以他没有多说，咧嘴一笑便离开了。

几星期后，一个晴朗的夏日早晨，他拿着一只装满漂亮的帽子的匣子来了，这时他发现思嘉一个人在屋里，便把匣子打开。里面用一层薄绢包着一顶非常精致的帽子，思嘉一见便惊叫起来："啊，这宝贝儿!"很久很久没看见新衣裳了，更不用说亲手去摸了。何况这样一顶她从没见过的最可爱的帽子呢！这是用暗绿色塔夫绸做成的，里面衬着淡绿色水纹绸。

而且，这件绝妙精制品的帽檐周围还装饰着洋洋得意似的驼鸟毛呢。

"把它戴上。"瑞德微笑着说。

她飞也似的跑到镜子跟前，把帽子噗的一下戴到头上，把头发往后推推，露出那对耳坠子来，然后系好带子。

"好看吗?"她边嚷边旋转着让他看最美的姿势，同时晃着脑袋叫那些羽毛跳个不停。不过，她用不着看他那赞赏的眼光就知道自己显得有多美了。她的确显得又妩媚又俏皮，而那淡绿色衬里更把她的眼睛辉映成深翡翠一般闪闪发亮了。

"唔，瑞德，这帽子是谁的？我想买。我愿意把手头所有的钱都拿出来。""就是你的呀，"他说。"还有谁配戴这种绿色呀？你不觉得我把你这眼睛的颜色记得十分精确吗?""你真的是替我选配的吗?""真的。你看盒子上还有'和平路'几个法文字呢，你总不见得会视而不见吧?"她却根本视而不见，只一味朝镜子里的身影微笑。

在这个时刻，除了她两年以来头一次戴上了这么漂亮的帽子并显得分外地迷人之外，任何事情都无所谓了。有了这顶帽子，她还有什么事办不到呀！可是随即她的笑容渐渐消失了。

"你喜欢它吗?"

"唔，这简直是像个梦，不过……唔，我恨自己不得不用黑纱罩住这可爱的绿色并把羽毛染成黑色的。"他即刻站到了她身边，用熟练的手指把她下巴底下的结带解开。不一会儿帽子就放回到盒子里了。

"你说过这是我的呀！你这是干什么?"

"可它并不是给你改做丧帽的。我会找到另一位绿眼睛的漂亮太太，她会欣赏我的选择的。""啊，你不能这样！我宁死也得要它！啊，求求你，瑞德，别这样小气！给了我吧!""把它改成跟你旁的帽子一样的丑八怪？不行。"她抓住盒子不放。要把这个使她变得如此年轻而妩媚的宝贝给别的女孩子？啊，休想！她也曾暂时想起皮蒂和媚兰的惊慌模样，她想起母亲和她可能要说的话。不由得打了一个寒噤。可是，虚荣心毕竟更有力量。

"我答应你，我不会改它。就给了我吧。"他把盒子给她，脸上流露着微带嘲讽的笑容，望着她把帽子再一次戴上并端详自己的容貌。

"这要多少钱?"她突然沉下脸来问。"我手头只有 50 美元，不过下个月……""按南部联盟的钱算，这大约值 2000 美元左右。""啊，我的天……好吧，就算我现在给你50，以后，等我有了……”“我不要钱，”他说。“这是礼物。”思嘉不觉张大了嘴。在接受男人的礼物方面，可得严格注意分寸，万万不能有一点马虎啊。

“糖果和鲜花，亲爱的，”爱伦曾经屡次说，“也许一本诗集，或者一个像册本，一小瓶香水，只有这些，男人送给你时可以接受。凡是贵重礼物，哪怕是你的未婚夫送的，都千万不能接受。千万不要接受首饰和穿戴的东西，连手套和手绢也不能要。你如果收了这样的礼物，男人们就会认为你不是个上等女人，就会对你放肆了。”“啊，乖乖！”思嘉心想，先看了看镜子里自己的形象，然后看着瑞德那张神秘莫测的脸。“这帽子太可人意了，我简直没法告诉他我不能接受。我宁愿……我几乎宁愿让他放肆一下，如果只有个小动作的话。”这时她不禁对自己也觉得惊恐，怎么会有这样的想法呢，于是脸红了。

“我要……我要给你那50美元……”

“如果你这样，我就把它扔了。或者，还不如花钱为你的灵魂做做弥撒。我相信，你的灵魂是需要做几次弥撒的。”她勉强笑笑，可是一看见镜子里那绿帽檐底下的笑影便立即下决心了。

“你究竟要对我怎么样呢？”

“我是在用好东西引诱你，把你那些女孩子的空想磨掉，然后服从我的支配。”他说。“‘从男人那里只能接受糖果和鲜花呀，亲爱的！’”他取笑似的模仿着，她也咯咯地笑了。

“瑞德·巴特勒，你这个又狡诈又黑心的坏蛋，而且你明明知道这帽子太漂亮了，谁还会拒绝呢。”他的眼神里又有对她美貌的赞赏，又有对她的嘲弄。

“当然喽，你可以对皮蒂小姐说，你给了我一个塔夫绸和绿水绸的样品，并画了张图，而后我向你勒索了50美元。”“不，我要说是100美元，她听了会告诉城里的每一个人，然后人人都会对我眼红，议论我多么奢侈。不过，瑞德，你以后不要再给我带这样贵重的东西好吗？你这已经是太慷慨了，我实在不能接受别的了。”“真的？可是，只要我认为能增加你的魅力，只要我觉得喜欢，我还要继续带些礼物来。我要给你带些暗绿色水纹绸来做一件长袍。好跟这顶帽子相配。不过我要警告你，我这人并不慷慨。我是在用帽子和镯子引诱你，引你上钩。请经常记住，我每做一件事都有自己的动机，从来不做那种没有报酬的傻事。我总是要得到报偿的。”他的黑眼睛在她脸上搜索，移到了她的嘴唇上，思嘉垂下眼来，浑身激动。现在，就像爱伦说的那样。他准备要放肆了，他要吻她，或者试图吻她，可是她心慌意乱打不定主意，不知怎么办才好。要是她拒绝呢，他就可能一把将帽子从她头上摘下来，拿去给别的女人。反之，要是允许他规规矩矩亲一下呢，他就可能再给她带些可爱的礼物来，希望再一次吻她。男人总是非常重视亲吻的，其中的缘故只有天知道。往往有这样的情况，吻过一次就不再给吻了的话，他就会大出洋相，显得十分有趣。要是瑞德·巴特勒爱上了她，并且自己承认了，求她接一个吻或笑一笑，那才带劲呢。是的，她愿意让他吻。

但是他没有来吻她，她从眼睫毛底下瞟了他一眼，并用挑逗的口气低声说："你总是要得到报偿的，是这样吗？那么你想从我这里得到什么呢？""那得等着瞧了。""唔，要是你觉得我为了偿付那顶帽子便会嫁给你，那是不会的。"她大胆地说，同时俏皮地把头晃了晃，让帽子上的羽毛抖动起来。

他那雪亮的牙齿在一小撮髭须下微微一露，仿佛要笑似的。

"你这是在恭维自己了，太太，我是不准备结婚的。我并不想娶你或任何别的女人。""真的！"她吃惊地叫了一声，同时断定他就要放肆了。

"我连吻也不想吻你呢。"

"那你为什么把嘴撮成那么个可笑的模样呀？""啊！"她向镜子里瞧了一眼，发现自己的红嘴唇的确是个准备接吻的姿势，气得连连顿脚。不禁又嚷了一声，"你是我所见过的最可怕的人了，我真的再也不想见到你了！""要是你真的这么想，你就会把帽子丢在地上踩起来。哎哟哟，看你急成那个样子，不过这也是恰到好处的，你大概很清楚，来，思嘉，把帽子踩在脚下，好让我看看你对我和我的礼物是怎么想的吧。""看你敢碰这帽子一下！"她边说边抓住帽带慢慢往后退。他跟上去，笑嘻嘻地把她的手握住了。

"唔，思嘉，你真像个孩子，可把我的心都揪痛了！"他说。"我要吻你的，看来你正盼着呢。"说着他随随便便俯下身来将髭须在她脸上擦了擦。"现在，你是不是觉得该打我一个耳光来维持你的体面呀？"她噘着嘴，抬头注视着他的眼睛，看见那黑黝黝的眼珠子里饱含着乐趣，便噗哧一声笑了。她想这家伙也太爱戏弄人，太叫人恼火了！如果他并不想跟她结婚，甚至不想吻她，那他要怎样呢？如果他并没有爱上她，那为什么来得这样勤并送给她礼物呢？

"这就好了，"他说。"思嘉，你跟着我可只会学坏呢，所以你一旦觉察出来就会让我滚蛋……如果你办得到的话，我这人可是很难摆脱掉的啊，不过我对你只有坏处。""是这样吗？""难道你看不出来？自从我在义卖会上遇到你那一天起，你的行为就很叫人吃惊了，其中大部分应当归咎于我。是谁怂勇你跳舞的呢？是谁强迫你承认了你认为我们的主义既不光荣也不神圣的呢？是谁促使你承认你觉得那些为响亮的信条而牺牲的人便是傻瓜呢？谁帮助你给了那些老太太许多闲谈的资料呢？谁正在劝说你提前几年便匆匆地将丧服脱掉呢？最后，又是谁引诱你接受一件要想继续当上等女人就不能接受的礼物呢？""巴特勒船长，你这是在恭维你自己。我根本没有干过这样可耻的事，而且，没有你的帮助我也会做你提到的那些事呢。""我怀疑这一点，"他说这话时脸色突然显得平静而阴沉了。"你应当仍然是查尔斯·汉密尔顿的伤心的遗孀，同时带些鲜花送给那些正在康复的军官。”她并没有意识到瑞德说的那最后几句话是真实的。她没有看出他已经设法打开她那寡妇生活的牢门，把她释放出来，使她在作为一个美人本来早已是昨日黄花的时候，又能像女王一般凌驾于那些未婚姑娘之上。她也没有看出自己在他的影响下已经远远背离了母亲的教诲。变化是慢慢发生的，从蔑视一种小小的习俗到蔑视另一种习俗，中间似乎没有什么联系，至于瑞德在其中起的作用就更不明显了。她还不明白，正是由于他的鼓励，她才否定了母亲关于妇道的许多严格禁条，忘记了作为一个上等女人时很难遵守的那些教训。

她仅仅看到那顶帽子是她历来有过的最合适的一顶，而且它没有花她一文钱；瑞德也一定是爱上她了，不管他承认与否。她无疑是要想出一个办法来使他承认的。

第二天，思嘉手里拿着一把梳子，站在镜前，嘴里塞满了发夹，正在试着做一种新的发型。这种发型是梅贝尔最近在里士满探望丈夫时学到的，名叫“老猫老鼠小耗子”，据说是时下京都最风行的，不过很不容易做呢。这要把头发从当中分开，每一边又分成逐渐减少的三绺，最大的一绺紧靠中分线，算作“老猫”。“老猫”和“老鼠”很容易就安顿好了，可“小耗子”总是想从发夹中溜出来，恼火得很。不过，她下决心一定要把它弄好，因为瑞德今天要来吃晚饭，而他很注意衣服和头发的式样，并且是最评头品足的。

她正在跟自己那把又密又顽固的头发斗争，额头上冒出了许多汗珠，这时忽然听到楼下穿堂里响起轻快的脚步声，便知道是媚兰从医院回来了。接着，她听见媚兰两步并作一步飞快地跑上楼来，便不禁拿着发夹愣住了，心想一定是出了什么事，因为媚兰一贯像个贵夫人那样是从容缓步的。她走到门口，把门打开，媚兰随即跑进来，满脸的兴奋和惊慌，像个做了错事的孩子似的。

她帽子挂在头顶上，脸上满是泪珠，裙圈急急地摆荡着。

她手里抓着个什么东西，周围散发着一股廉价香水的强烈香味。

“啊，思嘉！”她边喊边把门关好，随即在床上坐下。“姑妈回来了吗？还没有？啊，谢天谢地！思嘉，我差点给羞死了！我都快要晕过去了，你看，彼得大叔正在那里威胁说要告诉姑妈呢！”“告诉她什么呀？”“说我跟那个……跟那位小姐还是太太说话了……”媚兰用手绢使劲扇着自己那张火烫的脸。“就是那个红头发的叫贝尔·沃特琳的女人！”“啊唷，媚兰！”思嘉嚷着，眼睛都吓得发直了。

贝尔·沃特琳就是她到亚特兰大的当天在街上看见的那个红头发女人，现在她可能是城里名声最臭的女人了。有许多妓女跟随着大兵涌进了亚特兰大，而贝尔凭着她那火红的头发和俗丽而过分时髦的衣着成了她们中的佼佼者。人们在桃树街大街上和附近的体面人家很少看到她，但只要她一出现，有身份的妇女便急忙走开，避免同她接近。可是媚兰跟她说话了。难怪彼得大叔大发雷霆呢。

“要是皮蒂姑妈知道，我就活不成了！你知道她会到处嚷嚷告诉城里每个人的，这样我就没脸见人了！”媚兰抽噎着说。

“可这不是我的过错。我……我不能硬从她面前跑开呀，那样太不礼貌了。思嘉，我……我很替她感到难过，你是不是觉得我这样想太不应该了呢？”但是思嘉并不关心这件事是否合乎道德，像大多数有教养和天真烂漫的年轻女人那样，她对妓女怀着一份十分强烈的好奇心。

“她的话讲得怎么样？她想要干什么？”

“唔，她的语法糟透了，不过我看得出她在极力想学得文雅些，可怜的人儿！我从医院里出来，发现彼得大叔和马车没有在门口等我，我就想步行回家了。我经过埃默生家的大院时，她正躲在篱笆后面呢！啊，谢天谢地，埃默生一家都到梅肯去了。这时，她说，‘威尔克斯小姐，你跟我说一会儿话好吗？’我不明白她是怎么知道我的名字的。我想我应当尽快走开，可是……可是思嘉，她显得那么可怜……是的，好像是在哀求我。她穿着一身黑衣裳，戴着黑帽子，也没有涂脂抹粉，要不是那头红头发就真正像个规矩人了。她没有等我开口又接着说：‘我知道，我是不应当跟你说话的，不过当我跑去对那只年老的母孔雀埃尔辛太太说时，她竟把我从医院里撵出来了！’”“她真的管她叫母孔雀吗？”思嘉乐呵呵地笑了。

“唔，这不是好玩的。别笑嘛，看来这位小姐，这个女人，是想替医院做点什么……你能想象出来吗？她提出要每天上午来当看护呢！当然，埃尔辛太太一听这想法必定是给吓坏了，于是就命令她离开医院。接着她说，‘我也想做点事情呢。难道我不也像你们那样是个拥护南部联盟的人吗？’所以，思嘉，我真的给她那要求帮助的模样感动了。你知道，她要是想为主义效劳，就不能说全是个坏人了，你觉得我这样也很坏吗？”“看在上帝面上，媚兰，谁管你坏不坏的？她还说了些什么呢？”“她说她一直在看经过那里到医院去的女人，觉得我……我的面貌很和平，所以就拦住了我。她有些钱要给我，还不要告诉任何人钱是从哪里来的，让我用在医院的事上，她说埃尔辛太太一定要她说明那是什么样的钱才同意作使用。什么样的钱呀！说到这点我真要晕倒了呢！那时我感到很不好办，急于要离开她，只得随口应着‘唔，是的，当真，你多好’，或者别的傻话，可她却微笑着说：‘你才真是个基督徒呢’，并把这条脏手帕塞到我手里。喏，你闻闻这香味！”媚兰拿出一条男人用的手帕来，又脏又带着强烈香味，里面包着一些硬币。

“她正在说‘谢谢你’，并表示以后每星期都给我带点钱的时候，正巧彼得大叔赶着车迎面跑来看见我了！”说到这里，媚兰又泪流满面，把头倒在枕头上哭了起来。“当他看清楚是谁跟我在一起时，他……思嘉你看，他竟对我吆喝起来了！我这一辈子还从没见人吆喝过我呢。他还说，‘你就在这里赶快给我上车吧！’当我上了车，他便一路上没完没了地骂我，也不让我解释一句，还说他要去告诉皮蒂姑妈。思嘉，请下去求求他不要去告我了，好吗？说不定他会听你的。你知道，姑妈只要听我曾经面对面见过那女人，她也会给活活吓死的呀！思嘉，你愿意去跟彼得大叔说说吗？”

“好，我去，不过，让我们先瞧瞧这里有多少钱。还沉着呢。”她解开手帕，一大把金币滚了出来，撒落在床上。

“有50美元呢！还有金币！思嘉！”媚兰惊叫着，数了数那些亮晶晶的硬币，显然给吓住了。“你说，你觉得在小伙子们身上使用这种……噢，这种钱……这样赚来的钱，恰当吗？你不觉得或许上帝会理解她是想帮助，所以就不管钱是否肮脏了呢？我一想到医院需要那么多的东西时……”但是思嘉并没有听这些，她在注视那条脏手帕，心里充满着羞辱和愤怒。原来手帕角上有个图案，其中包含着RKB三个字母。她那放珍贵物品的抽屉里也有一块跟这一模一样的手帕，那是瑞德·巴特勒昨天借给她用来包那束他们采折的鲜花的，而她正准备今晚他来吃饭时还给他呢。

这样看来，瑞德在同沃特琳那个贱货来往并给她钱了。这就是那笔给医院的捐款的由来了。原来是从封锁线捞到的金币呀。想想看，瑞德居然有胆量在跟那个贱货厮混过以后，再来同一位正经妇女会面呢！想想看，她几乎相信他爱上她呢。

这证明他是绝不会的了。

凡是坏女人，以及那些跟她们有关联的人，对她来说都是些神秘而讨厌的家伙。她知道有些男人怀着某种目的去光顾这些女人，那种目的是正经女人所不齿的——或者，她要是提及的话，也只能用耳语或暗示，或一种委婉的说法。她常常想，只有低级而粗俗的男人才会去看这样的女人。在这以前，她从来没有想到过，正经男人——就是说，她在体面人家遇见过并一起跳舞的那些男人——也可能做这样的事情。眼前这件事给她的思想打开了一个崭新的天地，一个令人十分恐怖的天地。说不定所有的男人都这样呢！他们强迫自己的妻子忍受这种不道德的行为就够坏的了，还要去找下等女人并为这种寻欢作乐付给她们金钱呢？啊，男人都坏透了，瑞德·巴特勒更是他们中最下流的一个！

她要将这条手帕摔到他脸上去，并指着门口叫他滚出去，而且从此永远永远也不再理他了。可是不，她当然不能那样做。她永远永远不能让他知道她已经明白有那样一个女人存在，更不要说已经明白他去看过她这件事。一个上等女人是绝不能这样做的。

“唔，”她满怀愤怒地想，“假如我不是个上等女人，我还有什么不能对这个坏蛋说的呢！”于是，她把那条手帕揉成一团捏在手里，随即下楼到厨房里去寻找彼得大叔，她从火炉旁走过时，随手把手帕丢到火里，憋着一肚子无可奈何的怒气看着它燃烧。

13

1863 年夏天到来时，每个南方人心里也升起了希望。尽管缺衣少食、备尝艰辛，尽管有粮食投机商和类似的蟊贼，尽管死亡、疾病和痛苦给几乎每一个家庭留下了阴影，南方毕竟又在说："再打一个胜仗就可以结束战争了。"而且是怀着比头年夏天更乐观的心情说的。北方佬的确是个很难砸开的核桃，可是他们终于在破裂了。

对于亚特兰大和整个南方来说，1862 年圣诞节是个愉快的节日。南部联盟在弗雷德里克斯堡打了一个很大的胜仗，北方佬伤亡的人员数以千计，人们在节假期间普遍欢欣鼓舞，欢庆和祈祷局势已出现了转折点。那些穿灰制服的军队已成了久经沙场的队伍，他们的将军已屡建功勋，人人都知道，只要春季战役一打响，北方佬就会被永远彻底地击溃了。

春天到来，战斗又开始了。到五月间南部联盟军队又在昌塞洛斯维尔打了个大胜仗，整个南方都为之欢欣鼓舞。

在离本县较近的地方，一支突入佐治亚的联邦骑兵给击溃了，又成了南部联盟方面的胜利。人们仍在嘻嘻地彼此拍着肩背说："是啊，先生！只要咱们的老福雷斯特将军跟上来，他们就不如早点滚了！"原来四月下旬斯特雷特上校率领一支八百人的北方骑兵队伍突然袭入佐治亚，企图占领在亚特兰大北面六十余英里的罗姆。他们妄想切断亚特兰大和田纳西之间的极端重要的铁路线，然后向南攻入南部联盟的枢纽城市亚特兰大，把集中在那里的工厂和军需物资彻底摧毁。

这是十分厉害的一招，如果没有纳·贝·福雷斯特将军，就会给南方造成极大的损失。当时这位将军只带领相当于敌人 1/3 的兵力——不过这是些多么了不起的骑手啊——尾随在他们后面，但赶在他们到达罗姆之前便交上了火，然后是昼夜猛击，终于把他们全部俘虏了！

这个捷报和昌塞洛斯维尔大捷的消息几乎同时传到了亚特兰大，引起全城一片震天动地的欢呼。昌塞洛斯维尔的胜利可能有更加重大的意义，但是斯特雷特突击队的被俘也使北方佬显得极为狼狈。

"不，先生，他们最好不要再跟老福雷斯特开玩笑了！"亚特兰大人开心地说，同时一再谈论这次打胜仗的经过，兴味无穷。

现在，南部联盟走运的形势发展到了极盛的高潮阶段，它席卷着满怀喜悦的人们。不错，格兰特率领下的北方佬军队五月中以来一直在围攻维克斯堡。不错，斯·杰克逊在昌塞洛斯维尔受了重伤，这是南方的一个令人痛心的损失。不错，科布在弗雷德里克斯堡牺牲了，这使佐治亚失掉了一个最勇敢和最有才能的儿子。可是，北方佬再也经不起像弗雷德里克斯堡和昌塞洛斯维尔这样的惨败了，他们会被迫投降，那时残酷的战争便可宣告结束了。

到七月初，先是谣传，后来从快报上证实了：李将军在向宾夕法尼亚挺进。李将军打进了敌人区域了！李将军在强攻了！这是最后一战了！

亚特兰大人兴奋得如醉如狂，迫切地渴望着来一次报复。

如今北方佬知道将战争打到自己的家里是什么滋味了。如今他们该知道耕地被荒废、牛马被偷走、房屋被焚毁、老人孩子被抓进牢房、妇女儿童被赶出来挨饿都是些什么样的滋味了。

人人都清楚北方佬在密苏里、肯塔基、田纳西和弗吉尼亚都干了些什么。北方佬在占领区犯下的罪行，连很小的孩子都能又恨又怕地历数出来。现在亚特兰大已到处是从田纳西东部逃来的难民，他们亲口讲述自己的苦难经历，令人听了无不伤心。在那个地区，南部联盟的同情者居少数，战争带给他们的灾难也最沉重，就像在所有边境地区那样，兄弟互相残杀，人们彼此告密，这些难民都大声要求让宾夕法尼亚一片焦土，连那些最温和的老太太也表现出严厉的喜悦心情。

但是有人从前线带回消息说，李将军下了命令，宾夕法尼亚州的私人财产不能触动，掠夺一律处以死刑，凡军队征用任何物品都必须付钱……这样，李将军就得付出自己所赢得的全部尊敬才能保全在群众中的声望了，也不让人们在那个繁华州的丰富仓库里为所欲为一下？李将军究竟是怎么想的？可我们的小伙子却急需鞋子、衣服和马匹呢！

米德大夫儿子达西捎回来一封急信，这是 7 月初亚特兰大收到的唯一第一手新闻，因此便在人们手中传递，引起愈来愈大的愤慨。

“爸，你能设法给我弄一双靴子来吗？我已经打了两个星期赤脚了，至今还没有希望得到靴子。要不是我的脚太大，我可以像别的小伙子那样，从北方佬死人脚上脱一双下来，可是我还没打到一个有我这般大脚的北方佬呢。如果你能替我弄到，请不要通过邮局寄。有人会在途中偷走的，而我又不想责怪他们。还是叫费尔坐趟火车送来吧。我们到什么地方，我会很快写信告诉人。只知道在朝北方行进，眼前我还不清楚，我们此刻在马里兰，人人都说是开到宾夕法尼亚去……爸，我觉得我们应当对北方佬以牙还牙，可是将军说不行。至于我个人，我并不愿意只图一时高兴去烧北方佬的房子而受到枪毙的处分。爸，今天我们穿过了你可能从没见过的极大一片麦田。我们那里可没有这样的麦田呢。好吧，我得承认我们在那片麦地里偷偷搞了一点掠夺，因为我们全都饿得不行了，而这种事只要将军不知道就不会有危险的。不过没有给我们任何好处，那麦子一吃下去便更糟了，小伙子们本来都患了点痢疾，要知道，带着痢疾走路比拖着一条伤腿走还要困难呢。爸，请一定设法替我弄双靴子来。我如今已当了上尉，一个上尉即使没有新的制服或肩章，也应当穿双靴子嘛。”但是军队到了宾夕法尼亚——这才是重要的事情——再打一次胜仗战争就会结束。那时达西·米德所需的靴子就全都有了，小伙子们就会往回开拔了，大家再重新欢聚。米德太太想象儿子终于回到家里，从此不再离开，便忍不住要落泪了。

7月3日，从北方来的电讯突然沉默了，一直到4日中午才有断断续续的经过篡改的报道流入设在亚特兰大的司令部。原来在宾夕法尼亚发生了激战，在一个名叫葛底斯堡的小镇附近打了一次投入李将军全部兵力的大仗。消息并不怎么确切，来得也晚，因为战争是在敌人区域里打的，所有的报道都得首先经过马里兰，转到里士满，然后再到亚特兰大。

人们心中的焦虑逐渐增长，全城蔓延着恐惧的预感。

最糟糕的是不明白事情的真相。凡是有儿子在前线的家庭都焦急地祈祷着，但愿自己的孩子不在宾夕法尼亚，可是那些知道自己的亲属就在达西·米德团里的，便只好咬着牙声称，他们参加了这次将永远打垮北方佬的鏖战，是十分光荣的事。

皮蒂姑妈家的三位女人只好怀着无法掩饰的恐惧心里彼此面面相觑。艾希礼就在达西那个团里呢。

到7月5日，坏消息终于到来，但不是从里士满而是从西边传来的。维克斯堡陷落了，经受长期而残酷的围攻之后陷落了，而且实际上整个密西西比流域，从圣路易斯到新奥尔良，都已沦于北方佬之手。南部联盟已被切成两块。在任何别的时候，这一灾难的消息都会给亚特兰大人带来恐怖和悲伤。但是现在，他们已来不及考虑维克斯堡。他们考虑的是在宾夕法尼亚进行强攻的李将军。只要李将军在东边打了胜仗，维克斯堡的沦陷就不是太大的灾难了。还有宾夕法尼亚、纽约、华盛顿，一旦把它们打下来，整个北方便会陷于瘫痪状态，这可以抵销密西西比流域的败绩还绰绰有余。

时间一个钟头又一个钟头沉闷地过去，灾难的阴影笼罩着全城，使炎热的太阳都显得昏暗了，直到人们突然抬起头来，吃惊地凝望天空，仿佛不相信它是晴朗的、湛蓝的，而是乌云遍布，一片昏沉。到处都可以看到，妇女们在屋前走廊上、人行道上，甚至街心聚集成群，挤作一堆，相互告诉说没有什么好消息，同时设法彼此安慰，装出一副勇敢的模样。可是谣言暗暗流传，像蝙蝠似的在寂静的大街上往来飞掠，说是李将军牺牲了，仗打败了，大量伤亡的名单正源源而来。人们尽量不去信它，可是远远近近的邻居都已惊惶万状，纷纷跑到市中心区，跑到报馆和司令部去讨消息，讨任何消息，哪怕坏消息都行。

成群结队的人聚集在车站旁边，希望进站的列车带来消息，或者在电报局门口，在苦恼不堪的总部门外，在上着锁的报馆门前，等着，悄悄地等着，他们是些肃静得出奇的人群，而且不知不觉愈聚愈多。没有人说话。偶尔有个老头用颤抖的声音来讨消息，人们只听到那经常重复的回答：“从北边来的电报除了说一直在战斗之外，没有别的。”但这不仅没有引起大伙的埋怨，反而加强了缄默气氛。步行或坐着马车在外围活动的妇女也愈来愈稠密拥挤。由于大家摩肩擦背而产生热气，以及不安脚步所激起的灰尘，使周围的空气已闷得要窒息了。那些女人并不说话，但她们板着发青的脸孔却以一种无声的雄辩在发出请求，这是比哭泣还要响亮得多的。

城里几乎每家每户都有人上前线，无论他是儿子、兄弟、父亲，还是情人、丈夫。人们都在等候着可能宣布他们家已经有人牺牲的消息。他们预期有死讯到来，但不想收到失败的消息。他们把那种失败的想法打消了。他们的人可能正在牺牲，甚至就在此时此刻，在宾夕法尼亚山地太阳烤着的荒草上，甚至就在此时此刻，南方的士兵可能正在纷纷倒下，像冰雹下的谷物一般，但是他们为之战斗的主义永远不会倒。他们可能在成千上万地死亡，但是像龙齿的果子似的，成千上万的新人，穿着灰军服，喊着造反的口号的新人，又会从地里冒出来接替他们。至于这些人将从哪里来，还没人知道。

他们只是像确信天上有个公正而要求绝对忠实的上帝那样，确信李将军是非凡的，弗吉尼亚军队是不可战胜的。

思嘉、媚兰和皮蒂帕特小姐坐着马车停在《观察家日报》社门前，她们打着阳伞坐在车里。马车的顶篷折到背后了，思嘉的手在发抖，头上的阳伞也随着摇晃。皮蒂激动得很，圆脸上的鼻子像只家兔的鼻子不停地颤动，只有媚兰像一尊石雕，坐在那里一动不动，但那双黑眼睛也瞪得愈来愈大了。在两个小时之内她只说过一句话，那是她从手提包里找出嗅盐瓶递给姑妈时说的，而且是她有生以来第一次对姑妈用这样毫不亲切的口气说话。

“姑妈，拿着吧，要是你觉得快晕倒了，就闻一闻。如果你真的晕倒，老实告诉你，那也是没有办法的事，只好让彼得大叔把你送回家去，因为我不会离开这里，直到我听到有关……直至我听到消息为止。而且，我也不会让思嘉离开我。”思嘉没有要离开的意思，因为她不想让自己离开以后得不到有关艾希礼的第一个消息。不，即使皮蒂小姐死了，她也绝不离开这里。艾希礼正在那边什么地方打仗，也许正在死亡呢，而报馆是她能得到确切信息的唯一地方。

她环顾人群，认出哪些是自己的朋友和邻居，只见米德太太歪戴着帽子让那个 15 岁的费尔搀扶着站在那里；麦克卢尔姐妹在设法用颤抖的上嘴唇掩盖她们的黑牙；埃尔辛太太像个斯巴达母亲似的站得笔直，不过那几绺从发髻上垂下来散乱的灰白头发泄露了她内心的混乱情绪；范妮·埃尔辛则脸色苍白得像个幽灵（当然，范妮是不会为她兄弟这样担忧的，那么，她是否有个不为人知的真正情人在前线呢?）。梅里韦瑟太太坐在她的马车里轻轻拍着梅贝尔的手，梅贝尔好像怀孕许久了，尽管她用披肩把自己仔细遮了起来。她这样出来公开露面是很不雅观的，她为什么这样担忧呀？没有人听说过路易斯安那的军队也到了宾夕法尼亚嘛。大概她那位多毛的小个子义勇兵此刻还平平安安地待在里士满吧。

人群外围出现了一阵骚动，那些站着的人都让开路来，这时瑞德·巴特勒骑着马小心地向皮蒂姑妈的马车靠近。思嘉心想，他哪来的勇气，竟敢在这个时候跑来，也不怕这些乱民由于他没穿军服而轻易地把他撕得粉碎呢！他走近时，她觉得她自己就会头一个动手去撕他。他怎么敢骑着一匹骏马，穿着铮亮的靴子和雪白笔挺的亚麻布套服，叼着昂贵的雪茄，那么时髦，那么健康，可这时艾希礼和所有其他的小伙子却光着脚、冒着大汗、饿着肚子、患有胃溃疡在同北方佬作战……他怎么敢这样呀？

不少人向他投来恼恨的目光。他慢慢穿过人群，老头们吹着胡子发出咆哮，天不怕地不怕的梅里韦瑟太太在马车里微微欠起身来清清楚楚地喊道："投机商!"用的那声调更使这个字显得又脏又毒了。可是他对谁都不理睬，只举着帽子向媚兰和皮蒂姑妈挥了挥，随即来到思嘉身边，俯下身低声说："你不觉得现在应当让米德大夫来给我们发表关于胜利的著名讲演，说胜利就像平息在我们旗帜上的一只尖叫的鹰吗?"思嘉的神经本来就紧张极了，不知怎么办好，这时她突然像只愤怒的猫转过头来，想狠狠骂他几句，可是他用一个手势制止了。

"我是来告诉你们几位的，"他大声说，"我刚才到过司令部，第一批伤亡名单已经来了。"他这话在周围那些听他的话的人中顿时引起一阵低语，人群开始骚动，准备沿着白厅街向司令部跑去。

"你们不要去，"他在马鞍上站起身来，举起手喊道："你们就待在原地吧！名单已送到两家报馆去了，正在印刷。""唔，巴特勒船长，"媚兰喊道，一面回过头来眼泪汪汪地望着他。"真该谢谢你跑来告诉我们！名单几时张贴呢?""交给报馆已半个小时了。很快会公布的，太太。管这外事的军官一定叫印好才让公布，因为恐怕群众会冲进去要消息。哎，你瞧!"报馆侧面的窗户打开了，一只手伸出来，手里拿着一叠窄长的印刷品，上面是刚刚排印的密密麻麻的姓名。人群拥上前去抢。把那些长条纸一下撕成两半，有人抢到了就拼命挤出来急于要看，后面的继续往前挤，大家都在叫喊："让我过去！让我过去!""拉住缰绳，"瑞德一面跳下马，一面把缰绳扔给彼得大叔。人们看见他耸着一对高出众人之上的肩膀，拼命推搡着从身边挤过。一会儿他回来了，手里拿着好几张名单，他扔给媚兰一张，其余的分发给坐在附近马车里的小姐太太，其中包括麦克卢尔姐妹、米德太太、梅里韦瑟太太、埃尔辛太太。

“快，媚兰！”思嘉急不可耐地喊道，因为媚兰的手在瑟瑟发抖，她没法看清楚，恼火极了。

“你拿去吧，”媚兰低声说，思嘉便一把抢了过来。先从以 W 打头的名字看起，可是它们在哪里呢？啊，在底下，而且都模糊了。“怀特，”她开始念，嗓子有点颤抖，“威肯斯……温……泽布伦……啊，媚兰，他不在里面！他不在里面！姑妈？啊，你怎么了，媚兰，把嗅盐瓶拿出来！扶住她，媚兰！”媚兰高兴得当众哭起来，一面扶住皮蒂小姐摆来摆去的头，同时把嗅盐放到她鼻子底下，思嘉从另一边扶着那位胖老太太，心里也在欢乐地歌唱，艾希礼还活着，他甚至也没受伤呢。上帝多好，把他放过来了！多么……她听到一声低的呻吟，回头一看，只见范妮·埃尔辛把头靠在她母亲胸口，那张伤亡名单飘落在马车踏板上，埃尔辛太太的薄薄嘴唇颤抖着，她把女儿紧紧搂在怀里，一面平静地吩咐车夫：“快，回家去。”思嘉把名单迅速看了一下，上面不见休·埃尔辛的名字，这么说，范妮一定是有个情人在前线，现在死了！人群怀着同情默默地给埃尔辛家的马车让路，后面跟着麦克卢尔姐妹那辆小小的柳条车。赶车的是费思小姐，她的脸板得像石头似的，她的牙齿至少又一次给嘴唇包了起来，霍妮小姐的脸像死灰一样苍白，她挺直腰坐在费思身边，紧紧抓住妹妹的裙子。她们都显得很老了。她们的弟弟达拉斯是她们的宝贝，也是这两位老处女在世界上的唯一亲人，但是达拉斯死了。

“媚兰！媚兰！”梅贝尔喊道，声音显得很快活。“雷内没事！还有艾希礼，啊，感谢上帝！”这时披肩已从她肩上掉下来，她那大肚子再明显不过了。但是这一次无论梅里韦瑟太太或者她自己都没去管它。“啊，米德太太！雷内……”说到这里，她的声音突然变了，“媚兰，你瞧！……米德太太，请看呀！达西是不是……？”米德太太正垂着两眼在凝望自己的衣襟，听到有人叫她也没有抬起头来，不过小费尔坐在旁边，只要看看他的表情便一切都明白了。

“唔，妈，妈！”他可怜巴巴地说。米德太太抬起头来，正好触到媚兰的目光。

“现在他不需要靴子了。”

“啊，亲爱的！”媚兰惊叫一声，哭泣起来，一面把皮蒂姑妈推到思嘉肩上，爬下马车，向大夫太太的马车走去。

“妈，你还有我呢，”费尔无可奈何地极力安慰身旁脸色苍白的老太太。“只要你同意，我就去把所有的北方佬都杀掉……”“不！”米德太在哽咽着说，一面紧紧抓住他的胳臂，好像绝不放它了似的。

“费尔·米德，你就别说了！”媚兰轻声劝阻他，一面爬进马车，在米德太太身旁坐下，抱她搂在怀里。接着，她才继续对费尔说："你觉得要是你也走了，牺牲了，这对你妈有帮助吗？从没听说过这种傻话。还不快赶车把我们送回家去！"费尔抓起缰绳，这时媚兰又回过头去对思嘉说话。

"你把姑妈送到家里，请马上到米德太太家来。巴特勒船长，你能不能给大夫捎个信去？他在医院里呢。"马车从纷纷四散的人群中出发了。有些高兴得哭泣，但大多数是受到沉重打击后还没有明白过来，仍然目瞪口呆地站在那里。思嘉低着头在看那张模糊的名单，飞快地读着，看有哪些熟人的名字。既然艾希礼已经没事了，她就可以想想别的人了。啊，这名单好长呀！亚特兰大和全佐治亚付出了多大的牺牲啊！

我的天！"卡尔弗特……雷福德，中尉。"雷福！她忽然记起很久前那一天，当时他们一起逃走了，可到傍晚又决定回家来，因为他们饿了，而且害怕天黑了。

"方丹……约瑟夫，列兵。"很坏的小个儿乔·方丹，可萨莉刚生了孩子还没复元呢！

"芒罗……拉斐特，上尉。"拉斐同凯瑟琳·卡尔弗特订婚了，可怜的凯瑟琳呀！她这是双重的牺牲，兄弟加未婚夫。

不过萨莉更惨，是兄弟加丈夫。

她几乎不敢再念下去，啊，这太可怕了。皮蒂姑妈伏在她肩上唉声叹气，思嘉不怎么礼貌地把她推开，让她靠在马车的一个角落里，自己继续念名单。

当然，当然……不可能有三个叫"塔尔顿"的名字在上面。或许……或许排字工人太匆忙，误将名字排重了。可是，不，他们真在这里。"塔尔顿……布伦特，中尉。""塔尔顿……斯图尔特，下士。""塔尔顿……托玛斯，列兵。"还有博伊德，战争头一年就死了，也不知埋在弗吉尼亚什么地方。塔尔顿家的几个小伙子都完了。汤姆和那对懒惰的长脚孪生兄弟，都喜爱聊天，喜欢开荒谬的玩笑，博伊德很会跳舞，嘴厉害得像只黄蜂，如今都完了！

她再也念不下去了，她不知道别的小伙子，那些跟她一起长大、一起跳舞、彼此调情和亲吻过的小伙子，还有没有人被列在这份名单上。她真想痛哭一场，设法使那卡住她喉咙的铁爪放松一点。

"思嘉，我很为你难过，"瑞德说。她抬头望着他，都忘记他还在那里了。"里面有许多是你的朋友吗？"她点点头，勉强说："几乎这个县里的每一家和所有……塔尔顿家所有的三个小伙子……"眼睛里没有那种嘲讽的意味了。他脸色平静而略显忧郁。

"可是名单还没完呢，"他说，"这仅仅是头一批，不是全部。明天还有一张更长的单子。"他放低声音，不让旁边马车里的人听见。"思嘉，李将军一定是打了败仗，我在司令部听说他已撤回到马里兰了。"她惊恐地朝他望着，但她害怕的不是李的失败。明天还有更长的伤亡名单呀！明天。她可没有想到明天，只不过一见艾希礼的名字不在上面就乐起来了。明天，怎么，他可能现在已经死了，而她要到明天才会知道，也许还要等到一星期以后呢。

“唔，瑞德，为什么一定要打仗呢？要是当初让北方佬去付钱赎买黑人——或者就由我们把黑人免费交给他们，免得发生这场战争，那不是会好得多吗?”“思嘉，问题不在黑人，那只是借口罢了。战争之所以常常发生，就是因为人们喜欢战争，女人不喜欢，可是男人喜欢战争，胜过喜欢女人。”他又歪着那张嘴笑起来，脸上不再有严肃的神色了。他把头上那顶巴拿马帽摘下来向上举了举。

“再见。我得去找米德大夫了。我想，他儿子的死讯由我这个人去告诉他，这颇有讽刺意味，只是他目前不会感觉到这一点。不过日后，当他想一个投机商居然向他转达了一位英雄牺牲的消息，大概是要恨恨不已的。”思嘉让皮蒂姑妈喝了一杯甜酒后，在床上躺下，留下百里茜和厨娘服侍她，自己便出门到米德大夫家去了。米德太太由费尔陪着在楼上等丈夫回来，媚兰坐在客厅里跟几个来慰问的邻居低声谈话，她同时在忙着干针线活儿，修改一件丧服，那是埃尔太太借给米德太太的。这时屋里已充满了用家制黑颜料煮染衣服的辛辣味儿，因为厨师在厨房正一面啜泣一面搅动泡在大锅里的所有米德太太的衣裳。

“她现在怎么样?”思嘉小声问。

“一滴眼泪也没有。”媚兰说。“女人到了欲哭无泪的地步才可怕呢。我不知道男人怎么忍得住不哭一声，我猜想大概男人比女人坚强和勇敢一些，她说她要亲自到宾夕法尼亚去把他领回家来。大夫是离不开医院的。”“那对她太可怕了！为什么费尔不能去呀?”“她怕他一离开她就会去加入军队，军队里现在连十六岁的人也要呢。你瞧他年纪虽小可个儿长得那么大。”邻居们因为不想看大夫回来时的情景，便一个个陆续离开了，只剩下思嘉和媚兰两人留在客厅里缝衣服。媚兰尽管忍不住伤心，眼泪一滴滴落在手中的活计上，但显得还算镇静。她显然没有想到战争可能还在进行，艾希礼或许就在此刻牺牲了。思嘉满怀恐惧，不知道应不应该把瑞德的话告诉媚兰，好叫她分担这惊疑莫定的痛苦，或者暂时瞒着她，自己一个人兜着。最后她决定保持沉默，如果让媚兰觉得她太为艾希礼担忧了，那总归是不合适的。她感谢上帝，那天上午包括媚兰和皮蒂在内，人人都陷在各自的忧虑中，无心去注意她的表现了。

她们静静地缝了一会儿，忽然听见外面有声音，便从帘缝中窥望，看见米德大夫正从马背上下来。耷拉着脑袋，他垂着两肩，满脸胡须像扇子似的挂在胸前。他慢慢走进屋来，放下帽子和提包，默默地吻了吻两位姑娘，然后拖着疲乏的身子上楼去。一会儿费尔下来了，他的腿和胳臂又瘦又长，显得那么笨拙。媚兰和思嘉都示意让他坐在身边，可是他径直向前廊走去，在那儿的台阶上坐下，双手捧着头一声不响。

媚兰长叹一声。

“因为他们不让他去打北方佬，他给气疯了，才15岁呀！啊，思嘉，要是有这样一个儿子，倒是好极了！”“好叫他去送死吗?”思嘉没好气地说，同时想起了达西。

“有一个儿子，哪怕他给打死了，也比没有儿子强。”媚兰说着又哽咽起来。“你理解不了，思嘉，这是因为你有了小韦德，可我呢……啊，思嘉，我多么想要一个儿子呀！我知道，你觉得我不该公然说出这句话来，但这是真的，每个女人都需要，而且你也明白这一点。”思嘉竭力控制住自己，才没有对她嗤之以鼻。

“万一上帝想连艾希礼也……也不放过，我想我是忍受得住的，尽管我宁愿跟他一起死。不过上帝会给我力量来忍受。可是，如果他死了，我又没有一个他的儿子来安慰我，那我就受不了啦。啊，思嘉，你多幸运呀！虽然你失去了查理，可是你有他的儿子。可要是艾希礼没了，我就什么也没有了。思嘉，请原谅我，我有时候真对你十分妒忌呢……”“妒忌……我?”思嘉吃惊地问，一种负疚感突然袭上心头。

“因为你有儿子，可我没有呀！我有时甚至把韦德当作是自己的儿子。你不知道，没有儿子可真不好受呢！”“简直胡扯！”思嘉觉得放心了，才故意这样说她。同时朝这个红着脸低头缝纫的小个儿匆匆瞧了一眼。媚兰大概很想要孩子了，可是她这个儿子肯定是生不出来的。她比一个十二岁的孩子高不了多少，臀部也窄得像个孩子一般，胸脯更是平板板的。一想到媚兰也会有孩子，思嘉便觉得很不舒服，这会引起许许多多她无法对付的想法来。她怎么受得了呢！如果媚兰真的跟艾希礼生了个孩子，那就像是从思嘉身上夺走了什么似的。

“请原谅我说了那些关于韦德的话。你知道我多么爱他。你没有生我的气吧?”

“别傻了，”她不耐烦地说，“快到外面走廊上去安慰安慰费尔。他在哭呢。”

14

那支在葛底斯堡战役中被击溃的军队如今已撤回到弗吉尼亚，并精疲力竭地开进了拉起丹河岸的冬季营地。圣诞节即将到来，艾希礼回家休假。两年多以来思嘉第一次看见他，那火一般炽热的感情连她自己都觉得惊异了。当初她站在“十二橡树”村的客厅里看着他跟媚兰结婚时，曾以为自己今后再也不会比此时此刻更伤心更强烈地爱他了。可如今她才知道，她在那个早已过去的夜晚所经历的，只不过是一个被夺走了玩具的娇惯孩子的感情而已。长期以来她在梦想着他，同时强制着自己不要说出来，这才把她的感情磨练得更锐利，也更加浓烈了。

艾希礼·威尔克斯身穿一套褪色和补缀过的军服，一头金发已被夏日和骄阳晒成亚麻色，看来已完全是另一个人，不像战前她拼命爱着的那个随随便便、睡眼朦胧的小伙子，他以前皮肤白皙，身材细长，现在变成褐色和干瘦的了，加上那两片金黄的骑兵式样的髭须，便成了一个十足的大兵。

他用军人的姿势笔挺地站在那儿，穿着一身旧军服，手枪挂在破旧的皮套里，用旧了的剑鞘轻轻敲着长统靴，一对快要锈了的马刺在隐隐发光。这就是南部联盟陆军少校艾希礼·威尔克斯。他现在有了命令人的习惯和一种镇静自恃与尊严的神气，两个嘴角也长出了严厉的皱纹。他那宽厚的肩膀和冷静明亮的目光，如今也显得有点异样了。他以前是散漫的、懒洋洋的，可现在已变得像猫一样机警，仿佛每一根神经都绷得很紧，像小提琴上的琴弦那样。他的眼睛流露出疲倦和困惑的神色，晒黑的脸皮也紧紧地绷在两个颧骨上，给人以严肃的感觉，他还是她所爱的那个漂亮的艾希礼，不过已显得很不一样了。

思嘉早已计划好要回塔拉去过圣诞节，可是艾希礼的电报一来，世界上就无论什么力量，哪怕是失望的爱伦直接发来的命令，都不能把她从亚特兰大拉走了。如果艾希礼曾经有意回“十二橡树”村，她本来是可以赶回塔拉去的。因为那两个地方相距较近；但是他已经写信给家里，叫他们来亚特兰大见面，而且威尔克斯先生、霍妮和英迪亚都已经进城来了。难道她还要放弃这时隔两年后与他相逢的机会，回到塔拉去吗？难道要放弃听他那令人心醉的声音的机会，放弃从他眼光中了解他并没有忘记她的机会吗？绝对不行！哪怕世界上所有的母亲都来命令她，也不行。

艾希礼和一群同时休假的本县小伙子在圣诞节前几天回来了，这一群人经过葛底斯堡战役减少了许多。他们中间有消瘦、憔悴和不停地咳嗽的凯德·卡尔弗特，有从1861年以来头一次获得休假因此满怀兴奋的芒罗家两兄弟，还有常常喝醉、喜欢打闹的争吵的亚历克斯和托尼·方丹，这几个人必须在车站等候两小时换车，而且还得有头脑清醒的人去设法防止方丹家两兄弟之间和他们与陌生人之间相互斗殴，所以艾希礼就把他们一起带到皮蒂姑妈家来了。

一进屋，方丹兄弟就像两只斗鸡似的争着要去吻战战兢兢而又受宠若惊的皮蒂姑妈，凯德看了便尖刻地说："你一定会以为他们在弗吉尼亚打斗够了吧，不，从我们到里士满第一天起，他们就一直在喝酒和找人打架。宪兵把他们抓了起来，要不是艾希礼说话伶俐，他们准在牢房里过圣诞节了。"可是这些话思嘉几乎一句也没听见，因为她好不容易跟艾希礼坐到了同一个房间，早已高兴得如醉如痴了。她怎么会在这两年里想起别的男人谁是令人愉快的、漂亮的，或者有刺激性的呢？她怎么能容忍艾希礼不在世时她就默不作声地听他们向她求爱呢？如今他又在家里了，和她只隔着这块客厅里的地毯。他坐在对面沙发上，一边是媚兰，一边是英迪亚，还有霍妮抱着他的肩膀。这时她每看他一眼，都要使出浑身的解数来不让自己显得眼泪汪汪。要是她有权利也去坐在他身边，挽着他的胳臂，那多好啊！要是她能够每隔几分钟就去摸摸他的袖子，证实他的确在那里，或者拉着他的手用他的手绢试掉她脸上快乐的泪水，那多好啊！因为媚兰就毫不害羞地在这样做啊！你看她那样高兴，羞怯和含蓄已经荡然无存了，竟公然吊在丈夫的膀子上，用她的眼神、微笑和泪水在表示多么喜爱他，可是思嘉自己也太快活、太高兴，对这样的情景也不觉得恼恨和嫉妒了，艾希礼终于回家了！

她不时用手摸摸自己的脸颊，并对他笑笑，因为那儿是他吻过的，至今还保留着他的嘴唇颤抖的感觉。当然，他没有首先吻她。媚兰正拼命往他怀里钻。一面断断续续地哭，紧紧地抱住他，仿佛永远也不放他走似的。后来，英迪亚和霍妮也走上前去紧紧抱住他，把他从媚兰怀里拉了出来。接着他吻了他父亲，同时敬重而亲切地抱了抱，充分显示了他们之间那种深沉强烈的感情。然后是皮蒂姑妈，她激动得用那双不顶事的小脚一跳一跳地接受他的亲吻和拥抱。最后，他来到她面前，周围的小伙子也都围拢来要求亲吻，他先是对她说："唔，思嘉，你真美，真美！"随即在她脸上吻了一下。

经他这一吻，她原先想说的那些表示欢迎的话全都不翼而飞了。直到好几个小时以后，她才想起他没有吻她的嘴唇，于是她痴痴地设想：如果他是单独同她见面，他便会那样吻的。他会弯下高高的身子，轻轻捧起她的脸颊，让她踮着脚尖，相互吻着，紧紧地长时间地拥抱。不过还有的是时间。整整一个星期，什么事都好办呢。她一定能想出办法让他单独跟她在一起，并且对他说："你还记得我们时常在我们那条秘密的小路上一起骑马的情形吗?""你还记得我们坐在塔拉农场台阶上，你朗读那首诗的那个夜晚，月亮是什么模样吗?"（天呀！那首诗的标题是什么呀?）"你还记得那天下午我扭伤了脚脖子，你抱着我在暮色中回家的光景吗?"啊，有多少事情她可以用"你还记得"来引起他的回忆，有多少珍贵的回忆可以把他带回到那些可爱的日子，那时他们像无忧无虑的孩子在县里到处转悠，有多少事情能叫他们记起媚兰出台以前的岁月啊！而且，他们谈话时她或许还能从他的眼神中发现感情复活的迹象；或者得到某种暗示。说明他对媚兰的丈夫之爱的背后还有所眷恋，像大野宴那天他突然说出实情时那样热情的眷恋。她没有设想到，如果艾希礼明确宣布爱她，他们究竟会怎么办。只要知道他还在爱她，就足够了……是的，她能够等待，能够容忍媚兰去享受抓住他胳臂哭泣的幸福。她的机会一定会来的。说到底，像媚兰这样一个女孩子，她懂得什么爱啊?

"亲爱的，你简直像个叫花子了，"媚兰说，这时刚到家的那种兴奋场面已渐渐过去。"是谁给你补的衣服，为什么用蓝布呢?""我还以为自己满时髦呢，"艾希礼说，一面看了看身上的衣服。"要是拿我跟那边那些穿破衣烂衫的人比一比，你就会满意些了。这衣服是莫斯给补的，我看补得很好嘛，要知道，他在战前是从没沾过针线的。至于讲到蓝布，那就是这样，你要么穿破裤子，要么就从一件俘获的北方佬制服上弄块碎布来把它补好，没有什么别的选择。至于说像个叫花子，那你还得庆幸自己的命好，你丈夫总算没有光着脚丫跑回来，我那双旧靴子上个星期就彻底坏了，要不是我们运气好，打死了两个北方佬侦察兵，我就会脚上绑着一双草鞋回家来啦。这双靴子倒是很合我的脚呢。"

说到这里，他把两条长腿伸出来，让她们欣赏那双已经遍体伤痕的长统靴。

"另一个侦察兵的靴子我穿了不合适，"凯德说。"靴子比我的脚小两号，现在还夹得我痛极了，不过我照样穿着体面地回来了。""可这个自私鬼太小气，不肯给我们俩，"托尼说。"其实对我们方丹家的贵族式小脚是非常合适的。真他妈的恼火，我得厚着脸皮穿这靴子去见母亲了。没打仗的时候，这种东西她是连黑奴也不让穿的。""别着急，"亚历克斯说，一面向凯德脚上的靴子瞧了一眼。"咱们回家时，在火车上把他的靴子剥下来。我倒不怕见母亲。可是我……我不想让迪米蒂·芒罗看见我的脚趾头全露在外面。""怎么，这是我的靴子，我是头一个提出要求的。"托尼说着，朝他哥哥瞪了一眼。这时媚兰吓得慌了手脚，生怕发生一场有名的方丹家族式的争吵，便插进来调解了。

"我本来蓄了满满一脸络腮胡要给你们女孩子看的，"艾希礼一面说一面用力摩擦他的脸，脸上剃刀留下的伤痕还没有全好呢。“那是一脸很好看的胡须，我自己觉得连杰布·斯图尔特和内森·福雷斯特的胡子也不过如此呢。可是我们一到里士满，那两个流氓，”他指了指方丹兄弟，“就说既然他们在刮胡子，我的也得刮掉。他们按着我坐下，便动手给我剃开了，奇怪的是居然没把我的脑袋一起剃掉。当时多亏埃文和凯德阻拦，我才算保留了这两撇小胡子。”“威尔克斯太太！别听他这些鬼话，你还得感谢我呢。要不然你就压根儿也不认识他，也不会让他进门了。”亚历克斯说。“我们这样做是为了表示一点谢意，因为他说服了宪兵没把我们关起来。你要是再这样说，我们就马上把你的小胡子也剃掉。”“啊，不，谢谢你了！我看这模样很不错嘛。”媚兰急忙说，一面惊慌的揪住艾希礼，因为那两个黑黑的小家伙显然是什么恶作剧都干得出来的。

“这才叫爱呢。”方丹兄弟一本正经地相互看了一眼，点了点头。

当艾希礼出门送几个小伙子坐上皮蒂姑妈的马车到车站去时，媚兰抓住思嘉的胳臂唠叨起来。

“你不觉得他那件军服太难看了吗？等我拿出那件上衣来，他准会大吃一惊。要是还有足够的料子给他做条裤子就好了！”给艾希礼做的那件上衣，一提起来思嘉就头痛，因为她多么渴望那是她而不是媚兰送给艾希礼的圣诞礼物啊！做军服的灰色毛料如今比红宝石还要珍贵，几乎是无价之宝。艾希礼身上穿的就是普通的家织布，现在连那种白胡桃般的本色土布也不好买了，许多士兵穿着北方佬俘虏的服装，只不过用核桃壳染成了深褐色罢了。可是媚兰碰上了罕见的运气，居然弄到了足够的灰色细布来做件上衣——当然是一件比较短的上衣，不过照样是上衣嘛。原来她在医院里护理过一个查尔斯顿小伙子，他后来死了，她剪下他的一绺金黄头发，连同一小包遗物和一份关于他死亡前情况的抚慰书（当然没有提到痛苦的情景），寄给了他母亲。这样，她们之间就通起信来，当对方听说媚兰的丈夫在前线时，便把自己买给儿子的那段灰细布和一副铜钮扣寄来了。那是一段很漂亮的衣料，既厚实又暖和，还隐隐约约泛着光泽，无疑是从封锁线那边过来的货色，也无疑是很昂贵的。这块料子现在在裁缝手里，媚兰催他赶快在圣诞日早晨之前做好。思嘉当然想帮忙凑合着做一整套军服，可是不巧，她在亚特兰大怎么也找不到所需的料子。

她有一件给艾希礼的圣诞礼物，不过跟媚兰做那件灰上衣比起来就黯然失色了。那是一只用法兰绒做的“针线包”，里面装着瑞德从纳索带来的一包针和三条手绢，还有两卷线和一把小剪刀。但是她还想送给他一些更亲近的东西，像妻子送给丈夫的东西，如衬衫、手套，帽子之类。唔，是的，无论如何要弄到一顶帽子，现在艾希礼头上戴的平顶步兵帽实在太不像样了。思嘉一向厌恶这种帽子。就算斯·杰克逊宁愿戴这种帽子而不戴软边毡帽，又怎样呢？那也并不能使它就显得神气起来，可是在亚特兰大偏偏只能买到粗制滥造的羊毛帽子，比古怪的骑兵帽还要令人厌恶。

她一想到帽子，便想起瑞德·巴特勒。他有那么多帽子——夏天用的阔边巴拿马帽，正式场合戴的高礼帽，还有猎帽，褐色、黑色和蓝色的垂边软帽，等等，他怎么就需要那么多的帽子，而她的宝贝艾希礼骑着马在雨中行走时却不得不让雨水从那顶步兵帽上滴滴答答往衣领里流呢？

"我要瑞德把他那顶新的黑毡帽给我。"她打定主意。"我还要给帽边镶一条灰色带子，把艾希礼的花环钉在上面，那就显得很好看了。"她停了停，觉得要拿到那顶帽子大概非费一番口舌不可。

可是她不能告诉瑞德说是替艾希礼要的。她只要一提到艾希礼的名字，他就会厌恶地竖起眉毛，而且很可能会拒绝她。好吧，她就编出一个动人的故事来，说医院里有个伤兵需要帽子，那样瑞德便不会知道真相了。

那天整个下午思嘉都在想方设法要让艾希礼跟她单独在一起，那怕几分钟也好，可是媚兰始终在他身边，同时英迪亚和霍妮也睁着没有睫毛的眼睛热情地跟着他在屋子里转。

这样，连那位显然为儿子而骄傲的约翰·威尔克斯也找不到机会来跟他安静地谈谈了。

吃晚饭的时候还是那样，她们大家都拿打仗的问题钉着他问个不休。战争！谁要关心你们的战争呢？思嘉觉得艾希礼对战争这个话题也没有太大的兴趣。他跟她们长久地闲聊，不停地笑，支配着谈话的整个场面，这种情形以前是很少见的，可是他好像并没有说出多少东西来。他讲了一些笑话和关于朋友们的有趣故事，兴致勃勃地谈论减缓饥饿的办法和雨里行军的情景，并且详细描绘了从葛底斯堡撤退时李将军骑马赶路的尴尬模样，那时李说："先生们，你们是佐治亚部队吗？那好，我们要是缺了你们佐治亚人，就什么都干不下去了！"他之所以谈得这样起劲，据思嘉看来，是为了避免她们提那些他不高兴回答的问题。有一次，她发现，他在他父亲的长久而困惑的注视下，显得有点犹豫和畏缩起来。这时她不由得开始纳闷，究竟艾希礼心里还隐藏着什么呢？可这很快就过去了，因为这时她除了兴高采烈地迫切希望跟他单独在一起之外，已没有心思去考虑别的事了。

她的这种兴致一直持续到火炉周围所有在场的人都开始打哈欠，威尔克斯先生和几个女孩子告别回旅馆去了，这才告一段落。然后，当她跟着艾希礼、媚兰和皮蒂帕特，由彼得大叔擎着蜡烛照路一起上楼去时，她忽然感到一阵凄凉。原来直到这时，他们站在楼梯口，艾希礼还一直是她的，也仅仅是她的，尽管整个下午他们并没有说过一句悄悄话。可如今，到她道晚安时，她才突然发现媚兰满脸通红，而且在激动得颤抖呢。她两眼俯视地毯，好像对自己的浑身激情不胜惊恐似的，但同时又流露出娇羞的愉快。接着，艾希礼把卧室门推开，媚兰连头也不抬连忙进屋去了。艾希礼也匆匆道过晚安，甚至没有触到思嘉的目光就跟着进去了。

他们随手把门关上，剩下思嘉一个人目瞪口呆站在那里，一股凉意突然袭上心头，艾希礼不再属于她了。她是媚兰的。

只要媚兰还活着，她就能和艾希礼双双走进卧室，把门关上——把整个世界关在门外，什么都不要了。

现在艾希礼要走了，要回到弗吉尼亚去，回到雨雪中的长途行军去，回到雪地上饥饿的野营去，回到艰难困苦中去，在那里，他那金发灿烂的头颅和细长的身躯……整个光辉美丽的生命，都有可能顷刻化为乌有，像一只被粗心大意踩在脚下的蚂蚁一样。过去的一星期，那闪光的、梦一般美妙的、洋溢着幸福的分分秒秒，现在都已经消失了。

这一星期过得飞快，像一个梦，一个充满松枝和圣诞树的香味，闪烁着小小烛光和家制金色饰品的梦，一个时间分分秒秒像脉膊般飞逝而去的梦。在这样紧张的一星期，思嘉心里经常有某种东西驱使她忧喜交织地注意并记住每分钟所发生的小事，作为他走后的回忆；在未来漫长的岁月中一有闲暇那些事情她便会去细细玩味，并从中吸取安慰——比如，跳舞，唱歌，嬉笑，给艾希礼拿东拿西，预先设想他的需要，陪他微笑，静静地听他谈话，目光跟着他转。使他挺直身躯上的每根线条，他眉头的一颦一蹙，他嘴唇的每一颤动，无不深深印在你心上——因为一星期匆匆而过，而战争却要永远打下去呢。

思嘉坐在客厅里的沙发椅上等着，那件即将伴随他远行的礼物放在膝头。这时艾希礼正在跟媚兰话别，她祈祷着他会一个人下楼来，那时天赐良机，她就可以单独跟他待几分钟了。她侧耳倾听楼上的声音，可是整个屋子静悄悄，静得连她自己的呼吸也似乎响亮起来。皮蒂姑妈正在卧房里趴在枕上哭泣，因为艾希礼半小时前就向她告别过了。从媚兰紧闭的卧室里没有传出什么喁喁私语或嘤嘤啜泣的声音。思嘉觉得他在那间房里已待了好几个小时，一直在恋恋不舍地跟媚兰话别，每一分钟都只有增加她的恼恨，因为时间溜得那么快，他马上就要动身了。

她想起了这一个星期来一直搁在心里想对他诉说的那许多话。

可是一直没有机会说啊！而且她现在觉得或许永远也没有希望了。

其实也尽是些零零星星的傻话："艾希礼，你得随时小心，知道吗?""不要打湿了脚，你是容易着凉的。""别忘了在衬衣底下放一张报纸在胸脯上，这很能挡风呢。"等等，不过还有旁的事情，一些她要说的更重要的事情，一些她很想听他说出来的重要得多的事情，一些即使他不说她也要从他眼睛里看出来的事情。

可是没有时间了！有那么多的话要说！甚至仅剩下的短短几分钟也很可能被夺走，要是媚兰跟着他走到门口，到马车跟前的话，为什么她在过去一星期里没有创造机会呢？可是媚兰经常在他身边，她的眼睛始终爱慕地盯着他，亲友邻居也川流不息。从早到晚屋里没断过人。艾希礼从来没有在什么地方一个人待过。到了晚上，卧室门一关，他便跟媚兰单独在一起了。这些日子，除了像哥哥对妹妹，或者对一个朋友，一个终生不渝的朋友那样一种态度之外，他从来没有向思嘉透露过一个亲昵的眼色或一句体己的话。她不能让他离开——说不定是永远离开，除非弄清他仍在爱他。因为只要明白了这一点，她就可以从他这秘密的爱中获得亲切的安慰，直到生命的最后一息也死而无憾了。

好像等了一辈子似的，她终于听到楼上卧室里他那穿靴子的脚步声，接着是开门和关门的声音。她听见他走下楼梯。

是独自一人！谢天谢地！媚兰一定是被离别的痛苦折磨得出不了门了，如今她可以在这宝贵的几分钟内占有他了。

他慢慢走下楼来，马刺叮当地响着，她还听见军刀碰撞靴筒的声音。他走进客厅时，眼神是阴郁的。他想要微笑，可是脸色苍白，又绷得很紧，像受了内伤在流血的人，她迎着他站起来，怀着独有的骄傲心情深深觉得他是她生平所见的最漂亮的军人了。他那长长的枪套和皮带闪闪发光。雪亮的马刺和剑鞘也晶莹发亮，因为它们都被彼得大叔仔细擦拭过了。他那件新上衣因为裁缝赶得太急，所以并不怎么合身，而且有的线缝显然是歪了。这件颇有光泽的灰上衣跟那条补缀过的白胡桃色裤子和那双伤痕累累的皮靴显得极不相称，可是，即使他满身银甲，在思嘉看来也不会比现在更像一名雄赳赳的武士。

"艾希礼，我送你到车站去好吗?"她显得有点唐突地提出这一要求。

"请不要送了吧，父亲和妹妹们都会去的，而且，我情愿你在这里跟我话别，不要到车站去挨冻，这会留给我一个更好的记忆。已经有那么多的东西可以做纪念的了。"她立即放弃了原先的计划，如果车站上有英迪亚和霍妮这两个很不喜欢她的人在场，她就没有机会说一句悄悄话了。

“那我就不去了，”她说。“你瞧，艾希礼，我还有件礼物要送给你。”如今临到真要把礼物交给他时，她反而有点不好意思起来。她解开包裹，那是一条长长的黄腰带，用厚实的中国缎子做的，两端镶了稠密的流苏。原来几个月前瑞德·巴特勒从萨凡纳给她带来一条黄围巾，一条用紫红和蓝色绒线刺绣着花鸟的艳丽围巾。这星期她把上面的刺绣全都仔细挑掉，用那块缎子作了一条腰带。

“思嘉，这漂亮极了！是你亲手做的吗？那我就更觉得珍贵了。给我系上吧，亲爱的。小伙子们看见我穿着新衣服，系着腰带，满身的锦绣，一定会眼红得不行呢。”思嘉把这条漂亮的腰带围到他的细腰上，把腰带的两端在皮带上方系成一个同心结。媚兰尽可以送给他那件新上衣，可这条腰带是她的礼物，是她亲手做成送他上前线的秘密奖品，它会叫他一看见就想起她来。她退后一步，怀着骄傲的心情端详着他，觉得即使杰布·斯图尔特系上那条有羽毛的饰带，也不如她这位骑士风度翩翩了。

“真漂亮。”他抚摩着腰带上流苏重复说。“但是我知道你是折了自己的一件衣服或披肩做的。思嘉，你不该这样。这年月很难买到这样好的东西呢。”“唔，艾希礼，我情愿给你做任何事情！”“真的吗？”他阴郁的面容顿时显得开朗了些。“那么，有件事倒是可以替我做的，思嘉，这件事会使我在外面也放心一些。”“什么事？”思嘉欢喜地问，准备承担什么了不起的任务。

“思嘉，你愿意替我照顾一下媚兰吗？”

“照顾媚兰？”

她突然痛感失望，心都碎了，原来这就是他对她的最后一个要求，而她正准备答应做一桩十分出色和惊心动魄的事呢？于是，她要发火了。这本是她跟艾希礼在一起的时刻，是她一人所专有的时刻。可是，尽管媚兰不在，她那灰色的影子仍然插在她们中间。他怎么居然在两人话别的当儿提起媚兰来了呢？他怎么会向她提出这样的要求呢？

他没有注意到她脸上的失望神情。像往常那样，他的眼光总是穿透而且远远越过她，似乎在看别的东西，根本没有看见她。

“是的，关心她，照顾她一下。她很脆弱，可是她并不明白这一点。她整天护理伤员，缝缝补补，会把自己累垮的。她又是那么温柔、胆小，这世界上除了皮蒂姑妈、亨利叔叔和你，她没有别的亲人，另外只有在梅肯的伯尔家，那是远房堂表亲了，而皮蒂姑妈……思嘉，你是知道的，她简直像个孩子，亨利叔叔也是个上了年纪的人，媚兰非常爱你，这不仅因为你是查理的妻子，还因为……唔，因为你这个人，她把你当成妹妹在爱。思嘉，我常常做噩梦，想到如果我被打死了，媚兰无依无靠，会怎么样。你答应我的要求吗?”她连听也没有听见，这最后一个请求，因为她给“如果”这句不吉利的话吓坏了。

原来她每天都读伤亡名单，提心吊胆地读着，知道如果艾希礼出了什么事就整个世界都完了，但是她内心经常感到，即使南部联盟的军队全部覆灭，艾希礼也会幸免于难的。可现在他竟说出这样可怕的话来！她不禁浑身都起鸡皮疙瘩，一阵恐怖感，一种她无法用理智战胜的近似迷信的惊悸，把她彻底镇住了。她成了地地道道的爱尔兰人，相信人有一种预感，尤其是对于死亡的征兆。而且，她从艾希礼那双灰眼睛里看到深深的哀伤，这只能解释为他已经感觉到死神之手伸向他的肩头，并且听见它在哭叫了。

“你不能说这种话！连想也不能去想。平白无故谈死是要倒霉的！啊，快祷告一下吧，快!”“你替我祷告并点上些小蜡烛吧。”他听她惊慌的口气觉得好笑，便这样逗她。

可是她已经急得不知说什么好，因为她想象到了那可怕的情景，仿佛艾希礼在弗吉尼亚雪地里离她很远很远的地方躺着。他还在继续说下去，声音里流露着一种悲怆和听天由命的意味，这进一步增加了她的恐惧，倒再也不觉得气恼和失望了。

“思嘉。我就是因为这个缘故向你提出要求的，我不知道我会不会发生什么意外，我们在前线的每一个人会不会发生意外。只是一旦末日到来，我离家这么远，即使活着也太远了，无法照顾媚兰。”“末……日?”“战争的末日……世界的末日。”“可是艾希礼，你总不会认为北方佬能打垮我们吧？这个星期你一直在谈李将军怎样厉害……”“像每个回家休假的人一样。我这个星期全是在撒谎，我为什么在这还不十分必要的时候就去吓唬媚兰和皮蒂姑妈呢？是的，思嘉，我认为北方佬已经拿住我们了。葛底斯堡就是末日的开端。后方的人还不知道这一点。他们不明白我们已处于什么样的局面，不过……思嘉，我们那个连队的人还在打赤脚，而弗吉尼亚的雪已下得很厚了。我每回看见他们冻坏的双脚，裹着破布和旧麻袋的双脚，看见他们留在雪里的带血的脚印，同时我知道我自己弄到了一双完整的靴子……唔，我就觉得我应当把靴子送人也打赤脚才好。”“请答应我，唔，艾希礼，你绝不能把它送掉!”“我每回看见这样的情况，然后再看看北方佬，就觉得一切都完了。怎么，思嘉，北方佬在花大钱从欧洲雇来成千的士兵呢！我们最近抓到的俘虏大多数连英语也不会讲。他们都是些德国人、波兰人和讲盖尔语的野蛮的爱尔兰人。可是我们每损失一个人就没有顶替的了。我们的鞋一穿破就没有鞋了。我们被四面包围着，思嘉，我们不能跟整个世界作战呀。”她胡思乱想起来：就让整个南部联盟被打得粉碎吧，让世界完蛋吧，可是你千万不能死！要是你死了，我也活不成了！

“思嘉，我不愿意吓唬别人。我希望你不要把我这些去对别人说，而且，亲爱的，我本来也不该说这些话来吓唬你，只是为了解释我为什么要求你照顾媚兰才不得不说了。她那么脆弱、胆小，而你却这样坚强。只要你们俩在一起，即使我出了什么事也可以放心了，你肯答应我吗，思嘉？”“啊，答应！”她大声说，因为当时她觉得艾希礼很快就会死的，任何要求她都得答应。“艾希礼，艾希礼！我不能让你走！我简直没有这个勇气了！”“你必须鼓起勇气来，”他的声音也稍稍有点显得洪亮而深沉，话也说得干净利落，仿佛有种内心的急迫感在催促似的。

“你必须勇敢，不然的话，叫我怎么受得了呢？”她用高兴的眼光观察他脸上的表情，不知他这话是否意味着不忍心跟她分手，如同她自己的心情那样。他的面容仍和他告别媚兰以后下楼时一样绷得很紧，眼睛里也看不出什么意味来。他俯下身来，双手捧着思嘉的脸，轻轻在额上吻了一下。

“思嘉，思嘉！你真漂亮，真坚强，真好！亲爱的，你的美不仅仅在这张可爱的脸上，更在于你的一切，你的身子、你的思想和你的灵魂。”“啊，艾希礼，”她愉快地低声叫道，因为他的话和他那轻轻一吻使她浑身都激动了。“只有你，再没有别人……”“我常常想，或许我比别人更加了解你，我看得见你心灵深处的美，而别人却过于大意和轻率，往往注意不到。”他没有再说下去，同时把手从她脸上放下来，不过仍在注视着眼睛。她屏住气等了一会，迫切希望他继续说下去，踮着脚尖想听那神奇的三个字。可是他没有说。于是她疯狂地搜索他的脸孔，嘴唇在一个劲颤抖，因为她发现他已经不作声了。

她的希望的再一次落空使她更加难以忍受，她像小孩子似的轻轻“啊！”了一声便颓然坐下，泪水不禁夺眶而出。接着她听见窗外车道上传来不祥的声响，这使她更加紧张地感觉到与艾希礼的分别已迫在眉睫。她心中一阵凄楚，比一个异教徒听见冥河渡船的击水声还要害怕。原来，彼得大叔已裹着棉被来到门外，他把马车带了过来送艾希礼上车站去。

艾希礼轻轻说了声“再见”，从桌上拿起她从瑞德那里拿来的阔边毡帽，向阴暗的穿堂里走去，他抓住客厅门上的把手，又回过头来凝神望着她。仿佛要把她脸上和身上的一切都装在心里带走似的。她也用模糊的泪眼注视着他的脸，喉咙哽咽得透不出气来，因为知道他转眼就要走了，从她的关心和这个家庭的庇护下，从她的生命中匆匆地走了，也没有说出她渴望听到的那几个字。也许永远不再回来了，时间快得像一股激流，现在已经太晚了。她突然踉踉跄跄地跑过客厅，跑进穿堂，一手抓住他的腰带。

“吻吻我，”她低声说。“给我一个告别的吻。”他伸出胳臂轻轻抱住她，俯下头来，他的嘴唇一触到她的嘴唇，她的两只胳臂就紧紧箍住了他的脖颈。在无法计量的短短的瞬间，他将她的身子紧紧贴在自己身上。接着她感到他浑身的肌肉突然紧张起来，可是他随即一扬头，把帽子甩在地上，同时腾出手来，把她的两只胳臂从他脖子上松开。

“不，不要这样，思嘉。”他低声说，用力抓住她的两只交叉的手腕不放。

“我爱你，”她哽咽着说，“我一直在爱你，我从没爱过别人。我跟查理结婚，只是想叫你……叫你难过。啊，艾希礼，我这样爱你，我愿一步步到弗吉尼亚去，好呆在你身边！我要给你做饭，给你擦皮靴，给你喂马……艾希礼，说你爱我！你说吧，有了这句话，我就一辈子靠它活着，死也心甘啊！”他突然弯下腰去拾那顶帽子，这时她朝他的脸看了一眼，这是她平生所见最愁苦的一张脸，它的表情不再是淡漠的了。

脸上流露出对她的爱和由于她的爱而感到的喜悦，可同时也有羞愧和绝望在与之斗争。

“再见。”他用沙哑的声音说。

门嘎的一声开了，一阵冷风袭进屋来，把窗帘吹得乱摆。

思嘉站在冷风中瑟瑟发抖，望着艾希礼在走道上向马车跑去，腰上的军刀在冬天无力的阳光下闪烁不已，腰带的流苏也欢快地飘舞着。

15

于是，时间一天天过去，她愈来愈相信艾希礼对她的钟情，越发觉得到北方佬被最后打垮时他一定会把一切都安排得称心如意的。的确，他说过北方佬“拿住”了他们。不过思嘉认为那只不过是胡说而已，他是在又疲倦又烦恼的时候说这话的。她才不去管北方佬是胜是败呢，她最关心的是战争早点结束，艾希礼快回家来。

接着，当3月的雪下个不停，人人足不出户的时节。一个可怕的打击突然降临。媚兰眼里闪烁着喜悦的光辉，骄傲而又羞涩地低着头，轻轻告诉思嘉她快要有娃娃了。

“米德大夫说，8月底到9月初要生呢。我也曾想到这一点，可直到今天才相信了，唔，思嘉，这不是非常好的事吗？我本来就非常眼红你的小韦德，很想要个娃娃，我还生怕我也许永远不会生呢，亲爱的，我要生他上十个看看！”思嘉本来正在梳头，准备上床睡觉了，现在听媚兰这么一说便大为惊讶，拿着梳子的那只手也好像僵住不动了。

“我的天哪！”她这样叫了一声，可一时还没明白过来是怎么回事。接着她才猛地想起媚兰将要闭门坐月子的情景来，顿觉浑身一阵刀割般的痛楚，仿佛艾希礼是她自己的丈夫而做了对不起她的事似的。一个娃娃——艾希礼的娃娃。唔，你怎么能呢，既然爱的是她而不是媚兰？

“我知道你是吃惊了，”媚兰喘着气咻咻地说：“可是你看，这不是非常好的事吗？啊，我真不知道怎么给艾希礼写信才好呢！要是我明白告诉他，那可太难为情了，或者……或者我什么也不说，让他慢慢注意到，你知道……”“啊，我的天！”思嘉差一点哭起来，手里的梳子掉到地上，她不得不抓住梳妆台的大理石顶部以防跌倒。

“你不要这样！亲爱的，你知道有个孩子并不坏呀！你自己也这样说过嘛。你不用替我担忧，虽然你的关心是很令人感动的。当然，米德大夫说过我是……”媚兰脸红了，“我是小了一点，可这并不怎么要紧，而且……思嘉，你当初发现自己怀上了韦德时，是怎么写信对查理说的呢？难道是你母亲或者奥哈拉先生告诉他的？哦，亲爱的，要是我也有母亲来办这件事，那才好呀！可我不知怎么办好……”“你闭嘴吧！”思嘉恶狠狠地说，“闭嘴！”“啊，我真傻！思嘉！

我真对不起你，我看凡是快乐的人都会只顾自己呢。我忘记查理的事了，一时疏忽了。”“你别说了！”思嘉再一次命令她，同时极力控制自己的脸色，把怒气压下去。可千万不能让媚兰看出或怀疑她有这种感情呀！

媚兰为人很敏感，她觉得自己不该惹思嘉伤心，因此十分内疚，急得又要哭了。她怎能让思嘉去回想查理去世后几个月才生下韦德的那些可怕的日子呢？她怎么会粗心到这个地步，居然说出那样的话来呢？

“亲爱的，让我给你脱衣裳，快睡觉吧，”媚兰低声下气地说。“我替你按摩按摩头颈好吗？”“别管我了。”思嘉说，脸孔像石板似的紧绷，这时媚兰越发觉得罪过，便真的哭着离开了房间，让思嘉独自一人躺在床上。思嘉可并没有哭，她只是满怀委屈、幻灭和妒忌。不知怎样发泄才好。

她想，既然媚兰肚子里怀着艾希礼的孩子，她就无法跟她在一起住下去了，她不如回到塔拉自己家里去，她不知怎样在媚兰面前隐藏自己内心的隐密，不让她看出来。到第二天早晨起床时，她已打定主意，准备吃过早点就即刻收拾行装。可是，当她们坐下吃早饭，思嘉一声不响，显得阴郁，皮蒂姑妈显得手足无措，媚兰很痛苦，她们彼此谁也不看谁，这时送来一封电报。

电报是艾希礼的侍从莫斯打给媚兰的。

“我已到处寻找，但没有找到他，我是否应该回家？”谁也不明白这是什么意思，三个女人惊恐地瞪着眼睛面面相觑，思嘉更是把回家的念头打消得一干二净。她们来不及吃完早点便赶进去给艾希礼的长官发电报，可是一进电报局就发现那位长官的电报已经到了。

“威尔克斯少校于三天前执行侦察任务时失踪，深感遗憾。有何情况当随时奉告。”从电报局回到家里，一路上真是可怕极了。皮蒂姑妈用手绢捂着鼻子哭个不停，媚兰脸色灰白，直挺挺地坐着，思嘉则靠在马车的一个角落里发呆，好像彻底垮了。一到家，思嘉便踉跄着爬上楼梯，走进自己的卧室，从桌上拿起念珠，即刻跪下来准备祈祷，可是她怎么也想不祈祷词来。她好像掉进恐惧的深渊，觉得自己犯了罪，惹得上帝背过脸去，不再理睬她了。她爱上了一个已婚的男人，想把他从他妻子的怀中夺走，因此上帝要惩罚她，把他杀了，她要祈祷，可是抬不起头来仰望苍天。她要痛哭，可是流不出眼泪，泪水似乎灌满了她的胸膛，火辣辣的在那里燃烧，可是就是涌不出来。

门开了，媚兰走进房来，她那张脸孔很像白纸剪成的一颗心，后面衬着那丛乌黑的头发，眼睛瞪得很大，像个迷失的黑暗中吓坏的孩子。

“思嘉，”她边说边伸出两只手来，“请你务必饶恕我昨天说的那些话，因为你是……你是我现在所有的一切了，啊，思嘉，我知道我心爱的艾希礼已经死了！”不知怎的，她倚在思嘉的怀里，她那对小小的乳房在抽泣中急剧地起伏。也不知怎的，她们两人都倒在床上，彼此紧紧地抱着，同时思嘉也在痛哭，跟媚兰脸贴着脸痛哭，两个人的眼泪交流在一起，她们哭得那样伤心，可是还没有哭不出声来的地步。艾希礼死了……死了，她想，是我用爱把他害死的呀！想到这里她又抽泣起来，媚兰却从她的眼泪中获得一点安慰，更是紧紧地抱住她的脖子不放。

“至少，”她低声说，“至少……我怀上了他的孩子。”“可我呢，”思嘉心想，这时她难过得把妒忌这种卑微的心理也忘记了。“我却什么也没有得到……什么也没有……除了他向我道别时脸上的那番表情，什么也没有啊！”最初的一些报道是“失踪……据信已经死亡”，出现在伤亡名单上，媚兰给斯隆上校发了十多封电报，最后才收到一封充满同情的回信，说艾希礼和一支骑兵小队外出执行侦察任务，至今没有回来，这中间听说在北军阵地内发生过小小的战斗，惊惶焦急的莫斯曾冒着生命危险去寻找艾希礼的下落，但什么也没有找到，媚兰现在倒显得出奇的镇静，连忙给莫斯电汇了一笔钱，叫他即刻回来。

到“失踪……据信被俘”的消息出现在伤亡名单上时，这悲伤的一家人才又开始怀抱乐观的心情和希望了。媚兰整天守在电报局里，还等候每一班火车，希望收到信件，她现在病了，同时妊娠起的反应愈来愈明显。她感到很不舒服，但她拒不按照米德大夫的吩咐卧床休息，不知哪里来的一股热情激励着她，使她片刻不得安宁。思嘉晚上上床睡了许久，还听见她在隔壁房间里走动的声响呢。

有天下午，她由惊慌的彼得大叔赶着马车、瑞德·巴特勒在身旁扶持着从城里回来，原来她在电报局晕倒了，幸好瑞德从旁边经过，发现了她，才护送她回家。他把她抱上楼，送进卧室，把她放在床上躺下，这时全家人都吓得手忙脚乱，连忙弄来烧热的砖头、毯子和威士忌，让她完全苏醒过来。

“威尔克斯太太，”瑞德突如其来地问，“你是怀孩子了，是吗？”要不是媚兰刚刚苏醒，还那样虚弱，那样心痛，她听了这个问题一定会羞死了。因为她连对女朋友也不好意思说自己怀孕的事，每次去找米德大夫都觉得很难为情。怎能设想让一个男人，尤其是瑞德·巴特勒这样的男人，提出这样一个问题呢？可如今软弱无力地独个儿躺在床上，便只得点了点头，算是默认了。当然，点头之后，事情也就并不怎么可怕了，因为他显得那么亲切，那么关心。

“那么，你一定得好好保重，这样到处奔跑，日夜焦急，是对你毫无益处并且要伤害婴儿的！只要你允许，威尔克斯太太，我愿意利用我在华盛顿的影响，把威尔克斯先生的下落打听清楚。如果他当了俘虏，北军公布的名单上一定会有的；如果没有，情况不明不白，那倒更麻烦了。不过你必须答应我，你一定好好保重自己的身体，否则说老实话，我就什么也不管了。”“啊，你真好！”媚兰喊道。“人们怎么会把你说得那么可怕呢？”接着，她想起自己没有什么能耐，又觉得跟一个男人谈怀孕的事实在太羞人了，便难过得又哭起来。这时思嘉拿着一包绒布裹着的东西飞跑上楼，发现瑞德正拍着她的手背在安慰她。

他这人说到做到。人们不知道他哪儿来的那么多门路，也不敢问，因为这可能牵涉到他同北方佬之间的一种亲密关系。

一个月以后，他就得到了消息，他们刚一听到时简直高兴得要发疯了，可是随即又产生了揪心的焦虑。

艾希礼没有死！他只是受了伤，被抓起来当了俘虏，看来目前在伊利诺斯州的罗克艾兰一个战俘营里。他们刚听到这个消息时，只想到他还活着，别的什么也不去想，所以一味地欢欣鼓舞。可是一经冷静下来，他们就面面相觑地同声叨念着“罗克艾兰！”那口气仿佛是说：“进了地狱！”因为就像安德森维尔这个地名在北方臭不可闻一样，罗克艾兰在每个有亲属囚禁在那里的南方人心目中也只能引起恐怖。

当时林肯拒绝交换俘虏，相信这可以使南方不得不继续供养和看守战俘，从而加重它的负担，促使战争早日结束，因此在佐治亚州安德森维尔仍关着成千上万的北军俘虏。这时南方士兵的口粮已经很少，给伤病员的药品和绷带实际上没有。他们哪能拿出什么来供养俘虏呢？他们只能给俘虏吃前线士兵吃的那种肥猪肉和干豆，这就使北方佬在战俘营像苍蝇似的成批死去，有时一天死掉一百。北方听到这种报道以后十分恼怒，便给联盟军被俘人员以更加暴虐的待遇，而罗克艾兰战俘营的情况是最坏不过的了。食物很少，三个人共用一条毯子，天花、肺炎、伤寒等疾病大肆蔓延，使那个地方得了“传染病院”的恶名。送到那里去的人有3/4再也不能生还了。

可艾希礼就是在那个恐怖的地方啊！艾希礼尽管还活着，但是他受了伤，而且是关在罗克艾兰，他被解送到那里时伊利诺斯已经下了很厚的雪了。他会不会在瑞德打听到消息以后因伤重而死去？他是否已成了天花的牺牲品？或者得了肺炎，在高烧中胡言乱语，可身上连条毯子也没有盖呢？

“啊，巴特勒船长，还有没有办法……你能不能利用你的影响把他交换过来呢？”媚兰叫嚷着问。

“据说，仁慈公正的林肯先生为比克斯比太太的五个孩子掉过大颗大颗的眼泪，可是对于安德森维尔濒死的成千上万个北方兵却毫不动心呢，”瑞德凭着一张嘴说。“即使他们全都死光，他也无所谓。命令已经宣布——不交换。我以前没有跟你说过，威尔克斯太太，你丈夫本来有个机会可以出来，但是他拒绝了。”“啊，没有！”媚兰不相信有这种事。

“有，真的。北方佬正在招募军队到边境去打印第安人。主要是从南军俘虏中招募。凡是报名愿意宣誓效忠并去同印第安人作战为时两年的俘虏，都可以获释并被送到西部去，威尔克斯先生拒绝这样做。”“啊，他怎么会呢？”思嘉嚷道。“他为什么不宣誓离开俘虏营，然后立刻回家来呢？”媚兰似乎有点生气地转向思嘉。

“你怎么会认为他应该做那种事呢？叫他背叛自己的南部联盟去对北方佬宣誓，然后又背叛自己的誓言吗？我倒是宁愿他死在罗克艾兰也不要听到他宣誓消息。如果他真的做出那种事来，我就永远也不再理睬他了，永远不！当然，他拒绝了。”思嘉送瑞德出去，在门口愤愤不平问：“如果是你，你会不会答应北方佬，首先保住自己不死，然后再离开呢？”“当然喽，”瑞德咧着嘴，露出髭须底下那排雪白牙齿，狡狯地说。

“那么，艾希礼为什么不这样做呢？”

“他是个上等人嘛！”瑞德答道。思嘉很诧异，他怎么能用这个高尚的字眼来表达出如此讽刺而轻蔑的意味呢？

天气很热，苍蝇成群结队地飞进敞开的窗户，这些养得又肥又懒的苍蝇比病痛更加严重地摧残人们的精力，恶臭和惨叫声在思嘉周围一阵高过一阵，她端着盘子跟随米德大夫走来走去，浑身热汗，她那件刚浆洗过的衣裳都湿透了。

啊，要站在大夫身边，看着他那把雪亮的手术刀切入令人心疼的肌体，而又强忍着不要呕吐出来，这是多么可怕的事啊！听见手术室里正在进行截肢时的惨叫，是多惨的时刻啊！还有，那些血肉模糊的受伤者在周围一起尖叫声中眼巴巴地等待着大夫到来，等待他说出这样令人心悸的话：“孩子，很抱歉，可是这只手必须切掉，是的，是的，我明白；不过你瞧，这些红肿的道道，看见了吗？只能切掉。”这时你看着那张恐怖苍白的脸，心里会涌起一股绝望的怜悯心情，那滋味真够受啊！

当时麻醉药很难弄到，只有做重大的截肢手术时才使用，鸦片也变得十分珍贵，只好用来减轻对垂死者的折磨，而不能当缓解生者痛苦的良药，奎宁和碘酒已根本无货。是的，思嘉对这一切都十分厌恶，因此那天上午她真希望自己也能像媚兰那样有一个怀孕的借口不去上班，如今只有这个理由才能为大家所接受，可以不承担护理工作了。

一到中午，她就解下围裙，从医院溜出来，这时梅里韦瑟太太正忙着替一个瘦高的不识字的山民伤兵写信，思嘉觉得她再也无法忍受了。她觉得这是强加在她身上的一种负担，而且午班火车一到，新的伤兵会涌入医院，她就又有大量的工作要忙到晚上才能走了……甚至还可能没有东西吃呢。

她急急忙忙横过两条马路向桃树街走去，大口大口呼吸着新鲜空气，将那件花边胸衣胀得一鼓一鼓的。她在一个街角站住，不知下一步朝哪里走。因为既不好意思回家去见皮蒂姑妈，也不愿再回医院去，恰好这时瑞德坐着马车从旁边经过。

“你像个捡破烂的女孩子呢，”他这样说，两只眼睛打量着她身上那件补缀过的浅紫色印花布衣裳，上面满是汗渍和污斑，后者显然是护理伤员时沾上的，思嘉觉得又尴尬又懊恼，简直气坏了。他怎么总注意女人衣裳，怎么粗鲁到评论起她此刻很不整洁的穿着来了呢？

“你的话我一句也不要听。赶快下车来扶我坐上去，然后把我送到没人看得见的地方。我不想回医院了，哪怕他们把我绞死也不回去！天知道，我可没有发动这场战争，也看不出有任何理由要让我被折磨死，而且……”“你成了背叛我们伟大主义的罪人了！”“得了，饭锅莫说菜锅黑嘛，快把我扶上去。我不管，你往哪里赶都行，就带着我兜兜风吧。”他从马车上一跃而下，这时思嘉突然觉得，一个完整的男人，一个四肢健全、五官俱在的男人，他既没有因痛苦而脸色苍白，也没有被疟疾折磨得皮肤焦黄，却显得营养很好，健康强壮，这让人看着多么舒服啊！而且他穿着讲究，上衣和裤子是用同样的料子做的，非常合身，不像别人穿的那样要不松松垮垮，要不就绷得紧紧的迈不开步，而这套衣服还是新的，一点也不显旧，不像别人那样连肮脏的皮肉和毛茸茸的腿都露出来了。他好像对世界上的事漠不关心，这种态度在现时本身就足以令人惊讶了，因为别人都是满脸忧虑、阴沉和神思恍忽的表情呢。他那褐色的脸庞是温和的，而那张嘴，那张唇红齿白、像女人的嘴一样轮廓鲜明富于肉感的嘴，当他搀扶她上马车时，更浮出自然的微笑，动人极了。

他自己也上了车，坐在她身旁，这时他高大身躯的肌肉在熨得很好的衣服里显得饱满匀称，而且很吸引人，像往常那样，仿佛受到了冲击似的，她感觉到了巨大的魅力，她望着他衣服下边鼓出的那副有力的肩膀，那充满诱感的令人不安的肩膀，不由得害怕起来，他的身体显得多么壮实而坚韧，这同他那敏锐的思想一样是很不寻常的。他浑身洋溢着一种轻松优美的力量，平静时像一只黑豹洋洋懒懒地躺在阳光下，机警时就像这只豹子正准备一跃而起向前猛扑。

“你这个小骗子，”他揶揄地说，一面喝马向前。“你整夜跟大兵跳舞，给他们送鲜花，送丝带，说你愿意为主义牺牲，可是一旦要你替几个伤兵包扎和捉虱子时就赶快跑开了。”“能不能把马车赶得快些呢？你能不能讲点别的事情，要是碰上梅里韦瑟爷爷从他的小店里出来看见了我，然后回去告诉那位老太太——我指的是梅里韦瑟太太，那我就该倒霉了。”他把鞭子轻轻抽了一下那匹母马，它便轻快地跑过五点镇，越过横贯城市的铁路，这时运载伤兵的列车已经进站，担架工在烈日下迅速地将伤兵抬进救护车和带篷的运货马车，思嘉丝毫没有良心不安的感觉，反而庆幸自己及时逃脱，感到十分轻松。

“我对这种医院工作已经腻烦透了。”她说着，一面整理坐下撒开的裙子，并把下巴底下的帽带系紧，“每天都有愈来愈多的伤兵涌进城市。这全是约翰斯顿将军的过错，要是他在多尔顿把北方佬顶住了，他们早就……”“傻孩子，他何尝没有起来挡住北方佬呀？可是，如果他继续待在那里，谢尔曼就会从侧面包抄过来，割断他与左右两翼的联系，把他彻底打垮，同时他会丢掉铁路线，而保卫这条铁路正是他的战斗目的。”“唔，反正是他的过错，不管怎样。”思嘉这样说，她对什么战略战术本来就一窍不通。“他应当想办法呀，而且我觉得应当把他撤掉。他为什么不坚守阵地，却一味后退呢？”“原来你也和别人一样，因为无法干那种不能干的事了就叫嚷‘把他杀掉’。他在多尔顿时被看作救世主，而六星期之后他到了肯尼萨山，就变成叛徒犹大了。可是，只要他把北方佬打退 20 英里，他又会变为耶稣。我的孩子，要知道谢尔曼部队的人数是约翰斯顿部队的两倍，他可以用两个人拼掉我们的一个小伙子。而约翰斯顿却一个也丢不起，他迫切需要增援，可是能给他派去什么呢？就算能得到乔·布朗州长的‘宝贝儿郎’，可那又有什么用处呢？”“难道民兵真的要调出去？乡团也这样？你怎么会知道的？我可没有听说过。”

“已经有这样的谣言在到处流传了，那是在今天早晨从米列奇维尔开来的火车上传出来的。民兵和乡团都将去增援约翰斯顿将军的部队。是的，布朗州长的‘宝贝儿郎’很可能终于要尝尝火药味了。他们的确从没设想过要真刀真枪地干。我想他们会大吃一惊的。州长就亲自答应过不会叫他们上前线的。所以，那对他们只不过好玩罢了，他们觉得自己已经保了险。因为州长甚至公然反抗过戴维斯总统，拒绝把他们送到弗吉尼亚去呢。他说他们必须留下来维护本州的安全。谁曾想到战争会打到他们的后院，他们真的必须起来保卫这个州呀？”“唔，亏你还笑得出来，你这个残忍的家伙！想想乡团里那些老先生和小孩子吧！怎么，连小费尔·米德，连梅里韦瑟爷爷和亨利·汉密尔顿叔叔也得去啊！”“我不是在说那些小孩子和参加过墨西哥战争的老兵。我说的是像威利·吉南那样爱穿漂亮军服和挥舞刀剑的勇敢的青年男子……”“还有你自己！”“亲爱的，这可损害不了我一根毫毛！我既不穿军服也不挥舞军刀，而且南部联盟的命运与我毫不相干。何况我即使是在乡团或任何军队里，也不会束手无策的，因为我在西点军校学到的那些东西已够我终生受用的了……好了，我祝愿老约走运，李将军如今被北方佬拖住，在弗吉尼亚，无法给他任何帮助，自顾不暇。所以，佐治亚州本州的部队就是约翰斯顿所能得到的唯一增援了。他理应获得更大的成就，因为他是个伟大的战略家。他总是设法抢在北方佬之前占据阵地，可是为了保卫铁路线，他又不得不再后退，而且，请听我说，一旦他们把他赶到山区并来到这里附近比较平坦的地方，他就得任人宰割了。”“这里附近？”思嘉惊异地问。“你很清楚，北方佬是绝不会深入到这里来的呀！”“肯尼萨山离这里只有22英里，我敢跟你打赌……”“街那头，瑞德，你看，那一大群的人！他们不是士兵，究竟怎么回事？……啊，全是些黑人！”一大团红色的尘土从街那头滚滚而来，尘土飞扬中传来杂沓的脚步和上百黑人唱着《赞美诗》的深沉而雄浑的声音，瑞德勒马把马车停在路旁，思嘉好奇地看着那些汗流浃背的黑人，他们肩上扛着鹤嘴锄和铁锹。由一位军官和一小队佩着工程团标记的人领着一路走来。

“这到底是怎么回事……？”她又一次问。

接着，她的眼光落在队伍前边一个高唱《赞美诗》的黑人身上，他称得上是个巨人，身高达六英尺半左右，浑身乌黑，姿势灵活优美，像一头猛兽似的向前迈步走着，一面露出雪白的牙齿，领着全队高唱《去吧，摩西》。她相信世界上除了塔拉农场的工头大个儿萨姆之外，没有哪个黑人有这么高的身材和这么响亮的嗓子。可是大个儿萨姆到这里来干什么呢？离家这么远，尤其现在无人照管农场的时候，而他又是杰拉尔德的得力助手？

她从座位上欠起半个身子来仔细观看，这时那个巨人也瞧见了她，即刻咧嘴一笑表示认识，黑脸上绽出一丝喜悦的光辉来了。他停住脚，放下铁锹，向她走来，一面对那几个最靠近的黑人喊道：“我的天！这是思嘉小姐呢！来啊，以利亚！使徒！先知！这是咱们的思嘉小姐呀！”队伍里顿时一片混乱，大家都惊疑莫定地咧着嘴站住了，大个儿萨姆领着另外三个高大的黑人横过大路向马车走去，后面紧跟着那些不知所措、大声叫嚷的军官。

“你们这几个家伙，回到队伍里来！回来，我命令你们，要不我就……怎么，是汉密尔顿太太。早晨好，太太，还有你，先生。你们干吗在这里煽动骚动的叛乱呀。天知道，整个上午我已被这些小伙子闹得够呛了。”“唔，兰德尔队长，请不要责备他们！都是我们的人呢，这是大个儿萨姆，我们的工头；以利亚、使徒和先知，也是从塔拉农场来的。他们当然要跟我说话呀，你们好啊，小伙子们?”她跟他们一一握手，那只雪白的小手握在他们又大又黑的手掌中，四个人都乐滋滋地跳着笑着，在他们的伙伴们面前骄傲地炫耀自己有多么漂亮的一位小姐。

“你们这些小伙子们大老远从塔拉跑来干什么？你们是逃出来的，我敢打赌，难道你们不怕巡逻队逮住你们吗？”他们还以为思嘉在开玩笑，都乐得大叫起来。

“逃走?”大个儿萨姆说。“不是，小姐，我不是逃出来的，我是塔拉最高最强壮的四个劳力。他们才挑中，送我到这儿来的。”他骄傲地露出一口雪白的牙齿笑着说。“他们特别看中了我，就因为我唱得很好。是的，小姐，是弗兰克·肯尼迪先生过来把我挑上了。”“但是做什么呢，大个儿萨姆?”“啊，思嘉小姐，你听见了吗？我是来给白人先生挖沟的，好让他们躲避北方佬。”兰德队长和马车里的人听到这种对于散兵壕的天真解释，都忍不住笑了。

“的确，他们把我带走时，杰拉尔德先生差点儿发火，他说缺了我，农场就搞不下去了。可爱伦小姐说：‘把他带走吧，肯尼迪先生，联盟比我们更需要大个儿萨姆呢。’她还给了我一个美元，叫我好好照白人吩咐的去做，所以我就到这儿来了。”“这到底是怎么回事呀，兰德尔队长?”“唔，事情很简单嘛，我们必须加固亚特兰大的防御工事，挖掘更多的散兵壕，可是将军无法从前线抽出士兵来干这种事。所以我们只得从农村征调一些强壮的黑人来干了。”“可是……”思嘉心里隐隐感到有点恐惧，得再挖上好几英里长的战壕！他们有什么需要呢？去年一年里已在亚特兰大周围距离市中心一英里的地方修筑了一连串带有大炮掩体的巨大堡垒。这些连结着散兵壕的大型泥土工事一英里又一英里绵亘着，把整个城市围起来了。而现在还要挖更多的散兵壕！

“可是……我们已经有很好的防御工事，为什么还要再修新的呢？我们连已经有的还用不上呢。毫无疑问，将军是不会让……”“我们现在的防御工事距离市区只有一英里远。”兰德尔队长简洁地说。“这太近了，很不方便……也不安全。眼下要挖的更远一些。你瞧，如果军队再一次后撤，有许多士兵就要进入亚特兰大城了。”他随即后悔不该说最后这句话，害怕得瞪大了眼睛。

“当然喽。不过，不会再一次后退了。”他赶紧补充一句。

“肯尼萨山周围的防线坚不可摧嘛。山顶四周密密地安置了大炮，控制着下面所有的大路，北方佬不可能接近的。”可是思嘉看见他在瑞德冷漠而锐利的注视下把眼睛垂下去，这时她也害怕起来。她记得瑞德讲过：“一旦他们把他赶出山区来到这儿附近比较平坦的地方，他就得任人宰割了。”“唔，队长，你是不是认为……”“怎么，当然不会的！你一点也不用着急，老约只不过相信凡事以预防为好。这就是我们修筑更多防御工事的理由……不过我得走了。有机会和你聊聊，真叫人高兴……好，现在我们回去，小伙子们，跟你们的女主人说再见吧。”“再见吧，小伙子们。要是你们病了，或者受了伤，或者遇到什么麻烦，就通知我一声，我就住在那边桃树街尽头。几乎是市区最末了的那幢房子，等一等……”她伸手到提包里摸索起来。“哎哟，我一分钱也没带，瑞德，请借给我一点钱。给，大个儿萨姆，买些烟草给你自己和小伙子们抽吧，你们要好好儿的，按照兰德尔队长的吩咐去做呀？”那个松松垮垮的队列重新整顿好了，他们又向前行进，尘土的红雾随之升起，大个儿萨姆领着大家又唱起来：

去吧，摩西……
去吧，摩西！到埃及地方去！
去见法老，
使你可以将我的百姓领出来！

“瑞德，兰德尔队长是在骗我呢，就像所有的男人那样，怕我们妇女听了会吓得晕过去，就不让我们知道真相。难道他不是在撒谎吗？哦，瑞德，要是没有什么危险，他们干吗要挖这些新的壕沟啊？难道部队缺员已达到这样的程度，不得不使用黑人了吗？”瑞德吆喝着那匹母马动身往前走。

“军队缺员缺得厉害呢。不然为什么要把乡团调出去？至于挖壕沟嘛，嗯，这种防御工事到围城时是有些用处的，将军准备在这里作最后的抵抗了。”“围城！唔，请赶快掉转车，我要回家了，要回塔拉去，马上回去！”“你这是怎么了？”“不是说围城吗？围城了！我的上帝！围城我是听说过的。爸经历过一次围城，也许那是他爸的事，可他告诉过我。”“哪一次围城？”“就是围困德罗赫达，那时克伦威尔打败了爱尔兰人，他们没有吃的，据我爸说他们有许多人饿死在大街上，最后把猫和耗子，还有蟑螂一类的东西都吃光了。他还说他们甚至被逼得人吃人也不投降呢，虽然我弄不清这究竟可不可信，后来克伦威尔把城攻下来了，全城的妇女都被……这就是围城呀！我的天！”“我从没见过像你这样的年轻人，你真无知透了，围困德罗赫达是1600年前后的事，那时奥哈拉先生还没出世呢，何况，谢尔曼又不是克伦威尔。”“不是，可他更坏！他们说……”“至于讲到围城时爱尔兰人吃的那些珍奇美味……我本人也会乐意吃一只肥美的耗子，就像最近我在饭店里吃的那些东西一样。所以我想还得回里士满，在那里你只要有钱就可以吃到很好的东西。”他的眼睛嘲笑地注视着她那惊惶的脸色。

她很懊恼自己在他面前居然显得那么慌张，便高声喊道：“我真不明白你干吗在这里待了这么久！你成天考虑的就是要过得舒适，吃得好……如此等等。”“除了吃喝一类的事，我不知道还有什么更惬意的方法能消磨时光。”他说。“至于说我干吗待在这里……嗯，我读了许多有关围城和被困的城市以及类似情况的书，可是从没亲眼见过，所以我想还是留在这里看看，我是非战斗人员，不会有什么危险，而且，我需要有点实际经验。思嘉，千万不要放过体验新鲜事的机会，它会使你的思想丰富起来的。”“我的思想已经够丰富了。”“关于这一点，你也许知道得最清楚，不过我应当说……不过那是不客气的。也许，我留下来是要在围城时挽救你。我还从没救过一个落难的女子呢，那也将是一种新的经验呀。”她知道他是在奚落她，可是又意识到他的话背后有一种严肃的意味。她扬起头来。

“用不着你来救我，谢谢你了，我能照顾自己。”“别这么说，思嘉！如果你高兴，也不妨这样想，可千万不要对一个男人说这种话，这正是北方女孩子所犯的毛病，她们只要不经常说‘我们能照顾自己，谢谢你’，就是最可爱的姑娘了。总的看来，她们说的也是真话，很不错呢。因此，男人们就让她们自己去照顾自己好了。”“看你扯到哪里去了。”她冷冷地回敬一句，因为她觉得让人家将自己跟北方佬姑娘相比，是一种莫大的侮辱。“你明明知道北方佬是绝不会打到亚特兰大来的，我看你谈到的围城是在骗人吧？”“我敢跟你打赌，他们在一个月内就会打到这里，我跟你赌一盒糖果……”他那双乌溜溜的眼睛瞟着她的嘴唇。“赌个吻好吗？”刚才短短的一刹那，思嘉因害怕北方佬入侵而大为揪心，可现在听到“亲吻”这个字眼就什么都忘了。她对这方面可是颇为熟悉，而且比对军事措施有兴趣得多呢。她好不容易才克制住自己没有露出喜悦的笑容来。自从送给她那顶翠绿色帽子以来，瑞德至今没有进一步作过可以认为是在爱她的任何表示。他这个人是绝不让你牵着鼻子来谈私情的，无论你怎样诱惑也罢。可是如今，用不着思嘉引诱，他却谈起亲吻来了。

“我对这种私人谈话不感兴趣，”她故意皱起眉头冷冷地说。“而且，我宁愿吻一只猪猡。”“这里用不着谈个人爱好嘛，而且我常常听说爱尔兰人是偏爱猪的……他们实际上把猪养在床底下，思嘉，不过，你是迫切需要接吻的。这就是目前你所犯的心病，你所有的情人不知为什么都尊敬你了，或者是太害怕你了，以至都不能真正满足你，结果就养成了你这种盛气凌人的毛病，你应当让人吻你，让一个知道怎样亲吻的人来吻你。”谈话没有按照她所设想的方式进行。这种情况是每次跟他在一起时都要照例要发生的。那往往是两人之间的一次决斗，而输的总是她。

“那么，我想你大概就是那个适当的人选了？”她挖苦地质问他，一面竭力控制自己不要发脾气。

“唔，是的，如果我高兴去努力这样做的话，”他漫不经心地说。“人们常说我很会接吻呢。”“唔，”她发现对方把她的魅力不当一回事，立即心头火起，“怎么，你……”可是突然又觉得很难为情，便低眉不语了。这时他却满面笑容，只不过那双乌溜溜的眼睛里像野火苗似的，偶尔闪出一点光辉。

“的确，你可能觉得奇怪，为什么从我送给你帽子那天轻轻吻过你一下之后，一直没再找机会吻你……”“我从来没有……”“那么说，你就不是个姑娘了，思嘉，而且我听了也很难过。所有的好姑娘看见男人不想来吻她们都会觉得莫名其妙。她们知道自己不应该盼望他们作这种尝试，也知道碰到人家这样做时必须装出生气的样子，可归根结底还是一样，她们都希望男人来吻……好了，鼓起勇气来，亲爱的，有一天我会吻你，你也会高兴的。可现在还不是时候，我求你不要太性急了。”她知道他在奚落她，不过像往常那样，这种奚落使她兴奋若狂。他说的那些话总是那么真实，叫你无法否认。好吧，这就彻底把他暴露了。只要他一旦粗野到对她放肆起来，她就要给他点颜色看看。

“请你把马掉转头来好吗，巴特勒船长，我想回医院去了。”“你真的想回去了，我的救护天使？那么你宁愿去跟虱子和脏水打交道，不想跟我交谈了？好吧，我才不想拖住你这双勤奋的手不让它去为我们的光荣事业效劳呢。”说着，他掉转马头，他们往回朝五点镇驶去。

“至于我为什么没有进一步追求嘛，”他冷淡地继续说，仿佛她并没有表示过要结束这次谈话似的，“我是在等你再长大一点。你看，要是我现在就吻你，那是不会有什么好玩的，而且我在享乐方面从来就只顾自己，我从没想过要和小孩子亲吻。”他勉强克制住没有咧嘴嬉笑，因为他瞧见她已经气鼓鼓的了。

“除此以外，”他温柔地继续说，“我还在等你对那位可敬的艾希礼·威尔克斯的记忆渐渐消失。”一听到艾希礼的名字，她即刻感到浑身一阵疼痛，感到热辣辣的泪水在刺激眼帘。消失？对艾希礼的记忆是永远不会消失的，哪怕他死后一千年也不会的。她想着艾希礼受了伤，在远处一个北方佬监狱里奄奄一息，濒于死亡，身上没有盖毯子，旁边没有一个亲人照料。于是她对身边这个养尊处优的男人，这个用慢悠悠的声调掩饰着嘲弄意味的男人，顿时满怀仇恨，忍不住要发作了。

可是她恼怒得说不出话来，只好由他赶着车默默地跑了一程。

“现在我对你和艾希礼的一切实际上全都明白了，”瑞德继续说。“我是从你在‘十二橡树’村演出的那一幕开始的；后来我一直注意观察你，又了解到许多情况。什么情况呢？比如说，你仍对他怀有一种罗曼蒂克的女学生式的热情，而他也在他那高尚天性所允许的范围内予以报答，又如，威尔克斯太太对此毫不知情，而你在你们两人之间对她玩了一个巧妙的把戏，等等。实际上，我什么都了解，只有一点除外，而且引起了我的好奇心。那便是：高尚的艾希礼有没有冒着玷污他那不朽灵魂的危险跟你亲吻过呢？”她给他的回答是转过头去不予理睬，同时固执地沉默不语。

“啊，原来他吻过你了。我猜想那是他在这里休假的时候。那么，既然他可能已经死了，你就要抱着这种感情终生不渝了？不过，我相信你是会摆脱它的，等到你忘记他的吻时，我就会……”她愤怒地转过头去。

“你给我滚……滚到远远的地方去！”她恶狠狠地说，那双绿眼睛冒出了怒火。“赶快让我下车，要不然我就跳下去。我永远也不再跟你说话了。”

他停住马车，可是还没来得及下车搀扶，她已自己跳下来。她的长裙子钩住了车轮，一时叫五点镇的人都不免要瞟一眼她的衬裙和内裤。于是瑞德只好弯下身来迅速把它解开。

她一句话也不说，甚至头也不回，就愤然而去。这时瑞德才轻轻笑着赶着马车走了。

自从战争开始以来，亚特兰大第一次听得见炮声了，每天清早城市的喧嚣还没有响起，人们就能隐隐听到肯尼萨山上的大炮在隆隆震响，那声音遥远而低沉，你还以为是夏天的雷鸣呢。有时还相当清晰，甚至从正午轰轰的铁轨声中也听得出来。人们想不去听它，想用谈话、欢笑和不断的工作来掩盖它，仿佛北方佬不在22英里外的地方，可是耳朵却要竖起来去听那个声音。城市是一副全神贯注的状态，因为尽管市民们手中都有工作，可大家仍然在谛听着，谛听着；每天总有百十来次，他们的心会突然惊跳起来。是不是炮声更响了？难道这只是他们的想象吗？这次约翰斯顿将军会不会把北方佬挡住呢，他会吗？

北方佬仍不断掉过头来发起新的攻击，他们尽管损失惨重，可是兵源丰富，经受得起。他们的大炮一直向亚特兰大内猛轰，大量杀伤城市居民，摧毁了许多建筑物，使街上平添了不少巨大的弹坑，居民们避难的最好办法是躲进地窖、地洞和在铁路截口临时挖掘的浅隧道中。亚特兰大被围困了。

胡德将军在就任总指挥以来的11天里所损失的兵员，已接近于约翰斯顿在战斗和退却的74天的所损失的数目，而且亚特兰大已沦于三面受敌、岌岌可危的困境。

从亚特兰大至田纳西的铁路已全部被谢尔曼控制了，他的部队已越过铁路向东挺进，同时截断了西南方向通往亚拉巴马的铁路线。如今只有往南与梅肯和萨凡纳相联的一线还保持畅通。但是城里已住满了军队，挤满了伤兵，塞满了难民，这条铁路是万难解决各种迫切需要的。不过，只要铁路还能守住，亚特兰大就不会陷落。

思嘉一旦明白这条铁路已变得多么重要，谢尔曼会多么凶狠地来夺取它，胡德又会怎样拼命保卫它，便觉得这局势太可怕了。因为这是一条横贯全州，穿过琼斯博罗的铁路，而塔拉离琼斯博罗只有五英里！塔拉跟亚特兰大这个惊叫的地狱比起来，好像是个安全的避难所了，可是它距离琼斯博罗只有五英里！

在亚特兰大战役那一天，思嘉和其他许多太太们坐在店铺的屋顶上，手里打着小小阳伞，观看战斗进行的情景，但是当炮弹开始在大街上落地开花时，她们便纷纷往地窖里逃跑，而且从那天晚上起，妇女、小孩和老人都陆续大批地离开城市。梅肯是他们的目的地，实际上当晚搭火车的那些人在约翰斯顿从多尔顿撤退时就去那里躲过五六次了。比起他们来亚特兰大时，现在的旅行已轻松得多，他们大多只携一个提包和一顿用手帕包着的简便午餐。间或也有吓怕了的人带着银水罐和刀叉，以及第一次出逃时抢救出来的一两张家族肖像。

医院需要他们，梅里韦瑟太太和埃尔辛太太不肯离开，而且，她们骄傲地说，她们一点也不害怕，北方佬是没法把她们赶出家门的。但是梅贝尔和她的婴儿，以及范·埃尔辛都到梅肯去了。米德太太拒不接受大夫的命令，没有搭火车去逃难，这是她结婚以来第一次不服从大夫的安排，她说大夫需要他，而且费尔还待在什么地方的战壕里，她要留在他附近，以防万一……不过惠廷太太和思嘉周围的其他许多太太都走了，皮蒂姑妈本是头一个谴责老约退却政策的人，如今却赶在第一批就打好了行李。她说她神经脆弱，实在忍受不了周围的一切嘈杂。她担心自己一听到炮弹爆 炸就会昏倒，哪还来得及躲进地窖呢。不，她绝不是害怕。她的那张娃娃嘴还尝试过要唱军歌，可是失败了，她要到梅肯去同自己的表姐伯尔老夫人住在一起，两位姑娘会跟着她去的。

尽管害怕炮弹，思嘉不想到梅肯去，仍宁愿留在亚特兰大，因为她从心底里痛恨伯尔老夫人。多年以前，伯尔夫人在威尔克斯家的一个晚会上发现思嘉在吻她的儿子威利以后，曾说过她为人“放荡”。“不，”思嘉告诉皮蒂姑妈，“我要回塔拉去，就让媚兰跟你到梅肯去好了。”

听到思嘉这样讲，媚兰就惊恐而伤心地哭了。这时皮蒂姑妈跑去找米德大夫，媚兰这才抓住思嘉的手恳求道："请不要离开我回塔拉去呀！亲爱的，没有你，我太寂寞了。哦，思嘉，要是我生孩子时没有你在身边，我就活不成了！是的……是的，我知道，我有皮蒂姑妈，她对我很好。可是，她毕竟从没生过孩子，有时会弄得我十分紧张，简直要发疯了。请不要丢下我吧，亲爱的！你已经像是我的妹妹了。而且……"她黯然一笑，"你答应艾希礼要照顾我的呀。他说过他要向你提出这个请求。"思嘉不胜惊讶地注视着她，简直已没法掩饰，她自己对这个女人厌恶极了，可是媚兰怎么会这样喜欢她呢？媚兰怎么会这么愚蠢，居然想不到她在偷偷爱着艾希礼呢？这几个月，她一直在焦急地等待艾希礼的消息，已经上百次地泄露过自己的心事了。可是媚兰丝毫没有察觉，她这个人从自己所喜欢的人身上只会看到优点，此外什么也看不出来……是的，她答应过艾希礼要照顾媚兰。啊，艾希礼！艾希礼！你一定是死了，死了好几个月了！可现在给我你的许诺却把我牢牢抓住了！

"好吧，"她简洁地说，"我既然答应过他，现在也不收回我的诺言了。不过我不想到梅肯去跟那个老妇人伯尔待在一起。如果在一起，我就会毫不犹豫地把她的眼珠子给挖出来，我要回塔拉去，你可以跟我一起走，母亲会高兴你去的。""啊，正合我意！你母亲多么可爱啊！不过你知道，要是我生孩子时不让皮蒂姑妈在我身边，她是死也不肯答应的，同时我很清楚她又不愿到塔拉去，那里离前线太近，而姑妈要的是安全呀。"米德大夫气喘吁吁地赶来，他接到皮蒂姑妈紧急万分的召请后，还以为至少是媚兰要分娩了呢，现在明白了是这么回事，便显得有点生气了。对眼下的问题，他讲了一番道理就作出了决定，而且没有留下争论的余地。

"媚兰小姐，你到梅肯去这个问题根本不容考虑，你要是随便走动，我就不负责了。火车上拥挤得很，又动荡不定；如果需要调去运伤兵和军队或者供应物资的话，旅客就随时有可能被赶下来给扔在林地里，在你这种情况下……""但是，如果我跟思嘉到塔拉去……""我不让你走动，我告诉你，到塔拉去的火车跟去梅肯的是同一趟，情况也完全一样。而且，谁也不知道现在北方佬究竟到了哪里。甚至你坐的那趟火车也可能被堵截呢。即使你能平安抵达琼斯博罗，那里离塔拉也还有五英里，道路又坎坷不平，够你在马车上颠簸的。这样的旅行，一个怀孕的妇女怎么能经受得住，此外，自从老方丹大夫参军以后，那个区里已经没有医生了。""可是，还有接生婆……""我说的是医生，"他粗率地答道，一面下意识地打量着她那瘦小的身子。"那可能有危险，我不会让你走动的，你总不想让婴儿生在火车上或马车里吧，是不是?”这种只有大夫才有的直率口吻，使两位年轻太太都不好意思地脸红起来，默不作声了。

“你只能就待在这里，好让我随时观察，而且你还得卧床。不要上下楼，往地窖里跑。不行，哪怕炮弹正落在窗外也不行。其实嘛，这里并不那么危险。我们很快就会把北方佬打回去的……好了，皮蒂小姐，你马上动身到梅肯去，把两位姑娘留在这里。”“没有人陪伴吗?”她惊慌地嚷道。

“她们都是少奶奶了，”大夫不耐烦地说。“而且米德太太离这里只隔两户人家嘛。以媚兰小姐目前这个模样，她们也绝不会接待男客的。哎哟，皮蒂小姐，这是战时！我们现在可不能讲究那些老规矩了，我们得替媚兰着想呀。”他顿着脚走出房间，一个人忿忿地待在前廊里，直到思嘉来到他身边才缓和下来。

“我要跟你坦白地谈谈，思嘉小姐，”他开口说，那把灰白胡子在痉挛地颤抖。“请恕我直言。看来你是个通情达理的年轻女子，我不想再听到关于媚兰小姐要走的这些话了，我怀疑她是否经受得起这种旅行，即使是在最好的环境下，她也会碰到很大的困难……因为，你知道的，她的臀部很窄，分娩时很可能得用钳子，所以我不要那种愚昧的黑人接生婆来动她。像她这样的女人本来是不该生孩子的，可是……不管怎样，你还是替皮蒂小姐收拾好行李，送她到梅肯去吧。她那么胆小，留在这里没什么好处，只会干扰媚兰小姐。而你，小姐，”他用犀利的眼光盯着她，“我也不愿意再听到你谈回家的事。你就跟媚兰小姐一起留下来，等到她生了孩子再说。你该不会害怕吧?”“啊，不怕!”思嘉勇敢地撒了个谎。

“这才是有胆量的姑娘呢！你们需要人陪伴，米德太太随时来的，如果皮蒂小姐要把她的仆人带走，我就打发老贝特西过来照料你们。据推算，再过五个星期孩子就该出生，不过对于第一个孩子，就很难说了，而且这样整天打炮，也会受影响的。反正不要很久，所以，哪一天都可能生呢。”就这样，皮蒂姑妈便带着彼得大叔和厨娘眼泪汪汪地动身到梅肯去，由于爱国情绪一时高涨，她把马车和马都送给了医院，可是随即又感到后悔，因此眼泪也就更多了。思嘉和媚兰被留下，带着韦德和百里茜在那所大房子里，虽然大炮仍在不断地轰鸣，但周围显得安静多了。

16

围城初期，北方佬到处轰击城防工事时，思嘉被震天的炮弹声吓得瑟瑟发抖，双手捂着耳朵，准备随时被炸得一命呜呼，见上帝去。她一听见炮弹到来前那嘘嘘的尖啸声，就立即冲进媚兰房里，猛地扑倒在床上媚兰的身边，两个人紧紧抱在一起，把头埋在枕头底下，“啊！啊！”地惊叫着，百里茜和韦德也急忙向地窖跑去，在地窖里挂满蜘蛛网的黑暗角落蹲下来，百里茜扯着嗓子大声尖叫，韦德则低声哭泣，伤心地打着嗝儿。

思嘉被羽绒枕头捂得出不来气了，而死神还在上空一声声尖啸，这时她暗暗诅咒媚兰，怪媚兰连累她不能躲到楼下较安全的地方去。因为大夫禁止媚兰走动，而思嘉必须留在她身边。除了害怕被炮弹炸个粉碎以外，她还担心媚兰随时会生孩子。每每想起这一点她就浑身冒汗，衣服都湿了。要是孩子偏偏在这个时候降生，她可怎么办呢？她想，在这炮弹如雨的当儿，她宁愿让媚兰死掉也不能跑到大街上去寻找大夫，如果叫百里茜去冒这个险，她也清楚，那不等她出门就会被炸死的。要是媚兰生孩子了，她该怎么办啊？

关于这些事情，有个下午她和百里茜在准备媚兰的晚餐时，曾低声商量过，百里茜倒令人惊讶地把她的恐惧打消了。

“等到媚兰小姐真的要生了，思嘉小姐，就算我不能出去找医生，您也用不着烦恼。我能对付。这接生的事，我全知道，我妈不就是个接生婆，她不是教会我也能接生了？您就把这事交给我好了。”思嘉知道身边有个在行的人，便觉得轻松了些。不过她仍然盼望这场严峻的考验快些过去。她一心想离开这炮火连天之地，已惶惶不可终日；她要回塔拉去，更是迫不及待了。

她每天晚上都在祈祷，要媚兰的孩子第二天就生下来。那样她就可以解脱自己的诺言，早日离开亚特兰大。塔拉在她心目中是多么安全，与这一切的苦难是多么不相干啊！

思嘉渴望回家去看母亲，这样的焦急心情她是从来不曾有过的。只要她是在母亲身边，无论发生什么事情，她都不会害怕了。每天晚上，在熬过了一整天震耳欲聋的炮弹呼啸声之后，她上床睡觉时总是下决心要在第二天早晨告诉媚兰，她在亚特兰大一天也待不下去了。她一定要回家，媚兰只能住在米德太太那里去。可是头一搁到枕头上，她便又记起艾希礼临别时的那副面容，那副因内心痛苦而绷得很紧但嘴唇上勉强露出一丝笑容的面容："你会照顾媚兰，不是吗？你很坚强……请答应我。"结果她答应了他。如今艾希礼不知躺在什么地方死了。无论是在何处，他仍然在瞧着她，叫她恪守自己的诺言，生也罢，死也罢，她都绝不能让他失望，不管要付出多高的代价，就这样，她一天天留下来了。

爱伦写信来敦促女儿回家，思嘉回信时一面极力缩小围城中的危险，一面详细说明媚兰目前的处境有多困难，并答应等媚兰分娩后便立即回去。爱伦对于亲属关系，无论血亲姻亲，都是很重感情的，她回信勉强同意思嘉留下来，但要求将韦德和百里茜立即送回去。这个建议百里茜完全赞同，因为她现在一听到什么突如其来的响声，就要吓得两排牙齿咯咯地打颤，她每天得花那么多时间蹲在地窖里，如果不是米德太太家的贝特西帮了大忙，两位姑娘的日子就不知怎么过了。

像她母亲一样，思嘉急于要让韦德离开亚特兰大，这不仅是为孩子的安全，而且因为他整天惶恐不安，令思嘉厌烦透了。韦德经常给大炮声震得说不出话来，即使炮声停息了，也总默默地牵着思嘉的裙子，哭也不敢哭一声，晚上他不敢上床，害怕黑暗，害怕睡着了北方佬会跑来把他抓走，到了深夜，他那神经质的低声啜泣也会把思嘉折磨得难以忍受。实际上，思嘉自己也和他一样害怕，不过每当他那神情紧张的面容提醒她想到这一点时，她马上就火了。是的，塔拉是对韦德唯一适宜的地方。应当让百里茜送他到那里去，然后即刻回来料理媚兰分娩的事。

但是，思嘉还没来得及打发他们两人动身回去，便突然听到消息说北方佬已迫到南面，在亚特兰大和琼斯博罗之间的铁路沿线打起来了，要是北方佬把韦德和百里茜乘的那列火车截获了呢……想到这里，思嘉和媚兰不由得脸都白了，因为谁都知道北方佬对待儿童比妇女还要残暴，这样一来，她就不敢把他送回家去，只好让他继续留在亚特兰大，像个受惊的默默无声的小幽灵，整天啪哒啪哒地跟在母亲后面，紧紧抓住她的衣襟，生怕一松手就丢掉了自己的小命似的。

今晚亚特兰大这样安静，她能闭上眼睛想象自己回到了塔拉静穆的田野，生活一点也没有改变，看来也不会改变。不过她知道那个地区的生活是绝不会跟从前一样的。她想起塔尔顿家四兄弟，那对红头发的孪生兄弟和汤姆与博伊德，不由得一阵悲怆把她的喉咙给哽住了。怎么，斯图或布伦特不是有一个可能做她的丈夫吗？可如今，当战争过后她回到塔拉去住时，却再也听不见他们在林荫道上一路跑来时那狂热的呼唤声了。还有雷福德·卡尔弗特那个最会跳舞的小伙子，他也再不会挑选她当舞伴了。至于芒罗家的一群和小个子乔·方丹，以及……"啊，艾希礼！"她两手捧着头啜泣起来，"我永远也无法承认你已经没了啊！"这时她听见前面大门哗啦一声响了，便连忙抬起头来，用手背擦了擦泪水模糊的眼睛。她站起身来一看，原来是瑞德·巴特勒，手里拿着那顶宽边巴拿马帽，从人行道上走过来了。自从他那次在五点镇突然跳下马来以后，她一直没有碰见过他。当时她就表示过，她再也不想同他见面了。可是她现在却非常高兴有个人来跟她谈谈，来把她的注意力从艾希礼身上引开，于是她赶紧将心头的记忆搁到一边去了。瑞德显然已忘记了那桩尴尬事，或者是装作忘记了，反正他在顶上一级台阶上她的脚边坐下来，对他俩之间过去的争论只字未提。

“原来你没逃到梅肯去呀！我听说皮蒂小姐已撤退了，所以，当然喽，以为你也走了。刚才看见你屋子里有灯光，便特地进来想打听一下。你干吗还留在这里呢？”“给媚兰做伴嘛，你想，她……嗯，她眼下没法去逃难呢。”“嘿，”她从灯光底下看见他皱起眉头，“你这是告诉我威尔克斯太太还在这里？我可从来没听说有这种傻事。在她目前的情况下，留在这里可相当危险啊！”思嘉觉得很不好意思，不作声，因为关于媚兰的处境，她是不能跟一个男人谈论的。使她感到难为情的还有，瑞德居然知道那对媚兰是危险的事呢。一个单身汉会懂得这种事情，总有点不体面啊！

“你一点不考虑我也可能出事，这未免太不仗义了吧，”她酸溜溜地说。

他乐得眼睛里闪闪发光了。“我会随时保护你不受北方佬欺侮的。”

“我还不清楚这算不算一句恭维话。”她用怀疑的口气说。

“当然不算，”他答道：“你什么时候才不到男人们最随便的表白中去寻找什么恭维呢？”“等我躺到了灵床上才行。”她微笑着回答，心想常常有男人来恭维她呢，即使瑞德从没有这样做过。

“虚荣心，虚荣心，”他说。“至少，你在这一点上是坦白的。”他打开他的烟盒，拈出一支黑雪茄放到鼻子前闻了闻，然后划亮一根火柴。他靠在一根柱子上，双手抱膝，静静地吸烟。思嘉又在躺椅里摇晃起来。黑暗的夜雾浓密而温暖。他们周围一片静悄悄，平息在蔷薇和忍冬密丛中的模仿鸟从睡梦中醒过来，小心而流利地唱了几声。接着，仿佛经过一番审慎的思考，它又沉默了。

这时，瑞德突然从走廊的黑影中笑出声来，低声而柔和地笑着。

“所以你就跟威尔克斯太太留下来了！这可是我从没碰到过的最奇怪的局面！”“我倒看不出有什么奇怪的地方。”思嘉不安地回答，立即引起了警惕。

“没有吗？这样一来你就不易客观地看问题了。过去一些时候以来，我的印象是你很难容忍威尔克斯太太。你认为她又傻气又愚蠢，同时她的爱国思想也使你感到厌烦。你很少放过机会不趁势说两句挖苦话，因此我自然会觉得十分奇怪，怎么你居然会做这种无私的事，会在这炮声震天的形势下陪着她留下来了。你究竟为什么这样做啊？说吧。”“因为她是查理的妹妹嘛……而且对我也像姐妹一样。”思嘉用尽可能庄重的口气回答，尽管她脸上已在发烧了。

“你是说因为她是艾希礼的遗孀吧。”

思嘉连忙站起来，极力抑制住心中的怒火。

“你上次对我那样放肆，我本来已准备饶恕你，可现在再也不行了。今天要不是我正感十分苦闷，我本来是绝不会让你踏上这走廊来的。而且……”“请坐下来，消消气吧，”他的口气有点变了。他伸出手拉着她的胳臂，把她拖回椅子上。“你为什么苦闷呢？”“唔，我今天收到一封从塔拉来的信，北方佬离我家很近了，我的小妹妹又得了伤寒，所以……所以……即使我现在能够如愿地回去，妈妈也不会同意的，因为怕我也被传染！”“嗯，不过你也别因此就哭呀。”他说，口气更温和了些。

“你如今在亚特兰大，即使北方佬来了，也比在塔拉要安全些。北方佬不会伤害你的，但伤寒病却会。”“你怎么能说这种骗人的话呢？北方佬不会伤害我？”“我亲爱的姑娘，北方佬不是魔鬼嘛。他们并不如你所想象的，头上没有长角，脚上没有长蹄子。他们和南方人一样漂亮……当然嘛，礼貌上要差一点，口音也很难听。”“哼，北方佬会……”“会强奸你？我想不会。虽然他们很可能有这种念头。”“要是你再说这种粗话，我就要进屋了！”她厉声喝道，同时庆幸周围的阴影把她那羞红的脸遮住了。

“老实说吧，你心里是不是这样想的？”

“啊，当然不是！”

“可实际是这样嘛！不要因为我猜透了你的心思就生气呀。那都是我们这些娇生惯养和正经的南方太太们的想法呢。她们老担心这件事。我可以打赌，甚至像梅里韦瑟太太这样有钱的寡妇……”思嘉强忍着没有出声，想起这些日子凡是两个以上太太在一起的地方，她们无不偷偷谈论这样的事，不过一般都发生在弗吉尼亚或田纳西，或者在路易斯安那，而不是离家乡很近的地方。北方佬强奸妇女，用刺刀捅儿童的肚子，焚烧里面还有老人的住宅。人人都知道这些都确有其事，他们只不过没有在街角上大声嚷嚷罢了。如果瑞德还有点礼貌的话，他应该明白这是真的，也用不着谈论。何况这也不是开玩笑的事啊，她听得见他在吃吃地暗笑。他有时很讨厌，实际上他在大多数时候都是讨厌的。这太可怕了。一个男人居然懂得并且谈论女人心里在想些什么，这会叫一个姑娘觉得自己身上一丝不挂似的。而且也没有哪个男人会从正经妇女那里了解这种事情。思嘉因为他看透了她的心思而十分生气。她宁愿相信自己是男人无法了解的一个秘密，可是她知道，瑞德却把她看得像玻璃一样透明。

“我倒要问问你，谈到这种事情，”他继续说，“你们身边有没有人保卫或监护呢？是令人钦佩的梅里韦瑟太太，还是米德太太？仿佛知道我到这里来是不怀好意似的。她们一直盯着我。”“米德太太晚上常过来看看，”思嘉答道，很高兴能换个话题了。“不过，她今天晚上不能来。她儿子费尔回家了。”“真是好运气，”他轻松地说，“碰上你一个人在家里。”他声调里有一点东西使她感到愉快，心跳得快起来，同时也感到自己的脸发热了。她听见了她曾多次从男人声音中听到过的那种预示要表白爱情的口气。唔，真有趣！现在！只要他说出他爱她三个字，她就要狠狠地折磨和报复他一下，把过去三年他对她的讽刺挖苦统统还给他。她要引诱他来一次苦苦追求，最好把他眼见她打艾希礼耳光那一天她所受到的羞辱也洗刷掉。然后她要温柔地告诉他，她只能像个妹妹那样做他的朋友，并且以大获全胜来结束这场较量。她预想到这一美妙的结局时，不觉神经质地笑起来了。

“别笑呀，”他说，一面拉着她的手，把它翻过来，把自己的嘴唇紧压在手心里。这时有一股电般流的强大热流通过他温暖的亲吻注入到她身上，震颤地爱抚着她的周身。接着他的嘴唇从她手心慢慢地向手腕上移动，她想他一定感到她脉搏的跳动了，因为她的心已跳得更快，她便试着把手抽回来。这种不怎么可靠的热烈的感觉曾使她想去抚摸他的头发，但是并不指望他会来吻她的嘴。

她并不爱他……她心慌意乱地对自己说。她爱的是艾希礼。可是，怎样解释她的这种感觉，这种使她激动的双手颤抖和心窝发凉的感觉呢。他轻轻地笑了。“我又不会伤害你。不要把手缩回去嘛！”“伤害我？我可并不怕你，瑞德·巴特勒，也不怕任何男人！”她大声嚷道，并为自己的声音也像手那样颤抖而恼怒。

“这是一种值得尊敬的情绪，不过还是把声音放低些吧。威尔克斯太太会听见的。求你放冷静点。”他的话听起来好像为她的激动而感到高兴。

“思嘉，你是喜欢我的，不是吗？”

这话才比较符合她的心意。

“唔，有时候是这样，”她谨慎地答道。“那是你的所作所为不那么像个恶棍的时候。”他又笑起来，把她的手心贴在他结实的面颊上。

“我想，正因为我是个恶棍，你才爱我呢。你这人很少出门，很少见过真正的恶棍，所以我的这个特点对你最有吸引力。”他这一手倒是她没有预料到的，这时她想把手抽出来也没有成功。

“那才不是呢！我喜欢好人……喜欢那种你信得过的上等人。”“你的意思是那些你能经常欺骗的人喽，可是不要紧，这只是说法不同罢了。”他又吻了吻她的手心，她感到脖梗子上又是一阵发 痒，一时心旌摇荡。

“不过你就是喜欢我。思嘉你会不会有一天爱上我呢？”“嘿！”她得意地暗想，“我总算逮住他了！”于是她装出冷漠的神情答道：“老实说，那是不会的。这就是说……除非把你这德行大大地改变一下。”“可是我不想改变。因此你就不会爱我了？这倒是我所希望的事。我却并不爱你。因为尽管我非常喜欢你，而且，如果你再一次在自己的爱情中得不到报偿，那才真正可悲了。亲爱的，你说是这样吗？我可不可以称你‘亲爱的’呢，汉密尔顿太太？不管你高兴不高兴，我反正要称你‘亲爱的’。这没关系，只是还得讲礼貌才好。”“那么你不爱我了？”“不，真的。难道你希望我爱你？”“你别这样痴心妄想吧！”“你就是在希望嘛。真可惜，把你的希望给毁了！我本来应当爱你，因为你又漂亮，又能干，有许多没用的本事。但是像你这样又漂亮又有本事的女人多着呢，她们也同样没什么用呀。不，我不爱你，不过我非常喜欢你……因为你那种伸缩性很大的良心，因为你那种很少着意掩饰的自私自利，还有你身上精明实用主义本性，这最后一点我想你是从某位不太远的爱尔兰农民祖先那里继承下来的。”农民！怎么，他这简直是在侮辱她嘛！于是她愤怒得说不出话来了。

“请不要打断我，”他把她的手紧紧地捏了一下。“我喜欢你，还因为我身上也有同样的品性，所谓同病相怜嘛。我发现你还在惦念那位神圣而愚笨的威尔克斯先生，尽管他可能躺进坟墓已经半年了。不过你心里一定也还有我的位置。思嘉，你不要回避了！我正在向你表白啊，自从我在‘十二橡树’村的大厅里第一眼看见你以后，我就需要你了，那时你正在迷惑可怜的查理·汉密尔顿呢。我对哪一个女人都从来没有这样想过——而且等待你的时间比等待任何其他女人的时间都更长呢。”她听到这末了一句话时，紧张得连气都喘不过来了。原来，不管他怎样侮辱她，他毕竟是爱她的，而且他仅仅由于执拗才不想坦白承认，仅仅由于怕她笑话才没有说出来。好吧，她马上就要给他颜色看了。

“你这是要我跟你结婚吗？”

他把她的手放下，同时高声地笑起来，笑得她直往椅子靠背上退缩。

“不是！我的天，我没有告诉过你我这个人是不结婚的吗？”“可是……可是……什么……”他站起来，然后把手放在胸口，向她滑稽地鞠了一躬。

“亲爱的，”他平静地说，“我尊重你是个有见识的人，所以没有首先引诱你，只要求你做我的情妇。”

情妇！她心里叫喊着这个词，叫喊自己被这样卑鄙地侮辱了。不过她在吃惊的最初一刹那并没有感觉到这种侮辱。她只觉得心头一阵怒火，怎么瑞德竟把她看成了这样一个傻瓜。如果他对她只提出这样一个要求，而不是如她所期待的正式结婚，那当然是把她当傻瓜看待了。于是愤怒、屈辱和失望之情把她的心搅得一团糟，她已经来不及从道德立场上想出更好的理由去谴责他，便让来到嘴边的话冲口而出……“情妇！我还能得到什么呢，就替你养上一帮孩子？”她刚一说完就发现这话很不像样，害怕得目瞪口呆了。他却哈哈大笑，笑得几乎接不上气来，一面从阴影中窥视她，只见她坐在那里，用手绢紧紧捂着嘴，像个吓坏了的哑巴似的。

“正因为这样我才喜欢你！你是我认识的唯一坦白的女人，一个只从实际出发看问题而不多谈什么道德来掩饰问题实质的女人。要是别的女人，她就会首先晕倒，然后叫我滚蛋了。”思嘉羞得满脸通红，猛地站起。她怎么居然说出这种话来呀！怎么她——爱伦一手教养大的女儿，居然会坐在这里听他说了那种下流的话，然后还作出这样无耻的回答呀！她本来应当吓得尖叫起来的。她本来应当晕倒的。她本来应当一声不响冷冷地扭过头去，然后愤愤地离开走廊回到屋里去的。

可现在已经晚了！

“我要叫你滚出去，”她大声嚷道，也不管媚兰或附近米德家的人会不会听见。“滚出去！你怎么能对我说这样的话！我究竟做了什么不正当的事，才叫你……才叫你认为……滚出去，永远也别来了。这回我可要说到做到。你永远也不要再来，满以为我会饶恕你，拿那些无用的小玩意儿，如别针、丝带什么的来哄骗我，我要……我要告诉父亲，他会把你宰了！”他拿起帽子，鞠了一躬，这时她从灯光下窥见，他那髭须底下的两排牙齿间流露出一丝微笑。他一点也不害臊，还觉得她的话很有趣，并且怀着浓厚的兴味看着她呢。

啊，他真是讨厌极了！她迅速转过身来，大步走进屋里。

她一手抓住门把，很想砰地一声把门关上，可是让门开着的挂钩太重了，她怎么使劲也拔不动，直弄得气喘吁吁。

“让我帮你一下忙行吗？”他问。

她气得身上的血管都要破裂了，她连一分一秒也待不下去，于是便一阵风似地奔上楼去。跑到二楼时，她才听到他似乎出于好意替她把门带上了。

琼斯博罗方面正在进行战斗，这是许多亚特兰大人都知道的，可是谁也说不清楚，究竟打得怎样，只有最为荒谬的谣传令人困恼。最后，从琼斯博罗来的一个通讯兵带来了确切的消息，说北方佬被击退了。可是他们曾经攻入琼斯博罗，撤退之前烧毁了那里的车站，割断了电线，掀翻了三英里铁轨。工程兵正在拼命修复铁路，但是颇费时间，因为北方佬把枕木拆掉用来烧篝火了，把炸翻的铁轨横架在火上烤得通红然后拿到电线杆周围盘成螺丝锥似的。在目前情况下，要换铁轨或任何铁制的东西都很不容易呢。

不，北方佬还没有打到塔拉。这是那个给胡德将军送来快报的通讯兵告诉思嘉的。他在战斗结束后，也就是动身来亚特兰大的时候，遇见了杰拉尔德，后者曾央求他带封信给思嘉。

可是爸在琼斯博罗干什么呀？年轻的通讯兵回答这个问题时显得有些不安。原来杰拉尔德是在那里找一位大夫跟他回塔拉去。

思嘉站在前院走廊上的阳光中感谢那位年轻的通讯兵帮忙时，好像要站不稳了。觉得两腿发软，如果连爱伦的医术都已经无能为力，因而不得不让杰拉尔德出来找大夫的话，卡琳的病就一定到了生命垂危的地步了！当通讯兵在一阵旋风刮起的尘土中离开时，思嘉用颤抖的手指把父亲的信撕开。请看南部联盟地区缺少纸张已达到何等程度，杰拉尔德的信居然写在思嘉上次给他的那封信的行间，因此好不容易才辩认出来！

“亲爱的女儿，你母亲和两个姑娘都得了伤寒。她们的病情很严重，不过我们总是怀着最大的希望在设法治疗。你母亲病倒时让我写信给你，叫你无论如何不要回家，免得你和小韦德也染上这个病，她问候你，并盼你为她祈祷。”“为她祈祷！”思嘉立即飞跑上来，跑到自己屋里，然后在床边双膝跪下，以前所未有的虔诚心情祈祷起来。她此刻念的不是正式的祈祷文，而是一遍又一遍地重复这同样几句话：“圣母呀，请别让我母亲死啊！只要你不让她死，我就一切从善了！求求你，别让她死了！”那以后整整一星期，思嘉像只被打得晕头转向的动物在屋里走来走去。她在等待什么消息，一听到外面的马蹄声就惊跳起来；晚上每逢士兵来叩门时，也要赶忙奔下黑暗的楼梯跑出去，可是并没有塔拉来的音信。她觉得，在她和家庭之间横亘着的已不是25英里的土路，而是一个辽阔的大陆了。

邮路仍不畅通，谁也不清楚南部联盟部队如今在哪里，或者北方佬打到了什么地方。人们唯一知道的是，成千上万的士兵，穿灰制服和穿蓝制服的，聚集在亚特兰大和琼斯罗之间的某个地点。至于塔拉，已经是一星期无音信了。

对于伤寒病，她明白一星期时间对这种病症意味着什么。

思嘉在亚特兰大医院见得够多的了，爱伦病倒了……也许快要死了。可是思嘉却在亚特兰大，负责照顾一个孕妇，一筹莫展，因为她和家之间有两支大军阻隔着啊！是的，爱伦病倒了……也许快要死了。但是爱伦不可能生病呀！她从来没有病过。连这种想法也难以置信，它把思嘉生命安全的基础也震撼得动摇起来了！爱伦绝不会生病，即使别人全都病了，爱伦经常照料病人，让他们都好起来。她是不可能病的。思嘉要回家去。她像一个吓坏了、迫切渴望回到她唯一的庇护所去的孩子似的，迫不及待地渴望回到塔拉去。

家啊！那幢略嫌散漫不整的白房子，那些悬挂着白色窗帘的窗户，那蜜蜂嗡嗡飞走着的草地上的茂密的苜蓿，那个在前面台阶上驱赶鸭子和火鸡不让它们去糟蹋花坛的黑人男孩，那宁静的红色田野，以及那些延绵不绝、在阳光下白得耀眼的棉田啊！家啊！

如果在围城开始，别的人都在逃难时她就回家了，那该多好啊！那样，她就可以带着媚兰安全地过一段闲暇日子了。

"啊，该死的媚兰!"她心里不断地咒骂着。"她为什么就不能跟皮蒂姑妈一起到梅肯去呢？她应当待在那儿，同她的亲属在一起，而不要跟着我嘛。我又不是她的什么亲人。她干吗老缠着我不放！要是她当初到梅肯去了，我便早已到了母亲身边。即使现在……即使现在，如果不是因为她要生孩子，我也宁愿不顾北方佬的威胁冒险回家去。也许胡德将军会派人护送我呢。胡德将军是个好人，我想他一定会答应给我一名护兵和一张通行证，送我越过防线的。可是，我还得等那个婴儿出世呢！……啊，母亲，母亲，你可别死了！……这婴儿怎么老不出生呀？我今天要到米德大夫那里去，问问他有没有什么办法叫婴儿快些出世，好让我早日回家去——如果有人护送的话。米德大夫说媚兰很可能难产，我的老天啊！说不定她会死呢！媚兰死了，那么艾希礼……不，那样不好，我绝不能这样想，可是艾希礼很可能已经不在了。不过他曾经让我答应过要照顾她的。可是……如果我没有照顾她，她死了，而艾希礼还活着呢……不，我绝不能这样想。这是罪过。我答应过上帝，只要他保佑母亲不死，我就要一切从善呢。啊，要是那婴儿很快出生就好了。要是我能够离开这里……回到家中……到无论什么地方，只要不是这里就好了。"亚特兰大已不再是一个快乐的地方，一个她曾经爱过的极其快乐的地方。现在思嘉对这座不祥的陷于沉寂的城市憎恨起来了，而以前她是爱过它的。自从围城的嘈杂喧哗声停止以后，它已变得那样寂静，那样可怕，像个鼠疫横行的城市似的。在前一个时期，人们还能从震耳的炮声和随时可能丧生的危险中找到刺激，可如今这一片静寂里就只有恐怖了。整个城市弥漫着惶恐不安、惊疑莫定的气氛和令人伤心的回忆。人们脸上的表情普遍是痛苦的；思嘉认识的少数士兵也显得精疲力竭了，仿佛是些业已输掉的赛跑者还在勉强挣扎着，要跑完最后一圈似的。

炮声在南边响起来了，这可能就是北方佬给亚特兰大敲起的丧钟啊！不过，对于最担心母亲安全的思嘉来说，南边的战斗只不过是塔拉附近的战斗罢了。她不停地绞扭着两只手，她在房间里踱过来踱过去，第一次充分而明确地意识到南军可能被打败了。一想到谢尔曼的部队已成千上万地逼近塔拉，她就清楚地看出了战局的严峻和可怕。而这一点，无论是围城中击碎窗玻璃的枪声，还是缺吃缺穿的苦难，或者那一长列一长列躺着的垂死者，都不曾使她认识过。谢尔曼的部队离塔拉只有几英里了！这样，即使北方佬最终被打垮，他们也会沿着大路向塔拉退却，而杰拉尔德可能来不及带着三个生病的女人躲避他们。

啊，要是她现在跟他们在一起，也不管北方佬来不来，那才好呢！她光着脚，披着睡衣，在地板上走来走去，可是越走便越觉得很严重，预感到事情不妙。她必须回到母亲身边去，必须回家。

她听到了下面厨房里传来碗碟声，这是百里茜在准备早餐，可是没听见米德太太的女仆贝特茜的声音。百里茜用尖利而忧伤的腔调在唱："再过几天啊……"，这歌声思嘉听起来很觉刺耳，那悲伤的含意更叫她害怕，她只好披上一条围巾，啪哒啪哒穿过厅堂，走到后面楼梯口高声喊道："别唱了，百里茜！""太太！知道了。"百里茜在楼下不高兴地答应了一声，思嘉听了不觉深深抽一口气，突然感到惭愧起来。

"贝特茜到哪里去了？"

"她还没来呢。我不知道。"

思嘉走到媚兰门口，把门略略推开，朝阳光明丽的卧室里看了看。媚兰穿着睡衣躺在床上，闭着眼睛，眼睛周围现出一道黑圈，那张鸡心脸有些浮肿、本来苗条的身躯也变得有点畸形丑陋了。要是艾希礼现在看见了才好呢。思嘉恶意地设想，媚兰比她所见过的任何孕妇都更难看。她打量着，这时媚兰睁开眼睛亲切而温柔地对她笑了笑，脸色也顿时明朗起来。

"进来吧，"她艰难地翻过身来招呼。"太阳一出来我就醒了，我正在琢磨，思嘉，有件事情我要问你。"思嘉走进房来，在阳光耀眼的床上坐下。

媚兰伸出手来，轻轻地握住思嘉的手。

"亲爱的，"她说，"这炮声使我很不安。是琼斯博罗那个方向，是不是？"思嘉应了一声"嗯"，同时脑子里又重新出现刚才那种想法，心跳也开始加快了。

"我知道你心里很着急。我知道，如果不是为了我，你上星期听到你母亲生病的消息就会回去的。难道不是吗？""是的。"思嘉回答，态度不怎么温和。

"思嘉，亲爱的。你对我太好了，那么亲切，那么勇敢，连亲姐妹也不过如此。所以我非常爱你。我心里很不安，觉得是我在拖累你。”思嘉瞪眼望着。爱她，是这样吗？傻瓜！

“思嘉，我躺在这里一直在想，打算向你提出一个十分重大的要求。”说着，她把手握得更紧了。“要是我死了，你愿意抚养我的孩子吗？”媚兰瞪着一双又大又亮的眼睛，急切而温婉地瞧着她。

思嘉听了有点手足无措，不由得把手抽出来，说话的声音也变得硬梆梆的了。

“唔，别傻气了。媚兰，你不会死的。每个女人生第一胎时都觉得自己会死。我曾经也是这样呢。”“不，你没有这样想过。你说这话只不过是要鼓起我的勇气罢了。你从来就是什么也不怕的。我并不怕死，怕的是要丢下孩子，而艾希礼……思嘉，请答应我，如果我死了，你会抚养我的孩子。那样，我就不害怕了。皮蒂姑妈年纪太大，不能带孩子；霍妮和英迪亚很好，可是……我要你带我的婴儿。答应我吧，思嘉。如果是个男孩，就把他教养得像艾希礼，要是女孩……亲爱的，我倒宁愿她将来像你。”“你这是见鬼了！”思嘉从床沿上跳起来嚷道。“事情已经够糟的了，还用得着你来死呀活呀的胡扯！”“对不起，亲爱的。但是你得答应我。我看今天就会发生。我相信就在今天。请答应我吧。”

“唔，好吧，我答应你。”思嘉说，一面惶惑地低头看着她。

难道媚兰到这步田地，真不知道她对艾希礼是有意的？或者她一切都清楚，而且正因为这样才觉得思嘉会好好照顾艾希礼的孩子？思嘉抑制不住想大声向媚兰问个明白，可是话到嘴边又没有说出来，因为这时媚兰拿过她的手紧紧握住，并放到自己脸上贴了一会儿。现在她的眼神又显得宁静了。

“媚兰，你怎么知道今天就会出事呀？”

“天一亮我就开始阵痛了……不过不怎么厉害。”“真的吗？可是，你干吗不早点告诉我。我会叫百里茜去请米德大夫嘛。”“不，暂时还不用去，思嘉。你知道他有多忙，他们大家都很忙呢。只要给他捎句话去，说今天什么时候我们需要他来一下，再叫人上米德太太家去一趟，请她过来陪陪我。她会知道什么时候该打发人去请大夫。”“唔，别这样尽替别人考虑了。我马上打发人去叫他，你很清楚，你跟医院里的任何病人一样，目前迫切需要一位大夫。”“不，请你不要去。有时候，生个孩子得花一整天工夫呢。我就是不想让大夫坐在这里白等几个小时，而那些可怜的小伙子都十分需要他呢。只要派个人到米德太太家去一趟就行了。她会明白的。”“唔，好吧。”思嘉说。

思嘉给媚兰端来早点之后，即刻打发百里茜去请米德太太，接着便和韦德一起坐下来吃早餐，但是，她似乎生气第一次没有什么食欲。她既要担心媚兰已濒临分娩，因此神经质地感到恐慌，又要常常不由自主浑身紧张地倾听远处的炮声，结果就什么也吃不下了。她的心脏也显得有点古怪，在有规律地搏动几分钟之后，总要急速地怦怦乱蹦一阵，蹦得胃都要翻出来似的。稠稠的玉米粥像胶粘在喉咙里咽不下去，连作为咖啡代用品的烤玉米粉和山芋粉的混合饮料也从来没有像今天这样难吃过。既没有糖，又没有奶酪，这种饮料苦得像胆汁，尽管放了所谓"长效糖剂"的高粱饴糖也还是苦。

她硬着头咽了一口，便把杯子推开了。即使没有其他原因，单凭她吃不到放糖和奶酪的真正咖啡，她就恨死了北方佬。

韦德倒是比平时安静了些，也不像每天早晨那样叫嚷不要吃他所厌恶的玉米粥了。她一勺勺地送到他嘴边，他也乖乖地吃着，和着开水一声不响地大口大口咽下去。他那温柔的褐色的眼睛瞪得像银币一样，追踪着她的一举一动，眼睛里流露出童稚和惶惑，仿佛思嘉内心的恐惧也传给他了。他吃完以后，思嘉把他支到后院去玩，望着他蹒跚地横过凌乱的草地向他的游戏室走去，心里轻松多了，这才如释重负。

她起身来到楼梯脚下，犹豫不定地站在那里。她理应上楼去陪伴媚兰，设法缓和她的紧张情绪，让她不要害怕面临的这场考验，可是她觉得自己没有这个本领。媚兰为什么不迟不早偏偏要在这个时候生孩子呢！而且偏偏要在这个时候谈起死呀活呀这样的话来！

她在最底下的一步楼梯上坐下来，试着让自己镇静一些，可是随即又想起了战事，不知结果如何，今天又打得怎样了。

一场大战就在几英里之外进行，可是你一点也不知道，这显得多么奇怪啊！这个被遗弃的城郊今天竟如此寂静，这跟桃树沟大战的日子对比起来，显得多么奇怪！皮蒂姑妈的住宅是亚特兰大北部最末的一幢房子，而目前的战斗是在南边远处某个地方进行，因此这里既没有加速前进的支援部队经过，也没有救护车和松松垮垮的伤兵队伍从前线回来。她很想知道城市南端的情况会不会也是这样，并且庆幸自己没有住在那里。要是除米德家和梅里韦瑟家以外的所有人家并没有从桃树街北端逃难出去，那多好啊！他们一走，她就觉得寂寞孤单了。她真希望彼得大叔还留在身边，那样他便可以到司令部去打探消息。要不是为了媚兰，她这时也可以亲自去打听，现在她只好等米德太太来了以后再出去了。米德太太，她为什么还没来呢？百里茜哪儿去了呢？

她站起来往外走，到前面走廊，焦急地盼望她们，可米德家的住宅在街上一个隐蔽的拐弯处，她什么也没有瞧见。过了好一会儿，百里茜才来了，她独个儿慢悠悠地走着，好像准备走一整天似的，还故意将裙子左右摇摆，并不时回过头去看看后面有没有人注意。

“你可是冬天的糖浆，好黏糊啊！”百里茜一进大门，思嘉便厉声批评她。“她能不能马上就过来？米德太太怎么说的？”“她不在。”百里茜说。

“她上哪儿去了？什么时候能回来？”

“唔，太太，”百里茜回答，故意拖长声音强调她这消息的重要，“他们家的厨娘说，米德太太今天清早得到消息说，小费尔先生给打伤了，米德太太就坐上马车，带着老塔博特和贝特茜一起去了，他们要把他接回来。厨娘说他伤得重，米德太太大概不打算到咱们这边来了。”思嘉瞪眼看着她，真想搡她几下。这些黑人总是很得意自已能带回这种坏消息。

“好了，别站在这里发呆了。赶快到梅里韦瑟太太家去一趟，请她过来，快去。”“她们也不在，思嘉小姐。刚才我回家碰到她家的嬷嬷，还在一起聊来着。她们也出去了。我猜她们是在医院里。门都锁了。”“所以你才去了那么久呀！每回我打发你出去，叫你到哪里就到哪里，不许中途跟人‘聊’，知道了吗？现在，你到……”思嘉停下来苦苦思索。她的朋友中还有谁留在这里能够帮忙呢？有埃尔辛太太。当然，埃尔辛太太近来一直不喜欢她，可是对媚兰始终很好。

“到埃尔辛太太家去，向她把事情仔细说清楚，请她到这里来一下。还有，百里茜，听我说，媚兰小姐的孩子快生了，她随时都可能要你帮忙。好，你快去快回。”“是的，太太。”百里茜说着就转身慢腾腾地像蜗牛似地朝车道上走去。

“你这懒骨头快一点！”

“是的，太太。”

百里茜这才稍稍加快了脚步，思嘉也回到屋里来。她又迟疑着没有立即上楼去看媚兰。她得向媚兰解释清楚，为什么米德太太不能来，可是费尔受重伤的事她听了会难过的。好吧，这一点就瞒过她算了。

她走进媚兰房里，发现那盘早点还没动过。媚兰侧身躺在床上，脸色像白纸一样。

“米德太太上医院去了，”思嘉说。“不过埃尔辛太太马上就来。你痛得厉害吗？”“不怎么厉害。”媚兰撒谎说。“思嘉，你生韦德时花了多久的时间？”“不到一会儿工夫，”思嘉不自觉地用愉快的口气回答。

“当时我正在外面院子里，几乎来不及进屋。嬷嬷说那样很不体面……简直就像个黑人。”“我倒是巴不得也像个黑人呢。”媚兰说，一面勉强装出一丝微笑，可是这笑容随即消失，一阵剧痛把她的脸歪得不成样子了。

思嘉毫不乐观地低头看看媚兰那窄小的臀部，但还是用安慰的口气说："唔，看来也并不怎么样嘛。""唔，不怎么样我知道。我只怕自己有点胆小是不是……埃尔辛太太马上就会来吧？""是的，马上，"思嘉说，"我下楼去打盆清水来，用海绵给你擦擦。今天好热啊，"她借口打水在楼下尽可能多待些时候，每隔两分钟就跑到前门去看看百里茜是不是回来了。可是百里茜连影子也没有，于是她只好回到楼上，用海绵给媚兰擦洗汗淋淋的身子，然后又替她梳理好那一头长长的黑发。

一小时后，她听见有个黑人拖沓的脚步声从街上传过来了，便急忙向窗外望去，只见百里茜仍像刚才那样扭着腰，晃着脑袋慢慢腾腾地走回家来，仿佛周围有一大群热心的围观者似的。她一路上装模作样。

"总有一天我要给你这小娼妇拴上一根皮带。"思嘉在心里恶狠狠地说，一面急急忙忙跑下楼去接她。

"埃尔辛太太到医院去了。他们家的厨娘说，今天早上火车运来了大批伤兵。厨娘正在做汤给那边送去呢。她说……""别管她说什么了，"思嘉插嘴说，她的心正往下沉。"快去系上一条干净的围裙，我要你上医院去一趟。我写个字条，你给米德大夫送去。如果他不在那里，就交给琼斯大夫，或者别的无论哪位大夫。你这次要不赶快回来，我就要活活剥你的皮。""是的，太太。""顺便向那里的先生们打听一下战争的消息。要是他们不知道，就走到车站去问问那些运伤兵来的火车司机。问问他们，是不是在琼斯博罗或者靠近那里的地方打仗？""我的老天爷！"百里茜黝黑的脸上突然一片惊慌。"思嘉小姐，北方佬还没到塔拉吧，是吗？""我不知道。我是叫你去打听呀。""我的老天爷！思嘉小姐他们会怎样对待我妈呢？"百里茜突然大声嚎叫起来，那声音使思嘉越发不安了。

"媚兰小姐会听见的，你别嚎了。现在快去换下你的围裙，快去。"百里茜被迫加快了速度，她急忙跑到后屋去，于是思嘉在杰拉尔德上次来信……这是家里唯一的一张纸了……的边沿上匆匆写了几句话。她把信纸叠起来，把她的短简叠在顶上边，这时她偶尔瞧见杰拉尔德写的几个字："你母亲……伤寒病……无论如何……回家……"她差点哭了。要不是为了媚兰，她会即刻动身回去的，哪怕只能一路上步行到家也行！

百里茜一手拿着那封信，快步走出门去，思嘉也回到楼上，一面思忖着怎样能骗过媚兰，说明埃尔辛太太为什么没来。不过媚兰并没有问起这件事。她仰身躺着，面容平静而温柔，这情景使思嘉也暂时安心了。

她坐下来，试着说些无关紧要的事情，但是心里对塔拉的悬念，以及对于北方佬可能得逞的忧虑，仍在无情地折磨着她。她心想爱伦已奄奄一息，而北方佬即将闯入亚特兰大，逢人便杀，见东西便烧。就在这样胡思乱想时，远处隐约的隆隆炮声仍不断地轰着她耳鼓，气氛令人恐惧。最后，她实在谈不下去了，只好凝望着窗外炎热寂静的街道和静静地挂在枝头的积满灰尘的树叶。媚兰默默无言，可是她那张平静的脸在一阵阵扭曲，这说明她的阵痛更加频繁了。

她每次阵痛过后总是说："这没什么，真的。"可思嘉知道这是撒谎。她宁愿听到一声尖叫而看不惯这样默默地忍受。她知道自己应当为媚兰感到难过，但是无论如何也挤不出一丝温暖的同情来。她的心被她自己的痛楚折磨得太惨了。有一回，她狠狠地盯着那张痛得扭曲的脸，心想为什么在这个世界上千千万万人中，偏偏是她要在这个时候守在这里陪着媚兰，而她跟这个人毫无共同之处，她恨这个人，甚至还巴不得她快点死呢。好吧，也许她这愿望会实现，今天就会实现了。想到这里，她不觉打了个不祥的冷战。据说希望某个人快死，就像诅咒人一样，是不会有好结果的。如嬷嬷说的，诅咒别人的人必定自作自受。于是她赶快祈祷，求上帝保佑媚兰不死，并且又热切地胡扯起来，连自己也不知在说些什么。末了，媚兰伸出一只滚烫的手放在她的手腕上。

"我明白你心里多么着急。别费苦心来找话说了，亲爱的。我很抱歉给你添了这许多麻烦。"

思嘉这才沉默下来，可是没法静静地坐着。如果大夫和百里茜谁都不能按时赶到，那她怎么办呢？她走到窗口，看看下面的大街，然后又回来坐下。接着又站起身来，向屋里另一边的窗外看去。